國譯龜峯集

著者 宋翼弼
編輯 宋南錫

여산송씨대종회

맑은샘

발간사 發刊辭

宋南錫

7년전 광주에 있는 원윤공파 사무실에 들러 접하게 된 구봉집(龜峯集) 초간본을 발견 일독하고자 복사본을 만들어 두었으나 겨우 시집만 뽑아 구봉한시상고(龜峯漢詩詳考)라는 제목으로 시집을 펴내고 후편은 엄두도 내지 못한채 다른 일에 묻혀 잊고 있다가 다시 작심하고 2년여 타이핑 편집 교정의 전 공정을 직접 실전으로 처리 이번에 완간하는 감회가 한량없이 기쁩니다.

구봉의 직 후손이신 송기철(1932~2015)님께서 방후손 한학자 송동기(1919~1991)님과 함께 국역본을 시작하여 거의 마무리단계에서 끝을 내지 못하고 작고하셨기에 뒤늦게 필자의 미력으로나마 마무리를 짓게 되어 감계가 무량합니다.

구봉선생께서는 사승한 일이 없이 타고난 재주에다 근면성을 더해 거의 독학으로 학문을 성취하셨고 성리학에서 가장 기본이 되는 것이 태극론이라 할 수 있는데 태극문(太極問)을 문답식으로 이해하기 쉽게 해설하셨으며, 철학의 경지에서 요순의 도(道)를 실천하며 사셨던 도인(道人)이셨습니다.

구봉(龜峯) 우계(牛溪) 율곡(栗谷) 3현(賢)은 동시대 파주에 세거하며 삼십 여년이 넘도록 주고받은 편지글(삼현(三賢)수간(手簡))이 국가보물 1415호로 지정되면서 더욱 새롭게 알려져 후학들의 연구와 학문적 관심이 집중되고 있습니다.

다행인 것은 오롯이 전해진 공의 문집과 삼현수간은 후학들에게 학습과 학문연구의 소중한 자료로 쓰일 것임에 큰 보람과 감사함을 느끼며. 이 소중한 자료들이 사계(沙溪) 후손들의 꾸준한 노력과 대대로 전해왔던 종가들의 보전으로 후세에 안전하게 전해졌으니 광산김씨 종가에게 깊은 감사를 드리지 않을 수 없습니다.   2020.11.15

대종회 종보편집주간 송남석

축간사 祝刊辭

宋吉龍

구봉집 5책11권이 국역 구봉집 3권으로 재 탄생하게 됨을 축하드립니다. 대종회 편집주간 족질 남석 님의 각고의 노력으로 마무리 지어졌고 이에 후손들의 학습에도 큰 도움이 되게 하였으니 여산송씨 전 종원의 경사가 아닐 수 없습니다.

구봉선생은 조선을 통틀어 유가에서 가장 내공이 높았던 도인이었다 하고 율곡 우계 송강과 한 시대를 도의지교의 외우로 살아가셨으며 그의 성리학에 대한 높은 성취는 퇴계 이황과 함께 한국 성리학의 양대 기둥으로 추앙받는 기호학파의 터를 닦았으며 율곡 이이가 조선에서 성리학을 논할만한 사람은 오직 송익필 한필 형제뿐이라고 극구 칭송할 정도였습니다.

도학의 의를 몸소 수양에 옮겨 요순의 도를 실천한 학자로 제갈량을 뛰어넘는 선풍도골의 학자로 조선중기의 명문장가요 시 3걸에 서예에도 달통하였고 교육자 철학자 경세가 책략가이며 어떤 작가는 조선의 숨은 왕이었다고 칭찬하는 학덕을 겸비한 진유(眞儒)의 도학자(道學者)였습니다.

주돈이의 태극도설이 나온 뒤로 많은 학자들에 의해 논의가 있었지만 구봉선생처럼 태극에 대한 심도 있는 연구가 없었으며 후학들에게 이해하기 쉽게 설명한 태극문이 있습니다. 구봉선생의 유학과 성리학의 바탕에는 직直사상이 깔려있으며 태극 이(理)와 기(氣) 인심 도심 사단칠정과 예학의 가례주설 등은 공의 제자 사계 김장생과 그의 제자 우암으로 이어지는 조선예학의 대가로서의 태두역에 공헌 하셨습니다.

이 책은 삼현수간과 함께 후학들에게 두루 학문연구의 소중한 자료로 쓰일 것임에 큰 보람과 감사의 말씀을 드립니다.

2020년 11월

여산송씨대종회 회장 **송길용**

國譯龜峯集
(卷之 一二)

詩集

龜峯詩集

1762년
목판본기준

여산송씨대종회

國譯龜峯集 總目次

국역구봉집 총목차

樂天　　천리를 즐거워 함

四言一首　사언일수

惟天至仁	하늘은 지극히 어질고
天本無私	하늘은 본래부터 사사로움 없으니
順天者安	천리에 순종하면 편안하고
逆天者危	천리를 거역 하는자 위태롭다네.
痼癢福祿	고질병이나 복록은,
莫非天理	천리 아닌 것이 없으니
憂是小人	걱정하면 소인이고
樂是君子	즐기면 군자라네.
君子有樂	군자는 즐거움이 있어
不愧屋漏	옥루(屋漏)에서도 부끄러움 없이
修身以俟	몸을 닦고서 천명을 기다릴 뿐이니
不貳不夭	의심도 하지 않고 꺾이지도 않는다네.
我無加損	내게 더 할 것도 덜어낼 것도 없으니,
天豈厚薄	하늘이 어찌 후하거나 박하리오.
存誠樂天	정성을 간직하고 천리를 즐거워하니
俯仰無怍	굽어 살펴 우러름에 부끄러움 없도다.

龜峯漢詩集目次

❶ 賦 *1 / 四言詩 *1

❷ 五言古詩 *28

❺ 七言絕句 *123

❻ 五言律詩 *139

❾ 七言排律 *3

❿ 雲谷詩 *29　(雲谷 宋翰弼 詩)

감상시 위치

感想詩(감상시) 목차(目次)

賦
부

影賦

賦 (부)

影 賦[1]   그림자에 대하여

幽人獨居而觀物   혼자 사는 유인이, 사물을 관찰 하면서
嗒然憑几者幾年   우두커니 평상에 기대 온지 몇 해이던가.
思入風雲之外   생각이 저 하늘 밖으로 뻗어나가니,
道通天地之先   도(道)는 하늘과 땅이 있기 전으로 통했네.

日杲杲而自東   환한 해가 동쪽에서 밝아오니,
四無雲而靑天   사방이 구름 한 점 없는 푸른 하늘이어라.
若有物兮何物   물체가 있기는 있는데 그게 무엇일까?
憑有形而呈形   유형(有形)에 기대니 모양이 드러나네.

於樹扶疎   무성한 나뭇가지 따라 무성하고,
於山崢嶸   우뚝 솟은 높은 산은 따라 높구나.
學姸而姸   아름답게 배우면 아름답게 되고,
模媸而媸   추한 것 본받으면 추하게 되도다.

---

1) 賦 : 감상을 느낀 그대로 적는 한시(漢詩)체의 하나, 글귀 끝에 운(韻)을 달고 대를 맞추어
    짓는 글. 부(賦)는 "시경(詩經)"초사(楚辭)에서 발전하여 한 대(漢代)에 크게 유행
    한 문체(文體)이다. 양(梁)나라 유협(劉勰)의 '문심조룡(文心雕龍)', '전부(詮賦)'에
    의하면 "부(賦)란 펼치는 것이니, 문체를 펼쳐서 문장을 짓고 사물을 체득하여 뜻
    을 묘사한 것"이라 했다. 영부(影賦)는 구봉선생이 성리학적 사유의 토대위에서
    유인(幽人)으로 자연 속에서 관물(觀物)을 통해 몸소 터득한 도(道)의 오묘(奧妙)
    한 이치를 그림자에 비유하여 읊은 설리적(設理的)인 부이다. 즉 도의 본체는 본
    래 이름도 없고 형체도 없는 형이상학적(形而上學的)인 것이나, 실상은 이 우주간
    에 존재하는 사사물물(事事物物)이 본래 도에서 떠난 적이 없는 그림자에 불과하
    다는 일체만용(一體萬用)의 성리학적 이치를 장자(莊子) "제물론(齊物論)"에서 말
    한 그림자에 묘유(妙喩)한 작품이다.

動又動而靜又靜　움직이면 따라 움직이고 멈추면 따라서 멈추도다.

速則速兮遲卽遲　빠르면 빨라지고 더디면 더디도다.

不然自然　그렇지 않으려 해도 저절로 그렇게 되고,

無爲有爲　하는 것 없어도 하는 것 있네.

鬼耶非鬼　귀신(鬼神)인가 하면 귀신도 아니며

神耶非神　신(神)인가 하면 신도 아니네.

羌下庭而散策　이에 뜰로 내려가 거니는 것은

乃自試之以吾身　내 몸 스스로 경험하기 위해서였네.

形枯槀兮瘦鶴　바싹 마른 이내 모양 학과 같고

髮蕭疎兮飛蓬　헝클어진 머리털은 휘날리는 쑥대강이로다.

不我先而我後　나 보다 앞서거나 뒤지지도 않고,

隨乃西而乃東　서쪽 동쪽으로 가는대로 따라가네.

進退進退徘徊徘徊　(내가)나가고 물러서면 (그림자도)나가고
　　　　　내가 배회하면 그림자도 배회하네.

疾走欲逃轉爲人哈　빨리 달리면 그림자도 따라 하기에 더욱더
　　　　　웃음거리가 되네.

彼如我而非我　나 인듯 하나 내가 아니고 ,

我如彼而非彼　나는 그와 같은데 그는 내가 아니네.

荒斯是非 怳難分矣　이토록 거친 시비는 황홀해 분간이 어렵구나.

信黙不言 學顔子[2]者耶　믿어 묵묵히 말 아니하니 안자(顔子)를

배운 자인가? 욕망이 적으니 노자(老子)를 사모한 자인가?

效他變化 過勿3)憚改者耶　상대 변화 본받아 허물 고치기 꺼리지
　　　　　　　　　　　　않는 자인가?

時晦隱迹4) 韞櫝有待者耶　어두워져 자취 숨기니 궤 속에 간직해
　　　　　　　　　　　　두고 기다림인가?

其形闇然 藏文章者耶　그 은은한 모양 드러나지 않아 문장을
　　　　　　　　　　감춘 것인가?

其行無轍 得翶翔者耶　그 다닌 흔적이 없으니 훨훨 날아다니
　　　　　　　　　　는 자인가?

與謫仙5) 而成三　적선(謫仙)과 함께 셋을 이루었으니

幾參花下之詠詩　꽃 아래 앉아 시는 몇 번이나 읊었는가?

散東坡6) 而爲百　동파(東坡)의 얼굴이 물결에 비추어 백 개가 되니

相供水中之娛嬉　물놀이의 즐거움 서로 제공하였네.

靑鸞匣7)裏　청난갑(靑鸞匣) 거울을 펼쳐 놓고

效畫文君8)之眉者耶　탁문군(卓文君)처럼 눈썹을 그리는 것 본받고

若耶9)溪傍　약야(若耶)의 시냇가에서

倩粧採蓮之兒者耶　연을 캐는 아가씨 단장한 것을 본뜬 자인가?

---

2) 안자(顔子) : 공자의 제자, 이름은 회(回), 공자가 말하기를 "내가 회와 같이 하
　루 종일 이야기하여도 어리석은 사람처럼 듣기만 하였다."는 데서 나온 말

3) 허물을 고침(過勿) : 안자가 허물을 두 번하지 아니하고 고치기를 꺼리지 아니하
　였다는 말,(논어 학이편에 나오는 과즉 물탄개(過則 勿憚改)의 글)

4) 궤속에(隱迹) : 자공(子貢)이 말하기를 "가령 아름다운 옥이 있다면 상자 속에 넣어둘
　것입니까?"한데서 나온 말

5) 적선(謫仙) : 적선은 이태백(李太白)이다. 그의 「月下獨酌詩」에 꽃과 그림자와 자
　신을 셋으로 간주한 것.

6) 東坡 : 宋의 학자. 蘇軾의 호이다. 동파가 다리 위에서 물결을 보니 동파의 얼굴이
　일백개나 되므로 물결을 백동파라고 하였음.

7) 靑鸞匣 : 거울 남조 宋의 劉敬叔이 지은 異苑에 나오는 것.

8) 卓文君 : 卓王孫의 딸. 司馬相如의 부인

9) 若耶 : 溪名. 浙江省, 若耶山 아래 一名 浣紗溪. 西旋의 紗를 씻은 곳이라는 伝說.

花甎[10]戒李程[11]之晚　　화전(花甎)은 이정(李程)이 늦게 나온 것을
　　　　　　　　　　　　　경계 하였고

漢池[12]涵武皇之娥　　　한지(漢池)에서 무황(武皇)의 미녀들 물놀이
　　　　　　　　　　　　본뜬 것인가.

隙過白駒[13]　　　　　　흰 망아지 틈새를 지나가는 것처럼 빠르니

空發宋祖之嗟[14]　　부질없이 송태조(宋太祖)의 탄식을 자아낸 것인가.

寸重[15]尺璧　　　　한 치 시간(寸陰)은 한 자 구슬보다 귀중 하다는 것

曾垂大禹之勸　　일찍이 우임금의 권고가 있었네.

芥山河於明月　　　밝은 달 속에 산하의 그림자 있으니

謾成好事之恨　　　부질없이 일 좋아하는 사람의 한을 이루었고,

倒金柱[16]於落月　　　지는 달에 금 기둥 거꾸로 세워.

嘗助騷人之句　　　일찍이 시인의 시구를 도왔었네.

皆爾幻之使然　　이 모두 너의 환영이 그리 만든 것이니,

固端倪之難喻　　그 원인 결과를 설명하기 어렵구나.

噫天地之有象　　아 ! 천지에 형상이 있는 것은 모두

亦斯理之一影　　이 한 그림자의 이치라 하겠도다.

---

10) 花甎 : 꽃무늬 벽돌
11) 李程 : 宋나라 사람. 字는 表臣 八塼(甎) 學士라 하였다.
12) 漢池 : 『洞冥記』에 한무제(漢武帝)가 못을 팠는데 못 가운데에 달이 뜨면
　　궁녀들로 하여금 배를 타고 들어가 달놀이를 하게 하였는데 영아지(影娥池)
　　라고 이름을 붙였다고 함.
13) 白駒 : 세월이 빠른 것을 말함. (駿馬也赤言日也)
14) 宋祖之嗟 : 송태조가 石守信과의 대화에서 세월의 빠름을 탄식한 내용.
15) 寸陰 : 도간(陶侃)이 사람에게 말하기를 "우임금은 성인이지만 寸陰을 아꼈
　　으니 중인은 分陰을 아껴야 할 것이다."고 하였다.
16) 金柱 : 金桂의 誤字인 듯.

從虛無不味之境　　허무하고 어둡지 않은 곳에서 시작하여

因有物有爲而逞　　물체가 작용함에 따라 나타나게 되도다.

旣於影而又影　　　이미 그림자에서 또 다시 그림자 생기니

豈斯影之能窮　　　어떻게 그 그림자를 다 없게 할 수 있겠는가.

君不見魍魎17)之問影　그대는 망량(魍魎)의 그림자에 대해 묻는
　　　　　　　　　　것을 들어보았는가?

孰爲雌兮孰爲雄　　어떤 것이 암컷이고 어떤 것이 수컷이던가?

俄崑崙之烏匿　　　이윽고 곤륜산으로 까마귀 숨으니

忽萬形之爭收　　　갖가지 형태가 앞 다투어 사라지도다.

世間萬事無不然　　세상만사 모두 그렇지 아니함이 없으니

唯見秋林晚颼飅　　오직 가을 숲 저물녘 산들바람 스치는 소리
　　　　　　　　　　들리는구나.

---

17) 魍魎 : 그림자 속에 또 생기는 그림자. (春渚記聞) 王荊公言. 즉 黃花. 月
中彷彿有物, 乃山河影也.

四 言 詩 (4 언 시) *1

樂天 천리를 즐거워 함
四言一首　사언일수

惟天至仁	하늘은 지극히 어질고
天本無私	하늘은 본래부터 사사로움 없으니
順天者安	천리에 순종하면 편안하고
逆天者危	천리를 거역 하는자 위태롭다네.
痾癢福祿	고질병이나 복록은,
莫非天理	천리 아닌 것이 없으니
憂是小人	걱정하면 소인이고
樂是君子	즐기면 군자라네.
君子有樂	군자는 즐거움이 있어
不愧屋漏[18]	옥루(屋漏)에서도 부끄러움 없이
修身以俟	몸을 닦고서 천명을 기다릴 뿐이니
不貳不夭	의심도 하지 않고 꺾이지도 않는다네.
我無加損[19]	내게 더 할 것도 덜어낼 것도 없으니,
天豈厚薄	하늘이 어찌 후하거나 박하리오.
存誠樂天	정성을 간직하고 천리를 즐거워하니
俯仰無怍	굽어 살펴 우러름에 부끄러움 없도다.

---

18) 屋漏 : 아주 먼 옛날 움집에서 살 때, 빗물을 받아 모으는 깊숙한 곳을 이르는 말(남이 보지 못하는 곳이란 뜻, 암암리에도 나쁜 일을 하지 않는다.)
19) 加損 : (孟子, 書心上) 君子所性, 雖大行不加焉, 雖窮居不損焉

五言 古詩 (5언 고시) *28

1. 雨後登山　비 개인 후 산에 올라

天近日月明	해와 달 밝은 날 높은 산 오르니
騰身積霧中	이 몸은 안개 속에 쌓여 있도다.
連峯碧無盡	잇단 산봉우리 끝없이 푸르고
幽壑深不窮	그윽한 골짜기는 한 없이 깊구나.
林虛籟歸寂	숲 속 텅 비어 온갖 소리 적막하고
水定淵涵空	물 잔잔한 연못은 하늘 머금었네.
郎吟倚層壁	층암절벽 기대어 낭랑히 읊조리니
長袖拂彩虹	긴 소맷자락 아롱진 무지개 스치네.
曠望極人目	탁 트인 전망은 눈 맛이 시원하고
地遠來淸風	드넓은 대지로 선들 바람 불어오네.
天門勢漸逼	천문의 형세 점차 가까워지는데
九扃20)何處通	구선(九旋)의 길 어디로 통 하는가.
回看舊時伴	옛 시절의 동지들 뒤돌아보니
鶯鳩21)藏蒿蓬	소인들 쑥대밭에 숨어 자취 감추었네.

---

20) 九扃 : 九旋의 오류인 듯. 九旋은 九旋之淵으로 지극히 깊은 못. 곧 사람이
　　　볼 수 없는 깊은 곳을 말함
21) 鶯鳩 : 작은 비둘기로 小人을 비유한 것

2. 挽金敬叔惕庵　척암 김경숙의 만사

子生不古時	그대 태어난 시기 옛날이 아니고
子生又東國	태어난 곳 또한 우리나라일세.
貧病無子比	가난과 질병 그대와 견줄 수가 없지만
獨抱君子德	그대만이 군자의 덕행을 품었네.

曲肱樂有餘	팔을 베고 누워 즐거운 낙이 있고
滿庭春草生	뜰에는 봄풀이 가득 자라는데.
我病不出門	나는 병들어 문밖도 못 나가고
耿耿空聞聲	근심스러운 소문만을 듣고 있었네.

城西薄暮雨	비 내리는 저녁 무렵 성의 서쪽에서
此生唯一面	그대 한 번 만나 보았었지.
論學更無人	이제 학문 논 할 사람 다시없으니,
霑襟淚如霰	양 볼에 흐른 눈물 옷깃을 적시네.

丁寧百年期	백년을 간절히 기약했는데,
不忍看夜月	오늘밤 달을 같이 못 보겠구려.
我亦豈久世	나 역시도 이 세상에 얼마나 살겠는가,
卽今生白髮.	벌써 흰머리가 자라나고 있다네.

3. 和人   어떤 사람에게 화답하다

鳥啼人尙眠	새들 지저귀나 사람 아직 잠을 자고
曉雨涼生席	서늘한 새벽 비 자리에 스며드네.
柴戶靜無過	찾는 사람 없는 사립문 고요하고
滿案靑山色	책상 가득 푸른 산 빛이로세.
城南故人使	성 남쪽의 친구가 사람을 보내오니
聊以慰寂寞	오로지 적막함 위로해 주노라.
披簑許相問	도롱이 걸치고 나를 찾아온다기에
預拂溪邊石	미리 시냇가 돌을 씻어 놓았다오.

4. 晚題 22)   해질 무렵에 쓰다

山家値晚晴	산가(山家) 해질녘 개인 날을 만나니
池面息纖纊	연못 물 가는 솜처럼 잔잔하구나.
天容落其中	하늘은 그 가운데 떨어졌는데
一色同下上	아래 위가 다 같은 색깔이로다.
池雖上含天	연못 물 저 위의 하늘 머금었으나
天遠九萬里	하늘은 구만리나 멀리에 있네.
終然天隔地	마침내 하늘은 땅과 떨어져 있어
生風池不止.	바람 불어 못 물결 일어나네.

---

22) 만제(晚題) : 구봉선생 20세(1553년) 초여름 어느 날 해질녘 삼청동 계곡 정
자에서 시회를 열었다. 늘 武夷洞(지금의성산동)에서 하다가 이날 시회(詩會)
는 구봉의 태생지 삼청동에서 8문장가들이 다 모여 구봉의 사회로 시제는
각각 달랐으며 구봉선생은 만제(晚題)라는 이 시를 읊었다. 각자 시 주제는
최경창(三淸洞口占),백광훈(龍江詞),이산해(해당화),최립(村落),이순인(石壁),송
익필(晚題), 2분은 빠짐.

風定豈無時　어찌 바람도 잘 때가 없겠는가,
定時天可逢　바람 잘 때 하늘을 만날 수 있으리니
池既不改清.　연못이 변치 않고 맑기만 한다면
天亦不改容　하늘도 그 모습 연못에 비추리.

5. 別人　　어떤 사람과 이별하다

人生豈無別　인생에서 어찌 이별이 없으리오만
此別令我悲　그대와의 이별 내게 슬픔 안겼네.
白髮去留心　백발로 가도 머무는 마음
相見何年時　서로 만날 날 언제일까
金多醜作妍　돈 많으면 추한 것도 교태를 부리고
天外愁蛾眉　하늘멀리 눈썹에 시름 짓는다오.
急節邁流水　시절 급변 물 흐르듯 해도,
貞心無遷移　곧은 마음 변절은 없다네.
棄捐玉何言　버려진 옥돌 무슨 말을 하리,
卞氏23)空淚垂　변씨만이 부질없이 눈물 흘리네.

---

23) 변씨(卞氏) : 변화(卞和)인데 춘추전국시대 초(楚)나라 사람이다. 그가 옥덩이 하나를 발견하여 전후로 초나라 여왕(厲王)과 무왕(武王)에게 바쳤으나 모두 거짓으로 인정되어 두 다리를 잘렸다. 문왕(文王)이 즉위하자 변화가 형산(荊山) 아래에서 옥 덩이를 부둥켜안고 통곡하였다. 초 왕이 사람으로 하여금 옥덩이를 가공하게 하였더니 과연 좋은 옥이었다. 이를 변씨벽(卞氏璧)이라고 일컫는다.〔韓非子卞氏〕여기서는 훌륭한 사람도 때를 못 만나면 쓰여 지지 않음을 말함. 즉 구봉의 굳은 마음 변함없이 확고하지만 현실적으로 크게 쓰여지지 못하는 자신의 처지를 옥에 비유한 것.

6. 次謫仙[24]韻 적선의 시운에 따라서 짓다

寂寞靑樓女	적막한 청루의 저 여인
單居白雲端	흰 구름 끝자락에 혼자 산다네.
玉齒未曾啓	옥 같은 치아 드러내지 않고
芳春無所歡	꽃다운 봄이라도 기쁠 것 없었네.
有節何人識	절개가 있다한들 누가 알아줘,
無言片心丹	말은 없어도 일편단심 꾸준하지.
重重翠雲屛	비취구름 병풍 두르고
不許他人觀	타인에겐 절대 보이지 않았다네.
却笑秦家女	우습 구나 진가(秦家)의 저 계집
輕身乘彩鸞	몸 가볍게 호화 수레 타는 구려.

---

24) 謫仙 : 세상과 떨어져 사는 선인(仙人)을 말한다. 즉 하늘에서 죄를 짓고
이 세상에 온 사람을 적선이라 하는데 이 태백을 말함. 옛날 사람들은 재주
와 행실이 뛰어난 사람을 왕왕 적선이라 일컬었는데 인간에는 이러한 사람
이 있지 않다는 것을 말한 것이다. 이 태백(李太白)이 지은 대주 억하감시
서(對酒憶賀監詩序)에 "태자의 번객인 하지장(賀知章)이 장안의 자극궁(紫極
宮)에서 나를 한번 보고는 적선인(謫仙人)이라고 불렀다"는 대목이 있는데
후세 사람들이 이로 인해 이태백을 적선이라고 흔히 부른다.

7. 次友人韻 寄友人 벗의 시에 차운하여 보내다

次楓崖韻　　풍애의 시운을 따라 지음

伊人阻歡會　그대 기쁜 모임에 나오지 못하였고
秋風搖夕幃　저물녘 가을바람 휘장이 나부끼네.
隔水怨芙蓉[25]　물 건너 부용성(芙蓉城)을 원망하였고
寒露添我衣　찬 이슬은 내 옷자락 적시었네.
孤舟夜波深　외로운 나의 배 밤물결 거세니
負叩月中扉　달빛 아래 그대 문 못 열었네.
不惜流光遷　흘러가는 세월 아까워서 아니라
但怨始願違　첫 소원 어긋난 것 원망스럽네.
始願雖可違　비록 첫 소원은 빗나갔어도
携君同有歸　그대 손을 잡고 함께 돌아가리라.

---

25) 부용성(芙蓉城): 전설적으로 신선이 사는 곳인데 여기서는 상대방의 사는 곳을 존칭하여 쓴 것이다.

8. 山中　　산중에서

山上泠泠水	산 에서는 아주 맑게 흐르던 물도
出山爲濁泉	산을 벗어나면 흐려지고 만다네.
山中鹿爲友	산중에선 사슴들 벗 삼았으나
山外塵滿天	산 밖에선 티끌이 하늘을 뒤덮네.
功利聲何及	이곳에 공로와 이익소리 어떻게 미칠까.
琴樽道自玄	거문고에 술동이 속 도미(道味) 절로 깊네.
草閑朝露濕	풀은 한가로이 아침 이슬 머금고
花靜午禽眠	고요한 꽃 속에 새들은 낮잠 자네.
怳忽人間夢	황홀한 꿈을 꾸는 인간은
逍遙物外仙	세상에 노니는 신선이로다.
身生秦漢後	이내 몸 진한(秦漢) 뒤에 태어났으나
神合禹湯26)先	정신만은 우탕(禹湯)의 선대와 일치한다오.

9. 次謫仙感興韻　적선의 감흥시운에 따라 짓다

捲簾春已晚	주렴 걷고 보니 늦은 봄이라
芳華枝上稀	가지 위 드문드문 향기로운 꽃.
隨雨又隨風	비에 젖고 또 바람에 날려
紛紛何處歸	펄펄 휘날리며 어디로 가는가.
寧從流水去	차라리 물 따라 흘러갈망정
莫向塵泥飛	먼지 진흙으로 가지는 말거라.
塵泥能滯物	먼지 진흙은 사물을 더럽히니
恐爾失光輝	네 고운 광채 잃을까 두렵구나.

---

26) 禹湯 : 우임금과 탕임금

10. 送人 그대를 보내며

子來何遲遲	그대 올 때는 어렵게 오더니만
告歸何局促	갈 때는 왜 그리도 서두는가.
朝揮辭我淚	오늘아침 하직 눈물 보이더니
暮投何人宿	저녁엔 뉘댁에 투숙하려나.
朔風吹不休	겨울바람 쉬지 않고 불어오고
河橋水流急	하교(河橋)밑 물살은 급히 흐르네.
威遲城下路	성 아랫길 돌아가는 그 모습에
望子愁欲絶	바라보는 내 가슴 시름겨워라.
獨自立空山	텅 빈 산 속 멍하니 홀로서서
回看滿衣雪	돌아보니 옷자락 눈 가득 쌓였네.

11. 別赴防閨人 수자리 살러 가는 남편을 이별한 여인

脈脈出重門	묵묵히 앞을 향해 중문을 나서서
前山看向夕	앞산을 바라보니 석양이 지는구나.
行人過又盡	지나는 행인 인적 또한 끊겼는데
幾家占喜鵲	까치는 기쁜 소식 몇 집 전해줬나.
稚子不知心	어린아이 이 마음 알지 못하고
牽衣求就席	옷자락 끌어 잡고 들어가자 조르네.
就席若夜長	잠자리 들어도 밤은 몹시 길며
奈此愁寂寞	외로운 이내 수심 적막하여라.
留衣謂早歸	입던 옷 남겨 둬 빨리 온다더니
旋驚秋葉落	놀랍게도 가을 낙엽이 지는구려.
不歸亦不恨	아니 돌아오셔도 한 할 수 없으나
生死渺難測	죽었나 살아있나 알 수가 없구나.

12. 挽客死　객사한 이에 대한 만사

客遊病未歸	타향 떠돌다 병들어 못 돌아가니
故園春草生	고향엔 여전히 봄풀들 돋아나겠지.
悠悠隔親愛	오랫동안 어버이 사랑을 떠나
獨此長安城	홀로 이 장안에 머물러 있었네.
家人日又日	집 사람은 날이면 날마다
佇望平安音	편안한 소식만을 바랐었겠지.
死者卽無知	죽은 이는 아무것도 알지 못하고
生者空怨深	산 자는 부질없이 원망만 하겠지.
悽悽哭君淚	그대 위해 처절하게 곡하는 눈물은
不忍同里心	한 마을에 살던 인정어린 마음일세.
送君漢水上	그대를 떠나보내는 한강 가는
昔時迎君道	옛날 그대 맞이한 길이었네.
薄宦有何好	박봉의 벼슬살이 뭐 그리 좋아
君歸苦不早	그대는 왜 빨리 가지 않았소.
送君一長吁	그대 보내며 긴 한숨 짓노니
他鄕吾亦老	타향살이 나 또한 늙어가네.

13. 權同知眞卿嚴君　권 동지 진경 부친의 만사

仁廟卽祚時	인종 왕께서 등극 하실 때
羣賢初有( )	군현들 처음에는 ( )있었는데.
蕭艾忽盈幃	갑자기 조정에 소인배 가득 차니
血泣人事違	인사가 어긋남에 피눈물 흘렸소.
異鄕生白髮	낯선 타향살이 백발이 생겼고
海曲爲孤囚	궁벽한 바닷가 외로운 죄수였네.
歸來一身存	돌아와 살펴보니 이 한 몸만 남아 있어
零落悲舊遊	옛날에 놀던 일 슬퍼하였다네.
玄都千樹花	서울의 나무들 화려하게 꽃피지만
獨立無限愁	홀로 서서 한없는 시름에 잠겼네.
卽今事惟新	이제는 모든 일 오직 새로워져
時望歸碩老	일시의 기대 원로인 그대에 돌아갔네.
一疾竟不起	한 번의 병환 끝내 못 일어나니
重門掩秋草	중문이 가을 풀로 가려져있네.
靈輤待曉發	상여는 새벽에 떠나려 하는데
山郭鷄鳴早	산성의 닭들 일찍도 울어대네.
悽涼溪上居	처량하다 그대 살던 시냇가에는
葉落無復掃	낙엽이 져도 쓸어낼 사람이 없네.

1545년(乙巳年)

14. 挽張喪人 장 상인의 만사

哀哀廣陵廬	슬프고 슬프다 광릉의 여막이여
孝子情獨苦	효자의 심정 외롭기만 하였으리.
攀號樹盡枯27)	붙잡고 울었던 나무 말라버렸고
淚滴無乾土	눈물 흘리니 마른 땅이 없네.
一疾仍至孝	병들어 눕게 되자 효도도 끝나고
良劑嗟無及	좋은 약도 이미 때는 늦었구려.
羸悴衣帶寬	얼마나 말랐는가 허리띠 헐렁해
不忍看斂襲	염하는 광경 차마 볼 수 없었네.
弱妻與二子	연약한 그 아내와 슬하의 두 아들
那堪聞血泣	목 놓아 통곡해 듣기 너무 슬펐네.

---

27) 樹盡枯 : 나무가 말라죽은 것. 왕부(王裒)의 아버지가 비명에 죽은 것을 원통히 여겨 묘소에서 잣나무를 붙잡고 울부짖으니 눈물이 나무에 떨어져 나무가 말라죽었다는 고사로 곧 효자를 말함.

15. 挽叔獻外舅　숙헌 장인의 만사

白首患淸羸	백발이 되어 청영 병을 앓았으나
休官殊未早	일찍 벼슬살이 쉬지도 못 하였네.
曳疾尋良醫	병든 몸을 이끌고 양의를 찾느라
復涉長安道	다시금 서울 길을 건너 왔었네.
白日臥空廊	대낮 텅 빈 대청에 누워 있을 때
舊遊稀相過	옛날 놀던 친구들 문병 드물었네.
情深舘下甥[28]	정 깊었던 장인과 사위였고
死生勤苦多	살아서나 죽어서나 수고 많았네.
一哭江祖罷	강가의 전별에서 곡 한번하고 나니
丹旐浮西波[29]	붉은 명정 그 모습 서파로 떠가네.
政平有遺愛	정사가 공평했던 남겨진 사랑
泣悌三州老	세 고을 늙은이들 흐느껴 우네.
二兒哭隨柩	두 아이 곡하며 상여를 따르는데
小者初離抱	작은애 이제 겨우 세 살 지났네.
悲風生綠蘋[30]	바람도 슬퍼서 마름 위에 불어오고
曉月下前島	새벽달은 앞섬으로 지고 있구나.
佇立水悠悠	강물 유유한데 멍하니 서서
山回棹聲少	산을 도니 노 젓는 소리 작아지네.

---

28) 舘甥 : 사위를 말함(孟子.萬章下) 舜 尙見帝, 帝舘甥于貳室.
29) 丹旐 : 葬事때 쓰는 깃발
30) 마름 : 綠蘋을 말함

16. 山花　　산에 핀 꽃

山人獨出門	산에 사는 사람 홀로 산문 나서니
滿山山花發	이산 저산 꽃들이 만발했구나.
淸香夜應多	맑은 꽃향기 밤 되면 더 많아져
爲待花間月	꽃 사이로 달뜨기를 기다리는데
狂風吹不休	미친 듯 부는 바람 쉬지 않고
佇立空嗟咄	우두커니 바라보며 탄식만 하네.

17. 聞京報 走筆別親舊　서울 친구 소식에 이별의 글을 보내며

萬世在吾後	남은 세월 내 뒤에 영원하고
百世在吾上	지난 세월 내 위에 있었으니
此身立其中	이 몸 그 가운데 우뚝 서서
浩然一俯仰	호연히 위아래 한 번 생각하노라.
事業豈不大	사업이 어찌 크다 하지 않으랴마는
無窮非與是	옳고 그른 것 또한 끝이 없다오.
少小慕先師	젊었을 때 옛 성현 사모하여
孳孳 勤佇跂	부지런히 쉬지 않고 발돋움 했다오
不讓第一等	일등 하는 자리 양보하지 않고
一欲止所止	한 결 같이 그 경지에 그치려 했네.
今古異其道	옛날과 지금은 도리가 달라서인지
虛名增謗毀	헛된 명성 비방만 더하여 갔네.

以無謂我有	나에게는 없으나 있다 말하고
不爲謂我爲	내가 하지 않은 것도 했다 하네.
賢哲古亦然	어진이도 옛날에 그러했으니
於吾君莫悲	그대 나에 대해 슬퍼하지 말게나.
求生固非道	살 길만 찾는 것 물론 도가 아니고
輕死亦非義	죽음을 경시함도 의가 아니라네.
其間有至理	그 사이에 지극한 이치가 있으니
毫差謬千里	털끝만한 차이도 천리나 어긋나네.
休將禍與福	재앙이나 행복을 말하지 말고
於學爲勸沮31)	학문을 권하거나 막지도 말게나.
勗哉歲暮心	늘그막 그 마음 애써 간직하였으니
無忘臨別語	이별할 때 내가 한 말 잊지 말게나.

18. 有懷　　회포가 있어
二首　　2수

衆草翳孤芳	풀들이 한 꽃을 가리 운다 하여도
幽香何損益	그윽한 향기야 다를 리 있겠는가.
白露滴夜半	하얀 이슬 한 밤중에 내려오고
淸風吹日夕	상쾌한 바람 밤낮으로 부는구려.
貞心空自持	곧은 마음 이어 스스로 지키면서
不許傍人識	주위 사람 알기 바라지도 않았네.

---

31) 勸沮 : 악을 뉘우치고 선을 행함을 권하는 것.

19. 又　　　또 한수

吾友謂吾曰	그대 나에게 말하지 않았던가,
古人吾可期	고인의 경지 나도 갈 수 있다고.
有爲卽其人	실천을 하면 그게 바로 고인이니
古今無異時	옛날이나 지금 다를 것이 없다네.
出言戒無信	믿음 없이 말하는 것 경계해야 하고
行身惟不欺	처신 할 때는 속임이 없어야지.
成己又成物	자기완성 하고 남도 완성시키면
吾道其在玆	우리의 도가 여기에 있다 했는데
吾友忽先逝	그대 내 먼저 세상을 떠나니
大志中道虧	큰 뜻 중도에서 무너졌네.
好學今也無	학문 좋아하는 이가 이제 없으니
傷心非爲私	상심 되는 것 사사로움 아니라오.
相觀更無質	이제는 다시 만나 물을 곳 없으니
隻影吾亦衰	외로운 그림자뿐 나도 노쇠하였네.

栗谷名珥 字叔獻	율곡의 이름은 이(珥)이고 자는 숙헌(叔獻)이다.
唱起道學 將大有爲	그 가 도학(道學)을 불러 일으켜 앞으로 큰일을 하게 되리라
吾東不幸 未五十云亡	여겼는데 우리나라가 불행하여 50이 못되어 세상을 떠났다.

20.走筆書懷 달필로 회포를 쓰다.

蒲目干戈裏	어디를 둘러봐도 전쟁의 흔적이라
偸安一枝棲	한 가지 둥지라도 의지하고 싶구나.
萍蹤無遠近	종적은 마름처럼 원근 없이 떠돌고
行伴是夫妻	같이 다닌 짝이란 부부 뿐이라네.
百結未掩骼	누덕누덕 기운 옷 허리도 못 감춰
霜風蕭瑟兮	서릿바람 불어대니 스산하구나.
一飯祭不得	밥 한 그릇 차려 제사도 못 올리니
臥聞烏夜啼	잠자리에 들리는 건 까마귀 소리뿐.
骨肉斷音書	골육지친 소식이 아득히 끊어지니
生死隔東西	죽었는지 살았는지 동서가 막혔네.
白髮零落盡	흰머리 다 빠져서 남은 게 없는데다
別久魂夢迷	이별한지 오래되어 꿈속도 희미하네.
萬里同明月	밝은 달은 만리서도 함께 보련마는
他鄕又鼓鼙	타향에 또 난리 북소리만 들리네.
農桑無舊業	농업이나 잠업 터전 본디부터 없지만
秋草任萋萋	가을 풀 무성하게 제멋대로 자랐구나.

21.雲谷哀辭　운곡을 애도하며

人言吾弟死	어떤 분 전한 말 내 아우 죽었는데
地是東海湄	그 곳은 동쪽의 바닷가라 하였네.
有生誰不死	그 누구인들 죽음이 없을까마는
爾死爲最悲	너의 죽음 너무나도 슬프구다.
白頭四弟兄	사형제 모두 백발이 되었는데
蓬轉各千里	쑥 대강 굴러가듯 각각 천리라네.
飢寒兩不知	굶주림에 떨었는지 서로가 모르고
所慶惟不死	죽지 않은 것만 경사로 여겼다.
生時寄我書	살아서 나에게 보낸 편지가
見書纔一旬	받아 본지 겨우 열흘 되었네.
路遠言莫信	먼 길에 전한 말을 믿을 수는 없지만
欲問憑何人	그렇다고 누구에게 물어본단 말인가.
畏人哭呑聲	남이 들을까봐 두려워 곡소리 삼켜도
淚滴聲相連	눈물 흘러 곡소리 하염없이 이어지네.
吾家鶺鴒原	우리네 집안의 형제들 중에서
汝年爲少年	네 나이 제일 어렸기 때문이다.
常擬我先死	언제나 그랬지 내가 먼저 죽으면
使汝藏我骨	내 뼈를 네가 묻어 줄 거라고.
憶在提哺時	생각난다 손잡고 밥 먹을 그 때에
慈愛於汝別	어머님 사랑이 너에게 특별했지.

飮乳汝最後　너야말로 어머니 젖 가장 많이 먹었는데
含飯汝何先　어찌하여 나보다 먼저 갔단 말이냐.
汝病我必通　병 앓는 너를 보면 내 마음 아팠었고
我病汝亦然　이내 몸 병났을 때 너 역시 그러했지
今日死不知　오늘날 죽었는지 알 수가 없어서
呼天天漠漠　하느님을 불러봐도 막막할 뿐이구나.
汝死不我土　네가 죽었지만 묻어주질 못하니
孤骨委何壑　외로운 시신이여 어디에 버려졌을고.

22. 其二　　　그 둘째

汝有三女子　너에게 세 명의 딸아이 있는데
丁難未歸人　난리를 만나서 시집도 못 갔고
汝有一男兒　너에게 한 명의 사내아이 있으나
啼飢病嬰身　굶주림에 병까지 들었다네.
旅櫬地盡頭　아득한 저 끝에 나그네 상여라
家鄉知幾里　고향에 내 집은 몇 리나 되는지.
死後卽無知　죽은 뒤엔 아무것도 알지 못하겠지만
臨絶情何已　임종 무렵 그 심정 어찌 헤아려.
日色爲汝昏　태양이 너를 위해 밝은 빛을 잃었고
江流爲汝咽　강물도 너를 위해 흐느껴 우는 구나.
含聲哭不得　울음도 삼키며 울먹이고 있으니
有怨何時洩　언제쯤 이 원한 풀 수 있단 말인가.

23. 其三　　그 셋째

汝病不得救	네가 병들어도 구완하지 못하였고
汝死不得哭	네가 죽었지만 곡하지도 못하였네.
一影落坎井	외로운 한 그림자 험한 곳에 떨어지니
千里悲骨肉	천리 먼 곳에서 골육의 슬픔이라
吾門兄及弟	우리 집의 형제간에는
少小情愛篤	어릴 적 그때부터 사랑이 두터웠지.
今春改先窆	올 봄에 선친 무덤 다른 데로 옮기여
孤墳土三尺	석자의 흙을 쌓아 외로운 무덤 지어놓고
相持哭一聲	서로가 부여잡고 곡을 한번 했었는데
是哭爲永訣	이 곡이 영원한 이별이 되었구나.
吾欲祔汝骨	네 뼈를 선영 밑에 묻어주고 싶지만
世亂何可必	세상이 어지러워 어떻게 기약하리.

24. 其四　　그 넷째

少我汝己死	나보다 젊은 네가 세상을 떠났는데
老汝吾能久	너보다 늙은 내가 오래 살고 있구나.
去春握汝手	지난봄에 너의 손을 꼭 붙잡고서
相視悲白首	서로가 쳐다보며 백발을 슬퍼했지.
昔病今不病	옛날에는 병을 앓았으나 요즘에는 건강하니
人皆謂汝壽	사람마다 너를 보고 수할 거라 하였었지.
生旣不我先	나보다 뒤늦게 태어나서
死何不我後	어찌 나보다 먼저 죽었는가.

身病又時危　이내 몸 병든 데다 시국까지 위험하니

無知羨汝夭　무지한 이 형은 너의 요절 부럽구나.

死者或相逢　죽어서 서로가 만날 수 만 있다면

終知別時少　그때는 헤어질 날 적다는 걸 알 테지.

※羨선=부러울선 / 羨이=고을이름이 (羨=羨)

厥後 又得弟書　그 뒤에 또 아우의 편지를 받았으나

猶疑其死 猶疑　여전히 살았는지 죽었는지 알 수가 없어서

其生 持服呼泣　상복을 입고 애통해 하였는데

數月 始知其虛　두어 달이 지나서야 비로소

計而釋服 蓋時　헛된 부음이었다는 것을 알고는 복을 벗었다.

丁大患 白刃嬰　대개 당시 큰 환란을 당하여 시퍼런 칼날이

前 身不得相往　앞에 도사리고 있었기 때문에

來 書信亦絶 如　왕래할 수 없었고 서신도 끊어져

在兵禍中 哀哉　마치 전쟁 속에 있는 것 같았으니 슬픈 일이었다.

25. 白髮　백발 (흰머리)

春風吹白髮　봄바람에 백발이 흩날리니

吹落白花中　흰 머리칼이 하얀 꽃이로다.

髮白難少年　털이 희어진들 소년 되기 어렵지만

花落又春風　꽃이야 지고나면 봄바람 또 온다네.

無情物無窮　감정 없는 만물은 한없이 무궁한데

有情人有終　정이 있는 사람은 종말이 있구려.

浩然一長嘯　호연히 길게 한 번 휘파람 불고

千古弔英雄　천고의 영웅에게 위로를 드린다네.

26. 天　　　하늘

君子與小人	군자와 소인은
所戴惟此天	오직 같은 하늘아래 살지만
君子又君子	군자는 또 군자가 되어
萬古同一天	만고에 같은 하늘이라 하네.

小人千萬天	소인은 하늘을 천 만 개로 여겨
一一私其天	하늘을 하나하나 사사로이 여기지만
欲私竟不得	사사롭게 하려다 끝내 얻지 못하면
反欲欺其天	도리어 그 하늘을 속이려하네.

欺天天不欺	하늘을 속이려 해도 하늘은 안속아
仰天還怨天	하늘 우러르다 도리어 원망하나
無心君子天	사심 없어야 군자의 하늘이고
至公君子天	지극히 공평함 군자의 하늘이지.

窮不失其天	곤궁해도 그 하늘 잃지 않고
達不違其天	영달해도 그 하늘 어기지 않네
斯須不離天	잠시도 하늘 떠나지 아니하니
所以能事天	그러므로 하늘을 섬겨야지.

聽之又敬之	듣고 또 하늘 공경하고
生死惟其天	생사 간에 오직 그 하늘뿐이니
旣能樂我天	이미 나의 하늘 즐길 수 있다면
與人同樂天	남들과도 함께 하늘 즐기리라.

27. 贈別友人 벗과 이별하며 지어주다

幽居萬籟息	깊숙한 거처에는 온갖 소리 그치었고
佇立千峯寂	우두커니 서 있는데 뭇 봉우리 고요하네.
翩翩故人使	바쁘게 걸어오는 친구의 심부름꾼
溪雪初成跡	시냇가 쌓인 눈에 첫발자국 내는구려.
書云客鐵瓮	서신에 하신 말씀 철옹에 손이 되어
待君吟月夕	나 오길 기다려 달밤을 읊자했네.
浮生百年間	정처 없는 이 인생이 백년의 사이에
此會能幾日	이러한 모임이 며칠이나 되겠는가.
昨夢落華山	지난밤 꿈속에선 화산에 떨어져서
纔見旋言別	서로가 보자마자 이별을 하였었지.
東海風不止	동해에 부는 바람 그치지 않으니
兵戈何時畢	어느 때나 이 전쟁이 끝장이 나려나.
死者旣已矣	죽은 이 이제는 모두가 끝났지만
生亦爲永訣	산 사람 역시나 영원한 이별일세.
脈脈兩無言	물끄러미 바라보며 둘이 다 말없이
相對看白髮	마주 앉아 백발을 보고만 있었네.

28. 寓羊馬村 曉次　양마촌에 우거하여 새벽에
李白談玄韻　이백의 담현 시운에 따라 짓다

千山鳥聲曉　뭇 산에 새 소리 새벽을 알리니

幽人夢先覺　은거하는 군자는 꿈 먼저 깼다네.

歸雲流静態　돌아가는 구름은 유유히 떠 흘러가니

落月掩寒貌　넘어가는 저 달의 찬 얼굴 가리었네.

露花濕不飛　이슬에 젖은 꽃은 날아가지 못하고

旣落還有要　떨어졌다 다시금 한 곳으로 모여 드네.

林端白色生　하얀 달빛이 숲 끝에서 생겨나더니만

漸入窓間照　차츰차츰 창 사이로 들어와 비추도다.

盈虛只一理　보름과 그믐은 한 가지 이치일 뿐

黙契閑中妙　한가한 가운데 그 묘리를 은연중 느끼었네.

味淡尊內守　담담한데 맛 붙이니 나의 지킴 높아지고

慕寂輕外召　고요한 걸 좋아하니 바깥 유혹 경시하지.

獨坐誰同賞　내 홀로 앉았으니 뉘와 함께 감상할고

無私豈異調　사사로움 없다면 진리가 다를쏘냐.

遐想忽有會　옛 성인 생각하다 갑자기 깨달을 땐

時或宛爾笑　때로는 빙그레 웃기도 한다오.

足不下庭戶　그렇지만 발걸음 뜰에도 안 나가니

何年事登眺　어느 해나 올라가 바라볼 날 있을까.

七言 古詩 (7언 고시) *8

1. 折竹吟　　꺾어진 대나무를 읊다.

半夜狂風折竹數叢　한 밤중 세찬 바람 몇 그루 대나무 꺾이니
曉起對竹翻撫躬　새벽에 일어나 대를 보고 몸소 어루만졌네.
雖然可折不可凋落同蒲柳　꺾일지는 몰라도 부들이나
　　버들처럼 시들지 않으니
歸來高臥一慰一忡忡　돌아와 높이 누워 사는 것을 위로
　　하며 한편 근심도 하네.

2. 江月吟　　강물에 뜬 달

我爲江上客　내가 강가의 나그네 된 것은
爲愛江上月　강에 뜬 달을 사랑하기 때문이라네.
江空月亦白　강물이 맑으니 달 또한 밝고
月白心亦白　달빛 밝으니 내 마음 또한 밝네.
浩然相對洞相照　호연히 마주 대해 서로 밝게 비추니
淸夜漫漫天寂寂　맑은 밤은 아득하고 하늘은 고요하다.

3. 在雲陽山中　　운양 산중에서
次友人見寄韻　　벗의 시에 차운하다

淸夜沈沈洞壑幽　맑은 밤 고요하니 동구 골짜기 으슥한데
獨鶴頻驚松上雪　솔 위에 눈 내리니 외로운 학 자주 깨네.
曉風吹落何處鐘　어느 곳의 종소린지 새벽바람 타고 와서
一聲迴度千峯月　저 멀리 천 봉 위의 달까지 퍼져가네.

叩氷玄竇煎茶遲 　　바위틈의 얼음 깨어 차 달이기 더디고
小奚斷夢香煙濕 　　동자가 꿈을 깨니 향연에 젖었다네.
山中佳久道心全 　　산중에 오래 사니 도심이 온전하며
山外不信風塵急 　　산 밖에 난리 급함 믿어지지 않는구나.
參差疊巘埋早紅 　　어긋난 봉우리 아침햇빛 가렸다 나왔다
隔窻曙色分又集 　　창 너머 새벽빛이 흩어졌다 또 모이네.
靜聞還嫌日月遲 　　고요하니 도리어 시간 안가 혐의롭고
沖虛翻訝詩書澁 　　담담하니 갑자기 시서에 더듬거려지도다.
神仙只在方寸中 　　신선은 오로지 마음속에 있나니
休道飆輪32)遠無及 　　태양 멀어 미치지 못한다 말하지 말라.
武陵33)終未絶世間 　　무릉도원도 끝내 인간 세상 끊지 못해
有友却向蒼生泣 　　어떤 벗이 도리어 백성 향해 울었다네.

4. 白髮　　백발 (흰머리)

白髮無端至 　　백발은 까닭 없이 찾아오고
春風偶爾來 　　봄바람 우연히 불어오는구나.
前年共尋我 　　지난해도 함께 나에게 왔는데
長沙萬里隈 　　그곳은 만리밖 장사의 구석이네.
今年又來尋 　　올해도 또 다시 나를 찾아오니
風波湖海頭 　　호수 바다 풍파에 시달리는 머리네.
不須慇懃尋我至 　나에게 은근히 찾아오지 말거라.
年年添我故國愁 　해마다 나에게 고국 시름 더해주니.

---

32) 飆輪: 太陽을 말함
33) 武陵桃源 : 前註參照

5. 懷人　　　어떤 사람을 그리워하며

皎皎雲間月	하얗고도 하얀 구름 사이 저 달은
月缺圓有時	기울면 또 다시 둥글 때가 있건만.
雲散會無期	구름이 흩어지면 만날 기약 없듯이
悠悠水中舟	유유히 떠 있는 물 가운데 배라네.
水流潮或來	흐르는 물이야 조수 들면 오겠지만
舟去何年廻	떠나간 저 배는 어느 해나 돌아오지.
情人浮舟逐雲去	정든 사람 배를 타고 구름 쫓아가니
萬里一望唯見天	만리를 바라봐도 하늘만 보이네.
獨對有信潮	변함없는 조수만 혼자서 마주 대하고
悵然看缺圓	서글프게 차고 기운 저 달만 보노라.

6. 歷金城故墟　금성의 옛터를 지나며
百濟據險 避難處也　백제가 험한 곳에 의거하였으니
피난하는 곳이다.

金城爲國問何時	금성이 어느 때에 나라가 되었던고
城帶金名今古流	성은 금자 붙여 고금 세월 흘렀네.
金城不改國已無	금성은 그대론데 나라는 없어지고
半堞寒月空悠悠	반쪽 성에 찬달 유유히 떠 있구나.
煙開碧水千年色	연기걷힌 푸른 물 천년 빛 간직했고
鳥拂紅楓萬壑秋	새들 나는 붉은 단풍 만학 가을일세.
興亡不關山河美	흥망에 상관없는 산하는 아름다워
極目還成過客愁	멀리 보니 오히려 나그네 시름이다

7. 足不足　　　　　족과 부족 (만족과 불만족)

君子如何長自足	군자는 어찌 늘 스스로 족하다하며
小人如何長不足	소인은 어찌 늘 부족하다 하는가.
不足之足每有餘	부족해도 족히 여기면 늘 여유 있고
足而不足常不足	족해도 부족히 여기면 항상 부족하지.

樂在有餘無不足	즐거움에 여유 있으면 부족하지 않고
憂在不足何時足	부족을 근심하면 어느 때나 족할 건가.
安時處順更何憂	때에 따라 편안하니 근심할게 없는데
怨天尤人悲不足	하늘 사람 원망하면 부족함 끝이 없네.

求在我者無不足	내 몸에서 찾으면 부족할 게 없지만
求在外者何能足	밖에서 찾으니 어찌 능히 족하리오.
一瓢之水樂有餘	가난한 속에서도 여유를 즐기는데
萬錢之羞憂不足	부유하게 살면서도 부족을 근심하네.

古今至樂在知足	고금에 지극한 낙 족함을 아는데 있고
天下大患在不足	천하의 큰근심 부족해 하는데 있다네.
二世[34]高枕望夷宮	이세황제는 높이 누워 이궁을 바라보며
擬盡吾年猶不足	평생 향유 할 수 있었으나 부족하게 여겼고.

唐宗[35]路窮馬嵬坡	당 헌종은 마외에서 갈 길이 궁해지자
謂卜他生[36]曾未足	저승서도 같이 살자 약속해도 부족했도다.
匹夫一抱[37]知足樂	필부는 도를 지켜 족함 알아 즐거운데
王公富貴還不足	왕공은 부귀도 도리어 부족하게 여긴다네.

---

34) 二世 : 이세는 진시황(秦始皇)의 둘째 아들 호해(胡亥)이다. "내 눈과 귀나 마음으로 즐길 수 있는 것을 실컷 즐기며 평생을 마쳐야겠다." 한 것을 말함.

35) 唐憲宗 : 헌종이 안녹산(安祿山)의 난을 만나 피난가는 도중에 마외역에 이르러 양귀비를 죽인 일.

36) 卜他生 : 장한가(長恨歌)에 나오는 말로 당명황제가 양귀비와 저승에서도 같이 살자고 맹세한 일.

37) 一抱 : 一抱로 도를 지키는 것.

天子一坐不知足　천자의 자리지만 족함을 모르는데
匹夫之貧羡其足　필부의 가난함도 족하니 부럽구나.
不足與足皆在己　족함이나 부족함이 나에게 있는데
外物焉爲足不足　외물이 어떻게 족 부족이 되겠는가.

吾年七十臥窮谷　내 나이 칠십인데 외딴 골에 누웠으니
人謂不足吾則足　남들은 부족타지만 나는야 족하다네.
朝看萬峰生白雲　아침에 만봉에 피어나는 흰구름 보면
自去自來高致足　스스로 가고 오는 높은 운치에 족하고.

暮看滄海吐明月　저녁에 바라보면 창해에 뜬 밝은 달
浩浩金波眼界足　넓디넓은 금물결 보는 것 족하다네.
春有梅花秋有菊　봄에는 매화요 가을에는 국화 피어
代謝無窮幽興足　한없이 피고지니 그윽한 흥취 족하네.

一床經書道味深　한 책상의 경서는 도의 맛이 깊고
尚友萬古師友足　만고의 현인을 벗한 사우가 족하네.
德比先賢雖不足　덕은 선현에 비하면 비록 부족하나
白髮滿頭年紀足　흰머리 가득하니 나이는 족하도다.

同吾所樂信有時　내 즐거워함은 진실로 때가 있어
卷藏于身樂已足　은거 생활하니 즐거움이 족하도다.
俯仰天地能自在　천지를 훑어보며 자유롭게 사노니
天之待我亦云足　하늘이 나를 대함도 족하다 하겠네.

8. 名者實之賓詩　명은 실상의 손님으로
곧 명예는 실덕(實德)에 수반되는 것이라는 것에 관한 시

山家深鎖武陵春	산가는 무릉의 봄 속에 깊이 잠겼는데
煙霞十載修天眞	십 년 동안 노을 속에 본심을 닦았다오.
美玉[38]從來宜韞櫝	미옥은 본래부터 상자 속에 감춰둔 법.
姓名不許來紅塵	성명은 세상 먼저 찾아든 것 허락 않지.
在邦在家慕必聞	집에서나 나라에서 소문난 걸 좋아하니
笑他忘實爭其賓	우습게도 실상을 잊고 빈만을 다투도다.
實固在內賓在外	실이란 안에 있고 빈은 밖에 있는데
外物何有於吾身	외물이 내 몸에 무슨 쓸 데 있겠는가.
璞雖非和璞則璞	화씨가 아니라도 옥덩이는 옥덩이지
豈待名後能爲珍	이름을 얻어야만 보배랄 수 있겠는가.
鳴俟有德卽鳳凰	덕 있는 사람 기다려 울면 곧 봉황이고
踐不生草皆麒麟	산 풀을 안 밟으면 모두 다 기린일세.
名之是好實反蔑	이름만을 좋아하면 실지가 없어지니
鐵爐[39]冒號頗紛繽	철로위 대장간은 떠난 후도 이름남아.
離心億萬[40]紂豈君	억만 인심 떠났는데 주(紂) 어찌 임금이랴
三千同德周非臣	삼천 명이 합심한 주(周)의 신하 아니랴.

---

38) 美玉 : ≪논어≫에 "자공(子貢)이 말하기를 '아름다운 옥이 여기에 있다면 상
자에다 담아만 둘 것입니까, 장사꾼을 찾아서 팔 것입니까? 하니 공자가 말하기
를 '팔기는 팔아야겠지만, 나는 장사꾼을 기다리겠다.'하였는데 주에 '공자가 도
(道)를 지니고 있으면서도 벼슬을 하지 않기 때문에 자공이 이렇게 물어본 것이
다'라 하였다."

39) 鐵爐 : 地名으로 이곳에 煅鐵하던 것으로 이름 하였는데 풀무장이가 떠난 뒤에도
그 이름이 헛되이 남아 있는 것. 곧 실상은 없는데 賓만 있는 것을 말함.

40) 億萬 : ≪書泰書≫에 무왕(武王)이 말하기를 "周는 억만명의 신하가 있지만
제각기 억만의 마음을 가지고 있으나, 나는 삼천명의 신하만 있지만 오직
한 마음이라" 하였다.

儒名墨行⁴¹⁾歎衰世　유명으로 묵(墨子) 행하니 쇠세를 한탄하고
指鹿稱馬⁴²⁾譏狂秦　사슴을 말이라 하니 미친 진(秦)을 비평하지.
宋愚⁴³⁾藏寶定是石　미련한 송(宋)의 사람 비장한 것 돌이었고
穆王刻木誠非人　목왕이 새긴 나무 사람이 아니었지.
當初無物名亦無　애초에 사물 없으면 이름 또한 없으므로
以指喩指都無因　이름을 짓고자 하여도 근거할 데 없었지.
一自竅成渾沌⁴⁴⁾死　한번 구멍을 뚫자 혼돈이 죽음 뒤부터
萬物化化如洪鈞　만물이 화생하는 것 홍균 같은 것이었네.
高以云山深以水　높은 것은 뫼로 깊은 것은 물로 이르며
黃遂稱金白又銀　누런 것은 금이고 하얀 것은 은이라네.
名於是乎自他來　이 때부터 이름이 딴 곳에서 와 가지고
遞爲君臣日以新　번갈아 군신 되어 날마다 새로워지네.
實與爲賓渾眞僞　실과 빈이 있게 되지 진위가 뒤섞이고
月朝異號缺頻頻　월조마다 이름 붙여 복잡도 하였다네.

---

41) 儒名墨行 : 한유(韓愈)의 송부도문창서(送浮屠文暢序)에 "선비의 이름을 지니고서 묵자(墨子)의 행실을 한 사람을 지칭한 것.
42) 指鹿稱馬 : 조고(趙高)가 이세(二世)에게 사슴을 받치면서 '말입니다.' 하자 이세가 웃으면서 '승상은 잘못된 것 아니오? 사슴을 말이라니? 하고는 주위 신하에게 물어보았다. 그런데 혹은 묵묵부답이었고 혹은 말 이라고 대답하여 조고에게 아부하였다.'고 한 고사.
43) 宋遇 : 어리석은 송인이 옥이라고 간직한 것을 객이 보고 입을 가리고 웃으면서 "이는 연석이다. 기와나 벽돌과 다름없다"고 한 고사.
44) 渾沌 : 《莊子應帝王》에 "남해의 제왕 이름은 숙(儵)이고 북해의 제왕 이름은 홀(忽)이고 중앙의 제왕 이름은 혼돈이다. 숙과 홀이 항상 혼돈의 땅에서 모였는데 혼돈이 그들을 매우 후하게 대하였다. 숙과 홀이 혼돈의 선의를 보답하고자 '사람에게는 일곱 개의 구멍이 있어서 보고 듣고 먹고 숨을 쉬는데 오직 그에게만 없다. 우리들이 시험삼아 구멍을 뚫어 주자' 하고는 하루에 구멍 하나씩 뚫었는데 7일 째 되던 날 혼돈이 죽고 말았다." 하였다.

不觚45)稱觚謾尚浮　　고아닌 걸 고라 하여 함부로 숭상하니

世道一涽無由淳　　세도 한 번 오염되면 순전해질 길 없다네.

安石言堯行豈堯　　왕안석이 요를 말한들 어찌 요의 행동이랴

原憲46)家貧道不貧　　원헌은 가난해도 도는 가난하지 않았네.

皆指其虛不指實　　모두 헛것만 가르치고 실상은 빼놓으니

此間賓主誰能陳　　이 사이에 객과 주인 뉘 능히 분별하지.

嗟我早定內外分　　아! 나는 일찍 안과 밖을 정한지라

曳尾47)塗中樂隱淪　　진흙 속에 꼬리 끌고 숨어 살길 좋아하지.

耕田莫入有莘48)野　　농사 진들 신야에는 들지 않으며

垂釣不到磻溪49)濱　　낚시질 하더라도 반계는 갈 수 없네.

讓堯天下反有名50)　　요가 천하 사양하여 도리어 이름났으니

却向箕穎笑逸民　　기산 영주 향하여 은사를 조소하노라.

---

45) 不觚 : ≪論語≫에 "공자가 말하기를 '고가 고처럼 안 생겼는데 고 라고 할 수
　　있겠는가?' 하였는데 그 주(註)에는 주기(酒器) 또는 목간(木簡)이라고도 하였다.
　　고란 모난 그릇을 말하는데 모두 모가 난 그릇 종류이다. 모가 없다는 것은 당
　　시에 그 제도를 잃어 모가 나지 않았기 때문이다"하였다.

46) 原憲 : 공자의 제자.

47) 曳尾 : ≪莊子 秋水≫에 벼슬을 하여 구속을 받는 것 보다는 빈천하여도 고향
　　에 편안하게 지내는 것이 낫다는 것의 비유.

48) 有莘 : ≪孟子≫에 "이윤(伊尹)이 유신의 들에서 밭을 갈았다." 하였는데 이윤
　　은 탕(湯) 임금의 신하이다.

49) 磻溪 : ≪水経注≫에 "위수(渭水)의 오른쪽에 반계수가 흘러 들어가고 그 동남
　　모퉁이에 석실(石室)이 있는데 강태공(姜太公)이 살았던 곳이다"고 하였다.

50) 反有名 : 요 임금이 허부에게 천하를 양보하려고 하니 허부가 기산 영주에
　　서 귀를 씻었다는 고사.

五言 絶句 (5언 절구) *39

1. 赤壁奇巖上一村 적벽 기암위의 한 마을

小店倚絶崖　　절벽 위 서 있는 작은 집
柴門向水開　　사립문 강 쪽에 열려있고
汲泉雲外去　　구름 밖 샘물 뜨러 가고
採藥鏡中51)廻　약초 캔이 강 길 따라 돌아오네.

2. 主人出不還偶題 나가신 주인 안 돌아와

寂寂掩空堂　　적막히 닫힌 빈 집
悠悠山日下　　유유히 해는 지고
出門又入門　　나왔다간 다시 들고
佇立還成坐　　서 있다간 되려 앉네.

3. 下山　　　산을 내려오며

殘夜鳴淸磬　　새벽이라 풍경소리 맑게도 나는데
携筇下碧山　　지팡이 짚고서 푸른 산을 내려가네.
巖花猶惜別　　바위에 저 꽃은 이별이 아쉬 운지
隨水出人間　　흐르는 물 따라 인간 세상으로 나가도다.

---

51) 鏡中 : 거울 가운데로 곧 강물이 맑아서 거울 같음을 비교함.

4. 詠棲霞寓客　노을 속에 깃들어 사는 사람

念時生白髮　시세를 생각다가 백발이 돋아나고
閉戶落寒梅　지게문 닫고 나니 매화가 떨어지네.
京友斷書札　한양에 친구들은 소식이 끊겼는데
山禽惟去來　산속에 새들만 왔다 갔다 하는구나.

5. 雨夜　　　비오는 밤에

獨客耿無夢　외로운 나그네는 잠들지 못하는데
竹間山雨寒　대숲에 내린 산비 차갑기만 하구나.
還如倚孤棹　도리어 그 모습 노 하나에 의지하니
秋夜宿沙灘　가을밤 여울에서 자는 것만 같구려.

6. 泉源驛樓次松江韻　천원 역루에서 송강에게

路窮南極海　남극의 바닷가에서 길이 끝나니
心逐日邊雲　태양과 구름으로 마음이 치달리네.
遙憶松江老　아득히 생각난다 송강의 늙은이가
淸時掩竹門　성스런 시대에 대문을 닫고 있네.

(송강의 지)

驛亭殘日酒　해질 무렵 역사에서 술잔을 기울이고
征馬楚山雲　초산의 구름 향해 말 등에 올랐다오.
樓下濺濺水　누대 밑으로 세차게 흐르는 물은
隨人出洞門　사람을 따라서 동구 밖으로 흐르는 구나.

7. 暮詠　　해 질녘에 읊다

脩竹翳寒煙　쭉 뻗은 대나무는 찬 연기에 가렸는데
涼生近夕天　석양이 가깝자 찬 기운이 감도네.
一身千里外　이 한 몸은 천 리 밖에 떠돌고 있지마는
無事是神仙　일 없이 지내니 바로 이게 신선일세.

8. 偶吟　　우연히 읊다

我似梅花樹　이내 몸이 매화를 닮았단 말인가
南移厭北還　남쪽으로 옮겨가니 북쪽으로 가기 싫네.
長安桃李日　장안에는 오얏꽃 복숭아꽃 한창이나
誰復問孤寒　외롭고 쓸쓸한 것 뉘라서 물어주리.

9. 竹　　대나무

遠保千年碧　천 년 동안 푸르름 길이 간직하니
他時鳳52)下來　언젠가는 봉황이 찾아와 깃들 걸세.
三春能幾日　석 달의 봄날이 며칠이나 되겠는가
桃李夢中開　복숭아꽃 오얏꽃은 꿈속에서 핀 거라네.

---

52) 鳳凰 : 봉황은 대나무 열매가 아니면 먹지를 않는다는 데서 유래함.

10.11. 南溪暮泛 남계에서 밤배를 띄우며
二首   2수

一棹依芳渚	아름다운 호수 노 하나에 기대어
千峯看白雲	흰 구름 뜬 봉우리 바라보네.
回頭喚酒處	머리 돌려 술 더 처하는데
花雨落紛紛	꽃비가 어지럽게 떨어지네.

迷花歸島晚	꽃에 정신 팔려 섬에 늦게 돌아와서
待月下灘遲	달뜨기 기다리다 여울 더디 내려왔네.
醉睡猶垂釣	술 취해 졸 면서도 낚싯대는 드리웠고
舟移夢不移	배는 옮겨가도 꿈은 그대로일세.

遊觀之樂	유관의 낙은
唯在於敬天時也	오직 하늘을 공경할 때에만 있는 것이다.
因足成一聯	인하여 끝에다 한 구절을 지다.

12. 靜坐   고요히 앉아

不出南庭畔	남쪽 뜰 밖으로 나가지 않으니
遊觀唯敬天	유관은 오직 하늘 공경하는 것이네.
心中無一物	마음속엔 하나의 만물도 없으니
黙契未形前	형태 있기 이전과 묵묵히 계합되네.

※ 하늘을 공경하는 것은 만상이 발하기 이전에 삼연(森然:나무가 빽빽하다는 뜻
이니 여기서는 마음이 엄숙하여짐을 형용한 것)함을 일컬음이다. 유관하는 즐거
움이란 다만 하늘을 공경할 때에 있는 것이다.

13. 次韻 차운하다
二首　2 수

沈吟成一醉　깊은 생각에 한껏 취하니
孤夢倚晴霞　외로운 꿈 맑은 노을이었네.
睡起香生石　잠 깨 보니 돌 나는 건
無風落晚花　바람 없는 늦 꽃 짐이었도다.

極目晴天外　아스름한 맑은 하늘 저쪽
歸禽伴落霞　지는 노을 속 돌아가는 새들
他鄕春又過　타향의 봄 또 다시 지나가니
飛盡洛陽花　서울에는 꽃들도 다 졌겠지.

15. 川上 시냇가 에서

長風吹夕霞　저녁노을 몰아가는 긴 바람에
微月動川華　조각달 시냇물 빛 반짝거려.
白露落高樹　하얀 이슬 나무에 떨어지고
香生幽谷花　계곡 숨은 꽃들 향내 풍기네.

16. 七月初一日 칠월 초하룻날

乙巳[53]終天痛　을사년의 잊지 못할 슬픈 일
于今二十秋　이제 이십년이 지났구나.
年年今日淚　해마다 이날의 눈물은
一一爲民流　한 방울 한 방울 백성 위해 흘렸다오.

---

53) 을사년 : 을사사화(1545년)를 말함

17. 夜行　　밤길을 걸으며

風雪窮山路　비바람 몰아치는 궁벽한 산길을
騎牛夜獨過　소를 타고 밤중에 내 홀로 지나갔네.
村遙深見火　아득한 마을에는 불빛이 깜박이고
江靜逈聞波　고요한 강에는 파도소리 들리네.

18. 鴻山　　홍산에서

聞黨禁 自作楚囚于鴻山　당인(黨人)의 출사나 서로의 왕래를 금지한다는 소식을
後果見釋 可謂詩識　듣고 스스로 홍산[54]에서 유배자의 생활을 하고 있었다.
　　　　　　　　그 뒤에 과연 풀려났으니 시의 예언이라고 할 수 있다.

鴻抱浚霄志　하늘을 찌를 듯한 뜻을 품은 기러기가
來投絆紲中　새장 속에 스스로 몸을 던져 산다네.
開籠應有日　새장이 열릴 날 반드시 있으리니
一擧海山風　단번에 산과 바다에 바람을 일으키리.

---

54) 홍산(鴻山)=충남홍성 : 1591년 10월 동생 한필이 채포되어 옥에 갇혔다는
　소식을 듣고 고심 끝에 자수를 결심한다. 전라도 광산을 떠난 익필은 상경
　길에 홍산 현에 출두하여 자수한다. 손발에 차꼬가 채워진 채 한성으로 압
　송된 익필은 형조에서 조사를 받았으며 주상은 고문을 가하지 말 것을 명한다.

19. 南土多蠅戲題　남토의 파리 떼와 희롱하다.

北山愁白額	북산에선 백호가 걱정케 하더니만
南海困蒼蠅	남해에는 파리 떼가 곤혹스럽구나.
壯士今無搏	지금 이 놈들 잡을 장사 없는지라
騷人謾賦憎	시인이 부질없이 밉다고 글을 짓네.

20. 偶吟　　우연히 읊다

萬死投南國	죽을 고비 겪어가며 남국에 투신하니
孤棲竹杖寒	외로이 사는 신세 죽장도 차갑다네.
杜鵑悲獨苦	두견새는 외롭다고 슬퍼하고 있으나
鷗鷺羨長閑	갈매기의 한가로움 부럽기만 하구나.

21. 獨坐　　홀로 앉아

隱几愁將夕	책상에 기대어 걱정스레 보내는 저녁
秋陰滿小樓	가을 음산함이 소루에 가득 하네.
流螢欺白日	흐르는 반딧불은 태양을 무시한 채
穿樹各爭頭	나무숲 왕래하며 서로 선두 다투네.

22. 次邑倅韻以報 고을수령의 시에 차운하여 알리다

二首 　　　　　　　2수

瀝血竟無言　　　정성 다하고 말은 안 했지만,
愛民心轉苦　　　백성 사랑하니 마음 더욱 괴롭구나.
九天深復深　　　깊다는 구중궁궐 얼마나 더 깊어.
悵望五雲阻　　　서글피 바라보니 오색구름 가렸네.

簾中日月長　　　주렴 속에는 세월이 길고 긴데
戶外風霜苦　　　창밖은 서릿바람 괴롭고 괴롭도다.
閑處是仙宮　　　한가로운 곳 바로 이게 선궁이니
莫言山海阻　　　산과 바다 막혔다고 말하지 말라.

24. 客中次人憶京韻　객중 서울을 그리워하는

七首　　　7수　　어떤 이의 시운에 따라 짓다

白委秦城骨　　　진성에 하얀 해골이 버려져있고
青連楚塞烽　　　초새는 푸른 봉화에 연이었으나
上陽宮55)裏月　　상양궁 오가며 비추는 저 달은
依舊掛西峯　　　옛날처럼 아직 서산에 걸려있네.

千官披草棘　　　수천 명 관리들 가시덤불 헤치면서
幾夜候新烽　　　몇 밤이나 새로 오른 봉화를 살폈나.
雨泣宮中樹　　　궁중의 나무에는 흐느끼듯 비 내리고
春殘仗外峯　　　진 밖의 봉우리엔 이 봄도 다 갔구나.

---

55) 상양궁(上陽宮) : 당(唐)나라 궁(宮)의 이름인데 낙양(洛陽) 금원(禁遠)의
　　동쪽에 있다.

念弟題新句　아우를 생각하며 새 시를 지어 보고
傷時占遠烽　시국을 상심하다 먼 소식 점쳐보네.
夢裏仙宮近　꿈속에서 선궁을 가까이 가 봤는데
蓬萊第幾峯　그곳이 봉래산 몇 번째 봉우린지.

萬井春無火　온 마을이 봄인데 밥 짓는 불 없어
千山夜有烽　밤이 되니 뭇 산에 봉화만 있구나.
行宮56)璇漏轉　행궁에는 물시계 쉬지 않고 도는데
花落負兒峯　부아 봉엔 오늘도 꽃잎이 지는구나.

手撫龍泉劒　손으로는 용천검을 어루만질 때
天遙照急烽　하늘 멀리 위급한 봉화 비추네.
白頭空佇立　늙은이 부질없이 우두커니 섰는데
寒雨落危峯　가파른 봉우리엔 찬비가 내리네.

旅舘人虛老　여관의 나그네는 헛되이 늙어가니
何時有捷烽　어느 때나 승전 소식 있으려나.
落花深沒膝　떨어진 꽃잎 무릎 빠지게 깊었고
門掩萬重峯　문 앞에는 첩첩 산이 가려져 있네.

直視扶桑路　곧바로 부상(일본) 길을 바라다보니
頻年困海烽　해마다 바닷가 봉화에 피곤하였네.
誰將三尺劒　그 누가 삼척검을 불끈 쥐고 나서서
高掛日邊峯　태양 곁 봉우리에 드높이 걸 것인가.

---

56) 행궁(行宮) : 왕이 나들이 할 때에 머무르는 도성. 밖에 있는 궁전

31. 江上書懷 강가에서 회포를 쓰다

萬里天連水	만리 하늘 강물과 이어져
孤舟客未歸	배 탄 이는 돌아가지 못하네.
白屋悲魚尾[57]	서민은 어미 슬퍼하는데
靑山落楚圍[58]	청산은 초위에 떨어졌구나.

繫舟人臥病	매 놓은 배안에 병든 이 누었는데
湖海又春風	강호에는 또 다시 봄바람 부네.
虎視三韓困	호시탐탐 삼한이 곤란해질 때
堯心萬國同	요임금 어진 마음 만국을 사랑하네.

白首英雄困	백발 된 영웅은 곤궁해 있는데
干戈歲月驚	전쟁 세월은 빨리도 흐르네.
天書方罪己	임금은 글을 배려 자신을 책망하고
邊策又徵兵	국경선 대비책 군대를 징발하네.

勢失龍魚[59]服	용맹한 무인들도 형세를 잃고
爭多鹿虎皮[60]	다툼은 녹피와 호피에 많구나.
沒吟終永夕	깊은 생각 긴 밤을 지세 우니
落月滿江湄	지는 달빛 강물 가득 찼구려.

---

57) 魚尾 : 고기가 뛰는 모양으로 벼슬을 돈 주고 사는 것을 비유(卓文君自頭
吟) 竹竿何嫋魚尾何竹 徙筏. 南兒重意氣.何用錢刀爲.
58) 楚圍 : 초나라 국경
59) 龍魚 : 龍首魚尾로 龍首는 무인을 말하고 魚尾는 기개(意氣)를 말함.
60) 鹿虎皮 : 虎而皮는 잔악함을 말하고 鹿皮冠은 은자를 말함.

35. 覽李謫仙四皓[61] 이 적선의 '사호묘'시를 보고
墓詩有感　　느낌이 있어

酣棋爭虎日　자웅을 겨룰 적엔 바둑에 취했었고
成翼詠鴻時　왕업을 논 할 때 도움을 주었도다.
願爲儲皇死　황태자를 위해서 죽고자 한다니
休言定是非　시비가 결정됨을 말하지 말게나.

36. 別人次所贈韻　어떤 이와 이별하며 그가
지어준 시에 차운하다

逢人問死生　만나는 사람마다 생사를 물어보니
同樂負初計　함께 즐기렸던 처음 약속 저버렸네.
斑斑兩袖痕　두 소매에 얼룩진 눈물의 흔적은
非爲別離涕　이별로 흘리게 된 눈물이 아니라오.

---

61) 四皓 : 한(漢)나라 초기에 상산(商山)에 살았던 네 명의 은사로 동원공(東園
公), 기리계(綺里季), 하황공(夏黃公), 녹리선생(甪里先生)이 네 사람의 눈썹
과 수염이 모두 하얗기 때문에 사호라고 일컬었다. 한고조(漢高祖)가 불렀으
나 나오지 않았다. 그 뒤 고조가 태자를 폐위시키려고 하자 여후(呂后)가 유
후(留候)의 계략을 써서 사호를 맞이해 태자를 보필하게 하였다. 어느 날 사
호가 태자를 모시고 고조를 배알(拜謁) 하니 고조가 말하기를 "우익이 이루
어 졌구나." 하고는 태자를 폐위하는 의논을 그만두었다. 《史記留候世家》

37. 夜坐　　밤에 앉아서

層城聞遠笛	성루에 아득히 피리소리 들리고
月照紗窓明	비단 창가에 달 빛 환히 비추네.
展轉不成睡	이리 저리 뒤척여 잠 못 이루고
爲誰無限情	누구를 그리는 끝없는 정인가.

38. 江上　　강가에서

寒角斜陽外	석양 밖에는 한적한 호각소리
江村一二家	강가엔 한두 집 마을 이루었네.
乘桴吾豈敢	내 어찌 감히 뗏목에 오르겠나
滄海亦風波	시퍼런 바다에 풍파가 일 것인데.

39. 鳥鳴有感　　새 소리에 느낌이 있어

足足長鳴鳥	족족족 길이 울어대는 저 새는
如何長足足	어찌하여 언제나 족족 하는가.
世人不知足	세상 사람들 족함을 모른지라
是以長不足	이래서 길이 부족하다 하노라.

七言 絶句 (7언 절구) *123.

1. 次栗谷韻　　율곡의 시에 차운하다

徵霜一夜早涼生　　하룻밤 서리 내려 때 이른 서늘함 일고
千樹隨風落葉輕　　나무 잎사귀들 바람 따라 가볍게 지네.
窓外孤松籬下菊　　창 밖에 외로운 솔과 울 밑의 국화는
無情還似有深情　　무정한 것 같아도 되려 깊은 정이 있네.

　　　　　　　　　（율곡의 시)

風塵局束二毛生　　속세에 묶여 있다 흰 머리가 났는데
一葦歸來萬事輕　　일엽편주 돌아오니 만사가 가볍구나.
江上秋山不相厭　　강상의 가을 산이 서로 싫지 않으니
世間交道在無情　　세간의 도의지교가 무정하기만 하네.
　　　　　原韻

2~5. 秋夜蓮堂　　가을밤 연당에서
故人對酌 急逢風雨　친구와 술을 마시다 갑자기 비·바람을 만났다

池荷蕩漾珠難定	못에 연잎 흔들리니 물방울 나뒹굴고
堤柳顚狂影不留	언덕 버들 흩날려 그림자 머물지 않네.
月到晴天應更好	맑은 하늘 달이 뜨면 더욱 좋을 텐데.
片時風雨亦堪愁	한 때의 비 바람이 수심이 되는구나.

簾外狂風落晩荷	주렴 밖 미친바람 늦게 연꽃 떨어지고
樽中綠酒漾微波	동이 속 익은 술에 잔물결 일어나네.
世間摠是無情物	세상 사물들은 다 무정한 것뿐이니
休問傍人夜幾何	옆 사람에게 밤 시간을 묻지 말게.

風欲還時雨點稀	바람이 멈출 때는 빗방울 드물고
一杯傾處百憂微	한 잔술 마시니 온갖 근심 사라지네.
回舟不待雲中月	배를 돌려 구름 속 달 안 기다린 것은
爲惜紅芳遂棹飛	붉은꽃 배를 따라 휘날림 아까워서네.

玉杯美酒全無影	좋은 술 담긴 옥잔 그림자가 없는데
雪頰微霞乍有痕	눈같이 흰 뺨 노을에도 흔적 생기네.
無影有痕皆樂意	술과 미인은 모두 다 마음에 즐겁지만
樂能知戒莫留恩	즐거움 경계하고 정을 쏟지 말게나.

第一首	첫째 수는
謂有憂患	우환이 있더라도
終必有喜	결국은 반드시 기쁜 일이 있을 것이란 뜻이고

第二首	둘째 수는
謂逢憂患	우환을 만나더라도
只當任之而已	운명에 맡겨야 한다는 뜻이고

第三首	셋째 수는
謂否去泰來	운수가 안 좋다가 좋아지더라도
亦不可窮其樂	너무 즐거워하지 말아야 한다는 뜻이고

第四首	넷째 수는
謂微戒故人以酒色云	친구에게 주색을 경계하라고 넌지시 말한 뜻이다.

6. 不欲見人家兄勸見之敢題　만나고싶지 않은 이를 형이 만나보라 하기에 감히 짓다

靜中眞味晩逾深　고요한 가운데 진미가 말년 들어 더욱 깊고
微醉醒來柳轉陰　취한 술 깨서 보니 버들 그늘에 옮겨졌네.
琴自無絃[62]絃不斷　줄이 없는 거문고지 줄 끊어진 것 아니니
世間非謂少知音　이 세상에 알아주는 이 적다함은 아니라네.

7. 病中寄人　병중에 어떤 이에게 부치다

病惛秋聲簾不開　병든 몸 가을소리에 놀라 주렴 걷지 않고
隔簾看月月應猜　발 너머 달을 보니 달이 시기할 것이네.
年年減却前年事　해마다 조금씩 일들이 전보다 줄어드니
誰對黃花把酒杯　뉘와 같이 국화 대해 술잔을 기울이나.

8. 獨臥　홀로 누워서

芳草如煙對鹿眠　꽃다운 풀안개 같이 사슴과 잠을 자니
落花流水夕陽邊　꽃 지고 물 흐르는 석양 무렵이었네.
無爲更覺爲眞樂　하는 일 없으니 참다운 낙을 느끼는데
誰信閑中別有天　한가한 속에 별유천지 있음 뉘 믿으랴.

---

62) 無絃琴 : 줄이 없는 거문고. 도연명이 사랑하였다는 것으로 항상
　　가지고 다니면서 매양 술이 취하면 어루만져 그 뜻을 부쳤다 함.

9. 望月　　　　　달을 바라보며

未圓常恨就圓遲　　항상 더디 둥그러 한스럽더니
圓後如何易就虧　　온달 된 뒤엔 어찌 쉬 기우는고.
三十夜中圓一夜　　설흔 밤중 둥근달은 하루 밤인데
百年心事摠如斯　　한평생 심사도 모두 이와 같으리.

※ 사헌부에서 송익필 형제를 체포해야한다는 상소가 있었다는 소식에 착잡한 심정으로
　한성을 떠나 광산(光山)으로 오던 길에 산사에서 보름달을 쳐다보며 지은 시

10. 詠閑　　　　　한가로움을 읊다

微吟徐步養天眞　　읊조리고 천천히 걸으며 천심을 기르니
盡日山中不見人　　온 종일 산중에서 사람을 보지 못했네.
松上白雲松下水　　솔 위 흰 구름 뜨고 솔 밑 물 흐르니
世間高致在淸貧　　세상의 높은 풍치 청빈함에 있구나.

11. 見地圖黃河水 有感 황하의 지도를 보고 느낌이 있어

禹跡荒凉不可尋　　우63)의 자취 황량하여 찾을 수 없는데
見淸64)何日只長吟　　어느 때나 맑을 런지 슬프기만 하네.
臨流有歎無人識　　물가에서 탄식한들 알아 줄 이 없으니
萬古誰傳不濟心　　만고에 구제 못한 마음 누가 전해주랴.

---

63) 우 임금 공적 : 9년 간 홍수가 져서 사방에 물이 범람하였는데
　　우 임금이 틀 때는 트고 막을 데는 막아서 다스렸다. ≪史略≫
64) 見淸 : 黃河에 물이 맑은 날을 보는 것으로 黃河는 항상 물이
　　혼탁한데 100년에 하루는 물이 맑은 것을 말함.

12. **讀孟子說滕以**
　　井田之制
　　掩卷有感

등문공에게 정전제에 대한 맹자의 글을
읽고 나서 책을 덮고 느낌이 있어서 씀

商周寂寞困蒼生　　商,周 나라 멀어져 백성이 곤란하니
孟氏當年志未成　　맹자도 그 당시에 포부를 못 폈네.
儂後橫渠65)嗟又遠　　그 후로 횡거가 탄식한지 오래이니
謾將王制付殘經　　부질없이 王政제도 경서에만 두었네.

13. **偶吟**　　　　　우연히 읊다

千峯白雪静無塵　　봉마다 흰 눈 쌓여 티끌 없이 고요하니
一炷香煙66)伴此身　한줄기 등불 향기만이 이 몸과 어울렸네.
山外催租官事急　　산 너머는 세금 독촉 관청 일이 바쁜지라
不知人世有閑人　　세상에 한가한 자 있는 줄을 알지 못하리.

14. **雲庵 次友人韻**　　운암에서 벗의 시운에 따라 짓다

連宵寒雪壓層臺　　밤새 내린 찬 눈이 층대에 쌓였는데
僧到何山宿未廻　　스님은 어느 산에 자고 오지 않은가.
小榻香消靈籟靜　　작은 탑에 향불 꺼져 온갖 소리 잠잠해
獨看晴月過松來　　홀로 맑은 달 소나무 지남을 보고 있노라.

---

65) 橫渠 : 송(宋)의 학자 이름은 재(載). 井田制를 논하다.
66) 一炷香烟 : 등불을 말함.

15~16. **龜山道中**   **구봉산 가는 도중에**
二首   2 수

無心進取坐忘行   무심코 가다가 앉아 쉬어 갈 것 잊고
秣馬松陰聽水聲   그늘에 말 먹이며 물소리 듣노라.
後我幾人先此路   나를 뒤로 이길 먼저 몇몇이나 갔던가
各歸其止又何爭   제각각 갈 길 가는데 또 무엇을 다투랴.

過盡前溪宿雨晴   앞 시내 다 지나 오랜 비가 개이니
海棠花色漸分明   해당화 색깔이 점차로 환해지도다.
籬邊細草眠黃犢   울타리 곁 잔디밭 송아지 잠자는데
牧笛時聞弄太平   태평 연주하는 목동 피리소리 듣노라.

17. **宿江村**   **강마을에 유숙하며**

過飲村醪臥月明   마을 술 실컷 마셔 명월 아래 누웠고
宿雲飛盡曉江淸   자던 구름 다 걷혀 새벽 강도 맑은데.
同行催我早歸去   동행인 나를 재촉 빨리 가자하는 건
恐被主人知姓名   주인이 이름 알까 염려되어 그러겠지.

18. 宿山寺　　　산사에서 유숙하며

坐對孤僧兩不寐　스님과 마주 앉아 잠을 자지 못하고
焚香一夜聽蕭蕭　한밤 내내 향 피우며 바람 소리 들었네.
曉雲滿壑無歸路　새벽에 구름 낀 골짝 돌아갈 길 없는데
童子開門掃石橋　동자는 문을 열고 돌다리 쓸고 있구나.

19. 朝起獨坐　　　아침 일찍 홀로 앉아

春花落盡曉窓閑　봄 꽃 다 지고 새벽 창가 한가한데
惟放風琴出竹關　풍금소리 울려 사립 밖에 퍼지도다.
白雲來宿還歸去　흰 구름 와서 자고 다시 돌아가는데
應怪經年不下山　해 넘겨 하산 않음 괴이하게 여기네.

20. 立春後　　　입춘이 지난 후에

靜榻初驚日影差　고요한 평상에 해 그림자 길어 놀라고
觀書還喜晝功多　긴 낮 글공부 많이 하니 기쁘기만 하네.
庭梅春意無偏化　봄기운 정원의 매화에만 치우치지 않고
不別南柯與北柯　남쪽가지 북쪽가지 구분하지 않는구려.

21. 宮怨　　　궁녀의 원한

幾處承歡樂未休　　몇 곳에서 임금 모셔 계속 즐기더니
夜深歌管向西樓　　밤 깊어 노랫소리 서쪽 누로 향하네.
宮中一樣黃昏月　　궁중의 황혼 달은 한결 같겠지만
纔到長門[67]便作愁　장문궁에 이르자 수심이 되고 마네.

22. 曉詠　　　새벽에 읊다

曉露霑花滴滴香　　꽃에 맺힌 새벽이슬 방울마다 향기롭고
入簾山色滿衣裳　　주렴에 드는 산 빛은 옷 위에 가득하네.
柴扉日上無人喚　　사립 위로 해 올라도 부르는 이 없으니
不信塵寰萬事忙　　세상만사 바쁘단 말 믿어지지 않는구나.

23. 贈叔獻[68]家相逢詩釋　숙헌의 집에서 만난 시승에게 지어주다

爲訪詩仙到洛中　　시선을 찾아보려 서울에 왔더니
煙霞猶惹下山笻　　경치가 하산한 지팡이에 이는 듯
無端夜雨梅花發　　한없는 밤비에 매화꽃이 피어나니
夢入靑溪第幾峰　　청계산 몇째 봉이 꿈속에 들었던고.

---

67) 長門 : 長門宮으로 漢나라 武帝의 陳皇后가 총애를 잃고 長門宮에 있었
　　는데 司馬相如가 皇后의 슬픈 모습을 읊은 것.
68) 叔獻 : 李珥의 자

24. 去喪同兄弟侍母獻杯　탈상한 뒤 형제와 함께 어머니를 모시고 헌배하다

泣血三年未死身　삼년 동안 눈물 짓고 죽지 않은 이 몸이
還將絲管慰孀親　풍악을 잡혀 놓고 홀어머니 위로하네.
海山秋色渾依舊　산과 바다 가을빛은 옛날이나 같은데
含淚相看白首人　울먹이며 바라보니 백발이 다 되었네.

25. 送陳慰使　진위사를 전송하며

時嘉靖 天子崩 宋贊爲
使永詩 題贈

이때에 가정(嘉靖 : 명 세종의 연호)천자가
죽어서 송찬(宋贊)이 진위사로 가게
되었는데 시를 구하므로 지어 주었다.

輕簑短笠太平人　도롱이 삿갓으로 태평하게 지낸 사람
手理荒園二十春　거친 전원 가꾸며 이십년을 살았었네.
悲淚數行臨別意　슬픈 눈물 몇 줄기 이별한 뜻을 보고
始知巢許69)亦堯民　소허역시 요나라 백성임을 알겠노라.

---

69) 巢許 : 소부(巢父)와 허유(許由)인데 요 임금 때의 은사(隱士)로 전해지고 있다. 요임금이 천자의 자리를 두 사람에게 양보하려고 하였으나 모두 사양하였다고 한다.

26.27. 挽鄭生龜應 정귀응에 대한 만사
二首   2 수

昔時君母哭君父	옛날에 그대 모친 그대 부친 곡할 때
君在懷中初飮乳	그대는 품속에서 처음 젖을 먹었다네.
哭君今日不堪聞	오늘 그대 우는소리 차마 못 듣겠고
夜到五更聲轉苦	모친 통곡 소리 오경 되자 더 슬프네.

言母以挽   어머니의 심정을 말하여 애도함

弱妻來對銘旌哭	허약한 아내는 명정 대해 곡하는데
一子學言一在腹	아들 하나 말 배우고 뱃속에 또 있다네.
夜雨無端春浪生	밤비는 끊임없이 봄 물결이 불었는데
靈車曉出身逾獨	새벽에 상여 떠나 신세 더욱 외롭다오.

言妻以挽   아내의 심정을 말하여 애도함.

28. 挽從父   숙부에 대한 만사
從父只此一人   숙부는 이 한 분 뿐 인데 궁하여
窮作守門將   수문장(守門將)이 되었다.

東郭僑居二十春	동쪽 성에 이 십 여년 붙여 살면서.
抱關寒夜鬢毛新	추운 밤 문 지키며 귀밑머리 희어졌네.
追思舊日重陽會	옛날 중양절에 모였던 일 생각하니
諸父行中只一人	부친의 형제 중에 오직 한 분 이었네.

29. 挽大老慈闈　대로의 어머니에 대한 만사

二家慈母偏憐子　두 집안의 어진 모친 나를 유독 사랑하여
憂疾當年信使頻　병걱정 하실 때도 사람　자주 보냈는데.
孤露餘生猶帶疾　꺼져가는 남은 목숨 여전히 병 있으니
忍看衰絰又吟呻　상복 입고 신음 하는걸 어찌 보실 건가.

30. 挽聽潮堂主人子　청조당 주인 아들의 만사

同里情深祖子孫　한 마을에 살면서 祖孫처럼 정 깊었고
生雖先後卽隨肩　태어난 해 다르지만 나란히 다녔다네.
江扉晝掩添新病　대낮에 문 닫는 건 새 병이 겹쳐서니
白首誰知哭少年　백발이 소년위해 곡 할 줄 뉘 알았으리.

31.32. 霞堂四欠　하당의 네 가지 흠에 대하여
與松江分題而作　송강(松江)과 글제를 나누어서 지음

題品如何失重輕	품평이 어찌하여 경중을 잃었을까
牧丹紅紫近中庭	붉은색 모란이 뜰 가운데 피었구나.
蒼髥古柏疎籬外	푸른 잎 옛 잣나무 울 밖에 있어서
半夜風來有怨聲	한 밤중에 바람 불면 원성이 있도다.

❶ 右籬外　　위의 시는 울타리 밖에다 잣나무를 심어서는
　不合黜遠栢樹　맞지 않으므로 멀리 내쫓아야 된다는 것을 말함.

剖竹泠泠水有源	대나무 홈통에 흐르는 물 근원 있어서
池邊瑤草細相分	연못가엔 고운 풀들이 여러 종류 있도다.
無雲擬見全天影	구름 없이 온전히 하늘 모습 보려면
莫遣靑絲70)惹縠紋	푸른 풀로 못 물에 파문 일게는 말라.

❷ 右池邊 不宜亂植芳絲　위의 시는 못가에다 어지럽게 버드나무를
　　　　　심어서는 안 된다는 것을 말함

(송강의 시)

百日嫣然松竹叢	백일홍 솔과 대 속에 붉게 피었으나
元來物色不相同	원래부터 물색이 서로 같지 않다네.
前灘正對輪蹄路	앞에 있는 여울 큰길 마주 대했으니
合作行人照眼紅	장미 심어 행인에 붉은빛 보여야지.

❸ 右請移植紫微花外灘上 松江　위의 시는 자미화(紫薇花)를 바깥
　　　　　여울 위에다 심자는 뜻을 말함.

不向春天競桃李	봄철 복숭아꽃 오얏꽃과 다투지 않고
却將紅艶寄霜風	요염한 붉은 자태 서릿바람 기다리지.
豈知傍有松千樹	어찌 알리요 곁에 있는 소나무 천 그루가
一色蒼蒼四序中	사철 내내 한 결 같이 푸른빛 간직할 줄.

❹ 右請拔去松間 楓樹新栽 松江　위의 시는 소나무 사이에 새로 심은
　　　　　단풍나무를 뽑아 버리자는 것을 말함.

---

70) 靑絲 : 버들과 같은 류(類). 가늘며 푸르고 푸른 것들.

33. 挽內弟平原妻　내제인 평원의 처에 대한 만사

舅氏謫中爲客魂　외숙부가 유배지서 객지의 혼이 되니
靈攀老母哭望北　영께서 노모잡고 북쪽 향해 통곡했네.
可憐靈又棄而歸　가련하다 영께서 또 버리고 떠났으니
老母如今誰爲哭　노모는 이제 와서 누구위해 곡하리오.

34.35. 昭君[71]辭　　소군사

　　爲人作二首　　어떤 사람을 위해서 짓다 두 수

休向胡沙怨別離　오랑캐 땅 향하여 이별을 한하지 말라.
長門咫尺亦天涯　지척의 장안 궁도 하늘가나 똑같다네.
花間留灑思君淚　임 생각 뿌린 눈물 꽃 사이 남겨두고
早晚隨風上玉墀[72]　조만간에 바람 따라 궁원에 오르리라.

玉無遷轉海無窮　옥돌은 변치 않고 바다는 끝이 없어
虛取丹砂試辟宮　헛되이 단사 취해 궁중에서 시험했네.
一識君王辭漢日　한 나라 하직한날 임금 한번 알았고
百年心在漢宮中　평생마음 한 나라의 궁중에 있었다네.

---

71) 昭君 : 왕소군(王昭君)이다. 한의 남군(南郡) 제귀(秭歸)사람으로 이름은 장(嬙)이고 자는 소군인데 원제(元帝)의 궁인(宮人)이었다. 경녕 원년에 흉노 호한사(呼韓邪) 선우(禪于)가 조회에 참석하여 알지(閼氏:흉노의 王妃)를 삼을 미인을 요구하자 원제가 소군을 주어 화친을 맺었다. 소군이 군복의 차림으로 비파를 들고 흉노에게 갔는데 영호알씨(寧胡閼氏)라고 불렀다.
72) 玉墀 : 옥으로 만든 섬돌로 宮殿을 말함.

36.37. 林石川席上呼韻 임석천이 즉석에서 운을 불러 짓다
三首　　3 수

相國詩篇元不俗　상국의 시편은 원래 속되지 않아서
狂生[73]身世本無關　미친 사람 신세와는 본래 무관하네.
醉後欲歸山月落　취한 뒤에 가고픈데 산에 달은 지고
白雲來濕羽衣寒　흰 구름 우의를 적셔 깃옷 차갑구나.

山川決決路登登　산골 물 흘러흘러 길은 오르막에
半夜無人月作燈　사람 없는 한 밤중 달 등불 되네.
(缺缺)洞雲初罷雪　(　) 골짝 구름 눈발 뿌린 뒤에
游仙三四踏成氷　노닌 신선 서넛이 밟아 얼음 됐네.

憶昔毗盧頂上登　그 옛날 비로 정상 오른 일 생각하니
歸來雪屋一靑燈　눈 쌓인 집 돌아오니 푸른 등불 하나
叩門何處神仙骨　찾아온 분 어느 곳 신선 풍골들인가
瀟灑人皆出壑氷　말쑥한 사람 골짝에서 나온 얼음 같았네.
　　　　　石川

---

73) 狂生 : 미치광이의 남자 또는 방탕하여 맺고 끊음이 없는 사람 또는
　　초연하다고 스스로 자부를 가진 사람.

38. 春晝　　봄철 한낮에

雲謠[74]在手枕金罍　　운요 손에 들고 금 술독 베개 삼아
夢裏尋仙醉未廻　　꿈속에서 신선 찾다 취해 못 왔다네.
山鳥不鳴春寂寂　　산새는 울지 않아 봄날은 적적한데
閑花移影下層臺　　한가한 꽃 그림자 층대로 내려오네.

39. 雪曉　　눈 내린 새벽

鍾鳴古寺僧初起　　옛 절 종 소리에 스님 막 일어나서
篷掩孤舟釣不歸　　쑥 덮인 배를 타고 낚시 가서 안 왔네.
一點孤松埋未盡　　한 점 남은 외로운 솔 다 묻히지 않았고
獨看寒碧映朝暉　　아침 햇살 푸른 소나무 홀로 보고 있네.

40. 田家　　농가

映水疎籬三四家　　성긴 울타리 물에 비친 세 네 집
微風吹送小桃花　　미풍 작은 복숭아꽃에 불고 있구나.
田翁排戶望官道　　시골 노인 문을 열고 큰길을 바라보니
兒子不來山日斜　　아들은 안 오는데 서산 해는 지는구나.

---

74) 雲謠 : 신선의 노래, 백운요(白雲謠)라 했던 것을 줄여서 운요라고 했는데
일반적으로 송가(頌歌)를 가리키는 말이 되었다. 여기서는 어떤 시집(詩集)을
미칭(美稱)한 것으로 보인다.

41. 桃村晚起　　도촌에서 늦게 일어나보니
宿客已歸矣　　숙객이 이미 가버려서

春鳥催人睡起遲　봄새가 재촉해도 잠에서 늦게 깨고
日高猶未啓山扉　해 높이 떠도 산 사립문 안 열었네.
閑居寂寞休煙火　거처엔 밥 짓는 연기 멎어 고요하고
慚愧詩仙半夜歸　부끄럽다 한 밤중 시선이 가버렸네.

42. 偶題　　　　우연히 짓다

我不謝人人不來　사절하지 안했건만 사람들 아니 오니
白雲山徑長靑苔　구름 속 산 길 푸른 이끼만 자랐구나.
室中自有無窮樂　방안에 무궁한 낙이 스스로 있으니
萬卷經書酒一杯　만 권의 경서에다 한 잔의 술이라네.

43. 謝人寄花　　꽃을 보내준 사람에게 감사하며

仙壺貯得淸江水　신선의 호로병에 맑은 강물 담아다가
揷寄寒香病臥家　매화를 꽂아 아파 누운 집에 보냈다네.
堪笑一春渾似夢　우습게도 한 철 봄이 꿈속과　같았고
夢中還待夢中花　꿈속에서 도리어 꿈결 같은 꽃 대했네.

44. 詠西湖處士　서호처사를 읊다

片片梅花步步詩　송이 송송 매화는 걸음마다 시이고
柴門有客鶴先知　사립문에 손님 오니 학이 먼저 아네.
人間一樣黃昏月　인간의 황혼 달은 어디나 한 모양
月在西湖分外奇　서호의 달만큼은 의외로 신기하네.

45. 曉　새벽에

童子穿林叩薄氷　동자는 숲을 뚫고 얇은 얼음 깨고서
慇懃烹茗留歸僧　차 다리며 은근히 스님을 붙잡았네.
主人窓下足春睡　주인은 창 밑에서 봄잠이 한창이라
山外不知朝日昇　산 너머 아침 해 뜬 줄도 모른다네.

46. 過淸溪峽　청계협을 지나며

繁花飄落一溪紅　만발한 꽃 다 떨어져 시냇가 붉은데
白鳥雙飛錦繡中　백조는 쌍쌍이 비단 산속을 날으네.
醉客無心尋道士　취한 객이 무심코 도사를 찾아가니
小舟浮在去來風　작은 배만 바람에 갔다 왔다 떠있네.

47. 舟中睡起　　배안에서 잠이 깨어

棹歌一曲廣陵西　뱃노래 한 곡조로 광릉 서쪽 닿으니
芳草萋萋日欲低　방초는 무성한데 해는 지려 하는구나.
過盡名山渾不省　명산을 다 지나도록 살피지 못한 채
夢隨流水入晴溪　꿈결에 유수 따라 청계로 들어갔다네.

48. 雜詠　　잡생각(이런저런 것)을 읊다

門閑獨鳥下空庭　한적한 집안 빈 뜰에 새가 앉고
人臥松陰醉未醒　솔 그늘에 누운 사람 술 아니 깨었네.
邊水有花風政急　물가의 꽃나무에 바람 세게 부는데
春光流過幾山青　봄빛이 지나가면 몇 산이나 푸를까.

49. 宿山寺曉出　　산사에서 자고 새벽에 나오며

萬壑雲生去路迷　골마다 구름 일어 갈 길이 희미한데
一聲淸磬斷橋西　한 줄기 풍경 소리 서교에서 끊어지네.
前林月落僧歸院　앞 수풀로 달이 지자 스님은 절로 가고
獨上層巖聽曉溪　첩첩 암벽 홀로 오르며 새벽 물소리 듣노라.

50. 山中　　　　산중에서

獨對千峯盡日眠　홀로 천봉 대해 온 종일 잠잤는데
夕嵐和雨下簾前　저녁 嵐氣 비에 섞여 주렴 앞에 내리네.
耳邊無語何曾洗　귓가[75]에 말 없는데 씻을 게 뭐가 있나
靑鹿來遊飮碧泉　푸른 사슴 와서 놀며 맑은 샘물 마시네.

51. 雜詠　　　잡생각(이런저런 것)을 읊다

日過茅簷掩短扉　처마에 해 지나도 사립문 아니 열고
叩氷炊食午煙遲　얼음 깨다 밥 짓느라 점심 더디었네.
不知夜雪埋寒竹　밤사이 눈 내려 대숲 덮은 줄 모르고
步出東橋問小兒　동교로 나와서 아이에게 길을 물었네.

52. 雪後夜坐　　눈 내린 뒤 밤에 앉아서

瓊瑤一色四無垠　눈이 내려 한 빛이라 사방이 끝없는데
鳥絶江空夜欲分　새도 끊긴 빈 강은 밤이 깊어 가고
心源靜與乾坤合　마음 근원 고요하여 건곤과 합치되니
有物還嫌月作痕　달에 흠집 있는 것 오히려 혐오하노라.

---

75) 귓가 : 堯임금이 許父에게 天下를 맡아 달라 부탁을 함으로 潁水에
　　가서 더러운 소리 들었다고 귀를 씻은 故事.

53.54.籠鶴爲村童所傷　　새장에 학이 마을 아이들에게 상처를 입다

二首　　2수

多情湖叟勤籠護　　다정한 늙은이가 새장을 돌봤는데
無意街童擢羽毛　　무심한 어린애가 깃털을 뽑았다네.
恩怨世間渾不省　　세상의 은혜 원망 모두 다 잊고서
碧霄歸夢政迢迢　　하늘로 멀리 멀리 날아갈 꿈만 꾼다네.

九皐淸響反戕身　　구고의 맑은 소리 도리어 몸을 해쳐
飮喙無心近世塵　　무심코 부리로 먹다가 속세에 접근했지.
軒上76)殊恩非所養　　하찮은 사람이 높은 자리에 있으니
更投沙礫是何人　　다시 조약돌 던지는 이는 누구인가.

55. 尋老隱丈　　　　노은장을 찾아뵙고

鵝溪嚴君　　아계(鵝溪)의 아버지이다. 아계(鵝溪)=이산해(李山海)의호

一水回通萬疊山　　한 물줄기 첩첩 산을 빙 돌아 흐르고
閑花浮出碧雲間　　한가한 꽃들은 구름 사이로 떠 있네.
幽人採藥前山去　　은거한 사람 약초 캐러 앞산에 갔는데
芳草連溪掩竹關　　방초 이어진 시냇가 대사립 닫혀있네.

---

76)軒上 : 학승헌(鶴乘軒)으로 학이 대부의 수레에 올라타 있는 것. 곧 보잘 것
　　없는 사람이 높은 벼슬에 있는 것 또는 보잘 것 없는 사람이 대우를 받는
　　것. 《左傳閔二年》에 적인이 위(衛)나라를 쳤다. 위의공(魏懿公)이 학을 좋
　　아하였으니 수레(軒)를 탄 학이 있었다. 장차 싸우고저 할 때 갑옷을 지급받
　　은 사람들이 모두 학을 시키라고 하였다. "학은 실로 녹위(祿位)가 있으니
　　학을 시켜 싸우게 하지 우리가 어떻게 싸울 수 있겠는가"하였는데 주(註)에
　　"헌은 대부(大夫)의 수레이다"고 하였다. 즉, 비유의 말이다.

56. 無題　제목 없이 짓다 2수
二 首　2 수

一行垂柳掩紅簷　한줄기 수양버들 붉은 처마 가렸는데
畫罷雙眉月樣纖　두 눈썹 다 그리자 달처럼 섬세하네.
自折嬌花調外客　스스로 교태부려 손님을 맞아 놓고
佯羞還下水晶簾　부끄러운 체 하며 수정 발 내리도다.

嘲時瞥　당시 습속을 조롱한 것

荔枝一箇江南草　여지는 한 개의 강남의 풀일 뿐인데
連理[77]無情半夜言　연리지도 한밤 말 무정하게 되었네.
男子幾人還固寵　남자가 몇 명이나 총애를 굳히는고
香羅巾下有冤魂　비단 수건 아래는 원혼만 남아있네.

非謂妃子無罪也　비자(妃子)가 죄가 없다는 것은 아니다.

58. 獨臥　홀로 누워

入簾山色碧依依　주렴사이로 산 빛 푸르러 은은한데
盡日微吟掩竹扉　대사립문 닫아 놓고 온종일 읊조리네.
臥笑白雲無定態　누워서 비웃노라 변하는 구름 자태
旣西何事又東歸　서로 갔다가 무슨 일로 동으로 오나.

---

77) 連理 : 뿌리가 다른 초목의 가지가 서로 맞붙어 있는 것을 말함. 당명황제
　　와 양귀비가 장생전에서 서로 맹세한 말로 살아서는 연리지와 같이 살고 죽
　　어서는 비익조와 같이 살자고 함.

59. 送舅氏　　　외숙을 전송하며

行出摩雲雪滿程　　마운령 지나는데 길에 눈 가득 쌓여
郵亭[78]遙夜客愁生　우정의 긴긴 밤에 나그네 수심이로다.
海濤聲裏家千里　　바다 멀리 파도소리 집은 천리 밖인데
曉起頻看故國星　　새벽에 일어나서 고국성[79]을 자주 보네.

60. 贈舅氏妾　　　외숙의 첩에게 지어주다

日日江頭望遠人　　날마다 강가에서 먼 곳 사람 기다려
今年楊柳去年春　　올해도 버들은 지난 봄 처럼 푸르네.
分明記得前宵夢　　분명히 기억난다 간밤의 꿈속에서
試上粧樓拂鏡塵　　장루에 올라가서 거울 먼지 털었네.

61. 睡起　　　　자다가 일어나서

千里飄蓬六尺身　　천리를 떠도는 육척의 이내 몸이
十年虛負洛陽春　　십년 봄을 헛되이 서울에서 보냈구려.
樽前醉夢眞吾土　　술 취해 꿈을 꾼 곳 참으로 내 땅이고
窗外靑山是故人　　창 너머 푸른 산 바로 이게 친구라네.

---

78) 郵亭 : 驛舍와 같은 것.
79) 고국성(故國星) : 고향의 하늘 쪽에 떠 있는 별

62.63. 廣漢前溪夜泛　광한루 앞 시내에 밤배를 띄우며
二首　　　　2 수

滿船風露夜凄凄　바람 이슬 배에 가득 밤공기 선선한데
何處靑山杜宇啼　어느 곳 청산에서 두견새가 울어대나.
烏鵲橋通銀河水　오작교 아래로는 은하수가 통하였으니
一天花月使人迷　천지의 꽃과 달은 사람을 미혹케 하네.

一溪移棹夜雲長　시내 따라 노졌는데 밤 구름 끝이 없고
兩岸幽花拂面香　양쪽 언덕 꽃들이 얼굴 스쳐 향기롭네.
扶醉下船渾不記　술 취해 배를 내린 기억 전혀 안 나고
夢回沙渚月盈裳　사저에서 꿈 깨니 옷에 달빛 가득하네.

64.65. 對梅懷人　　매화처럼 그리운 사람
二首　　　　2 수

迢遞江南信使稀　머나먼 강남이라 소식 듣기 드무니
幾宵歸夢月明時　달 밝을 때 몇 밤이나 돌아갈 꿈꿨나.
攀枝欲寄春風晚　꽃가지 보내기엔 봄바람이 늦었지만
不是梅花舊意移　매화의 옛날 뜻이 변한 건 아니라네.

開何不早落何忙　필 때는 더디더니 왜 그리 빨리 지나
昨夜狂風滿地香　밤사이 돌풍에 향기 땅에 가득하네.
北望佳人頭欲白　북쪽에 님 그리다 머리털은 희어지고
一年春盡又他鄕　한 해 봄이 다 가는데 또 타향이라네.

66. 睡起郵亭　　우정역사에서 잠이 깨어

客夢頻驚聽早鷄　　나그네 꿈 닭 울음소리에 자주 놀라
曉天殘月影高低　　새벽하늘 지는 달그림자 높고 낮네.
道平如砥愁辛苦　　평탄한 길인데도 고생될까 걱정인데
風作飛塵雨作泥　　바람에 먼지 날고 비 오면 진창일세.

67. 尋連山新都　　연산의 신도를 찾아

人和當日棄龍盤[80)]　　인화 이룬 당일에 버려진 용이 서려
仙跡猶存萬歲山　　신선 자취 아직도 만세 산에 남아 있네.
回首漢南春寂寂　　한수 남쪽 돌아보니 봄은 적적한데
夕陽高掛五雲寒　　석양에 높이 걸린 오색구름 차갑구나.

---

80) 龍盤 : 豪傑이 뜻을 얻지 못하여 세상에 隱居함을 말함.

68.69.70.次金希元黃山亭韻　김희원의 황산정 시에 차운하다

三首　　　　3수

散擲琴樽倚小亭　금준 거문고 팽개치고 작은 정자 기대니
池荷香動醉魂淸　연꽃이 향기 뿜자 취한 정신 맑아지네.
沙明十里映疎雨　밝은 모래 십리길 성근 비가 비치다가
日照千林猶晚晴　온 수풀에 해 비치니 석양 더욱 맑구나.

天容雲彩撼山亭　하늘에 채색 구름 산 정자를 감싸고
石鑿方塘活水[81]淸　돌 뚫은 연못에 흘러오는 물도 맑아.
休道此翁無可友　이 늙은이 벗 없다고 말하지 말라
一雙幽鷺下秋晴　한 쌍의 백로 개인 가을에 찾아왔네.

秋光濃翠滴幽亭　짙푸른 가을빛은 유정으로 쏟아지고
晚醉醒來枕簟淸　저물녘 술 깨면 베개 자리 서늘해.
遙想夜深奇絶事　밤 깊도록 기이한 일 생각하고 있는데
一輪明月萬山晴　둥근 달이 떠오르자 온 산이 밝아지네.

---

81) 活水 : 흐르거나 솟아오르거나 움직이는 물.

71. 贈人　　어떤 사람에게 주다

午夜承歡下九天　　밤낮으로 즐기다가 궁궐에서 내려오니
羅衣香帶御爐[82]煙　　비단옷에 쌓인 향기 어로 연기 섞였네.
花容如昨恩還斷　　옛날처럼 꽃다운데 은총이 끊겼으니
盛色休言未十年　　좋은 자태 십 년을 못 간다 말을 마오.

72. 有感　　느낌이 있어

花竹咸生雨露天　　꽃과 대가 모두 비 이슬에 자랐건만
心期誰信雪霜前　　눈과 서리 오기 전엔 그 마음 누가 믿어.
太平同樂非難事　　태평시대 즐거움 같이 하기 어려움 아니나
窮處方知雅守堅　　궁할 때에 평소 뜻이 굳건한 걸 알 수 있지.

73. 仲秋月 寄牛溪[83]　　추석에 우계(성혼)에게 부치다

爲雲爲雨[84]任紛紛　　구름 되고 비 되듯 제멋대로 변하며
富貴繁華換主頻　　부귀나 영화도 주인 자주 바뀐다네.
獨有中秋天上月　　중추라 하늘 위에 떠 있는 저 달은
年年依舊屬閑人　　해마다 옛날처럼 한가한 사람 것이네.

---

82) 御爐 : 상제의 화로임. 여기서는 임금님 곁을 말함.
83) 牛溪 : 成渾의 호
84) 爲雲爲雨 : 〔杜子美貧交行〕에 翻手作雲覆手雨로 세상인심이 수시로 변화하는 것을 말함.

74. 曉起

새벽에 일어나

吹角孤城月影沈
池荷香濕曉雲深
幽人初罷秦關夢
脈脈憑欄無限心

호각 소리 나는 성에 달그림자 잠기고
연꽃 향기 젖는 새벽 구름 짙게 꼈네.
은사가 처음으로 진관 꿈에서 깨어나
무한한 마음에 말없이 난간에 기대네.

75. 曉霽

새벽 비가 개어

秋空寥廓鳥驚棲
餘滴玲瓏竹影低
曉雲含雨歸前島
落月猶留古堞西

가을 하늘 광활한데 새들은 잠을 깨고
남은 이슬 영롱한데 대 그림자 나직해.
비 먹은 새벽구름 앞섬으로 돌아가고
지는 달은 옛 성벽 서쪽에 머물렀다.

76. 秋夜

가을밤에

那堪千樹葉皆飛
一別經秋夢亦稀
家落海西消息斷
月明何處擣寒衣

아쉽다 뭇나무에 잎 새 모두 날아가고
이별한 뒤 가을 가니 꿈에 보기 드무네.
해서에 가서 사니 소식이 끊겼는데
달 밝은 어느 곳에서 겨울옷 다듬는고.

77~81. 流離中 用謫仙韻　떠도는 중에 적선(李白)의 시운을 써서 짓다

五首　　　　　5 수

投璧出門煩抱負　결심으로 집을 나서나 포부 괴로운데
大兒吞哭小兒啼　큰 아이 울먹이고 작은 애는 울어대네.
行人過盡無歸路　행인들 갈길 다 가나 나 돌아갈 곳 없어
極目萋萋芳草齊　멀리 바라보니 무성한 방초만 펼쳐졌네.

人語傷心殊處處　곳곳마다 말투 달라 상심이 되는데
山禽猶作故園啼　울어대는 산새는 옛 동산과 다름없네.
爲傭笑未除前習　품 팔던 이런 습관 못버린게 우습지만
老妻愁眉與案齊　수심 띤 늙은 아내 여전히 공경하네.

兄寄山東弟海西　형님은 산동이오 아우는 해서라
臨岐不敢向人啼　갈림 길에 임해서 울지도 못했네.
江南再見梅花發　강남에 매화 필 때 만나보세그려
孟子[85] 無心久於齊　이곳에 오래 머물고 싶지 않다네.

欲祭吾親家萬里　부모님 제사 지내려도 집이 만 리라
隔窓愁聽夜鳥啼　근심스레 창너머 밤 새 소리 듣네.
來時手種庭前樹　올 때에 뜰 앞에다 나무를 심었는데
聞道如今與屋齊[86]　듣자니 지금은 지붕 높이만큼 자랐다네.

東海悠悠不復西　동해물 유유해 서해 다시 안 가는데
丈夫那效婦人啼　장부가 어떻게 부인처럼 울겠는가.
希賢希聖當年志　성인 현자 기대했던 당년의 뜻에는
國可治之家可齊　나라와 집안 다스림 잘 할 듯 했네.

---

85) 孟子 : 맹자가 齊王에 王道를 說했으나 듣지 않자, 오래 머물 고자 하지 않은
　　것으로 자신이 그곳에 오래 머물 고자 하는 心情이 없는 것을 비유한 것.
86) 典案齊 : 齊眉之案으로 남편을 공경하는 모습.

82.83. 憶兄弟   형제를 그리워하며
二 首   2 수

今在何州望亦虛   지금 어느 고을인가 바라봐도 허사고
夢傳書信覺還疎   꿈속의 소식마저 깨면 소원해지네.
前提後哺當時事   앞서 끌고 뒤에서 먹이던 당시의 일
念及辛勤淚滿裾   고생했다 생각하니 눈물 옷깃 적시네.

心非一事書難盡   심사가 많아서 글로 다 쓰기 어려워
居轉東南夢亦違   동남방 옮겨 사니 꿈에도 못 만나네.
嗟我後生今白首   슬프다 늦게 난 나 이제는 백발이니
共攀松柏更何時   어느 때 다 같이 고향 송백 안아볼지.

84. 曉 起   새벽에 일어나

鴈行零落江天遠   기러기 떼 사라져 수평선 멀어지고
姜被87)凄凉曉月寒   형제 없어 쓸쓸한데 새벽달 싸늘해.
十載弟兄雲外隔   십 년 동안 형제들 구름 밖 떨어져
故山松柏夢中攀   고향 산의 송백을 꿈에나 잡아보네.

---

87) 姜被 : 이불을 같이 덮고 잔다는 것으로, 兄弟를 말함.

85. 秋夕　　　추석에

手植高松入採薪　손수 심은 고송이 땔감이 되겠는데
娜孃何處托孤魂　어머님 외로운 혼은 어디에 의탁할까.
太平人作流離子　태평하던 사람이 떠돌이가 되었으니
誰酌淸泉慰廢墳　누가 물 떠 놓고 황폐한 묘 위로할까.

下元[88]奠墓之俗節也
　　　10월15일은 산소에 술잔을 올리는데 이것은 속절이다.
北向呼慕　徒深履霜之痛
　　　북쪽을 향해 울부짖으며, 사모하다 보니 추모의 애통만
際遇明時　反作逃亂之人
　　　깊을 뿐이다. 좋은 시대를 만났으나, 도리어 피난하는
不孝通天　罪無所逃
　　　사람이 되었으니 불효가 하늘까지 닿아 그 죄를 면할
時萬曆丙戌也
　　　수 없게 되었다. 때는 만력(선조19년1586) 병술 년이다.

86. 贈金而精　　김이정에게 지어주다

人言不到公明地[89]　세인들 말 이르지 않은 공명한 곳에
風雪偏侵獨立姿　눈보라 몰아쳐도 홀로 선 자태로다.
雙鬢各隨時事變　귀밑머리 시사 따라 변하여 가나
水鍾秋月是心期　수종사의 가을 달에 깊이 사귀었네.

---

88)下元 : 陰曆 10월 15일을 말함.
89)公明地 : 公生明으로 府州縣의 大堂前刻한 碑를 세워 公正한 마음을
　　갖으라는 뜻인데, 여기서는 임명을 받고 부임하는 것을 말함.

路出平山 而精爲平山宰　평산을 지나게 되었는데 이정이 평산군수로 있었다.
慨然興歎於時事　　　當시의 일에 대해 개연히 탄식하였다.
曾逢而精于水鍾寺　　그전에 수종사(水鍾寺)에서 이정을 만났는데
不相見 近三十年矣　　그 뒤로 못 본지 삼십 년 가까이 되었다.

87. 化鶴樓　　　화학루에서

池面煙消柳影齊　안개 걷힌 못물버들 그림자 뚜렷하고
一聲長笛夕陽低　피리 소리 은은한데 석양이 지려 하네.
朱欄縹緲人猶醉　붉은 난간 아득한데 사람은 취해 있고
仙夢初回海島西　꿈속에서 처음으로 서쪽 섬 돌아왔네.

88. 栗串津上 次南牕　율곶진에서 남창 김현성의
　　金玄成 贈別韻　　증별 시에 차운하다

相逢又作別離人　서로 만났다가 또 다시 이별인데
白髮飄然映碧津　나부끼는 백발 푸른 물에 비치네.
津上有松經世亂　나루터에 소나무 세상 난리 겪었지만
羨渠長占四時春　넓고 긴 개천은 사철 푸른 봄이로다.

(김현성의 시)

班荊[90]江岸送行人　강 언덕에 자리 깔고 행인 보내는데
漠漠寒潮正滿津　막막한 찬 조수는 나루에 차올랐네.
朔吹卷君行跡去　그대의 가는 자취 북풍이 쓸어가고
天涯幾日可逢春　하늘 끝 어느 날 봄을 만나게 될까.
原韻

90)班荊 : 자리를 까는 것으로, 벗을 길에서 만남을 말함.

89~92. 江上吟   강가에서 읊다
四首   4 수

耳聞目見殊深淺   듣고 보는 것 깊고 얕음이 다르고
口說身行有易難   말하고 행함에는 쉽고 어려움 있네.
戶外屢隨春夢散   문 밖을 걷노라니 봄꿈이 스산하고
滿江風露一簑寒   가득한 강바람에 도롱이가 싸늘하네.

先聖見心難見面   선대성인 얼굴 몰라도 마음 알수있고
世人知面不知心   세상사람 얼굴 아나 마음은 모르겠네.
春風萬里無相問   만 리라 봄바람은 물을 곳 없는데
江月悠悠照玉琴   강위 달은 유유히 거문고를 비추네.

一葉片舟四海心   일엽편주 타고 보니 사해를 가고픈데
萬山回首白雲深   뭇 산을 돌아보니 흰 구름 짙게 꼈네.
儒家功業身中事   유가의 공업은 내 몸 속의 일인데
今古英雄謾外尋   고금의 영웅들 밖에서만 찾았구려.

舟欲返時風更急   뱃머리 돌릴 적에 바람 다시 급해지고
釣將投處水偏深   낚시를 던질 곳에 물이 유독 깊었다네.
萬事無心成一醉   만사에 무심하여 술 마시고 취하니
臥看明月出遙岑   누워보니 먼 산에 밝은 달이 솟았네.

93.

謫在威城 龍御西移　위성에 귀양 가 있을 때 어가가 난을 피해
衣冠多死 對鏡吟得　서쪽으로 옮겨가는데 고관들이 많이 죽었다
以贈故人　　　　　기에 거울을 보다가 읊어 친구에게 주다

洛陽花發春無主　서울에 꽃 폈지만 주인 없는 봄이고
千里長沙作帝畿　천리 너머 장사에 임금님 머물렀네.
回首昔年知舊裏　돌아보니 오랜 옛날 친구들 가운데
幾人能得鬢邊絲　몇 사람 귀밑머리 희도록 살았는가.

94. 獨臥　　　홀로 누워

何人能復濟生靈　어떤 이가 다시 백성을 구제할까
隱几堂中萬里情　대청의 궤에 기대 만리정 품었지.
春夢半隨風雨散　봄 꿈 비바람에 반이나 흩어지니
洛陽花月未分明　서울의 꽃과 달 분명치가 않구나.

95. 次友人見贈韻　　벗이 보낸 시에 차운하다

天戈東出凜秋霜　동방에 온 중국 군대 추상처럼 늠름해
問罪雕題91)慰死傷　왜놈들을 정벌하고 사상자를 위로했네.
獜閣何人功第一　기린각에 새긴 공은 그 누구 으뜸인가
老龜無用合支床92)　나는 쓸모없지만 支床에는 적합하리.

---

91)雕題 : 이마에 푸른 색깔로 문신을 하는 것으로 南蠻의 風俗인데,
　여기서는 倭寇를 말함.
92)合支床 : 옛것을 중복하는 것에 불과한 것, 아무 쓸모가 없는 것,
　곧 앞 사람이 한 일만 중복하고 창견(創見)이 없는 것

96~98. 張良　　장량[93]
　　　三首　　　3 수

衣繡楚猴悲玉涕　비단옷 입으려던 초후[94] 슬퍼 눈물 짓고
食芝秦老[95]下仙山　지초 먹던 秦老는 선산에서 내려왔네.
從容帷幄無多說　군막에서 차분하게 많은 말 안하지만
指示追奔總不閑　지시 따라 움직이니 모두가 바쁘다네.

不獨傷心向故墟　옛터로 향하며 상심했을 뿐 아니라
殘凶兼爲匹夫[96]除　필부인 진시황 흉적 제거하려 했네.
祖龍[97]戴首魂先碎　진시황이 앞에 탔다 혼백 놀랐으니
莫恨沙中中副車　사중에서 수레 맞힌 걸 한하지 말게.

吾讐在楚非私漢　내 원수 초에 있지 한을 위함 아닌데
當世虛稱帝者師　당시 헛되이 제왕의 스승이라 칭했네.
不事詩書難久處　시서를 외면하니 오래 있기 어려워서
赤松[98]高跡少人知　적송자의 높은 자취 아는 자 적었다네.

---

93)張良 : 한(韓)의 사람인데 자는 자방(子房)이다. 5대를 연하여 한에서 벼슬하였
　　는데 진(秦)이 한을 멸망하자 장량이 자객을 보내 박랑사(博浪沙)에서 진시황을
　　저격하였으나 실패하고 하비에 숨어 있었다. 진나라 말엽에 진승(陳勝)과 오광
　　(吳廣)이 농민들을 이끌고 일어나자 유방(劉邦)이 기회를 타고 군사를 일으켰다.
　　장량이 유방의 모사(謀士)가되어 한(漢)을 도와 진(秦)과 초(楚)를 멸망시켰다.
　　《漢書張良傳》
94)楚猴 : 〈痛鑑〉에 한생(韓生)이 항우(項羽)에게 "관중(關中)은 산이 막혀 있고 물
　　을 끼고 있는데다 토지가 기름지니 도읍을 정하면 패자가 될 수 있다"고 설득하였으
　　나 항우가 진(秦)나라 궁전이 죄다 잿더미가 된 것을 보고는 또 동쪽으로 가고 싶어
　　서 "부귀하고도 고향으로 돌아가지 않으면 비단옷을 입고 밤길을 걷는 것과 같다.
　　누가 알겠는가"하였다. 한생이 물러나 말하기를, "사람들이 '초나라 사람은 마치 원
　　숭이에게 관을 씌운거나 마찬가지이다'하더니만 과연 그렇다 하였다.
95)秦老 : 黃石公을 말함. 장량이 黃石公에게서 兵書를 얻은 것을 말함.
96)匹夫 : 仁義를 저버리고 惡政을 하는 것을 匹夫라 함.
97)祖龍 : 秦始皇을 말함.
98)赤松子 : 적송자는 신선의 이름이다. 장량이 한 고조와 오래 있지 못할

99.100. 次友人韻   벗의 시운에 따라 짓다
二首   2 수

題柱99)雄心墨未乾   영웅심 기둥에 쓴 글 먹물 아니 말랐고
掩篷孤臥雨聲寒   문을 닫고 누웠는데 빗소리 차갑구나.
人間平地多風浪   인간사 평지에도 풍파가 많은 것이니
贏得舟中一枕安   차라리 배 안에 눕는 게 편안하구나.

雨後秋山染不乾   비온 뒤 가을 산이 마르지 않았는데
扁舟身世一簑寒   조각배 탄 신세라 도롱이가 차갑구나.
莫道無心治亂事   세상의 치란에 마음 없다 하지 마오
有時魂夢到槐安100)   때로는 꿈속에서 괴안국에 이른다네.

101. 松下會酌   소나무 아래서 술을 마시며

滿目干戈四海同   사해 안 어디서나 난리만 보이는데
偶來松下聽淸風   우연히 솔아래서 맑은 바람소리 듣네.
一枝無處安巢鳥   새들은 둥지 틀만한 가지하나 없는데
三顧何時起臥龍101)   어느 때나 삼고하여 와룡을 일으킬지.

것을 알고 벼슬을 치우고 적송자를 따라 간다고 하며 자취를 감추었다.
99) 題柱 : 한(漢)나라 사마상여(司馬相如)가 처음에 장안(長安)으로 가면서
   승선교(昇仙橋)를 지나다가 다리의 기둥에다 "네 필의 말이 끄는 높은
   수레를 못 탈 경우 이 다리를 건너지 않을 것이다"고 써놓았다.
100) 槐安 : 순우분(淳于棼)이 광릉군(廣陵郡)에서 살았다. 하루는 해묵은 괴화나무
   밑에서 술을 마시다가 취해서 잠이 들었다. 꿈결에 괴화나무 속으로 들어가니
   한 성루(城褸)가 보였는데 대괴안국(大槐安國)이라고 크게 써있었다. 그곳 왕이
   순우분을 불러다 부마로 삼고 남가태수(南柯太守)로 임명하였다. 30년 동안 부
   귀영화를 실컷 누렸다. 깨서 보니 괴화나무에 큰 개미 구멍이 있었고 남쪽가지
   에 또 작은 구멍 하나가 있었는데 꿈속에서 본 괴안국과 남가군이었다. 당(唐)의
   이공좌(李公佐)가 지은 〈南柯太守傳〉,남가일몽(南柯一夢)은 이 일화에서 유래함.
101) 와룡(臥龍) : 諸葛亮의 별명으로 劉備가 제갈량을 세 번 찾아왔다.

102. 新到經亂地次人 난리 속에도 새로 와서 남의 시에 차운하다

數株殘柳夕陽天　몇 그루 남은 수양버들 노을 진 하늘
芳草閑花覆古阡　향긋한 풀 한가한 꽃 옛 길을 덮었네.
啼鳥一聲寒食後　한식이 지난 뒤 외마디 새 우는 소리
孤城何處見新煙　외로운 성 어디서 새 연기 볼 수 있나.

103. 獨立　　홀로 서서

長嘯仰天天浩浩　휘파람 불며 넓고 넓은 하늘 쳐다보고
俯臨滄海海無窮　창해를 굽어보니 끝도 없이 멀도다.
獨立此間無一事　홀로 선 사이에 아무 일도 없으니
却將興廢笑英雄　흥 패망 다투던 영웅들을 비웃도다.

104. 次人　　남의 시에 차운하다

白馬盟102)寒負乃公　백마 맹서 식어져서 그대 공 저버리니
安危只係採芝翁　안위는 지초 캐는 늙은이에 달렸다네.
天理至明終不隱　천리는 밝고 밝아 끝까지 못 숨기니
一人宜與萬人同　한 사람이 만인과 마땅히 같아야하리.

---

102)白馬盟 : 옛날에 맹서할 때 흰 말을 잡아서 피를 발랐다. 초나라 군사가 식량
이 적어 항우가 걱정한 나머지 틀을 높이 만들어 놓고 유방의 아버지를 그 위에
다 올려놓고는 유방에게 알리기를 "지금 빨리 항복하지 않으면 태공(太公)을 솥
에다 삶겠다."하니 유방이 말하기를 "내 너와 함께 회왕(懷王)의 명을 받고 형제
가 되기로 약속하였으니 나의 아버지가 곧 너의 아버지이다. 너의 아버지를 삶
고자 한다면 국 한 그릇을 보내 주었으면 한다." 하자 항우가 노하여 태공을 죽
이려고 하였다. 항백(項伯)이 만류하기를 "천하를 위한 사람은 가정을 돌아보지
않는 법이니 죽여 봤자 도움이 없을 것이다."하였다.〈通鑑〉

105. 旅寓中 次友人見 나그네로 우거하며 벗이
寄韻　　　　보낸시에 차운하다

落花深處獨眠人　　낙화 깊은 곳에 외로이 잠 잔 사람
虛負山中漉酒巾103)　산중에 술 거르는 것 헛되이 저버렸네.
追思煙月名園會　　연기와 달이 깃든 명원 모임 생각하니
玉漏聲遲104)萬樹春　옥루소리 더디던 온 숲의 봄이로다.

106. 次同宿友人韻　　함께 유숙한 벗의 시에 차운하다

隔窻飛雪曉風輕　　가벼운 새벽바람 창 너머로 눈 날리고
松籟依然故國聲　　솔바람 소리 여전히 고향 소리로구나.
歸夢不知湖海遠　　돌아가고 싶은 꿈은 호해 먼 줄 모르고
却隨殘月落寒汀　　지는 달 따라가다 찬 물가에 떨어졌네.

107. 贈同約避寇人　　같이 피난 가는 동행인에게 주다

雲外行裝月一簑　　구름 밖 행장은 달과 도롱이 하나
輕舟隨處足生涯　　뱃길이 닿는 곳 생애 만족스러워.
傍人錯訝漁郎至　　주위 사람들은 낚시꾼이 온 줄 알고
懶惰無心又種花　　게을러서 무심코 또 다시 꽃을 심네.

---

103)漉酒巾 : 晉나라 도연명이 술을 사랑하여 두건으로 술을 걸른 故事.
104)玉漏聲遲 : 시계소리가 길다는 것으로 봄날의 길고 김을 말함.

108. 獨往　　　홀로 가며

洞裏尋春微雨餘　　골짜기에 봄 찾아와 가랑비 내린 끝에
寒驢獨訪桃花水　　나는 홀로 나귀 타고 도화수를 찾았네.
林深景黑還歸來　　숲이 깊고 경치 어두워 되돌아왔는데
此外應留避世子　　이밖에 세상 피한 사람 머물러 있겠지.

109. 對十日菊[105]歎過時 십일 국화 철이 지나갔음을 탄식하며

九日香非十日衰　　구구일 국향이 십일에 시드는 것 아니나
今朝何事使人悲　　오늘 아침 어인일로 사람 슬프게 하나.
遙知獨立東門外　　알겠네, 동문 밖에 홀로 서서 있으니
不似唐虞玉帛[106]時　　唐.虞의 옥백과는 달라서 그런다는 것을.

110. 有所思　　　생각한 바가 있어

門外漠漠迷去路　　문 밖이 아득하니 갈 길 막막한데
眼中依依見遼西　　안중에 은은히 요동 서쪽 보이네.
自折梅花眠不得　　매화를 꺾어 놓고 잠 못 이루어
漫聽明月子規啼　　밝은 달 아래 소쩍새소리 듣는다네.

---

105) 十日菊 : 九月九日이 지나 다음날의 국화. 곧 때가 지난 국화.
106) 玉帛 : 玉帛鍾鼓로 예약을 말함.

111. 病中　　　　병중에

琴書一室性情淸　　비파 타고 책 볼 땐 마음 맑았는데
臥病年年草自生　　해마다 병 앓으니 풀들만 나는구나.
山外不知人事變　　산 너머 인간세태 변한 줄은 모르고
錯將花月咏升平　　꽃과 달을 보며 태평시대 읊조리네.

112. 懷牛溪　　　우계를 그리워하며

太平時 與牛溪翁　　태평할 때 우계 옹과 더불어 세상에서
相期以第一等事　　가장 으뜸가는 일을 하기로 다짐하였는데
今日兵亂 相憶不見　지금은 병란으로 서로 생각만 할 뿐 볼 수 없으니
悲哉　　　　　　　슬프기만 하다.

不上蓬萊峯第一　　봉래산 제일봉에 오르지 않으면
當時猶未許尋眞　　진경을 찾았다 허락하지 않았네.
萬里相看天外月　　만리서도 서로 하늘 너머 달을 보며
百年長憶夢中人　　한평생 꿈속에서도 길이 생각하리라.

113. 偶吟　　　　우연히 읊다

九萬迢迢夜氣淸　　구만리 먼 하늘 밤공기는 맑은데
片雲飛盡月分明　　조각구름 흩어져 달 모습 선명하네.
世無嚴子[107]知仙跡　세상에는 仙迹(跡) 아는 嚴子 없으니
槎到天河只獨行　　뗏목 타고 은하수에 혼자만　가네.

---

107) 嚴子 : 莊子를 말함. 한(漢)나라 촉군(蜀郡)의 사람인데 이름은
　　준(遵)이다. 일생동안 벼슬하지 않고 세상을 떠났다.

114. 夜坐　　밤에 앉아서

仙漏遲遲萬念灰　더디 가는 시간 속에 잡념이 사라지니
一聲長笛月中來　길고 긴 피리 소리 달 속에서 오는구나.
只緣慕道誠猶薄　도(道)를 사모하는 그 정성이 박하므로
休說天關不大開　天關의 문이 안 열린다 말하지 말게나.

115. 頭白　　머리가 희어지다

人言頭白爲多愁　근심 많은 사람 머리털 희어진다지만
我自無愁亦白頭　나 절로 근심 없어도 머리털 희어졌네.
白頭雖許人同老　다른 사람과 같이 머리 희어 늙겠지만
不老存中死不休　마음 안 늙은 건 죽을 때까지 여전하리.

116. 楮子島 次友人　저자도에서 벗의 시에 차운하다

弄月平湖懶上山　호수에서 달 즐기다 등산하기 게을렀더니
滿船風露一簑寒　바람 이슬 배에 가득 도롱이가 차갑구려.
醉來歸臥松根石　술 취하여 돌아와 솔뿌리 돌에 누웠는데
盡夜無眠聞遠灘　밤새도록 먼 여울 물소리에 잠 못 이루네.

117. 次擊壤[108]韻　격양 시에 따라 짓다

林間無物撓淸懷　숲 속에 맑은 회포 교란 하는 일 없고
天月流光入酒杯　하늘 흐르는 달빛 술잔으로 들어오네.
何處仙翁調鶴過　어느 곳 신선이 학을 타고 지나는지
數聲風簫[109]落雲街　두어 소리 풍적이 구름길로 떨어지네.

118. 朝起　　　아침에 일어나서

鶯啼綠樹曉雲深　꾀꼬리 우는 숲에 새벽 구름 깊어
宿醉微醒倚玉琴　취기 조금 깨자 거문고에 기대었네.
窓外不知花落盡　창 밖에 꽃들이 모두 진 술 모르고
起來虛秦戀春音　일어나 부질없이 연춘곡을 연주했네.

119. 閑中　　　한가한 가운데

世遠始知無毀譽　세상과 멀어져 시비 없음을 알겠고
山深方信有神仙　깊은 산에는 신선 있음이 믿어지네.
白首都忘天下事　백수가 되도록 세상만사 모두 잊고
一瓢高臥月中眠　청빈에 만족 달 아래 높이 누워 자네.

---

108) 擊壤 : 송(宋)의 소옹(邵擁)이 지은 것으로 20권인데 〈尹川擊壤集〉이라고 한
다. 소옹의 시 근원은 당(唐) 백거이(白居易)한테서 나온 것인데 시법(詩法)과 성
율(聲律)에 구애되지 않고 또한 애타게 읊어 잘 지으려고도 하지 않았다. 태극선
천(太極先天)의 설에 관통하여 하나의 격(格)을 이루었다.
109) 風簫(풍적) : 바람결에 들려오는 피리소리

120. 曉起　　　　새벽에 일어나서

幽夢初回海日明　　그윽한 꿈 막 깨자 바다에 해가 뜨고
落花啼鳥掩山扃　　꽃 지고 새 우는데 사립문 닫혀 있네.
白雲深處堪伸脚　　흰 구름 깊은 곳 다리 펴고 살만한 데
誰向君門作客星110)　그 누가 군문(임금)의 객성이 될 것인지.

121. 對酒吟　　　술에 대하여 읊다

有花無月花香少　　달이 없는 꽃은 　향기 적고
有月無花月色孤　　꽃 없는 달은 빛깔도 외롭다.
有月有花兼有酒　　달에 꽃 있는데 술까지 겸하면
王喬111)乘鶴是家奴　학을 탄 왕교도 나의 종이지.

122. 送人　　　　어떤 사람을 전송하며

無邊落木送君歸　　늦은 가을 머나먼 길에 그대를 보내니
錦水西風日暮時　　금강에 가을바람 날 저무는 때이로다.
夜看明月維孤棹　　밝은 달 밤에 외로운 배만 보이고
回望天南故舊非　　남쪽 하늘 돌아보니 친구는 없도다.

---

110) 客星 : 전주(前註)107 엄자릉 참조
111) 王喬 :〈後漢書本傳〉한(漢)나라 하동(河東) 사람이다. 후한 명제(明帝)때
　　섭령(葉令)이 되었는데 초하루부터 보름까지 그 고을에서 조정에 오는데 수
　　레나 말을 타지 않았다. 태사(太史)가 그가 올 때쯤 지켜보니 오리 두 마리
　　가 동남쪽에서 날아왔다. 그 다음에는 이때를 맞추어 그물로 덮쳐서 잡았는
　　데 신발 하나만 남아 있었다는 고사.

123. 謝人送果　　과일 선물에 감사하며

少年作果主善治生　　소년이 과수원의 주인이 되었는데 치산을 잘 하였다

嚼未呑之可傲仙　　먹기 전에도 신선이 부럽지 않았는데
花開何必待三千112)　　삼 천 년에 한 번 꽃피는 천도 복숭아 기다릴 필요 없도다.
囊歸海上吾多計　　해상으로 돌아가면 내 계획이 많으나
莫學林中鑽核賢　　숲속에서 씨앗 뚫은113) 사람일랑 본받지 않으리

---

112) 三千 : 선인의 세계에서 3천 년에 1번 꽃이 피고 열매 맺는 복숭아로 우리
　　나라에서도 천도 복숭아 라고 불림.
113) 씨앗 뚫은 : 왕융(王戎)에게 좋은 오얏이 있었다. 그 종자가 퍼질까 봐서
　　팔 때에는 항상 그 씨앗을 송곳으로 뚫어서 발아하지 못하게 하였다. 〈晋書
　　王戎傳〉

五言 律詩 (5언 율시) *139

1. 遊南嶽　　남악에서 노닐며

衣草人三四114)　속세에 묻혀 사는 사람 서너 명
於塵世外遊　풍진 세상 밖에서 노닐고 있네.
洞深花意懶　깊은 골짜기 꽃은 늦게 피고
山疊水聲幽　산 첩첩 물소리 그윽하도다.
斷嶽杯中畫　깎아지른 듯 산은 술잔 속 그림
長風袖裏秋　스산한 가을바람 소매를 스치네.
白雲巖下起　흰 구름 바위 아래 뭉실 떠 있고
歸路駕靑牛115)　돌아가는 길 푸른 소를 탔노라.

2. 曉行　　새벽길을 걸으며

夷險無人問　험한지 평탄한지 물어볼 사람 없어
高低任馬行　높낮이야 말 가는대로 맡길 뿐이네.
寒鐘何處寺　냉냉한 종소리 어느 절에서 나는가
流水隔林聲　흐르는 물소리 숲 너머서 들리는데.
徑轉孤星沒　지름길 돌아드니 외로운 별은 지고
天開遠岫生　하늘이 밝아지니 먼 산이 드러나네.
遙看滄海日　저 멀리에 보이는 창해의 태양이
此路喜重明　이 길을 밝혀주니 기쁘기만 하노라.

---

114) 衣草 : 草衣로 빈자의 옷. 또는 은자의 옷. 곧 은자를 말함.
115) 靑牛 : 은자가 타는 소로 노자가 함곡관을 지날 때에 푸른 소를 탔음.

3. 君山鐵篴[116) 군산의 철적 (쇠피리)

鐵篴紫荊曲[117)	자형곡을 불어대는 쇠 피리 소리
洞庭湖上山	동정호 위에 있는 산에서 나는지.
引風經雁背	바람 타고 기러기 등을 스쳐가고
和月落雲間	달빛 함께 구름 사이로 떨어지네.
數闋腸能斷	두어 곡 끝나자 애간장이 녹는 듯
三成鬢欲斑	세 번을 부르니 귀밑머리 희어지네.
孤舟何處客	외로운 배 탄 나그네 어디에서 왔는지
千里未曾還	천 리 길 아직도 돌아가지 못했네.

4. 偶吟　　우연히 읊다

人間悲白髮	인간은 백발 될 것 슬퍼해
天外望仙槎	하늘 밖의 선사를 바라네.
芳草起嵐氣	꽃다운 풀에 아지랑이 피어올라
夕風增水波	저녁 바람 물결을 일으키네.
長空獨鳥沒	드넓은 하늘 새는 사라지고
落日青山多	지는 햇살 푸른 산이 많구나.
佇立有遙想	우두커니 홀로 서서 먼 생각에
幽期無奈何	그윽한 기약 어찌할 수 없네.

---

116) 君山 : 洞庭湖 중에 있는산,一名 湘山, 湘君이 놀던 곳으로 君山이라 함.
　　湘君은 堯의 두딸 娥星英女
117) 紫荊 : 형제의 우애 있는 것을 紫荊이라 함. 곧 娥星英女를 말함.

5. 郊居述懷　　교외에 거처하며 회포를 쓰다

數滴梧桐雨	오동나무 빗방울 자주 떨어져도
高眠曉氣淸	높직이 잠자니 새벽기운 맑았네.
家貧花自發	가난한 집이나 꽃 저절로 피고
人臥草偏生	사람이 누우니 풀 한쪽만 났네.
寂寞心無累	적막한 마음에 세상 걱정 없고
繁華夢亦警	번화함은 꿈에도 역시 경계하네.
省中眞有悟	반성 속에 참다운 깨달음 있으니
身外總虛名	몸밖에는 모두 헛된 이름뿐이리.

6. 宿楮子島　　저자도에 유숙하며

舟泊春灘下	봄 여울 아래 배를 매고서
眠依躑躅花	철쭉꽃 기대어 잠자려 하네.
香煙迷醉夢	향연은 취한 꿈을 미혹시키고
風露滴漁簑	바람결 이슬이 도롱이에 지네.
未曉人猶語	새벽 아닌데 사람 소리에
回檣月欲斜	돛대를 돌릴 무렵 달 지려 하네.
計程知幾夜	여정 헤아려 몇 밤이 지났는지
雲水入無涯	구름과 물결은 끝없이 흐르네.

7. 觀瀾臺　　관란대에서

颼落平丘夜	어느 날 밤 평구에 돛대를 내려
花連斗尾春	꽃들 피어있는 두미포의 봄 일세.
半江殘月影	지는 달그림자 강 가운데 떠 있고
孤棹獨眠人	외롭게 노에 기대 홀로 잠든 사람.
灘急聲依枕	여울물 급한 소리 베개에 감돌고
山長翠濕巾	긴 산의 푸른빛은 복건을 적시네.
沙禽驚短夢	백사장 새들은 짧은 꿈을 깨고
曙色起靑蘋	새벽빛 밝아 푸른 마름 비추노라.

8. 尋老隱丈　　노은장을 찾아뵙고

繁纜淸江曲	청강의 어귀에 닻줄을 매어 놓고
騎驢日欲斜	나귀 올라타니 석양이 지려 하네.
一溪南北崖	시냇물 흐르는 남북의 언덕 위에
垂柳兩三家	두세 집 사이 수양버들 늘어졌네.
野鹿眠芳草	들 사슴 향긋한 풀 속에 잠 들고
山禽落晚花	산새들 늦은 꽃 사이에 앉는구나.
幽居知漸近	은자 계신 곳 가까워짐 알아지니
小路入晴霞	오솔길 맑은 노을 속으로 나있네.

9. 江上別詩僧 강상의 시승과 이별하며

白鷗同伴宿	백구와 함께 짝지어 잠을 자니
孤島夜雲隈	외로운 섬 구름 낀 밤이었네
笠重西村(一作郊)雪	서촌에서 눈으로 삿갓 무겁고
筇香古寺梅	옛 절 매화에 지팡이 향기 나네.
尋眞忘歲月	참된 것 찾으려 세월 간 줄 모르고
留鶴守蓬萊	학을 남겨 두어 봉래산 지켰다네.
行止皆無地	떠나고 멈춤이 정해진 곳 없으니
從今幾日廻	이제부터 며칠이면 돌아오려나.

10. 赤壁奇巖上一村 적벽 기암위의 한 마을

明河連戶牖	밝은 은하수 창문과 이어지고
嶽氣惹几筵	산 빛은 책상 앞에 비추도다.
夕炊煙藏月	밥 짓는 저녁연기 달 모습 가려
朝漱雨落天	아침 빨래 하늘 빗물로 했네.
離塵眞異府	속세와 떨어진 별다른 곳인데
錬魄豈神仙[118]	수련을 해야만 신선이 되는가.
何能占連溪	어찌하면 시냇가에 자리 잡아
高躅繼泠然	높은 자취 시원스레 이을 수 있을까.

---

118) 넋을 단련한다(錬魄):도가(道家)의 수련방법, "지유자(至游子)" "(양부)陽
符"에 양(陽)이란 수은으로 그 성질이 물에 뜨는 것이요, 음(陰)이란 납으로
그 성질이 물에 가라앉는 것이다. '성인은 양인 수은을 물에 가라앉혀 그 혼
을 단련하고 음인 납을 물에 띄워 그 혼을 단속 한다.' 라고 하였다.

11. 歎北報　　북에서 온 보고에 탄식하며

運籌每噬臍　전략 세워놓고 후회만 하니
枯骨盡黔黎　수많은 백성들 죽어만 가네.
海月連戈劒　바다에 뜬 달 창칼을 비추고
山風響鼓鼙　산 바람은 북소리 전해주네.
將軍貂續狗　하찮은 인물 장군에 발탁되니
謀士鶴同鷄　모사는 학이 닭같이 되었도다.
聞說天驕子　듣자 하니 북방의 오랑캐가
稱王鴨綠西　압록강 서쪽에 자칭왕이라네.

12. 聞故人作功臣奉寄 공신이 되었다는 친구에게 부치다
　　二首　2수

雅信文經國　문치로 나라 다스릴 줄 알았는데
還驚武秉忠　놀랍게도 무관으로 충성 하였네.
借籌資上策　임금 위해 드린 으뜸 전략이라
無戰奏成功　전쟁 안 치르고 성공을 아뢰었네.
彩着陽鳴鳳　풍채는 아침 해에 우는 봉황이요
威行草偃風　위엄은 바람결에 풀 쓰러지듯 하네.
爲霖仍洗甲　백성을 위하고자 갑옷을 씻어 놓고
調鼎更和戎　재상 직책 맡기어 군정을 보게 했네.

定內難 信非一相之功　내란을 평정한 것은 참으로 한 재상의 공이
更願出奇運神 以却外侮　아니나 신기한 계책을 세워 바깥에서 노리는
　　　　　　　　　　　적을 막으시기 바랍니다.

天假交河虜[119]   하늘이 교하노를 시키어 침범하니

兵屯細柳營[120]   세류영에 이르러 군사를 주둔했네.

枕戈眠老將   노장은 창을 배고 잠들어 있는데

吹角掩孤城   뿔피리 소리는 외로운 성 뒤덮네.

鷄犬初分散   개와 닭은 먼저 이리저리 흩어져

稚兒未長成   어린아이 아직도 성장하지 않았네.

安邊應有策   변방을 안정할 계책이 있을테니

賈誼[121]是書生   가의도 글 읽는 선비였다네.

慶源陷城之後 連歲被虜   경원(慶源)이 함락된 뒤로 해마다 오랑캐의
　聞來惻然 敢及之   피해를 입고 있다는 말을 듣고 측은히
　　　　　　　　느껴져 감히 언급하였습니다.

---

119) 교하노(交河虜) : 고대 성(城)의 이름이다. 여기서는 오랑캐가 사는 지명을
　　빌려 우리나라 북쪽 오랑캐를 비유한 것이다.
120) 세류영(細柳營) : 한문제(漢文帝) 때 주아부(周亞夫)가 장군이 되어 세류에
　　다 군대를 주둔시켜 놓고 흉노(匈奴)를 방어하고 있었다. 문제가 군사를 위
　　로하기 위해 친히 가 영문(營門)에 이르렀으나 장군의 명령이 없다고 하며
　　들어오지 못하게 하였다. 후세에 군율이 엄한 군영을 세류영이라고 한다.
121) 가의(賈誼) ; 한(漢)나라 낙양 사람이다. 정삭(正朔)을 개정하고 복색을 바
　　꾸고 법도를 제정하고 예약을 일으켜야 한다고 하였다.

14. 宿赤壁村 적벽촌에 유숙하며
二首　　　2수

倦客投寒店	피곤한 나그네 싸늘한 집 투숙하니
疎篁薄暮風	성글은 대숲에 저녁 바람 불고 있네.
一僧歸野寺	스님은 혼자서 야사로 돌아가고
幽鳥下蘆叢	새들은 한가롭게 갈대 속에 내려앉네.
布席雲霞濕	자리를 펴노니 구름과 노을 감돌고
開門氷月空	창문을 여니 얼음에 달빛 영롱하네.
主人來問姓	주인이 찾아와서 내 성명을 묻는데
相對兩衰翁	서로 얼굴을 대해 보니 두 늙은이네.

小屋隣殘寺	오두막 절 이웃에 인접해 있는데
疎鐘隔岸風	언덕 넘어 종소리 바람결에 들리네.
歸心隨逝水	고향가고 싶은 마음 물 따라 흐르고
孤夢倚寒叢	외로운 꿈 쓸쓸한 덤불에 의지했네.
月入秋山靜	달이 지는 가을 산에 정적이 흐르고
鷄鳴曉洞空	닭이 우니 새벽 동네 공허하도다.
欲行前路遠	떠나려하니 앞길은 멀고도 멀어
重問主人翁	늙은 주인에게 거듭 물어보았네.

16. 朝發赤壁 아침에 적벽을 떠나며

童子喚幽夢	동자가 그윽한 단 잠 깨우니
客䆫朝日紅	창문에 아침 햇살 환히 밝았네.
懷鄕水萬里	고향을 생각하니 물길이 만리요
問程山幾重	갈 길을 물으니 첩첩산 몇 겹인가.
學道愧章甫122)	도학을 했으나 장보관이 부끄럽고
行身悲斷蓬	이 몸 슬프게도 쑥대처럼 떠돌았네.
腰間三尺劍	허리에는 삼척검을 찼는데
無計倚崆峒	빈 산골에 의지할 계책이 없도다.

---

122) 章甫冠 : 선비들이 쓰는 관의 한 가지, 조선시대에는 유관자(有官者)들이
평상시 상복(常服)에 썼다. 〈오주연문장전산고〉에는 "장보관은 상(商)나라의
관인데 동방에 그 제도가 남아 사용되었다."고 하였다. 그 후 점차 그 제도
가 변하여 묘자우 위가 높고 열 둘레가 넓어졌다.

17~20. 送潭伯 移守錦城 담백 김여물이 금성군수로
전임되어가는 것을 전송하며

四首.　　4 수

伯 士秀也 才兼文武　백(伯)은 사수(士秀)이다. 문무의 재주 겸하였는데
以閫外自負　　　　　장수라 자부하였다.

斂望歸高智　　지략이 높은 이에게 여론이 모아져
移旌壓遠夷　　깃발 옮겨 멀리 오랑캐 진압했네.
威聲秋渡海　　위엄의 명성 가을 바다를 건너고
浩氣月臨陣　　달밤 성곽에 호탕한 기개 머무네.
壯志三韓小　　장한 그 뜻은 삼한도 작게 보이고
孤忠一劒知　　외로운 충심 한 자루 칼이 알리라.
簡書增彩色　　임명장에 채색이 더욱더 빛나니
誰服歎時危　　뉘 다시 시대의 위급 탄식하리.

綺黃非避世　　상산사호(商山四皓) 세상 피한 것 아니고
夫子欲居夷[123]　공자는 구이에 살고자 했다네.
塞雨迷秦樹[124]　변방에 내린 비는 진 나무 아득하고
秋雲映楚陣　　가을에 뜬 구름 초성에 어리어있네.
道違今日用　　이 도는 오늘에 쓰이지는 못하지만
名許後人知　　이름만은 뒷날 사람에 알려 질거네.
丘壑慙多逸　　초야에선 편안함이 부끄러운데
兜鍪歎獨危　　투구 쓴 그대 홀로 위태롭다 탄식하네.

---

123) 공자(孔子) : 〈論語〉에 공자가 구이(九夷)에 가 살고 싶다고 한 것.
124) 秦樹 : 宋之問이 早發韶州에 나오는 말로 綠樹秦京道로 곧 서울길을 말
　　함.

文起湖中學　　기호지방에서 학풍을 일으켜 세웠고
魂驚日下夷　　서울에선 오랑케를 놀라게 하였네.
風霜驅海瘴　　서리 같은 위엄은 해적을 몰아내고
歌誦擁山陴　　노래와 글소리는 산성에 메아리쳤지.
獨立持吾義　　내 홀로 우뚝 서서 의리대로 살아가니
輕生信主知　　목숨을 경시한 것 임금이 알 것일세.
省煩非自養　　번거로움 더는 것은 자신 위함 아니니
東土卜安危　　동방의 안위를 점쳐 알 수 있었네.

東晉思安石　　동진에선 왕안석(王安石)을 생각했고
西京念富民125)　서경에선 부민후(富民侯)를 생각했지.
一州非聖意　　한 주만 맡긴 것이 임금 뜻이 아닌데
五斗豈謀身　　조그만 벼슬살이 내 몸 위해 하겠는가.
略秘胸藏甲　　신비한 그 도략은 옷 속에 갑옷 입고
仁深虎126)渡津　인화가 깊으니 호랑이도 물 건넜네.
島間聞設祭　　듣건데 섬에서 제사를 지냈다 하니
波定127)日邊春　외적의 침범 없어 태평세월 되리라.

---

125) 부민후(富民侯) : 한무제(漢武帝)가 말년에 강충(江充)의 참소로 인해 태자
(衛太子)를 죽였던 일과 해마다 외방 정벌에 나섰던 일들을 후회하고 있었
는데 그 때 마침 차천추(車千秋)가 소(訴)를 올려 위태자가 억울하게 죽었다
는 사연을 말하자 대홍로(大鴻矑)로 등용하였고 두어 달 뒤에 승상(丞相)을
삼고 부민후로 봉하였다. 〈漢書食貨志車千秋傳〉
126) 인화(仁深)가 깊으니 물건넜네 : 유곤(劉崑)이 강릉령(江陵令)이 되었을 때
불이 났는데 불을 향하여 머리를 조아리자 불이 꺼졌고 뒤에 홍농태수(弘農
太守)로 있을때에는 호랑이가 새끼를 엎고 물을 건너갔다. 광무(光武)가 이 이
야기를 듣고 기특하게 여겨 유곤을 불러 광록훈(光祿勳)을 삼았다. 덕정(德政)을
한 것을 말함.
127) 波定 : 외적의 침범이 없는 것을 말함.

21. 贈新寓隣人 새로 우거한 이웃사람에게 주는데
用杜詩韻 두보의 시운을 써서 짓다

紉蕙[128]成長佩	난초를 꿰어 허리에 길게 차고
裁荷作短裳	연잎 재단하여 짧은 치마 지었다네.
無家常旅食	집 없어 항상 떠들면서 먹고 사니
不飮亦淸狂[129]	술 마시지 않아도 청광이나 같다네.
新識爲親戚	새로 알게 되면 친척이나 다름없고
他山是故鄕	타향 산천도 바로 이내 고향일세.
秋天看更遠	가을 하늘 볼수록 멀기만 하고
歸鳥帶斜陽	돌아가는 새들이 지는 햇살 비추네.

---

128) 紉蕙 : 청렴결백하여 욕심이 없는 것을 말함.《紉=새끼인(짚으로 만든 줄, 끈, 노끈인, 묶을인》, 인패(紉佩):몸에 차서 패물로 삼음. 여기서 인혜(紉蕙) 는 난초를 몸에 둘러 옷처럼 입었다는 뜻이니 청렴하여 욕심이 없었다는 뜻.
129) 淸狂 : 미치지 않았으나 언행을 미친 것처럼 하는 것.

22. 宿歸鶴亭 귀학정에 유숙하며

四首　4 수

歸鶴亭猶在　귀학정 옛 처럼 그대로 남아있는데
亭空鶴不留　정자는 비어 있고 학은 간데없구나.
壇明天漢近　은하수 가까워 정자의 제단은 밝고
簾重海雲流　바닷구름 흘러서 주렴(발)은 무겁구나.
月落泉鳴夜　달 지고 샘물 소리 들려오는 밤이며
山高露滴秋　산 높고 이슬방울 떨어지는 가을이네.
無由聞遠簜　먼 곳이라 피리소리 들릴 길 없는데
岐路雪盈頭　갈림길 이내 머리 백발이 가득하네.

吾友客南國　내 벗은 남녘으로 나그네 되었는데
高亭墨尚留　덩그런 정자에 필적만 남아있네.
孤舟無繫處　외로운 이 배는 정박할 곳 없어져
風海憶安流　바다바람 잠잠해지기만 기다리네.
別裏看明月　서로가 헤어져 밝은 달만 보다가
愁邊又一秋　수심하다 세월은 가을이 또 왔구나.
浮雲連漢樹　떠도는 구름은 한양에 연했는데
遙夜幾回頭　밤이면 멀리 몇 번이고 생각했소.

浮海130)嗟吾晚　바다 배타기 늦었다고 탄식하며
蠻鄉跡久留　남쪽 고을 머문 지 오래 되었네.
感時天北望　시절 울적하여 북쪽 하늘 바라보며
懷舊水東流131)　옛날 생각하니 동쪽으로 물 흐르네.
匹馬尋眞路　필마로 참된 길을 찾아 나섰는데
千峯落木秋　산봉우리마다 낙엽 지는 가을일세.
思人簾政捲　친구가 생각나서 발 걷고 바라보니
孤月在山頭　외로운 저 달만 산머리에 걸려있네.

一鶴歸玄圃132)　한 마리 학이 현포로 돌아가고
千年亭獨留　천년세월 정자 홀로 남았구려.
星光依砌落　별빛은 섬돌마다 쏟아져 내리고
山影入溪流　산 그림자 시냇물에 비쳐 흐르네.
竹驚天外夢　대숲소리 놀라 하늘 밖 꿈 깨고
荷破月中秋　연잎 가을 달 못 가운데 펼쳤네.
逸志超塵世　한가로운 이내 뜻은 속세를 떠났지만
長吟愧白頭　소리 내어 읊으니 흰 머리가 부끄럽네.

---

130) 부해(浮海) : 〈論語〉에 공자가 말하기를 도(道)가 행해지지 않으니 뗏목을
　　타고 바다로 떠나고 싶다.
131) 水東流 : 물은 백번 꺾여져도 동쪽으로 흐른다는 말로 진리는 변하지 않는
　　다는 것을 말함.
132) 현포(玄圃) : 전설에 곤륜산(崑崙山) 꼭대기에 금대(金臺) 5개소와 옥루(玉
　　樓) 12개가 있는데 신선이 사는 곳이라고 함.

26. 獨坐松樓 송루에 홀로 앉아

雲散前宵雨	구름이 간밤에 비 뿌리고 흩어지니
樓高霽色明	높은 다락 비 갠 후 더욱 선명하네.
一年今夜月	일년 지난 오늘밤 저 달을 보니
千里未歸情	천리 밖 고향생각 절로 나는구나.
簷豁羣峯小	처마 탁 트여 봉우리 작게 보이고
庭虛曲水淸	텅 빈 뜰에 돌아 든 물 맑디맑네.
阨窮猶自適	불우하여 곤궁해도 오히려 자적하니
無愧笑書生	서생이라 웃어도 부끄러울 것 없네.

27. 雪 눈

無等山頭雪	무등산 머리에 쌓여 있는 저 눈
隨風落滿庭	바람타고 떨어져 뜰에 가득 찼네.
近簾催曙色	주렴에 가까우니 새벽빛 재촉하고
入竹助寒聲	대숲에 날아드니 바람소리 더욱 차네.
浩渺迷關路	한 빛 광활하여 길은 보이지 않고
繽紛惹客情	어지럽게 휘날려 객의 마음 설레네.
霽天東海月	갠 하늘 동해에 떠오른 저 달은
何事又來明	무슨 일로 또 다시 밝아오는가.

28. 旅館清曉 맑은 새벽의 여관

幽人自無夢	숨어 사는 사람 본디 꿈 없는데
雨過虛堂寒	비 지난 뒤 빈 집은 서늘하구나.
花濕明新旭	꽃들은 젖어 아침햇살 싱싱하고
竹低多遠山	낮은 대숲 위 먼 산이 들어나네.
塵心窮處盡	속세의 마음 궁구한 곳에 다하고
眞味靜中看	참맛은 고요한 속에 볼 수 있지.
半世交遊事	반평생 사귀며 놀았던 일들이
浮雲聚散間	흩어지고 모이는 뜬 구름 되었네.

29. 客中 用杜詩韻 객중 두보의 시운으로 짓다

海近雲連竹	바다 가까워 구름 대숲 감돌고
裘寒夕翠霑	차가운 갖옷133)에 석양빛 스며드네.
溪聲穿落葉	시냇물소리 낙엽사이로 들려오고
秋色下重簾	가을빛 겹치는 발에 내리는구나.
地盡靑山遠	육지가 끝나니 청산이 멀어지고
時危白髮添	시대가 위험하니 백발만 더해가네.
北窓134)歸未得	북창으로 돌아갈 수도 없으니
何處臥陶潛	어디에 도잠처럼 누울 수 있으랴.

---

133) 갖옷=모의(毛衣) : 짐승의 털가죽으로 안을 댄 옷
134) 북창(北窓) 〈晋書陶潛傳〉에 "북쪽 창가에 높이 누워서 스스로 복희(伏羲)
씨의 사람이라고 함."

30. 秋夜 宿剛泉寺　가을밤 강천사에 유숙하며

寺卽訥齋沖庵製疎處　이절은 눌재(訥齋) 충암(沖庵)이 상소를 초안한 곳이다.

氣肅千峯靜　공기가 숙연해 천봉이 고요하고

天虛萬象懸　텅 빈 하늘에 만상이 달려 있네.

那知興國寺　어찌 알았으랴 이곳 흥국사에서

更滯問津[135]人　다시 머물러 학문의 길 묻게 될 줄.

鳳去[136]悲今世　봉황 떠난 지금 세상 슬퍼하고

言危悼昔賢　바른말 하신 옛날 현인 애도하네.

淳風何寂寞　순박한 유풍은 어이 적막한가

塵外羨秦民[137]　세상밖에 진민 부럽기만 하구나.

31. 曉自剛泉過蓮臺　새벽에 강천사 연대를 지나
　　上月淵臺　　　　월연대에 오르다

雨散蓮臺曉　비 흩뿌린 뒤 연대의 새벽이 드니

餘寒掛石門　아직 찬 기운이 석문에 남아있네.

林搖秋色落　흔들리는 숲 가을 빛 떨어지고

鳥起磬聲分　새들 잠 깨니 풍경소리 흩어지네.

壺酒綠蒼壁　술병 끼고 이끼 낀 푸른 절벽 따라

囊詩上白雲　시(詩) 지으며 흰 구름 속에 올랐네.

漸高天宇大　점차 높아지자 하늘은 광활하니

不必歎離羣　사람들 멀어진 것 탄식할 게 없노라.

---

135) 問津 : 나루터를 묻는 것으로 곧 학문의 길을 묻는다는 것.

136) 鳳去 : 현인이 떠난 것으로 여기서는 눌재가 돌아가신 것을 말함.

137) 진민(秦民) : 진 나라의 난리를 피해서 무릉도원에 사는 사람.

32.

九九之明日 投士
人村居 云是士人
初度日 子中司馬
新婦獻觴

9월 9일 선비가 사는 마을에 투숙하였다.
이르기를 "이날은 주인 회갑이고 아들이
사마시에 합격하였으며 신부가 술잔을
올린다"고 했다.

泛菊重陽節	술잔에 국화꽃을 띄우는 중양절
明朝是吉辰	그 다음날 아침에 태어난 날이었네.
枕凉藏舊扇	베게 머리 서늘하게 부채를 넣어두고
堂穩戲新斑	안온한 마루에서 효부 맞아 즐기네.
婦德天中鳳	며느리 덕행은 하늘 속의 봉황이고
君恩律外春	임금의 은혜는 때 아닌 봄이로세.
懇懃詩禮訓	정성어린 시와 예 가르침 그 끝에
慶溢壽杯間	축수하는 술잔 사이 경사가 넘치네.

33. 曉雪   새벽 눈

窓虛夢自驚	창밖이 밝아오자 꿈 절로 깨고
氷厚水無聲	얼음 두꺼워 물소리 안 들리네.
竹壓禽頻起	대나무 휘어지니 새들 자주 깨고
僧寒磬不鳴	스님도 추운지 경소리 안 울리네.
寂黙心魂定	고요하고 잠잠해 심혼이 안정되고
迢遙世界明	머나 먼 곳 새 세계가 밝아오네.
森然成獨坐	엄숙하게 혼자서 앉아 있으니
眞味孰能爭	이 참 맛을 누가 다투겠는가.

34. 曉起見故人書　새벽에 일어나 친구의 편지를 보고

客睡未曾洽	나그네 흡족한 잠도 못 자고
夜長聞遠灘	긴 밤 멀리 물소리만 들렸네.
晨光連雪白	새벽빛 눈과 연이어 하얗고
行槖帶雲寒	작은 전대 구름 서려 싸늘하네.
有守窮猶泰	내 지킴 있어 궁해도 태연하고
無憂險亦安	근심 없어 험난해도 편안하네.
大明能照物	밝은 태양 능히 만물 비추니
親舊莫深歎	친구여 깊은 탄식 하지 말게나.

35. 念弟　　아우를 생각하며

孤夢猶關塞	외로운 꿈에 변방에서 보았는데
人傳繫洛師	서울에 갇혀 있다 사람들 전하네.
生存皆聖澤	살아있는 것 임금의 은택이고
不罪信明時	죄 주지 않으심도 임금 덕분이지
獨鶴歸無托	홀로 있는 학 의지할 곳 없으니
殘梅折寄誰	지고 남은 매화 꺾어 뉘게 부치랴.
割恩終未得	형제간 우애를 끝내 얻지 못하니
溝壑有啼兒	수렁에서 굶주려 우는 아이 있네.

36. 夜登廣寒樓 밤에 광한루에 올라

靈光生別島	외딴 섬엔 신령한 빛이 생겨나고
仙篆在方塘	네모진 연못에 신선이 있구나.
獨立愛山靜	혼로 서서 고요한 산을 사랑하고
步虛耽夜涼	빈 뜰 거닐면서 밤공기 즐겼네.
白連天色遠	달빛은 저 멀리 하늘과 연해있고
淸入水聲長	맑은 기운 물소리와 한없이 길도다.
風落霞如雪	바람결에 지는 노을 눈과도 같아
紛紛映羽裳	분분하게 옷자락을 비춰 주는구려.

37. 偶題　우연히 짓다

道直恩先貸	올바른 길로 가면 은혜를 먼저 받고
情深枉易分	정분이 깊으면 억울한 것 쉽게 알지.
功將天鎭物	공훈은 천심으로 사물을 진압하고
事以靜持喧	일은 안정으로 의젓함을 갖게 되네.
有信雲中日	믿음은 구름 속에 해가든 것 같고
無形霽後氛	형체 없는 것은 개인날의 공기네.
是非眞不隱	시비는 정말로 숨길 수 없는 법
休歎若絲棼	실처럼 얽혔다고 탄식하지 말게나.

38. 書懷　　회포를 쓰다

廣寒樓前水皆西流　광한루 앞의 물이 모두 서쪽으로 흐른다.

千里又千里	천리에 또 천리를 떠도는 신세
白頭爲楚囚	백발이 되니 갇힌 몸이 되었네.
天同春一色	하늘은 한결 온통 다 봄빛인데
山換水西流	산은 서쪽 물 길 흐름을 바꾸네.
信道遵中守	道를 믿으니 中道따라 지키고
遺名斷外求	이름 남기니 바깥 욕심 없도다.
念時空達曙	시대 염려가 새벽까지 지 세웠고
不是故鄕愁	고향 그리는 시름만은 아니라오.

39. 獨坐　　홀로 앉아

芳草掩閑扉	향기로운 꽃 사립문 가리었고
出花山漏遲	꽃밭에 나오니 산속시간 더디네.
柳深煙欲滴	짙은 버들은 숲 안개 방울지고
池靜鷺忘飛	고요한 물가 백로 날 기를 잊었네.
有恃輕年暮	믿음 있어 나이든 것 관심 없고
無爭任彼爲	다툼 없어 하는 대로 맡긴다네.
升沈千古事	천고의 일들 번복되고 있지마는
春夢自依依	봄꿈이 저절로 헤어지기 서운하네.

40. 客中　　객지에서

旅鬢渾如雪	나그네 머리털 눈과 같이 뿌옇고
交情總是雲	정 주며 사귄 친구 구름처럼 사라졌네.
艱危明物理	어려움 겪고 나니 세상눈 밝아지고
寂寞見心源	적막해야 비로소 마음 근원 보게 되네.
世遠言誰信	세상 멀리 있어 누구의 말 믿을 것이며
蹤孤謗未分	헐뜯어봐야 외로움만 남는다네.
山花開又落	산 중의 꽃들은 피었다가 또 지고
江月自虧圓	강에 뜬 달 스스로 기울고 둥그러지네.

41. 靜坐　　고요히 앉아

味淡無夷險	도미(道味)는 담박해 안위(安危)가 없고
情輕任去留	세정(世情) 가벼워 가고 머뭄 멋 대로네.
功程看草長	공부의 진도는 풀 자란 것 바라보고
世道付江流	세도(世道)는 강물 흐름에 부치네.
物外莊生138)馬	사물 밖은 장생(莊生)의 말과 같고
人間范蠡139)舟	인간 세상은 범여(范蠡)의 배로다.
高翔雖可樂	높이 날아올라도 즐겁긴 하지만
靜坐亦忘憂	고요히 앉았어도 근심 잊는다네.

---

138) 장생(莊生)의 말 : 장생은 주(周)나라 장주(莊周)이고 그가 지은 《莊子》에
마제편(馬蹄篇)이 있다. 그 대체의 뜻은 말의 본성은 본디 발굽은 눈과 서리
를 밟을 수 있고 털은 바람과 추위를 막을 수 있으며 풀을 뜯어 먹고 물을
마시며 뛰어 다니는 것이다. 그런데 사람이 갈기를 자르고 재갈을 물리고
발굽을 깎고 굴레를 짜는 등 갖가지로 제재를 가하므로 결국은 태반이나 죽
고 만다면서 천하를 다스릴 적에도 이렇게 해서는 안된다고 하였다. 즉, 자
연 그대로 놓아 두라는 뜻이다.
139)범여(范蠡)의 배 : 춘추전국 시대에 월(越)이 오(吳)를 멸망하고 나서 어떤
자가 대부종(大夫種)이 난을 일으킨다고 월왕에게 참소하자 월왕이 대부종을
사사(賜死)하였다. 그러자 범여가 가벼운 보배만 꾸려 가지고 수행자들과 강
호로 가 배를 타고 재(齋) 나라로 갔다고 하였다.《史略》

42. 道上　　　길 위에서

曠野悲風急　　광활한 들판의 센바람도 슬픈데
蕭條閭井稀　　쓸쓸히 쉬어갈 마을마저 드물구려.
時危門閉早　　시대가 위태하여 문을 일찍 닫으니
山遠客行遲　　산길이 멀어서 나그네 길 더디구나.
落照孤雲外　　저녁 노을빛 외로운 구름 밖인데
長天一鳥歸　　먼 하늘엔 새 한 마리 돌아가누나.
東南居未定　　동남방 떠돌며 살 곳을 못 정하고
惆悵更臨岐　　슬프다 또 다시 갈림길에 임했구나.

43. 尋蛟龍山　　교룡산을 찾아

一路綠流水　　흐르는 물 따라 길이 하나 나있어
窮源入翠微　　근원 찾아가니 청산 속에 들었네.
鹿閑眠草久　　사슴 한가로이 풀밭 잠들어 오래고
人醉出花遲　　사람은 꽃에 취해 발걸음 더디구나.
巖護經朝雨　　바위에 기대어 아침 비를 피했는데
林藏未夕暉　　수풀에 가리어서 석양 빛 아니 드네.
仙風吹老鬢　　산들 바람 하얀 머리 스쳐 지나니
玄我短長絲　　길고 짧은 머리칼들 헝클어졌네.

44. 獨立　　홀로 서서

向晩洞門靜	저물어져 동문이 고요하더니
一聲何寺鍾	어느 절의 종소린지 들려오네.
孤眠溪上石	시냇가 돌 위에서 외롭게 졸다가
醉起竹間風	대숲 부는 바람에 취한 술이 깼네
落照映疎雨	석양빛 소나기 사이에서 비추고
晴雲開遠峯	구름이 걷히자 먼 산이 드러나네.
澄心空佇立	맑은 마음 우두커니 서 있노라니
飛鳥入長空	새들은 날아 허공으로 사라지네.

45. 更滯松樓　다시 송루에 머물며

有命安吾義	운명 있으니 내 의리 편안하고
無私樂彼天	사심이 없어 천리를 즐긴다오.
客窓藏寶劍	나그네 창가에 보검 감춰두고
世道付閑眠	세상일 잊고서 한가로이 잠자네.
五落楚江140)葉	머나먼 타향에서 오년을 지냈고
三爲吳市141)仙	이곳 송루를 세 번이나 찾았도다.
去留何計較	떠나던 머물던 따질 것 뭐가 있나
遲速任當然	더디건 빠르건 옳은 대로 한다네.

---

140) 楚江 : 초나라 강으로 他鄕을 말함.
141) 吳市 : 오나라 저자로 여기서는 松樓를 말한 듯.

46. 秋夜　　　가을 밤에

地僻犬猶吠	벽촌에 개들 여전히 짖어 대고
村荒門不扃	황폐한 마을 문도 아니 잠그네.
臨溪有老樹	시냇가에 해 묵은 나무가 있어
半夜連寒聲	밤중에도 싸늘한 소리 나는구나.
獨客耿無夢	의로운 나그네 잠들지 못하고
懷鄕瞻遠星	고향을 생각하며 별만 바라보네.
龜峯綠蘿月	구봉 위에 뜬 아름다운 저 달
應向舊池明	응당 옛 연못에도 비춰주겠지.

47. 獨坐寓中 用李白韻 우거중에 홀로 앉아 이백의 시운을 써서 짓다.

夕風吹片雨	저녁 바람에 가랑비 날려버려
寒日照孤城	싸늘한 햇살 외로운 성 비추네.
隔島有蕭寺	건너편의 섬 속에 절 있는데
響雲來磬聲	구름 따라 석경소리 들려오네.
曠然凝道想	마음 비우니 도에 생각 잠기어
黙坐蕩塵情	묵묵히 앉아 속정을 씻어내네.
身老轉無事	몸 늙어가니 일은 점점 없어지고
時危空遠征	시대 위험해 부질없이 먼 길 가네.

48. 夜宿豆陵溪上　밤에 두릉 시냇가에 누워서

短夢溪頭石　시냇가 돌 위에서 잠깐 꿈꾸니
泠泠入夜清　서늘하고 맑은 밤기운이 드네.
谷深一杵響　골짜기 깊숙하니 방아소리 울리고
村遠數燈明　먼 마을엔 두어 등불 깜빡이네.
鬢上寒螢度　머리 위로 반딧불 스쳐 지나고
衣中白露生　옷에는 하얀 이슬 맺혀있네.
無家來伴爾　집 없어 여기와 너희와 동무하니
宿鳥莫相驚　잠자는 새들아 놀라지 말아다오.

49. 秋夜　　가을 밤

夢寒驚落葉　꿈자리 사나워 낙엽에도 놀라고
身遠愴飛霜　고향 멀리 서리에 내 몸 슬프네.
白髮餘無幾　백발마저 몇 개 안 남았는데
黃花又異鄉　국화 피는 곳 또 타향이구나.
虛名憎一世　헛된 이름은 세상이 미워하고
儒術慕三王　삼왕은 어진 유교 정치 사모하네.
夜起看孤劍　밤중에 일어나 외로운 칼 보면서
雄心萬里長　웅대한 마음은 만리로 뻗친다네.

50. 客中　객중에서

二首　2 수

有路吾何適	길 있으나 이 몸 어디로 갈 것인가
無家夢不歸	집 없어 꿈에도 돌아가지 못한다네.
避人非遯世	사람을 피한거지 세상 피함 아니고
言志豈爲詩	말 한 거지 시 쓰려는 것 아니라네.
道在才難試	도가 있으나 재능 시험하기 어렵고
時危計轉違	시국 위험하니 계획 점점 어긋나네.
出圖142)嗟已矣	하도 나왔지만 쓸데없는 걱정하니
浮海慕先師	공자처럼 바다 멀리 떠나고 싶구나.

錦水浮雲外	금강 물 뜬 구름 너머에 흐르고
光山一醉中	광산은 한바탕 취함 속에 있네.
心能忘久速	마음속 세상일 잊을 수 있다면
地不問西東	지상에 동서를 묻지도 않으리.
消息言難信	전하는 소식은 믿기가 어려우니
歸來夢亦空	돌아가잔 꿈마저 부질없이 지는구나.
在懷兒學字	어려서는 슬하에 글공부를 하였는데
爲客父成翁	나그네 된 아비 늙은이가 되었구나.

---

142) 河圖 :《주역(周易)》이 만들어지게 된 시초적인 도(圖)

52. 聞洛報 寄趙汝式[143] 서울의 소식 듣고 조 여식에게 부치다
汝式上章被謫

戰北多新鬼	북쪽 전쟁 통에 새 귀신 많은데
憂南少舊臣	남녘 근심하는 옛 신하는 적구나.
白登千古恨[144]	백등에 천고의 원한이 남았는데
玄菟幾年春[145]	현토엔 몇 해 봄이 지났는가.
蹈海懷高節[146]	바다 밟겠다 높은 지조 품었는데
談玄鄙保身[147]	노장의 자기 돌봄 인색하였네.
清湘愁落日	청상에 지는 해에 수심 하였고
先見又逢嗔	선견지명 말하다 귀양길에 올랐네.

---

143) 趙汝式 : 조헌(趙憲)의 자임.
144) 백등(白登) : 산의 이름이다. 산서(山西) 대동시(大東市) 동쪽에 있는 산위
   에 백등대(白燈臺)가 있다. 한(漢) 7년에 흉노(匈奴) 묵특(冒)이 한고조(漢高
   祖)를 여기에서 포위하였다가 7일 만에 풀어주었다.《史記韓王信傳》
145) 玄菟 : 우리나라 함경도 및 길림의 남쪽 경계를 말함.
146) 도해(蹈海)를 밟으련다 : 위왕(魏王)이 위나라에게 "내 조를 치면 아침 저
   녁 사이에 정복 할 수 있다. 조를 구원하는 제후가 있다면 반드시 그 나라
   를 먼저 칠 것이다"하니 위룡이 두려워서 중지하고 또 장군 신원연(新垣衍)
   으로 하여금 조왕을 달래어 함께 진을 높여 제(帝)로 삼아 그의 군대가 오지
   않게 하라고 하였다. 노중연(魯仲連)이 이 말을 듣고 심원연에게 가 말하기
   를 "진은 예의를 버리고 목을 많이 벤 자만 숭상하는 나라이다. 그가 방자
   하게 제의 노릇을 하면 나는 동해를 밟고 죽을지언정 그의 백성은 되고 싶
   지않다"고 하였다.《通鑑》
147) 談玄 : 玄談으로 심원한 노장의 도를 말함.

53. 偶題　　우연히 짓다

狂言雖近訕[148]　광언이 비방에 가깝기도 하나

誠意只憂君　충성의 뜻 임금 걱정뿐이라.

海闊悲精衛[149]　바다 넓어 정위 뜻 애처롭고

江深怨楚魂[150]　강물 깊으니 초혼이 원망하네.

忠能安白刃　충성은 칼날에도 편안하고

氣欲動星文　기개는 성문을 움직였도다.

按及衡門老[151]　시골 노인 내 얘기 언급했다니

芳名愧竝存　꽃다운 이름 함께 전함 부끄럽구나.

54. 次醉翁韻[152]　취옹의 시에 차운하다

青春辭漢早　청춘에 일찍이 한양을 하직하고

白日臥雲深　대낮 깊숙한 구름 속에 누었다네.

一島桃花雨　외로운 섬에 복숭아꽃비 내릴 때

長空海鳥心　먼 하늘로 날아가는 갈매기 마음.

醉鄕愁不到　술 취한 이에겐 수심이 오지 않고

仙鬢雪難侵　신선의 머리에 백발 침노 어렵네.

塵世相忘久　시끄러운 세상 잊은 지 오래이니

維舟莫浪吟　배 매고 낭랑하게 읊지 말지어다.

---

148) 狂言 : 도리에 어긋나는 말 또는 자기의 말을 겸사로 표현한 것.

149) 精衛 : 새의 이름이다. 염제(炎帝)의 딸인데 이름은 여규(女娃)이다. 동에
　　서 놀다가 물에 빠져 죽었는데 그 혼이 정위조로 변하여 항상 서산의 나무
　　와 돌을 물어다가 동해에 다 넣어 메꾸려고 하였다.《山海北山經》

150) 초혼(楚魂) : 시 가운데 초혼이라고 한 것은 옛날 초나라 사람들을 추도하
　　는 뜻이 함유되어 있는데 여기서는 굴원이 초 회왕(楚懷王)에게 간하였으나
　　말을 듣지 않자 멱라수(汨羅水)에 빠져서 죽었다.《史記》

151) 衡內 : 隱居自樂하여 구함이 없는 사람.

152) 醉翁 : 송(宋)의 구양수(歐陽修)의 호

55. **獨坐**　　　홀로 앉아

隱几深雲水	물과 구름 깊은 곳 안석에 기대어
窮經長薜蘿	경전을 궁구하니 세월 오래됐네.
不求知事少	구하지 않으니 일 적음 알겠고
有守得天多	지킨게 있어 천리 많이 얻었지.
山靜香生草	고요한 산에는 풀들 향기롭고
江澄月在波	맑은 강 물결에 달빛이 비추네.
心源虛已久	마음 근원 비운지 이미 오래라
無嘯亦無歌	휘파람 없고 노래도 안 불렀지.

56. **幽居**　　　숨어 살며

春草上巖扉	봄 풀 바위굴 문에 돋아 오르고
幽居塵事稀	그윽한 거처엔 속세 일이 드무네.
花低香襲枕	꽃 밑 향기 베개 머리 스며들고
山近翠生衣	산 가까워 푸른 빛 옷에 스미네.
雨細池中見	가랑비 내리는 것 연못에 나타나고
風微柳上知	실바람 부는 것 버들가지 보고 알지.
天機無跡處	자연의 조화는 흔적이 없으니
淡不與心違	담담함이 마음과 어긋나지 않네.

57. 睡　　　잠(졸음)

衆鳥歸飛盡	새들은 모두 날아가 버렸는데
淸風生夕林	맑은 바람 숲 속에서 일어나네.
人眠石上月	사람은 달 비추는 돌 위에서 자니
露滴花間琴	이슬은 꽃 사이 거문고 적시도다.
一水天機遠	한 물은 자연 따라 멀리 흘러가고
千峯靜味深	천봉우리 산 고요한 맛이 깊구나.
古今誰不睡	예나 지금 뉘인들 잠 아니 자랴만
高致少知音	고상한 운치를 아는 자 적다네.

58. 晴曉　　　개인날 새벽에

碧濕雲連草	구름이 풀과 맞닿으니 푸른 기운 젖어들고
紅低雨壓花	빗물은 꽃을 눌러 붉은 송이 휘어졌네.
暗泉鳴遠谷	깊숙한 샘물 소리 계곡 멀리 울리고
初日在深霞	막 떠오른 태양은 아지랑이 속에 들어 있네.
獨臥巖爲席	바위를 자리 삼아 혼자서 누웠고
無門樹作家	나무로 집 만들어 문 없이 산다네.
千峯迷去住	일천개 봉우리에 정처가 없는지라
長嘯倚天涯	하늘가에 기대어 휘파람 길게 불지.

59. 高臥　　한적하게 누워서

高臥養玄牝[153]	한적하게 누워서 마음과 육체를 기르며
霞棲傍寂廖	노을 속 깃드리니 주위 사방이 적막하구나.
林聲晴作雨	수풀 소리는 맑은 날에 비 오는 것 같고
江色夜連朝	강물 빛은 밤에서 아침까지 한결같네.
山靜春期遠	고요한 산 속에는 봄이 올 날 아득하고
天長鶴路遙	가없는 하늘에는 학 갈 길이 멀구나.
寄懷雲漢表	내 회포를 은하수 너머로 부치고 파
風御任迢迢	바람 몰고 마음대로 높이 끝없이 날아가고져

60. 寄勉汝受　　여수(이산해)에게 부쳐서 권면하다

懷君眞有意	그대 생각함은 참뜻이 있어서니
不是恨相離	서로 떨어진 일 한할 것 아니네.
村僻鷄聲斷	후미진 마을 닭소리 끊어지고
雲沈曙色遲	구름 짙게 끼어 새벽빛 더디 오네.
無眠空獨起	잠이 없어 부질없이 홀로 일어나
有淚只心知	흐르는 눈물 마음만 알고 있지.
志在天必逐	뜻 있음 하늘이 꼭 이뤄줄 것이니
休道我何爲	내가 무엇을 하냐고 말하지는 말게.

---

153) 현빈(玄牝) : 도가(道家)에서 만물이 생하는 것. 도를 비유한다.
　　현(玄)은 그 작용이 미묘하고 심오함을 뜻하며, 빈(牝)은 암컷이
　　새끼를 낳듯이 만물을 생성한다는 뜻.

61. 送人　　　어떤 이를 전송하며

交道知心貴	사귀는 도리 마음 앎이 귀하니
相尋豈在頻	번거로워도 서로 찾아야 하네.
臨行求別語	떠나면서 이별의 말　청하니
平昔是情親	평소에 정분이 친해서이네.
易水154)看新月	역수에선 새로 뜬 달 바라보고
長城155)弔古秦	장성에선 옛 진 나라를 위로하게.
歸來君有得	그대 돌아가면 얻을 게 있을 테니
莫作一般人	일반 사람 같이 되지 말기 바라네.

62. 贈友人　　　벗에게 주다

塵寰聞弱水156)	속세에는 약수가 있다 들었고
仙界有銀河	선계에는 은하수가 있다 하네.
一別音容斷	이별을 한 뒤론 소식이 끊어져
相思鬢髮華	서로를 생각해 귀밑털 희어졌네.
良辰如夢裏	좋은 때는 꿈처럼 지나가 버리고
跬步卽天涯	거니는 곳이 하늘가 먼 곳이구려.
好會秋期近	가을이라 좋은 모임이 다가오니
傍人莫怨嗟	다른 사람 원망하고 탄식하지 말게.

---

154) 易水 : 荊軻가 易水에서 燕太子 丹과 이별하던 곳.
155) 長城 : 秦나라 蒙恬이 쌓기 시작한 만리장성.
156) 弱水 : 약수가 여러 곳이나 여기서는 大秦國西에 弱水流沙가
있는데 西王母가 사는 곳이며 여기서는 해(日)가 지는 곳을 말함.

63. 有托 의탁할 곳이 있어

時有戒心事 不期來投　이때 마음에 경계할 일이 있었는데 뜻하지 않게 와서 투숙하였다.
林池淸靜 主人好義　수풀과 못이 맑고 고요하며 주인이 의로운 일을 좋아 하였다.
有康節所謂所到便 如家之樂　그래서 소강절(邵康節)이 이른바 "이르는 곳마다 내 집과 같은 즐거움이 있다."는 말과 같았다.

有托捐思慮　의탁할 곳 있어 염려를 덜었고
沖虛道味長　마음 비우니 도의 맛이 길구나.
水逢深處定　물은 깊은 곳 만나면 안정되고
荷到靜時香　연꽃은 고요할 때 향기롭다네.
高枕山禽斷　베개 높이 베니 산새소리 끊기고
開簾夏夕涼　주렴 활짝 여니 여름 밤 시원하네.
神仙非物外　신선은 속세 밖 일만이 아니니
成毁總亡羊　성패 간에 모두 다 양을 잃었네.

64. 謫熙川途中 희천으로 귀양가는 길에
壬辰正月到熙川　임진년정월 평안북도 희천에 이르렀다.

隻影捐親愛　외로운 몸 부모님 사랑 버리고
雲山路幾千　구름 낀 산길로 몇 천리인가.
隨身唯白髮　내 몸 따르는 건 오직 백발 뿐
識面但靑天　내 아는 얼굴 푸른하늘 뿐이네.
夜柝同南北　밤에 딱딱이 침은 남북이 같고
方言異後前　지방 사투리는 앞뒤가 다르구나
傷心箕子國　기자 살던 나라에 상심인 것은
無跡問遺賢　유현을 찾을만한 흔적도 없구려.

65. 香山[157]   향산에서

山嶽威靈赫   산악은 위엄 있는 영기 빛나고
田原雨露均   전원에 비와 이슬 고루 내렸네.
日星休往復   해와 별은 오가는 것 안 보여
天地失昏晨   천지에 조석이 없는 것 같도다.
竇閉千年雪   바위틈 천년의 눈 담겨져 있고
花開五月春   꽃들은 오월이 봄인 양 피었구나.
康衢歌帝德   네거리엔 임금 덕 칭송하고 있어
聞昔降神人   들으니 옛날 단군님 내려오셨다네.

66. 山中有感   산중에서 느낌이 있어

壬辰正月 到熙川七月   임진년 정월에 희천에 도착하였고 7월에
避海寇入明文山   왜구를 피하여 명문산(明文山)으로 들어갔는데
是熙川地也   이곳이 희천지역이다.

山外黃埃合   산 너머엔 누런 먼지 일지만
山中白日晴   산 속에는 환히 날이 개었네.
茹芝憂世道   지초 먹으며 세상일 걱정하고
臥石念民生   돌에 누워서 민생을 생각하네.
汎濫誰兼濟   물 넘쳐흐르나 누가 구제할까
深藏愧獨成   깊이 숨어 홀로 사니 부끄럽구나.
三都[158]風火急   삼도에 풍화가 거세게 일어나니
何處是王城   임금님 어디 계신지 모르겠도다.

---

157) 香山 : 妙香山으로 단군이 이곳에 내려왔다 함.
158) 三都 : 경주 서울 평양을 말함.

67. 聞百官在道多亡　백관들이 많이 도망갔다고 길에서 들었으나
經亂踰時 未見中　난리가 일어난지 한 계절이 지났는데도 아직
興之策 傷歎敢題　중흥할 계책을 보지 못하겠기에 상심되고
　　　　　　　　　탄식이 나오기로 감히 쓴다.

聞都民以酒食勞賊迎降云悲哉　소문에 도성의 백성들이 술과 음식을 가지고
　　　　　　　　　　　　　　적을 맞아 위로하며 항복하였다고 하니 슬프기만 하다

二首　　2수

講學舟中159)久　군신간 학문 강론한 지 오래건만
金輿杳莫還　임금님 수레 돌아올 날 아득하네.
魚頭160)安萬姓　곧은 신하 정사로 백성 편안 터니
鳥道散千官　험난한 길에서 관료들 흩어졌네.
果熟新誰薦　새 과일 나와도 누가 제사 지낼까
壇空火已寒　텅 빈 제단에는 향화가 사라졌네.
傷心京洛路　상심 하도다 서울의 길거리는
不見漢衣冠　충성 양심 다함을 볼 수 없구나.

萬命危朝露　만백성 목숨 아침 이슬처럼 위태롭고
千門銷夕陽　집들은 석양 되자 문이 잠겼네.
酒迎新部曲　술병 들고 새 원님 맞아들이고
血濺舊農桑　피 땀 흘린 것은 옛날 농군들.
白羽追黃屋　전공 세워야 임금 따를 수 있고
金聲入玉堂　학문 완성해야 옥당에 들어가는데.
唯聞全佞幸　들리는 건 아첨 배들 잘 있다는 소리
不見效忠良　충성 양심 다함은 볼 수 없구나.

※ 임진왜란 중 한심한 임금과 조정 대신에 대한 분노를 참을 길 없어 쓴 시

---

159) 舟中 : 같은 배를 타고 가는 것을 즐거움과 근심을 같이 한다는 것.
160) 魚頭 : 魚頭參政으로 宋나라 魯宗道가 충직한 것을 말함.

69. 聞金士秀戰歿不埋 김사수가 전사하였으나 시신을
묻지 못했다는 말을 듣고

將非其人 有志未售云　장수가 장수의 적임자가 아니었기 때문에
뜻을 펴지 못하였다고 하였다.

南土猶征戰	남쪽 지방 아직도 전쟁 중이라
忠臣未返骸	충신의 유해 반장하지 못했다네.
丹心應照日	단심은 마땅히 태양같이 밝으니
靑血豈生苔	충신의 피에 어찌 이끼야 끼겠는가.
爲鬼知殲賊	귀신 되었어도 적 죽일 줄 알 것이고
升天庶作雷	하늘에 올랐으면 벼락이 될 것일세.
有墳多少死	죽은 사람 몇 명만 무덤이 있으니
休歎死無埋	죽어서 못 묻힌 걸 탄식하지 말게나.

70. 憶趙汝式　조여식(趙憲의 字)을 생각하며

先知宗社將傾 上章被謫　사전에 종사가 기울어질 줄을 알고 상소를 올렸다가
及亂 唱義兵守要路　귀양을 갔다. 난리가 일어나자 의병을 일으켜 요로를
戰死　지키다가 전사 하였다.

屈子[161]非宗戚	굴원은 왕족이 아닌데도 나라 걱정했고
張巡[162]未職分	장순도 제 직분 아니지만 몸 바쳤네.
功逾淮上守	공적은 회상 태수보다 월등 했고
忠邁楚江魂	충성은 초강 혼(屈原)보다 낮었네.

---

161) 굴원(屈子) : 춘추전국시대 초나라 사람인데 이름은 평이다. 참소를 당하여
　　강빈으로 귀양 가게 되었다. 굴원이 이에 어부사 등 여러 편의 글을 지어
　　자신의 뜻을 나타내고 5월 5일에 돌을 품고 멱라수에 빠져 죽었다.
162) 장순(張巡) : 당나라 남양의 사람이다. 모든 서적에 통달하였고 진법에 능숙
　　하였다. 천보 무렵에 안녹산(安祿山)이 반란을 일으키자 장순이 군사를 일으
　　켜 토벌에 나섰다가 순절하고 말았다.

老怯[163]生應走　늙어버린 겁쟁이 살고자 달아나고
威靈死亦尊　위엄스런 영혼은 죽었어도 존경받네.
全軀簪佩者　일신만 보전하고 벼슬길에 오른 자
論說任紛紛　말로만 분분하게 떠들어 대는구나.

71. 避亂在山中　난리를 피해 산중에 있으며
次伯兄韻　맏형의 시에 차운하다

境僻風煙隔　외진 곳 바람 연기로 막혀 있는데
山開日月新　탁 트인 산 위엔 해와 달이 밝구나.
爭棋非作戱　바둑 수 겨룬 것은 희롱함이 아니오
尋水[164]笑迷眞　물길 찾아가다 참 길 잃어 우습구나.

始惜舟中指[165]　처음에는 주중지를 안타깝게 여기더니
還追鶴上人　이제는 학을 탄 신선 따라 왔구나.
三千桃結子　삼천년에 한 번씩 열리는 복숭아에
長占紫霞春　붉은 노을 좋은 봄 길이길이 누리소서.

---

163) 老怯 : 《三國志》에 제갈양이 죽으면서 부하들에게 '사마의가 내가 죽은 줄
　　알고 또 올 것이니 나처럼 목상(木像)을 만들어서 가지고 가라'하였다. 두
　　군사가 접전할 무렵에 사마의가 제갈량의 목상을 보고는 살아있는 것으로
　　착각하고 겁이 나 달아났다"하였다. 이로 인해 "죽은 제갈량이 산 중달을
　　달아나게 하였다. (死諸葛走生仲達)"는 숙어가 생겼는데 중달은 사마의 외자
　　이다.
164) 尋水 : 尋道의 誤記인 듯.
165) 舟中指 : 이 때 진(晉)나라가 배로 필수(邲水)를 건너가 싸우다가 크게 패
　　배하여 도망쳐 배로 돌아오는데 배에 먼저 올라탄 병사가 뒤에서 뱃전을 붙
　　잡고 올라 타려는 병사의 손가락을 칼로 쳐서 잘랐다. 이는 많이 타면 배가
　　침몰될까 두려워서인데 손가락이 배안에 많이 쌓였다고 한다. 즉 피난하는
　　다급한 상황을 말함.《公羊宣十二》

72. 採松 　솔잎을 따며

眞人避人世	참된 이 사람 사는 세상 피하는데
世人那得逢	속인이 어떻게 만날 수 있겠는가.
夜吟天月白	휘영청 밝은 달밤 싯구 읊조리고
晨臥海雲空	구름 없는 새벽 바닷가에 누웠네.
玉貌經千歲	옥 같은 그 얼굴 천년을 지냈고
花冠遍五峯	꽃들은 오봉에 두루두루 피었네.
採松166)傳祕術167)	채송의 신비한 방술을 전해주면
歸與萬邦同	돌아가 온 세상과 함께 하리라.

73. 夢詩 　꿈에 지은 시

上一句 枕上所補　첫 한 구절은 벼게 머리에서 지어 보충한
其餘夢中作　것이고 나머지는 꿈에서 진 것이다.

夢裏逢仙子	꿈속에서 신선을 만나서
相持酌紫霞168)	서로 마주 앉아 자하주를 마셨네.
香分贈月桂	향기로운 월계수 나누어 주기에
碧亂渡銀河	푸른빛 은하수를 건너서 왔네.
筆健傾天瓠	건장한 필력 쏟아지는 물과 같고
詩淸發雪葩	시는 맑으니 눈꽃이 핀 것 같네.
東來流水急	동쪽으로 흐르는 물살 거센지라
但恐早廻槎	내 뗏목 일찍 돌아올까 염려했네.

---

166) 採松 : 赤松으로 옛날 赤松子가 신선이 된 것으로 혹 隱子로도 비유함.
167) 祕術 : 方術로 신비한 약 곧 먹으면 신선이 된다는 약을 말함.
168) 紫霞 : 신선이 사는 궁으로 여기서는 신선이 마시는 술을 말함.

74. 覽李謫仙[169]過 四皓廟[170]詩 有感 이적선이 지나면서 사호묘 시를 보고 느낌이 있어

名傳非隱逸	은사로 이름이 전하지는 않았지만
身死下神仙	몸이 죽어서 신선이 내려왔네.
笑落奇謀裏	우습다 기묘한 술책 속에 빠짐이
慙爲戚里[171]賓	부끄럽게 척리의 손님 되었구나.
高山宜循跡	산이 높아 종적 감추기 알맞고
瑤草可長年	향긋한 풀 속 오래 살만하였네.
已歎無堯舜	요순의 정치가 없다고 탄식인데
何煩異漢秦[172]	어찌 번거롭게 秦漢이 다를 소냐?

75. 春晝獨坐 봄철 대낮에 홀로 앉아

晝永鳥無聲	낮은 긴데 새 소리는 안 들리고
雨餘山更靑	비 내린 뒤 산들 더욱 푸르구나.
事稀知道泰	할 일 없지만 도가 큰지 알겠고
居靜覺心明	조용히 사니 마음 밝음 깨닫네.
日午千花正	한 낮에는 온갖 꽃이 활짝 피고
池淸萬象形	연못물 맑으니 만상이 드러나네.
從來言語淺	본래부터 말솜씨는 부족하지만
默識此間情	이 사이의 정 묵묵히 알고 있지.

---

169) 이적선(李謫仙) : 이태백 이다. 이태백이 지은 대주억하감시서(對酒憶賀感詩序)에 "태자의 빈객인 하지장(賀知章)이 장안의 자극궁(紫極宮)에서 나를 한번 보고는 적선인(謫仙人)이라고 불렀다"는 대목이 있다.

170) 사호묘(四皓廟) : 四皓=商山四皓를 말함, 진(秦)나라가 혼란에 빠지자 이를 피하여 중국 섬서성 상산(商山)에 들어가 숨은 네 사람의 은사(隱士), 東園公, 綺里季, 夏黃公, 甪里先生(녹리선생).

171) 척리(戚里) : 태자를 말함.

172) 秦漢 : 진나라는 학정(虐政)을 하였고 한나라는 학정을 아니 하였으나 요순의 정치에서 본다면 다 같이 패도(覇道)를 한 것이지 왕도는 아니라는 뜻.

76. 山中寓久　산중에 오래 머물며

大樸藏聲臭	대박으로 소리와 냄새 감춰서
心閑得自如	마음 한적하니 본심 깨달았네.
盤中供藥草	소반에는 약초를 담아 놓았고
夢裏見詩書	꿈속에선 시서를 보기도 하네.
泉闊人多壽	샘물이 좋아 오래 산 이 많고
山靈虎不居	산들 신령하니 호랑이도 없네.
桃源非卜地	도원은 점쳐서 잡은 게 아니고
仙子是秦餘	신선도 진 나라 피난민이었네.

77. 吾年　　내 나이

吾年六十一	내 나이 올해에 육십일세 되었는데
日覺俗緣空	날로 느껴짐 속세의 인연 허전하군.
有壽仙何學	장수하니 신선을 배울 게 뭐가 있나
無愁酒不功	시름이 없으니 술 힘도 필요 없네.
養多心轉靜	수양 쌓다 보니 마음 점차 고요하고
看久理逾通	오래 살피니 이치 더욱 환해지네.
末路相知少	늘그막에 서로 아는 사람 적어지니
迢然出世翁	초연히 세상 떠날 늙은이 되었구나.

78. 偶題　　우연히 쓰다

獨醒非逐子	홀로 깼어도 그대　쫓을 자 아닌데
三黜[173]愧前賢	세 번이나 물러난 옛날 현인 부끄럽네.
落盡愁中髮	수심 속에 머리털 온통 더 빠졌는데
空懷鶴上仙	부질없이 학을 탄 신선 그리워하네.
一身長作客	이 한 몸 오랜 세월　나그네 신세
萬事總關天	세상만사 모두 하늘에 맡긴다오.
有缺看明月	부족할 땐 밝은 달을 바라보았고
無窮歎逝[174]川	흐르는 냇물 보고 탄식도 했네.

79. 宿開平村　개평촌에서 유숙하고
　　曉別主人　새벽에 주인과 작별하며

片月隱西山	조각달 서산에 숨으려 할제
行人愁路難	나그네 길 험함 근심하노라.
翁言覘野外	늙은이가 들판을 보라하는데
曙色來雲端	구름 끝에 새벽빛이 비추이네.
縹紗星河落	가물가물 은하수 사라져 가고
分明世界寬	탁 트인 세계 분명히 넓어지네.
樽中吾有酒	내 집 술통에 술이 아직 있으니
取醉莫輕還	취하도록 마시고 곧 떠나지 마오.

---

173) 세 번(삼출)… 옛날 현인 : 이는 유하혜를 말함.《論語》에 "유하혜가 옥관
(獄官)이 되어서 세 번이나 물러났다. 어떤 사람이 유하혜에게 묻기를 '자넨
이제 떠날 만도 안 한가?'하자 유하혜가 대답하기를 '올바른 도리로 사람을
섬기면 어디로 가나 세 번 물러나지 않겠는가. 도리를 외면하고 사람을 섬
긴다면 부모의 나라를 떠날 필요가 무엇이 있겠는가"하였다.

174) 흐르는…탄식하였네(탄?) :《論語》에 "공자가 시냇가에서 말하기를 '가는
것은 이와 같은가 보구나 밤낮으로 쉬지 않으니 말일세"하였는데 주(註)에
"천지의 조화는 가고 오고 계속 이어져 잠시도 쉬지 않는데 이는 본연의 도
체(道體)이다. 그러나 가르쳐 쉽게 볼 수 있는 것은 시냇물 보다 더 쉬운 것
이 없으므로 이 말을 하여 사람에게 보인 것이다."고 하였다.

80. 次從臣韻　임금 종신의 시에 차운하다

一片峨嵋月	아미산에 조각달 걸려 있는데
傷心蜀道賖	촉나라 길 멀고 멀어 상심했으리.
拂雲旗落畵	구름에 떨친 깃발 그림이 지고
眠雪甲生花	눈 위서 잠 드니 갑옷에 꽃 피네.
氷厚江爲路	얼음 두꺼워 강물은 길이 되고
沙長馬是家	사막이 길어 말 등이 집이로세.
千官衣上淚	관료들 옷깃 위에 떨어진 눈물은
一一灑恩波	방울마다 임금 은혜에 뿌린 걸세.

大定江村逈	강가 대정 마을 멀어지고 있고
嘉平驛路賖	가평역 가는 길 멀기만 하구나.
他鄕對靑眼	타향에서 반가운 친구 만나니
十月見黃花	시월에 국화를 보는 것 같네.
一死寧論命	한번은 죽을 것 운명 논할 건가
浮生着處家	떠도는 인생 정착한곳 집이로세.
杯行莫放手	돌리는 술잔에 손을 떼지 말고
留待照金波	머물러 기다리세 달이 뜰 때까지.
(柳根 原詩)	(유근의 원시)

81. 宿瑞興之五雲山寺 서흥의 오운산에 있는 절에 유숙하며

仙境遺塵跡	선경에 속세의 종적 남기니
迢迢銷玉扃	높다란 옥문(玉門)이 잠겨 있네.
沈吟秋欲老	깊은 생각에 늦가을 접어들고
高臥醉初醒	높직이 누우니 술기 처음 깨네.
流水無留響	흐르는 물소리 머무르지 않고
閑雲不定形	한가로운 구름 모양 일정치 않네.
道心175)隨鶴去	도심 구하는 보살 학을 따라가니
天遠入冥冥	하늘멀리 까마득한 곳 들어갔네.

82. 姜德輝期會山寺 강덕휘와 산사에서 만나기로 약속했는데
姜時却賊成功　그때 덕휘는 왜적을 물리쳐 공을 세웠고
余自謫所初歸　나는 적소에서 막 돌아와 있었다.

百戰三年別	숱한 전쟁으로 삼년 동안 이별했고
長沙一影還	변방에 귀양 갔던 그림자 돌아왔네.
相思餘白髮	서로 그리워하다 백발만 남았고
有約宿青山	청산에서 유숙하자 약속 하였네.
知止鳥飛急	제 갈길 아는 새는 서둘러 날아가고
無心雲去閑	무심한 저 구름 한가로이 가는구나.
閑忙皆自得	바쁘고 한가함 제 성품대로고
斜日獨憑欄	지는 해에 홀로 난간에 의지했네.

---

175) 道心 : 보살을 구하는 마음으로 즉 보살

83. 獨寄山寺 홀로 산사에 묵으면서 앞의
次前 二韻 두 수의 시에 차운하다

千峯雲作戶　구름은 천 개 봉우리 문이 되고
一石月爲扃　달은 한 개의 바위에 빗장 됐네.
玉篆迷難記　전서 글씨 희미해서 기억 어렵고
仙桃醉不醒　선도 취함에서 깨어나지 않네.
風淸天送篴　청풍 하늘에 피리 소리 들리고
霞斷鶴呈形　노을 걷혀 학의 자태 드러나네.
碧落深如水　짙푸른 저 하늘은 물처럼 깊고
銀橋掛渺冥　은하수 다리는 아득히 걸렸구나.

風御本無跡　바람은 본래부터 자취가 없는데
仙遊自往還　신선은 마음대로 오가며 노는구나.
天開明一月　하늘이 열려 하나의 달이 밝고
水止映千山　잔잔한 물속에 온 산이 비치네.
獨立中宵靜　홀로 서니 한 밤중이 고요하고
高眠盡日閑　잠을 잘 자니 종일 한가롭네.
有期人不至　기약 있었지만 사람 아니 오니
乘醉倚華欄　취기 타고 꽃 난간 기대었노라.

85. 次唐侍郞宋應昌韻　당나라 시랑 송응창의 시운에 따라 짓다.
二首　　　　　　　2수

雪盡乾坤大	눈 다 녹아 천지가 커 보이고
風淸日月高	바람 맑으니 해와 달이 높구나.
除殘飛玉劍	남은 잔적 없애려 옥 검 날리고
滌垢倒銀濤	때를 씻고자 은하수를 쏟았네.
厮養騎龍種	종들도 준마(駿馬)를 탔는가 하면
偏裨着錦袍	비장도 비단옷을 걸쳐 입었네.
何煩探虎穴	어찌 번거롭게 호랑이 굴 더듬으랴
橫槊176)更揮毫	창을 비끼어 놓고 글씨나 쓰시지.

侍郞以監軍來東　시랑이 감군(監軍)으로 우리나라에 왔는데.
退怯甚 於他將　다른 장수들 보다 더 겁을 먹고 물러났으므로
末句及之　끝구에 언급하였다.

白日旌旗動	대낮 태양 아래 깃발 나부끼고
靑天劍戟高	푸른 하늘에 창칼이 치솟았네.
風行山偃草	시랑이 가는 곳 적군이 쓰러져
鯨退海藏濤	왜구 물러가니 바다에 파도 자네.
殺氣收蠻雨	살기 등등 오랑캐에 비 거두니
歌聲擁漢袍	승전가는 한나라 전포 감싸네.
軍還無一物	군사 돌아가면 물건도 안 남아
千里察秋毫	천리 길 가을 털끝 살피듯 하네.

軍多求貨　군사들이 물화를 많이 요구하였으므로
故末句戒之　끝구에 경계한 것이다.

---

176) 橫槊 : 조조가 말을 타고 창을 가로 지르면서도 시부를 읊은 것.

麗國山川好　　고려 나라는 산천이 좋아서
閑亭風物高　　한가한 정자에 풍물도 높구나.
林深無虎豹　　수풀 무성하나 호랑 표범 없고
海近不波濤　　바다 가까워도 파도치지 않네.
黃鳥鳴靑柳　　꾀꼬리 푸른 버들에서 우는데
幽香接素袍　　흰 도포에 그윽한 향기 스미네.
溪流淸且淺　　계곡 흐르는 물은 맑고도 얕아서
水底見纖毫　　물 밑에 미세한 돌도 보이는구나.

　　(宋應昌 原韻)　　(송응창의 원운)

87. 寓在遂安山村　수안의 산촌에 우거하며

居高仙縹緲　　높은 곳에 사니 신선이 따로 없고
心遠契從容　　마음이 원대하니 조용함 어울리네.
賓斷鶴無報　　손님이 끊어져 학은 소식이 없고
花閑山不風　　산바람도 안 불어 꽃들 한가하네.
林明川受月　　시내에 달빛 받자 수풀 밝아지고
窓黑洞移龍　　골짜기 용 떠나 창밖이 어둡구나.
孤坐多深省　　홀로 앉아 깊은 반성 많이 하니
神遊變態中　　정신이 변태 속에　노니는구나.

88. 宿廣坪金村　광평의 금촌에 유숙하며

探遠結蘿戶	먼 곳 찾아 담장이로 집을 짓고
選幽治藥欄[177]	그윽한 곳 가려 약밭 다스렸네.
草長牛不返	무성한 풀 속 소는 안 돌아오고
松老鶴高眠	노송위의 학은 높직이 잠을 자네.
月映深秋水	달은 깊은 가을 물에 비치고
天開過雨山	비 지나간 산에 하늘이 열리네.
十年湖海夢	십 년 동안 호해를 꿈꾸었는데
人世有神仙	사람 사는 세상도 신선이 있구나.

89. 旅中　　여행 중에

西塞仍留跡	서쪽 변방 그대로 머물러 있는데
南州未熄戈	남녘에는 전쟁이 멈추지 않았네.
居深天見少	깊숙한 곳에 사니 하늘 적게 보이고
山靜雨聞多	산 속 고요해 빗소리 많이 나네.
白髮又千里	백발이 또 다시 천리를 왔건만
黃花餘幾家	국화 피는 곳 몇 집이 안 되네.
連城秋寂寂	성 안팎 가을이 고요적적한데
蒿萩渺無涯	쑥과 갈대 가없이 무성하구나.

---

177) 약란(藥欄) : 약포(藥圃)의 울타리

90. 寓新坪 次隣人 신평에 우거하며 이웃 사람의 시에 차운하다

蝶夢[178]家千里　나비된 꿈도 집은 천리 밖이요
萍蹤海一陬　부평초 자취 바다 한 모퉁이라.
信天心自得　하늘을 믿으니 마음에 여유 있고
安分物無求　분수에 만족하니 사물 안 구하네.
對月看圓缺　달을 대하니 기울고 찬 것 알고
依雲任去留　구름처럼 맘대로 머물고 떠나네.
逢人唯盡醉　사람 만나면 잔뜩 취할 뿐이요
世道付悠悠　세상살이 유유하게 부치려하네.

91. 懷海中人　섬에 있는 사람을 그리면서
　○用李白韻　이백의 시운을 사용하다.
　二首　2수

悵望人何在　애타게 바라보는 사람 어디 있나
瓊臺浩渺中　아득한 가운데 경대가 있다네.
白雲生暮海　저녁 바다에 흰 구름 일어나고
黃葉落秋風　가을바람 불어와 낙엽이 지네.
山盡天形遠　산이 끝나니 하늘은 아득하고
波深月影空　파도 깊으니 달 모습 안 보이네.
高蹤追不及　고매한 자취를 따라가지 못하는데
霞外有冥鴻　노을 너머 아득히 기러기만 보이네.

靈槎天外至　신령스런 뗏목 하늘가에 이르고
仙信落雲中　신선의 소식 구름 새로 떨어지네.
止水看明月　잔잔한 물속에 밝은 달 비추고
裁花不記風　꽃밭 가꾸면서 바람은 생각 않지.

---

178) 蝶夢 : 莊子의 蝴蝶夢으로 곧 여기서는 꿈을 말함.

白首三春約　　백수들 봄철에 만나자 약속하곤
青山一面空　　청산에 한 번도 찾아오지 않네.
耦耕時早晚　　품앗이 할 때도 조만간 일이니
尺素付歸鴻　　돌아가는 기러기에 편지 부치네.

93. 有友來自新溪　벗이 신계에서 와 고을원의 시운에 차운하여
　　次邑 守韻以贈 敢次　시를 지어 주기로 감히 차운하다.

二首　　2수

長江曾失險　　긴 강도 험한 형세 지키지 못해
海賊峽中過　　해적이 산골을 지나게 되었다네.
廢縣傳新鐸179)　황폐한 고을 어진 원님 부임해
空城有幾家　　빈 성에 몇 집이나 남아 있는가.
秋風寒角外　　가을바람 찬 호각 소리 불어오고
落日遠山多　　지는 해 머 언 산에 밝게 비치네.
蜀道180)雲間沒　의주 길 구름 사이로 사러졌는데
村民說翠華　　마을 사람들 아직도 취화 얘기하네.

官事今秋急　　올 가을 관가에서 급한 일이 있어
徵租吏夜過　　세금 독촉 아전 밤에도 지나가네.
連阡迷草色　　이어진 밭두렁 풀 빛 아득하고
獨樹記誰家　　우뚝 선 나무 뉘 집인지 기억하네.
守死王事少　　죽음으로 왕사 지키는 이 드문데
乘虛虜計多　　허점 노린 오랑캐의 계략은 많네.
空將腰下劍　　부질없이 허리에 칼을 차고서
孤負鬢邊華　　홀로 부담져 귀밑머리 희어졌네.

---

179) 新鐸 : 尹鐸이 晉陽의 원이 되어 선정(善政)한 것으로 신계 고을 원으로 부임 한 것을 말함

180) 蜀道 : 옛날 당명황제(唐明皇帝)가 安綠山 亂때 蜀으로 피란 간 것으로
　　임금이 義州로 피한 것을 말함.

95. 山居　　산에서 살며

雨過山逾靜	비 온 뒤라 산은 더욱 고요하고
風閑柳倍垂	바람 한가해 버들 더욱 늘어졌네.
泛花流水慢	물 위에 뜬 꽃 천천히 흘러가고
擇樹鳥聲移	나무 가려 우는 새 소리 옮겨가네.
病久人來少	병들어 오래니 찾는 사람 적어지고
居閑日過遲	한가한 거처에 하루 해 더디 가네.
無心年去住	세월이 흐르는 것 관심 없기에
不賦送春詩	봄을 전별한 시 짓지를 않았구려.

96. 猪塞旅寓　저새[181]에서 나그네로 우거하며

何地寄餘生	어느 곳에 내 여생 붙일 것인가
日聞金鼓鳴	날마다 징소리 북소리 들려오네.
家鄉無處所	고향에 살 곳이 없어진 이 신세
遠近不關情[182]	멀고 가까운 것 관정 하지 않네.
海上猶傳箭	해상은 아직 전쟁 소식 전해와
池中[183]亦弄兵	좁은 이 땅 역시 싸움 계속되네.
白頭逢世亂	백발이 되어 난리를 만나니
妻子笑窮經	처자들 글 읽는 것 비웃곤 하네.

---

181) 猪塞 : 어떤 지명(地名)
182) 關情 : 關情의 誤記인 듯.
183) 池中 : 潢池中으로 좁은 땅을 말함.

97. 與友人新卜幽居 친구와 함께 숨어 살 곳을 정하고서

避亂兼辭世	난리를 피하고 겸해 세상을 피해
幽棲竝祝鷄	숨어 살며 아울러 닭도 길렀네.
花閑香覆水	꽃향기 한가로이 물 위로 퍼지고
松老綠藏谿	해 묵은 소나무는 계곡을 덮었네.
境靜天還近	지경이 고요하니 하늘이 가깝고
機忘物欲齊	사심 없어지니 물욕이 가라앉네.
從今無甲子	이제 세월 가는 것 모르고 살 테니
休歎久蟠泥	그동안 진흙탕 삶을 탄식치 말게.

98. 海曲逢故人楓涯 해곡에서 친구를 만나다.

(楓涯 : 安敏學의 號)

海隔人間暑	바다는 속세의 더위와 막히고
風傳島外秋	바람은 섬 밖 가을 소식 전하네.
兵塵憂萬國	전쟁은 만국을 근심케 하니
落日依孤舟	석양에 외로운배 의지 했노라.
有別皆黃壤	이별했던 사람들 모두 죽었고
相逢亦白頭	만난자들 또한 늙은이 되었네.
無心同所樂	즐거움 같이할 마음 없으니
長向古賢羞	언제나 옛 현인에 부끄럽구려.

99. 次楓涯韻 풍애의 시에 차운하다

二首　　2 수

亂後人煙少　난리를 겪은 뒤라 인가가 드물어
沿江一二門　강변 한두 집만 눈에 뜨일 뿐이네.
松高聞落雪　높은 소나무 눈 떨어지는 소리 들려
天逈見歸雲　하늘 아득하니 떠도는 구름 보이도다.
白髮親交盡　백발 되니 친한 벗들 다 갔으나
靑山故國存　청산은 고국에 그대로 남아 있네.
繫舟心萬里　배를 매었으나 마음은 만 리 이고
憂道淚雙痕　도를 걱정하니 두 눈물 얼룩지네.

慮稀夜夢息　생각 적으니 밤에 꿈도 사라지고
嗜淺天機[184]深　기욕이 얕으니 천기가 깊어지네.
悲涼一時事　슬프고 처량함 한때의 일이지만
快活萬古心　쾌활함만은 만고의 마음일세.
江空唯見月　적막한 강에 오직 달만 보이고
山靜不聞禽　고요한 산에 새 소리 안 들리네.
休歎知音少　알아주는 이 적다고 탄식은 말게
昭文[185]未鼓琴　소문이 거문고를 타지 않았다네.

---

184) 天機 : 천부적인 오성(悟性) 즉 총명을 말함. 《莊子大宗師》에 "기욕이 깊은자
　　는 천기가 얕다."고 하였다.
185) 昭文 : 《莊子齊物論》옛 音樂家로 姓은 昭이며 名은 文인데 成과 虧에 관여하
　　지 않으므로 昭氏不鼓琴也.

101. 愴古　　옛날을 슬퍼하며

故國秋多感	고국의 가을은 감회가 많고
羈危未早廻	객지서 시달리다 일찍 못 왔네.
城空明月在	텅 빈 성엔 밝은 달만 떠 있고
樹老夜風來	해 묵은 나무에 밤바람 불어오네.
繁華流水盡	번화한 지난날은 물처럼 흘러갔고
歌管子規啼	가무하던 곳에 소쩍새 우는구나.
寂寞荒村菊	적막하고 황폐한 마을의 국화는
無情爲誰開	무정하게 누구를 위해 피었는가.

102. 偶題　　우연히 쓰다

詩書人臥病	글 읽던 사람이 병 들어 누웠는데
戎馬夢頻驚	전쟁 중이라 꿈속에 자주 놀라네.
地換鄕愁轉	이곳저곳 떠다녀 향수만 깊어지고
時危事業輕	시국이 위험해 사업이 가볍도다.
夜角山何處	밤중 호각 소리 어느 산에서 나며
邊烽海幾程	변방 봉화는 바다 길 몇 리 인가.
經綸皆帶劍	경륜 있는 사람 모두 칼만 찼으니
誰復念民生	그 누가 다시 민생을 생각하리요.

103. 書懷　회포를 쓰다

憂世觀天象	세상 걱정에 천상(天文)을 보면서
逢人每問兵	사람 만나면 전황 소식을 묻노라.
爲農頭已白	농사 지으려도 머리 이미 희었고
臥病月生明[186]	병들어 누웠는데 달은 밝아지네.
名隱關牛[187]去	이름 숨기려 소를 타고 지나갔고
光潛野老爭	행색 숨기려 야로들과 다투었네.
卷舒知在手	쥐고 펴는 것 내 손에 달렸는데
豊約豈攖情	풍요나 검소에 어찌 신경 쓰리오.

104. 霽夕寄人　비 갠 밤 어떤 이에게 부치다

晚風吹宿雨	늦바람에 장마 비 걷히니
把釣下沙汀	낚시대 들고 물가로 내려가네.
天肅昏疑盡	하늘 숙연해 황혼 다한 것 같고
江晴物影明	강물 맑아 물건 그림자 선명하네.
高松猶落照	높은 소나무엔 지는 햇살 걸렸고
幽谷已沈冥	깊숙한 골짜기엔 어둠이 깔렸구나.
坐久還成鬧	오래 앉았으니 도리어 시끄럽고
潮生鷗鳥驚	밀물이 들자 갈매기들 놀라네.

---

186) 生明 : 음력 초3일로 哉生明의 약어이다.
187) 關牛 : 노자가 소를 타고 함곡관을 지나간 것을 말함.

105. **鄭友先到** 정우는 먼저 도착했고 임우는
    待林友不來 기다려도 오지 않았다.

谷口諭鄭 西湖說林 곡구는 정을 비유하였고 서호는 임을 말한 것이다.

谷口人來待	곡구의 사람 이미 와서 기다려
西湖處士期	서호 처사와 만나자고 약속했네.
尋梅何太晚	매화 찾는 것 어찌 그리 더딘가
兼燭醉無歸	촛불 켜 놓고 술 마시며 못 갔지.
雪裏看山意	눈 속에 산을 보며 생각하고
樓前翫月詩	누대에서 달을 보며 시를 짓노라.
悠悠成獨坐	한 없이 한없이 혼자만 앉아있으니
魂夢亦相違	꿈속에도 서로가 만나지 못하리.

106. **旣送金友 又別林友**
    이미 김우를 보내고 나서 또 임우와 이별하다

佇見群生泰	가만히 보면 뭇 생명은 번성하는데
休言至道偏	지극한 도를 치우쳤다 말하지 말라.
知音傷末路	알아주는 이 말로에 상처내면
取義有何人	의리를 취할 사람 누가 있을까.
江花憂裏落	강가에 피는 꽃 근심 속에 지고
山漏靜中傳	산중 물시계 정적 속에 들려오네.
芳草送君路	향기로운 풀 길에 그대를 보내니
老來離別頻	늘그막에 와서 이별이 잦는구려.

107. 所居　사는 곳

幾落秦關葉　진관에서 몇 해나 살았는지
三逢楚水春　초수의 봄 세 번이나 만났구나.
所居皆樂土　사는 곳은 어디나 즐거운 땅이니
何往不安身　어디로 간들 이 몸이 안 편할까.
寄興山河遠　먼 산하에 살고 싶은 흥이 나며
無求志願伸　욕심 없으니 내 뜻 펼 수 있겠지.
一瓢[188]眞有樂　한 표주박에도 참 즐거움 있으니
先聖豈欺人　옛 성인이 어찌 사람을 속였으리오.

108. 病起訪隱　병석에서 일어나 은자를 찾다

清羸艱一出　앙상하게 마른 몸 외출 어려워
窺戶占無風　문 밖 엿보아 바람 없는날 잡았네.
白髮新秋恨　백발은 새 가을 맞아 한스럽고
青山舊日容　청산은 옛날 모습 그대로이네.
碧窮歸島鶴　학은 하늘 끝 섬으로 돌아가고
紅映倒江楓　강물에 비친 단풍 붉은 색이네.
行路人多少　길가는 사람 드문드문 있으나
誰尋物外蹤　누가 속세 밖의 자취 찾는다지.

---

188) 一瓢 : 표주박으로 마시는 것으로 "顔子는 한 표주박 마심과 한 살 재기
밥으로도 즐거움이 그 가운데 있다."라고 孔子가 찬양한 일.

109. 曉坐憶親舊　새벽에 일어나 친구를 생각하며

孤月當簷上	외로운 저 달 처마 위에 떠 있고
寒潮動曉扉	싸늘한 조수 새벽 문을 흔드네.
出山知世亂	산 밖 나오니 세상 난리 알겠고
浮海覺吾衰	바다에 뜨자니 내 몸 쇠약하네.
白首猶憂道	백발에도 도(道) 위해 걱정인데
靑春又夢歸	청춘은 꿈속으로 가버렸네.
兵戈連十載	십 년 동안 연이은 전쟁인지라
不獨恨分離	서로의 이별을 한하지는 않네.

110. 靜中　고요한 가운데
二首　2수

心安身自泰	마음 편안해 몸 절로 태평하고
分定又何希	정해진 분수 외에 무얼 또 바래.
松下閑眠久	솔 밑 한가하게 오랫동안 잠자고
溪邊獨步遲	혼자 시냇가를 천천히 걷곤 하지.
還將無事樂	일 없어 즐겁게 만 지내기에
吟作有聲詩	시를 짓고 소리 내어 읊조리네.
吾道同今古	우리 도(道)는 예나 지금 같은데
誰煩說伏羲[189]	누가 번거롭게 복희씨를 말하랴.

---

189) 복희씨 : 중국 고대 임금(우리는 단군 조선의 환국 임금),처음으로 백성에게 고기잡이 사냥 목축 등을 가르치고, 8괘(卦)를 만들었다는 임금.

一鶴雲天遠　한 학 구름 낀 하늘 멀리 나는데
千岐世路難　천 갈래 세상길 어렵기만 하구나.
琴藏揮客問　거문고 감춰둠 지휘자 없어서고
門掩怯春寒　대문 닫음은 꽃샘추위 겁나서네.
老益幽居樂　늙을수록 그윽한 곳 더욱 즐겁고
貧添靜者安　가난해도 고요하면 편안하다네.
泥途頻甲子　짓궂은 세상살이 해는 늘 바뀌지만
無得是爲歡　얻는 것 없으니 이게 바로 즐겁다네.

112.113. 偶題　우연히 쓰다
二首　2 수

白髮青山遠　백발 되어 청산도 멀어졌는데
兵戈歲易流　전쟁 속에 세월 쉽게도 흐르네.
一聲江上篴　강 위에 피리 소리 들려오고
千里月中舟　천리 길 달 가운데 배를 띄웠네.
杯酒唐虞190)志　한 잔 술에 당우의 뜻을 갖고
殘經四海憂　경서 읽으며 사해를 근심했지.
折梅無可贈　매화 꺾었지만 줄만한 이 없어
雲漢政悠悠　은하수 유유히 흘러만 가는구나.

---

190) 당우(唐虞) : 고사(古史)에 도당씨(陶唐氏) 요(堯) 와 유우씨(有虞氏) 순 모
두가 천하를 어진 사람에게 전하였기 때문에 당우시대를 태평성대로 치고
있다.

午枕驚黃鳥	낮잠 중 꾀꼬리 소리에 깨보니
巖扉191)映竹林	절벽 앞 사립문의 대숲에 비치네.
水村橋上市	강촌의 다리 위에 시장 열리고
山郭雨中砧	성안은 빗속 다듬질 소리 나네.
時危輕別恨	위험한 때라 이별의 한 가볍고
身病減鄕心	병든 몸이라 고향 생각 덜 하네.
慕古終違世	옛날 사모해 끝내 세상 어겼으나
幽居不卜深	깊은 곳에 숨어 살진 않았다네.

114. 渡大津　대진 나루 건너며

津吏迎行拜	나루터 뱃사공 절하고 맞기에
論程却自愁	갈 길을 물어보고 수심에 잠겼네.
死生天有命	죽고 사는 것은 천명에 달렸고
忠信海安流192)	충신은 바다도 안온하게 흐르네.
波外千山盡	파도 너머 산들 모두 다 사라지고
雲中一影浮	구름 속에 그림자 하나 떠 있네.
險夷知在我	험하고 평탄한 건 내게 매였으니
平地亦多憂	평지의 땅에서도 걱정은 많은 법.

---

191) 암비(巖扉) : 바위굴의 문, 은자가 사는 집을 가리킴
192) 해류(海流) : 道德流行의 盛함을 말함.

115. 寓在控海堂　공해당에 우거하며

慮澄爲聖域	생각이 맑으면 그곳이 성역이고
人斷是仙家	인적 끈기면 신선의 집이라네.
玩易開朝閣	아침엔 문 열어 「주역」 완미하고
携琴下晩沙	석양엔 거문고 들고 백사장 가지.
坐看雲出岫	산 사이 나오는 구름 앉아서 보고
行跡水浮花	물에 뜬 꽃을 따라 발걸음 옮기네.
無事眞天放	일 없어 참으로 하늘이 준 낙인데
何勞上漢槎	무엇하러 은하수 뗏목을 탈 것인가.

116. 題馬羊村壁　마양촌의 벽에 쓰다
　　　松根古井猶存　소나무 뿌리와 옛 샘은 여전히 있었다.

驅家昔避秦	가솔들 데리고 옛 진을 피했는데
羊馬別區春	마양촌 별지에서 봄을 만났네.
叱石193)仙無問	돌을 꾸짖던 신선 물을 수 없고
騰龍物返眞	등용이 사물을 참으로 돌려놨네.
巖前松覆水	바위 앞 소나무 샘물을 덮었고
雲外鳥窺人	구름 너머 새들은 사람 엿보네.
塵世那堪恨	속세의 한스러움 어찌 견딜건가
桃源194)跡又陳	도원의 자취는 오랜 옛 이야길세.

---

193) 叱石 : 황초평이 산에서 양을 먹이치고 있었다. 어떤 도사(道士)가 온다고 하는데 금화산의 석실에서 40여년 동안 있었다고 하였다. 그의 형 황초기가 산을 누비며 도사를 찾다가 아우를 만나 "양은 어디에 있느냐?"고 묻자 아우가 "가까운 산 동쪽에 있다."고 대답하였다. 황초기가 가서 보니 흰 돌만 있었다. 돌아와서 그의 아우와 같이 그 곳을 갔다. 황초평이 돌을 보고 "양아 일어나라." 하고 꾸짖으니 흰 돌이 모두 양으로 변해 일어 났다고 하였다.(神仙傳)

194) 桃源 : 秦나라 피난민이 살던 곳으로 別有天地 인 곳.

117. 新居　　새 거처에서

傍月開圓洞	동산에 달 뜨니 온 마을 열리고
連雲蔭白茅	연이은 구름은 이엉을 가렸네.
花因迎鶴掃	학 맞으러 꽃길 깨끗이 쓸었고
泉爲煉丹調	단약을 달이려 우물을 팠네.
室貳猶齋宿[195]	두 방을 쓰니 재사에 자는 듯해
煙孤認遠庖	연기 외로워 푸줏간 멀리 있지.
無心眠食外	자고 먹는 일 외에 마음 쓰지 않아
萬事寄逍遙	만사 유유자적 한가롭게 보낸다네.

118. 次韻 謝人來訪　　차운하여 찾아 온 사람에게 사례하다

海曲飛黃葉	바닷가 마을에 단풍잎 날리고
紫扉掩落暉	사립문 지는 햇살 가리고 있네.
道心[196]塵外見	도심은 속세 떠나야 볼 수 있고
人事靜中稀	인사는 고요한 가운데 적도다.
鳥入連天水	새들 수평선 저 멀리 사라지고
雲生坐石衣	구름은 돌에 앉은 옷에서 나네.
山深前路遠	산이 깊으니 앞길은 아득히 멀고
匹馬愼君歸	그대여 필마로 조심해 돌아가게.

---

195) 齋舍 : 齋舍로 양쪽이 방이고 중간에는 마루로 되어 있어 방이 두
　　칸이라 재사에서 잔 것 같다는 것
196) 道心 : 前注(101)參照:사욕을 떠나 道德意識에서 우러나오는 마음.

119. 秋暮　　가을 저물녘에

策策¹⁹⁷⁾鳴黃葉　우수수 낙엽 떨어지는 소리
寥寥傷我心　　울적한 내 마음 아프게 하네.
暗雲隱夕月　　먹구름이 저녁달을 가렸는데
獨樹來棲禽　　외로운 나무에 새가 찾아드네.
入戶近明燭　　방안에 들어와 촛불 밝히고
對書空正襟　　서책과 마주하고 옷깃 여미네.
追思昔年志　　지난날 가진 뜻을 돌이켜 보니
白首愧如今　　지금 같은 백수가 부끄럽구나.

120. 夕望　　저녁에 멀리 바라보며

殘暑棲深翠　　늦더위 녹음 속에 자취 감추고
微涼入沈寥　　서늘한 기운 공중에서 스며드네.
捲簾山盡出　　주렴 걷으니 온 산이 나타나고
憑檻水皆朝　　난간에 기대니 물들은 돌아드네.
洞黑雲移雨　　마을이 어두워 구름은 비 뿌리고
沙明月趁潮　　백사장 밝더니 조수 따라 달뜨네.
仙期河漢近　　신선과 약속한 은하수 가까워
塵迹是非遙　　속세의 자취 시비는 멀어졌지.

---

197) 策策 : 책책은 나뭇잎 떨어지는 소리

121. 夕吟　　저녁에 읊다

風林靈籟集	바람 부는 숲엔 영험함 모이고
雲洞象形潛	구름 낀 골짝엔 만상이 잠겼네.
照寂迎新月	석양이 지고서 새 달이 떠올라
澄昏對遠岑	상쾌한 저녁에 먼 산과 대했네.
古心由我得	고심은 내게서 얻어지는 것이니
眞趣未他尋	진취는 다른데서 찾지 못하리.
朗悟同前後	깨닫는 건 앞뒤가 같을 것이니
休言有淺深	깊고 얕음 있다고 말하지 말게.

122. 閑棲　　한가롭게 살며

一棹避人世	속세를 피하려 배를 타고 와서
單居禪海涯	외롭게 해변에 머물러 있다네.
山高逢雨少	산이 높아 비 만날 일 드물고
波遠見天多	파도 멀어 하늘 보는 일 많네.
枕聞雲漢水	베게 머리엔 은하수 물소리 듣고
窻摘月宮花	창에선 달 속에 계수 꽃을 꺾을 듯하네.
不待仙槎至	신선 뗏목 오기를 기다리지 않고
超然倚大羅	초연히 하늘을 의지하고 있네.

123. 天將　　명나라 장수

時日本 自壬辰來冠　일본이 임진년에 침략하면서부터 명나라로 가는
欲通道于大明 天將　길을 트고 싶다고 하므로 중국 장수가 와서 막았으나
來禦 到戊戌未定 今七年　무술년까지도 평정하지 못했는데 지금 7년이 되었다.

天將下天壇　명나라 장수 천단에서 내려오니
天晴劍戟寒　맑은 하늘 아래 창칼이 싸늘하네.
雲收山聳翠　구름 걷히니 산에 푸름이 솟고
風定海流安　바람 멎으니 바닷물 잔잔하네.
獲訊孤魂泣　포로 신문하니 눈물로 흐느끼고
除殘萬姓歡　잔적 소탕하니 만백성 환호하네.
堯仁能一視　요 임금 인정으로 보살펴주시니
膏澤遍三韓　은택이 삼한 땅에 두루 내리네.

124. 逢夜不收　야불수를 만나다

卽天兵之來我國　이는 즉 우리 나라에 온 중국 병사로
守道路者　길을 지키는 자이다.

千里鬢生白　천리 타향에서 백발로 희어가니
幾年雲水濱　몇 해나 객지 생활 지내 왔던가.
片氷雙袖淚　양 소매 닦은 눈물 얼음 조각이니
殘夢故園春　고향 봄 동산 꿈에나 보게 되네.
四海亦王土　사해 안 어디도 임금님의 땅이라.
一天同此仁　천하의 인정(仁政)을 같이 함이네.
止戈知在武　전쟁 멈추는 지략 무(武)에 있는데
神聖豈虛嚬　신성한 왕께서 헛되이 찡그리랴.

125. 獨臥　　홀로 누워서

閑居耽獨樂	한가로이 지내며 독락(獨樂)을 탐하니
林外曠幽期	숲 너머 약속 뜸한지 오래되었지.
窗靜歸雲盡	고요한 창가에 구름 다 떠나고
沙明落照移	밝은 모래사장 석양빛 옮겼네.
性隨天色淡	성품은 하늘 빛 따라 담담하고
心與水聲遲	마음은 물소리 어울려 한적하네.
高枕羲皇上	베개 높이 누워 희황상인[198]이거니
安危莫問時	안락이냐 위험이냐 물을 필요 없다네.

126. 獨坐　　홀로 앉아서

泠泠入耳聲	시원한 물소리 귓가에 들어오니
隔窗春水生	창 너머 시내에 봄물이 터졌구나.
蘊眞山寂寞	참 뜻 쌓으니 산 속은 적막하고
耽道歲崢嶸	도(道) 탐하다 세월은 빨리도 갔네.
分定形骸逸	분수 정해지니 이 몸 편안하고
神凝志慮淸	정신이 모아진 생각도 맑다네.
遙看雲出岫	멀리 보니 구름은 뫼에서 솟아
來去任無情	오고 감이 무정에 맡기는구나.

---

198) 희황상인(羲皇上人) : 희황은 복희(伏羲)씨를 가리킴. 옛날 사람들은 복희
　　때의 사람들이 모두 염정(恬靜)하여 한적(閑適)한 사람들이었을 것이라고 생
　　각하였으므로, 은둔하여 사는 사람들이 자신을 희황상인이라 하였다.

127. 不吟   읊지 않으려고

每欲除吟咏	매양 시 읊지 않으려 했건만
終難自不吟	결국엔 읊지 않고 못 견디네.
題時徒信筆	시제를 내킨 대로 마구 쓰고
得處亦無心	잘 됐나 마음 써 보지 않았네.
天遠淸風至	먼 하늘에서 맑은 바람 불어오고
江空月色深	텅 빈 강에는 달빛도 밝구나.
此間多逸興	이 무렵에 흥취가 많아지니
樽酒莫頻斟	통술을 자주 기우리지 말게나.

128. 春曉   봄날 새벽에

寶鴨199)香猶在	향로에는 향기 아직 남았는데
金壺200)夜易闌	물시계 밤 시간 쉽게 가누나.
夢長塵事懶	꿈이 길어 세상일 게을러지고
簾閑曉雲閑	주렴 내리니 새벽 구름 한가하네.
聽草將尋藥	풀을 따라 약초 찾아다니다가
留僧更問山	머무른 스님께 다시 산을 묻네.
前湖春浪急	앞 호수에 봄 물결이 거세지니
無意把長竿	낚시 할 생각이 없어져 버렸네.

---

199) 보압(寶鴨) : 향로
200) 금호(金壺) : 물시계

129. 對月吟　달을 보며 읊다

雲歛千峯靜	구름 걷히자 봉우리 고요하고
江空夜氣淸	텅 빈 강에는 밤공기 시원하네.
孤懸惟一照	외로이 매달려 한결같이 비추고
悵望却多情	쓸쓸히 바라보니 다정도 하구나.
天上無圓缺	하늘에선 차거나 기울지 않건만
人間有晦明	인간에는 어둡고 밝음이 있구나.
寧從高樹隱	차라리 높은 나무따라 숨을망정
莫許衆星爭	많은 별들과 다투지 말지어다.

130. 溪上觀漁有感　시냇가에서 물고기 잡는 것을 보고 느낌이 있어

雲晴府可數	구름 걷히니 몇 마린지 셀만해
蒲短不藏身	부들이 짧아 몸 감추지 못하네.
避綱風生鬣	그물 피해 지느러미 바람 일고
跳波日映鱗	물 위로 뛰니 햇볕에 비늘 반짝여.
游梁誰問樂	통발에 노나니 누가 낙을 물으며
登級未通神	등급에 아직 통신을 못하였네.
東海今無釣	동해엔 지금 낚시꾼 없을 테니
相忘[201]萬里春	서로 잊으니 만리의 봄이로다.

---

201) 相忘 : 서로 잊는 것으로 (莊子, 大宗師) 泉涸 魚相與處於陸, 相呴以濕相濡 以沫, 不如相忘於江湖 좁은 곳에서 서로 다정하게 지내는 것이 넓은 강에서 서로 잊고 사는 것만 같지 못한 것을 말함.

131. 病中   병중에

潮生晝扉白   대낮 조수이니 사립문 밝아지고
潮退暮島靑   저녁에 조수 가니 섬들 푸르구나.
空林來遠籟   텅 빈 숲엔 멀리서 피리 소리 들려와
疎屋見寒星   초가집 지붕 위엔 차가운 별 보이네.
月過山分影   달은 산을 지나 그림자 나뉘고
天隨水作形   하늘도 물 따라서 모양 변하도다.
一床饒靜味   한 책상에 고요한 맛이 넉넉하니
經歲不遊庭   한해 지나도록 뜰에 놀지 않았네.

132. 閑中   한가한 가운데

無欲爲尊貴   욕심이 없으니 존귀하게 느껴지고
幽居是太平   숨어사는 것은 곧 이게 태평이어라.
筆因行氣落   붓끝은 기운 따라 종이에 쓰고
詩或寫閑成   시는 한가할 때 써야 이루어지네.
來去雲多事   오가는 저 구름 할 일도 많은 듯
盈虧月有情   차고 기우는 달에 정이 있노라.
超然眞契定   초연히 참다운 경지에 이르면
萬古此心明   만고에 이 마음이 밝아지리라.

133. 獨行　　홀로 걸으며

時豈有古今之殊　때가 어찌 고금이 다르겠는가하는 인심에
只人心有私 無私　사가 있느냐 없느냐에 따라 순박이냐
便有鈍朴巧僞　거짓이냐 차이가 있게 된다.

一鳥天邊去　새 한 마리 하늘가로 날아가니
高蹤何處尋　높은 자취 어디서 찾아야 할까.
夜行隨片月　밤에는 조각달을 따라 거닐고
朝夢對孤岑　아침 꿈에 외로운 봉우리 대하네.
有膜肝猶越[202]　막 있으면 간담도 호월(胡越)이고
無私古亦今　사심이 없으면 예나 지금 똑 같다네.
停筇時獨坐　지팡이 세워놓고 홀로 앉았을 때
流水是知音　흐르는 저 물이 이내 마음 알 것일세.

134. 次李白山樽韻　이백의 산준 시에 따라 짓다

走筆　내키는 대로 쓰다.

不琢淸貧合　다듬지 않으니 청빈이 몸에 맞고
無文富貴疏　꾸밈이 없으니 부귀와는 멀다네.
遠林花落後　저 멀리 숲 속에 꽃 떨어진 뒤에
相對細雨餘　가랑비 개이고 서로 마주 대했네.
乍酌枯腸潤　잠시 술을 마셔 마른 창자 적시고
高眠萬事虛　잠 속에 빠져 만사가 잊혀 졌네.
非君全素朴　그대처럼 완전한 소박함이 아니면
那得伴幽居　어떻게 짝지어 숨어 살 수 있겠나.

---

202) 막(膜)이 있으면 肝과 膽도 호월이다. 사물은 보기에 닮아도 보이고 다르게도
　　보인다는 비유. 유막간유월(有膜肝膽猶越) : 간담호월(肝膽胡越)의 준말.

135. 次李白愁鏡 이백의 수경운에 따라 짓다

歡笑紅顏側　홍안의 곁에서 즐겁게 웃었으나
悽悲白髮前　백발 앞에서는 처량하고 슬프구려.
學公無厚薄　공평함 배워서 후함 박함 없었으니
羞月不虧圓　기울거나 차지 않았으면 하였네.
寶匣藏何日　보갑에 감춘 지 며칠 되었으며
珠臺照幾年　주대에 비춘 지 몇 해 되었는가.
閉開非我念　닫고 열어봄이 내 생각 아니니.
姸醜任天然　곱고 추한 것　천연에 맡긴다네.

136. 幽居　　그윽한 거처

身老無相識　몸이 늙어가니 아는 사람 없어져
幽居絶世紛　숨어 사니 세상의 복잡 끊어졌네.
山花朝映日　산 속 꽃들 아침 햇살에 빛나고
池草夜生雲　연못 풀 위엔 밤 구름 생겨나네.
坐月看瑤篆203)　달 아래 앉아 예쁜 전서를 보니
迎風辨異芬　바람결에 특이한 향내가 다르네.
昏明非我力　어둡고 밝음 내 힘으로 안 되니
時事付朝曛　지금의 일일랑 조석에 맡긴다오.

203) 瑤篆 : 달에 얼룩진 것이 篆字 같은 것.

137. 出 林　숲을 나오며

倚杖海將夕	지팡이에 기대니 바다 어두워져
出林懷政沖	숲속에서 나오니 회포가 쓸쓸하네.
數峯片雨外	몇 몇 봉우리에 가랑비 지나갔고
一徑花影中	한 오솔길 꽃 그림자 중에 있네.
坐愛溪沈月	앉아서 개울에 잠긴 달 사랑하고
行隨鶴引風	학이 끄는 바람 따라 걷는다네.
乘槎餘宿念	뗏목 탔던 옛 생각이 남아있어
脈脈望晴空	말없이 맑은 하늘 바라보노라.

138. 閒居　한가롭게 살며

白髮荷衣204)老	백발 늙은이 은자의 옷 걸쳐 입고
雲棲鶴獨居	구름 속 깃들어 학처럼 홀로 사네.
善幾205)呈寂寞	선기는 고적한데서 들어나고
靈籟206)響空虛	글 읽는 소리 허공에 울려 퍼지네.
逸跡隣天放	은자는 자연을 이웃하는 것
澄源近太初	맑은 근원은 태초에 가깝구나.
晴窻無一事	밝은 창엔 일할 게 하나도 없어
長對伏羲書	언제나 복희씨를 마주하노라.

---

204) 荷衣 : 隱者의 옷을 말함.
205) 선기(善幾) : 선의 기미
206) 영뢰(靈籟) : 음악과 경(経)을 외우는 소리.

139. 夜坐偶題 밤에 앉아 우연히 쓰다

探深憂世道	깊이 탐구하니 세도가 걱정되나
錯道愛煙霞	도와 어긋나니 연하를 사랑하네.
一鶴無留跡	한 마리 학처럼 머문 흔적 없어
千峯不定家	일천 봉우리에 집을 짓지 못했네.
心懸天北極	마음은 북극 하늘에 달려있어
坐久月西斜	오래 앉았으니 달 서쪽으로 지네.
白露多情思	하얀 이슬 정다운 생각 많아서
流光濕夜花	흐르는 달빛은 밤꽃을 적시네.

謫熙川途中　　**희천으로 귀양가는 길에**
壬辰正月到熙川　　임진년정월평안북도 희천에 이르렀다.

隻影捐親愛	외로운 몸 부모님 사랑 버리고
雲山路幾千	구름 낀 산길로 몇 천리인가.
隨身唯白髮	내 몸 따르는 건 오직 백발뿐
識面但靑天	내 아는 얼굴 푸른 하늘뿐이네.
夜柝同南北	밤에 딱딱이 침은 남북이 같고
方言異後前	지방 사투리는 앞뒤가 다르구나.
傷心箕子國	기자 살던 나라에 상심인 것은
無跡問遺賢	유현을 찾을만한 흔적도 없구려.

- 위의 시는 155쪽의 _64. 謫熙川途中_ 시와 중복되었음

五言 排律 (5언 배율) *8

1. 贈兄子歸自漢北 한강북쪽에서 돌아 온 형의 아들에게 주다

旅食踰千里	객지 밥 먹으며 천리 길 넘게 와서
巖棲寄一城	바위에 깃들어 한 성에 붙여 사네.
憐渠頭盡雪	가련하다 그대 머리가 다 희어져
尋我跡浮萍	떠도는 내 자취를 찾아왔구나.
古國悲長鋏207)	고향생각 긴 칼자루 서글퍼지고
秋窓憶聚螢	가을 창 반딧불 모은것 생각나네.
沙虛鷺共宿	텅 빈 모래밭 백로와 함께 자고
江遠雨同行	강 멀리 비를 맞고 같이 다녔지.
白眠辭人世	냉대 당하여 속세를 떠났는데
黃花趁月明	국화는 밝은 달빛 아래 피었네.
琴藏絃久斷	거문고 갈무려 줄 끊겨 오래고
龍蟄劍孤鳴	용이 숨으니 칼은 외로이 운다.
境僻風霜苦	지경이 외지니 객지생활 어렵고
時危歲月驚	시절 위험해 세월 간 것 놀라네.
綸音求武士	윤음으로 무사를 구한다지만
天意薄書生	하늘은 서생에게 야박 하구나.
世外秦遺老	세상 밖에 떠도는 진나라 노인
人間漢客星208)	인간에선 한 나라 客星이란다.

---

207) 長鋏 : 처음에 풍환(馮驩)이 맹상군이 객(客)을 좋아한다는 말을 듣고 찾
아가 보았더니 전사(傳舍)애더 10일 간 두었다. 풍환이 칼을 두드리며 노래
를 부르기를 "장협아 돌아가자 밥상에 고기가 없구나"하자 행사(幸舍)로 옮
겨 주었는데 밥상에 고기가 있었다. 또 노래를 부르기를 "장협아 돌아가자
나갈 때 수레가 없구나."하니 대사(代舍)로 옮겨 주었는데 나갈 때 수레가
있었다고 한다.《史略》

208) 漢客星 : 엄광의 자는 자릉(子陵)이다. 젊어서 광무제(光武帝)와 같이 공
부하였다. 광무가 위하여 그가 묵고 있는 숙소롤 찾아가 같이 정사를 하자
고 권하였으나 듣지 않았다. 그날 저녁에 광무와 엄자릉이 함께 자는데 엄

- 195 -

相看天欲暮　서로 바라보니 날은 저물었고
風急醉還醒　바람 세차니 취했다 도로 깨네.

2. 送人秋戍　가을에 수자리로 떠나는 사람을 보내다

降虜傳蕃事　항복한 오랑캐 변방 일 전하니
君王更築壇　임금은 다시 단을 쌓고 계시네.
一心持漢節209)　일심으로 한 절의를 가졌건만
何路出秦關　어느 길로 진 나라 관문 나갈까.
草盡眠依雪　풀 다하면 눈 의지해 잠을 자고
氷輕戰在山　얼음 풀리니 산에서 전쟁하지.
月隨弓影遠　달은 활 그림자 따라 멀어지고
霜拂劍光寒　서리 내리는 칼 빛이 차갑구나.
獜閣210)功誰記　누가 충훈부에 공훈을 기록하랴
龍沙211)夢獨還　용사에서 외로이 꿈만 돌아왔네.
蛾眉212)空出塞　蛾眉가 부질없이 변방에 나가면
金幣未成歡　金幣로도 기쁨을 못 이루리라.

광이 광무의 배에다 다리를 얹었다. 이튿날 태사(太史)가 아뢰기를 "객성(客星)이 어좌(御座)를 급히 범하였습니다."하니 광무가 웃으면서 "짐의 친구인 엄자릉과 같이 잤었다."하였다. 通鑑光武紀》

209)漢節 : 한무제(漢武帝) 천한(天漢) 원년에 소무(蘇武)가 중랑장(中郎將)으로 절(節)을 가지고 흉노(匈奴)에게 사신을 갔었다. 선우(單于)가 억류해 놓고 항복을 받고자 하였으나 소무가 굽히지 않고 북해(北海)에서 한절(漢節)을 가지고 19년 동안 양을 치다가 시원(始元) 6년에 돌아왔는데 수염과 머리털이 모두 희어졌다.《後漢書本傳》

210)인각(獜閣=麟閣의誤記인듯?), 麟閣=충훈부(忠勳府) : 조선시대 충신의 훈공을 관장했던 관부.

211)龍沙 : 龍灣으로 의주를 말함. *金幣 : 돈과 비단

212)蛾眉 :〔詩, 衛風, 碩人〕蝤首蛾眉, 巧笑倩?, 美目盼?. 곧 德이 있는 사람을 말함.

3. 寓居病中　　우거에서 병이 나다

窮陰生獨樹	홀로 선 나무에 짙은 그늘 생기고
秋葉響空壇	가을 잎 지는 소리 빈 단에 울리네.
慕道稀開戶	道를 사모하니 문 열 일 드물고
眈閑只對山	한가함 탐하여 산 맛 마주 했네.
王風歸寂寞	왕도정치 적막한데 돌아갔으니
儒術轉艱難	선비의 법술 갈수록 어렵구려.
殘月隨潮落	새벽달은 조수 따라 떨어지고
孤雲傍鳥還	외로운 구름 새와 함께 돌아오네.
名藏213)吳市遠	이름 감춰 멀리 오나라에 살고
夢入楚江寒	초강으로 꿈이 드니 싸늘하구나.
一疾綠憂世	세상을 걱정하다 병 한번 걸리니
干戈鬢自斑	전쟁 속에 수염만 절로 희어가네.

4. 偶題　　우연히 짓다

望北猶馳檄	북쪽을 바라보면 격문만 전하고
來南亦點兵	남으로 와 봐도 군사 점검하네.
邊愁迷旅泊	변방 수심 속 나그네 길 아득한데
高貴媚升平	고귀한 이들 태평하다 아첨 떠네.
鄉路圖中近	고향 가는 길 지도에서 가깝고
羈懷夢裏輕	나그네 회포 꿈속처럼 가볍네.
丁徭搜寡婦	부역은 과부까지 찾아 시키고
戌籍到書生	병역은 서생까지 치르게 되네.
田廢連衰草	묵은 전답에 잡초만 우거지고
村虛但月明	텅텅 빈 마을에 달빛만 밝구나.
夜長人事少	밤은 길고 사람 하는 일 적은데
寒露滴蛩聲	찬이슬 귀뚜라미 소리 방울지네.

---

213) 名藏 :《史記范目佳傳》에 "오자서(吳子胥)가 배를 두드리고 피리를
불며 오나라 저자에서 빌어먹었다."하였는데 숨어서 산 것을 말함.

5. 聞趙憲倡義兵勤王 조헌이 의병을 일으켜 근왕
한다는 소식을 듣고

直道曾囚楚	바른 길 가다 귀양살이 했지만
先吾已着鞭	나보다 먼저 채찍을 들었구려.
堂中辭鶴髮	집안의 늙은 부모와 하직하고
腰下撫龍泉	허리춤에 용천검을 어루만졌네.
七縱214)卑黃白	제갈량의 전술 재물 천시하고
三驅215)慕聖賢	세 번 말을 몰아 성현 사모했네.
棄城誰畏首	성 버렸으니 누가 죽음 두려워
無位舊空拳	지위 없으나 주먹 쥐고 일어났네.
薙草傷非命	풀 베듯 죽은 사람 비명이 슬퍼
燎原216)痛始然	요원의 불길이 시작됨 아파했네.

綺羅啼暮雨	비단옷 입은 미인 저물녘 비에 울고
鵁鶄217)逐朝煙	까치들 아침 연기 쫓아다니네.
無勇知非孝	용맹이 없으면 효도가 아니라.
忘軀但誓天	자신을 잊고서 하늘에 맹세했네.

---

214) 七從 : 삼국때에 제갈량(諸葛亮)이 촉한(蜀漢)의 후방을 공고히 하고자 건흥(建興) 삼년에 남중(南中)을 평정하였다. 그때 맹획(孟獲)을 산채로 일곱 번 붙잡아 일곱 번을 놓아주니 맹획이 진심으로 항복하였다.《三國志蜀諸葛亮傳》

215) 三驅 : 탕(湯)이 하대(荷臺)에 나가다가 어떤 사람이 사면으로 그물을 쳐놓고 빌기를 "하늘에서 내려 온 놈이나 땅에서 솟은 놈이나 사방에서 온 놈은 모두 내 그물에 걸리거라"하고 말하는 것을 보고는 "아 다 되었구나."하였다. 이에 삼면의 그물을 재치고는 빌기를 "왼쪽으로 가고 싶으면 왼쪽으로 가 고 오른쪽으로 가고 싶으면 오른쪽으로 가되 내 명을 듣지 않은 놈은 내 그물 속으로 들어오라."하였다. 제후들이 이 말을 듣고는 "탕의 덕이 지극하여 짐승들에게 까지 미쳤다."고 하였다.《史略》

216) 燎原 : 들에 불이 타는 것. 곧 禍亂이 쉽사리 평정하기 어려운 비유.

217) 鵁鶄 : 후한 章帝 永寧元年에 條支國에서 상서로운 것을 바쳤는데 곧 鵁鶄으로 그 나라가 태평하면 鵁鶄이 모여 든다는 것.

豹韜今一試　　전술 이제 한번 시험해 보겠지만
龍袞昔頻牽　　용포 잡고 옛날에 여러 번 간했지.
正氣橫秋表　　바른 기운 가을의 표상 비끼었고
孤忠掛日邊　　외로운 충성은 태양같이 빛나네.
蜀山靑入眠　　촉산의 푸른빛 눈에 보이는데 袞
愁鬢雪分肩　　수심 어린 백발 어깨 위 흩날리네.

飮血悲中夜　　눈물 흘리며 한 밤중에 슬퍼하고
緘章哭幾年　　상소를 올리며 몇 해나 통곡했나.
投毫還帶甲　　붓대를 내던지고 갑옷을 걸치니
徒堗218)又焦顚　　굴뚝 옮기려다 이마까지 데었네.
花樹連三域　　봄의 꽃나무 삼한을 연이었고
鷄鳴達二千　　닭 울음은 이 천리나 사무치네.
琴歌成戰哭　　거문고 노래 戰場울음 되었는데
高貴愛金錢　　고귀한 분들은 금진만 아끼네.
請劍終何益　　장검을 청한들 무슨 도움 되랴.
沈湘219)只可憐　　상강에 침몰함이 가련할 뿐이로세.
中興誰作頌　　중흥한 송가를 그 누가 지을까
名映色絲220)傳　　그대 이름 아름답게 전해지리.

憲字汝式上章 觸諱　조헌의 자는 여식이다. 소를 올려 노여움을 받아
得罪者數矣 終至封　여러 번 죄를 얻었었다. 마침내는 소를 올리려고
章欲上 而擯不得納　하였으나 받아들이지 않고 물리쳐 버리게
　　　　　　　되었으므로 받아들여지지 않았다.

---

218) 徒堗 : 曲突徒薪으로 미리 예방하는 것. 漢書, 霍光伝에 나오는 말로 굴뚝
　　의 끝을 굽히고 나무를 굴뚝 멀리 옮기라 하였는데 그 말을 듣지 않고 결국
　　화재를 만난 것과 불을 끄는데 노력하는 것을 焦頭라고 한다.
219) 沈湘 : 초나라 굴원이 회왕(懷王)때에 삼려대부(三閭大夫)로 참소를 당하니
　　회왕이 노하여 그를 멀리 하였다. 양왕(襄王)이 즉위하자 다시 참소하여 강
　　빈으로 귀양 보냈다. 굴원이 이에 어부사(漁父辭)등 여러 편의 글을 지어 자
　　신의 뜻을 나타내고 5월5일에 돌을 품고 멱라수(汨羅水)에 빠져 죽었다.
220) 色絲 : 아름다운 말의 비유.

6. 無書　　　　책이 없어

玉笈曾連屋	옥 책 상자는 집집마다 있지만
丹書[221]未滿囊	단서는 주머니 차지도 않았네.
紗寒螢不照	사창이 차가워 공부하는 사람 없고
月落漏空長	달 지니 부질없이 밤만 길구나.
喜易編誰絶[222]	주역 즐기지만 가죽 끈 누가 끊지
栽芸葉自香	꽃나무 심으니 잎에 절로 향기 나네.
吾衰言莫記	내 몸 쇠약해져 글 기억 못하는데
世遠壁[223]無藏	성인시대 멀어져 벽서(壁書)도 없네.
挾[224]冊徒除禁	협서(挾書) 금한 법 공연히 없앴고
尊經[225]謾設床	존경각 부질없이 책상만 놓였네.
人文將寂寞	인문이 장차 적막하게 되리니
王業轉悲涼	왕업이 갈수록 슬프고 처량하리.

---

221) 丹書 : 武王이 尙父에게 묻기를 黃帝顓頊의 道가 있습니까? 하니 상부가 曰 丹書에 있습니다. 라고 한 것으로 옛 道를 쓴 책.

222) 編絶 : 《史記》에 "공자가 늦게야 「주역」을 좋아하여 가죽끈이 세 번이나 끊어졌다."고 한 것.

223) 壁書 : 한무제(漢武帝) 때 노공왕(魯恭王)이 공자의 옛 집을 철거하고 궁전을 확장하는데 장소에서 고문 《尙書》《禮記》《春秋》《論語》《孝経》《漢書藝文志》등 수십편이 나왔다.

224) 협서(挾書) : 진시황(秦始皇)이 반포하였던 장서를 금한 법령. 한혜제(漢惠帝) 4년에 협서율을 없앤다고 하였는데 주에 장안(張晏)이 말하기를 "진나라 법에 감히 장서하는 자는 일족을 멸한다."고 하였다. 고 한것.《漢書惠帝紀》

225) 尊経 : 尊経閣으로 현 圖書館을 말함.

7. 次又人見寄二十韻 以歎時事

벗이 보내준 20운을 따라 지어 시사를 탄식하다.

揮涕猗[226]虛出　　기린이 시대 잘못 타 눈물 뿌리고

傷心鳳不廻[227]　　봉황 돌아오지 않음을 상심하네.

猗蘭[228]琴裏秦　　의란조(猗蘭操)는 거문고 연주하고

紅杏日邊栽[229]　　빨간 살구나무 궁성 옆에 심어졌네.

漢塞[230]窺婚議　　한 나라 변방 것들 혼인하자 요구해

時海賊 要婚　　이때에 해적(日本)도 혼인을 요구했네.

周臺[231]斷子來　　주대를 쌓는데 백성은 오지 않고.

鳳門隣白骨　　궁궐 옆에는 백골이 나뒹굴고

玉戚寄黃埃　　무기 위에는 먼지만 쌓였구나.

險背山河美[232]　　앞뒤 험한 산하 아름답다 자랑했고

髀消[233]歲月催　　허벅지 말라 세월 빨리 감을 탄식했네.

---

226) 涕麟 : 춘추전국시대 노애공 14년에 서쪽으로 사냥을 나가 기린을 잡았다. 공자가 이 말을 듣고 말 하기를 "내 도(道)가 궁하게 되었구나"하고 획린가(獲麟歌)를 지었는데 그 가사에 "당우 시대에는 기린과 봉황이 놀았지만 지금은 그때가 아닌데 와서 무엇을 구하려는가? 기린이여 기린이여! 내 마음 걱정된다." 하였다.《春秋》

227) 鳳廻 :《論語》에 공자가 말하기를 "봉황이 오지 않고 하수에서 도(圖)가 나오지 않으니 내 그만이다."고 하였는데 주에 "봉황은 신령스러운 새로서 순 임금 때와 문왕때에 나왔으며 하도는 하수에서 용마가 도를 지고 복희씨 때에 나왔는데 모두가 성왕(聖王)의 상서이다."고 하였다.

228) 猗蘭操 : 공자가 衛나라에서 돌아와 난초를 눈자로 비유. 뭇풀하고 썩이어 있는 것을 탄식하여 탄곡조.

229) 紅杏日邊栽 : 일변은 王城을 말함.(高蟾,下第後上永崇高詩即詩) 天上碧挑和露種日邊紅杏倚雲栽.

230) 漢塞 : 한나라때 선우와 혼인한 것 곧 王昭君이 선우의 왕비로 간 것으로 여기서는 비유한 것.

231) 周臺 : 주나라 문왕이 대를 쌓을 때 온 국민이 아버지의 일에 자식이 오듯 몰려온 것.

232) 山河美 : 山河의 要害의 堅固한 것을 말함. (史記 吳起傳) 무후가 西河에 뱃놀이 하면서 山河의 견고함을 자랑하자 오기가 德에 있는 것이지 견고한데 있는 것이 아니라 王이 德을 쌓지 않으면 이 배 가운데 사람도 적이 된다는 것을 말한 것.

233) 髀消 : 蜀나라 劉備가 오랫동안 말을 타서 넓적다리에 살이 빠진 것을 탄식한 것 즉 공명을 이루지 못하고 세월만 흘러간 것.

有生知命234)矣　　태어 난지 이제 50세가 되었으니

無養莫傷哉　　　부모 돌아가신 것 탄식하지 말게나.

羽絶三旬舞235)　　문인의 춤은 삼순 동안 끊기었고

龍盤七縱才236)　　제갈량 뜻을 얻지 못해 은거하였네.

劍光237)曾射斗　　보검의 빛 일찍이 두우 쏘았는데

鈞業謾分台　　　정치는 부질없이 상태를 나누었네.

辭醉悲尋卜238)　　취하기 사양함은 점쟁이 찾는 것 슬퍼서고

爲仙笑問梅239)　　신선이 매화점 묻는 것 비웃으리라.

山芎240)多響答　　산궁은 효과가 많은 것인데

雲棧241)少追陪　　촉도 길에 모셔 쫓는 사람 드무네.

金鵲242)飛煙雨　　금까치는 안개낀 빗속에 날고

　　　　　　　　(대신들은 보슬비 사이로 도망가고)

龍孫243)散草萊　　왕자(龍孫)는 초야에 흩어졌구나.

---

234) 知命 : 50세를 말함. 공자가 50에 천명을 안다 라 한 것.

235) 羽舞 : 문인의 춤

236) 龍盤七縱才 : 호걸이 뜻을 얻지 못하여 은거하는 것. 제갈량이 孟獲을 일곱 번 잡았다가 일곱 번 놓아 주어 심복을 삼는 것.

237) 劍光 : 于將과 莫耶의 보검의 빛이 斗星과 牛星사이를 쏘는 것. (王閣序) 龍光射斗牛之墟 (注), 于將, 莫耶, 其龍文光彩直射斗牛二星之間.

238) 尋卜 : 살곳을 찾는 것. 屈原의 卜居편에 卜者에게 문답한 것으로 세상이 취함을 슬퍼하여 자기의 거처를 물은 것.

239) 問梅 : 梅仙이 南昌尉였으나 仙人이 되었다고 함. 처음에 벼슬을 치우고 집에 있었으나 王芬이 정치를 하자 처자를 버리고 九江에 갔는데 神仙이 되었다함.

240) 山芎 : 山窮의 오자 인 듯, 메아리를 미워하여 꾸짖으면 꾸짖을수록 메아리는 더욱 많은 것 卽 根本을 廢하고 末을 쫓는 것. (莊子, 天下) 是窮響以聲形與影競走也

241) 雲棧 : 높은 산의 다리로 당명황제가 안록산 난으로 蜀道에 갈 때 모시고 간 사람이 적었다는 것, 임란 때 임금을 모시고 피난 간 사람이 적었다는 비유.

242) 金鵲 : 大宮宰相官印을 말함. 搜神記에 張顥가 梁나라 宰相이였는데 까치가 날아간후 한 金印을 얻　었는데 忠孝侯印이라 써 있었다함.

243) 龍孫 : 사람의 아들을 지칭하나 여기서는 王子를 말한 듯.

每嫌銅有臭[244]	매양 돈 냄새를 싫어했으니
誰識慶無災[245]	경사 속 재앙 없음 누가 알았으리.

賊壘金人[246]側	적의 보루는 군왕의 곁에 와 있고
王畿鴨 水隈	임금은 압록강 한쪽에 머물렀네.
龜龍[247]停綵筆	거북과 용이 채색 빛 멈추었으니
圖繪[248]佇雲臺	초상화 운대에 그려지기 바라네.
保子生無澤	자식을 낳았으나 혜택이 없고
嬰鋒死可哀	젊어서 칼에 죽게 돼 가련하구나.
魂招盛起土	혼백 불러다가 무덤 지어 놓고
茅縮邈傾杯	무덤 위에다 막연히 잔 기울이네.
殘疾吾同愛	늙고 병들어도 한 결로 사랑하지만
高明[249]鬼所猜	고명한 사람은 귀신도 시기하노라.
唐虞何寂寞	요순의 착한 정치 어찌 적막하단가
宇宙獨徘徊	우주에서 혼자서 서성대고 있다오.
商嶺棋爲伴	상산에선 바둑으로 친구 삼았고
桃源錦作堆	무릉도원은 비단이 쌓여 있네.
那知秦火後	어떻게 알아 난리를 겪은 후에도
經籍又成灰	서적이 또 다시 잿더미가 될는지.

---

244) 銅臭 : 財貨로 官位를 얻은 것을 말함.
245) 慶無災 : 敬無災의 오기인 듯, 공경하면 재앙이 없다는 것 (左氏, 昭三)志曰, 能敬無災
246) 金人 : 진시황이 천하의 병기를 모아 金人 12개를 만들어 宮廷안에 羅列한 것으로 여기서는 군왕이 있는 곳을 말함.
247) 龜龍 : 王者의 아름다운 상서로움으로 여기서는 論功行實이 이루어 진 것을 말함.
248) 圖繪 : 그림을 그리는 것으로 공로자의 화상을 麒麟閣에 그려 놓는 것.
249) 高明 : 귀신은 항상 부귀의 집을 엿보며 겸손한 집에 복을 주는 것. (楊雄, 解嘲) 高明之家鬼闞其室 (注) 鬼害盈而福謙.

8. 見姜德輝書有感 강덕휘의 글을 보고 느낌이 있어
德輝時 爲海西元戎 강덕휘가 이때 해서의 대장이 되었다.

避死寧無歲　　죽음 피하느라 어찌 해가 없었으랴만
荷戈又近秋　　창을 매고 사는 동안 가을 또 왔구려.
南烽方報急　　남쪽 봉화가 급한 소식 알렸는데
北牒更傳憂　　북쪽의 편지에도 근심을 전하였네.
血滿忠臣袖　　충신의 옷깃엔 피가 가득 엉겼고
霜驚志士頭　　지사의 머리털은 어느덧 백발 됐네.
農桑千里絶　　농사와 양잠은 천리에 끊어지고
喪祭十年休　　상사와 제사 십년이나 쉬었네.
白骨無人問　　나뒹구는 백골을 묻는 이 없으니
靑山夜月愁　　청산에 뜬 달이 수심 짓고 있다네.
其魚徒抱恨　　고기밥 되겠구나 한하고 있을 뿐
誰是濟川舟　　그 누가 물 건너는 배가 될 손가.

七言 律詩 (7언 율시) *108.

1. 雨中 尋三角山中興寺　빗속에 삼각산 중흥사를 찾아

驚風急雨暗峯文	비바람 몰아치니 산봉우리 희미하고
石瀑飛珠滿洞門	폭포에 날린 물방울 골속에 가득하네.
淸磬響空歸鳥遠	풍경소리 울리자 돌아간 새 멀어지고
小磎穿木落霞分	숲 사이 흐르는 계곡 노을 흩어지네.
花深古塔紛無掃	고탑에 꽃 쌓여도 쓸어내지 않았고
僧閉松關靜不言	스님은 문을 닫고 고요히 말없구나.
客至相看翻有悔	객이 오자 처다보고 도리어 뉘우침은
寒驢踏破曉山雲	노새가 새벽 산 구름을 밟았다 해서.

2. 宿水鍾寺　　수종사에 묵으면서

斜陽橫篴入孤寺	석양에 피리 소리 외로운 절로 드는데
眼力無窮思渺然	끝없는 시야에 생각이 아득하구나.
軒倚龍門山上月	추녀에 기대니 용문산 달빛이 비추고
牖開斗尾水中煙	창을 여니 두 물머리 연기 속이로다.
雲含夜雨灑層砌	밤 구름 비 머금어 층계에 뿌려지고
風引晨鍾落九天	바람은 새벽 종소리 하늘가로 끌어가네.
兩道漁燈分小嶼	두 갈래 어선 등불 작은 섬으로 나뉘고
逆灘多少未歸船	여울에 돌아가지 않은 배 몇 척 있네.

3. 赤壁暮泛　　적벽에서 밤배를 띄우며

淸風吹送下灘船	여울 따라 가는 배에 청풍 불어 대니
一影浮空謝世牽	그림자 물속에 떠 속세 견제 마다하네.
山色淨無雲斷隔	산 빛은 깨끗하여 구름과 떨어지지 않고
天光遙與水相連	하늘빛은 저 멀리 물과 서로 연해있네.
壺中250)旣自藏明月	술병 속에 본디부터 밝은 달 들었는데
物外何煩羨挾仙	무엇하러 사물 밖에 신선을 사모하랴.
廻首塵寰今古態	속세의 고금모습 되돌아 보건데
觸蠻興廢夢依然	촉씨 만씨 그 흥망251) 이 꿈속에 의연하네.

4. 三月初舊痁愈　삼월 초 오랜 학질이 나았기로
####　　步出郊外　　교외로 보행하다

樂事今朝屬此身	오늘 아침 이 몸에 즐거운 일 있으니
沈痾初散又逢春	오랜 병은 사라지고 또한 봄이로다.
煙郊向暖二三月	이 삼 월 포근한 연기 낀 교외에
童子相携六七人	육칠 명 동자와 손을 잡고 나왔지.
花開誰道天多雨	꽃 폈는데 그 누가 비 많다고 했는가
酒熟何嫌我有賓	술 익어도 손 있으니 걱정할 것 없다네.
隨分醉眠芳草晚	양껏 취해 늦게까지 방초 속에 잠드니
任地香露滿衣巾	향긋한 이슬이 옷과 건에 가득하네.

---

250)壺中 : 호중은 술을 말한다. 호중물로 別有天地를 말함.
251)촉씨 만씨 그 흥망 :〈莊者則陽〉에 "달팽이 왼쪽 뿔에는 촉씨라는 나라가
　　있었고 오른쪽 뿔에는 만씨라는 나라가 있었다. 항상 서로 땅을 다투다가
　　전쟁을 벌였는데 수십만의 사상자를 내면서 밀치락 들치락 하다가 5일 만
　　에 비로소 돌아왔다"고 하였다.

5. 尋燕巖亭　　연암정을 찾아

紅蓼花殘掩竹扉	붉은 여귀 남은 꽃이 사립문을 가렸고
亂山深處一僧歸	첩첩 산 깊은 곳에 스님 한분 돌아가네.
危欄獨立愛秋色	높은 난간 혼자 서서 가을빛 완상하니
寒磬數聲來夕暉	몇 마디 풍경 소리 석양 속에 들려오네.
金柱影翻疎雨過	소나기 지나자 금빛 기둥 그림자 번뜩여
碧羅紋破白鷗飛	백구 날아가자 푸른 물결 출렁이네.
紛紛爭取無閑物	분분하게 쟁취하니 못쓸 물건 없는데
淸境何如有主稀	맑은 경치 어찌하여 주인이 드문가.

6. 遇題　　우연히 짓다

時東西分黨 禍結多年　이때에 동서로 당이 나뉘어 여러 해 동안 화를 빚었다.

甲第春無十日紅	부귀의 집도 봄은 십일을 붉지 못하니
朝能斷腸暮隨風	아침 화려하던 꽃 저녁 바람 따라지네.
綠珠252)樓下香難返	녹주 죽은 누각아래 향기 회복키 어렵고
黃犬門東253)恨不窮	황견 몰고 동문 나가려던 한 끝이 없도다.

---

252) 綠珠 : 綠珠는 晉나라 石崇의 愛妾의 이름.손수(孫秀)가 석숭(石崇)에게 애첩을 달라고 요구하였으나 거절하자 거짓 어명으로 부르니 綠珠가 樓下에 떨어져 죽었다.

253) 黃犬門東 : 진(秦)나라 승상 이사(李斯)가 조고(趙高)에게 모함을 당하여 반역죄로 허리를 잘리게 되었다. 형벌에 임하자 그의 아들에게 말하기를 "내 너와 같이 황견(黃犬)을 끌고 상채(上蔡)의 동문으로 나가 토끼를 잡고 싶지만 이제는 그렇게 할 수 없게 되었구나."고 하였다.《漢書李斯傳》

崔慶254)互爭移厚薄　최씨경씨 서로 다투니 깊은 정은 변하고
蕭朱255)交奪換雌雄　소씨주씨 서로 앗아 다툼으로 바뀌네.
誰知飲水蓬簷下　뉘 알리 초가집에 가난하게 살아도
一樂相傳萬古同　한 즐거움 전함이 만고에 같다는 걸.

7. 醉題　　　술에 취해 짓다

時有故人客少年誤身　이때에 옛날 친구인 나그네가 몸을 그르친 일이 있었다.

傷哉大爵從黃口　슬프구나! 큰 참새가 새끼 참새 돌보는데
張網何人逞宿心　그물 친 어떤 사람이 묵은 마음 풀려는가.
斗牛光收初剷256)寶　처음 깎은 보검(寶劍) 빛에 북두 견우 빛나고
峨洋257)聲斷更藏琴　아양곡이 소리 끊겨 다시 거문고를 감추었네.
花飛風外香逾遠　바람 타고 꽃 날리니 향기 더욱 멀어지고
月隱雲中望轉深　구름 속에 달 숨으니 갈수록 보고 싶네.
醉後高歌天宇闊　취한 뒤에 노래하니 하늘이 높고 넓어
一般豪氣屬山林　일반적인 호기는 산림에 어울리네.

---

254) 崔慶 :《左傳》에 경봉(慶封)이 말하기를 "최씨와 경씨는 한 집안과 같은
　　데 어떻게 감히 이렇게 할 수 있느냐"고 하였다.
255) 蕭朱 : 소육(蕭育)과 주박(朱搏)의 사이가 좋다는 것으로 당시에 소문이 났는
　　데 뒤에 두 사람이 틈이 나 끝까지 벗의 관계를 유지하지 못하였기 때문에 세상
　　에서 친구의 관계 유지가 어렵다고 하였다.《漢書》
256) 初剷 : 初吳가 멸하지 않았을 때 斗牛의 사이에 항상 계기가 있었으니
　　이는 보검의 정이 하늘까지 도달한 것을 말함.
257) 峨洋 : 伯牙가 거문고를 타고 峨峨兮若泰山이라하고 또 洋洋兮若江河라
　　한데서 峨洋이라 한 것으로, 거문고를 잘 탄 것을 종자기(鍾子期)가 알았는데
　　種子期가 죽자 거문고 줄을 끊고 타지 않은 고사.

8. 挽聽松先生　청송(成守琛) 선생의 만사

坡山深處掩雲扃　파주 산골 깊은 곳에 구름문 닫혔으니
化止于家歎獨成　가정에만 교화 그쳐 독성을 한탄했네.
霜菊一籬靖節趣　울타리의 국화는 도연명의 취미이고
石田三頃有莘258)耕　자갈 밭 세 이랑 유신들에 경작했네.
濂溪259)人去空春草　염계 같은 인물 가니 봄풀만 푸르고
安樂窩260)存自月明　안락와 남았는데 스스로 달만 밝네.
仁則榮爲傳子業　어짐은 영화롭게 자손에게 전한 업이라
德公261)徒擅不危名　덕공은 농사를 자손에 전해 이름났도다.

9. 挽金參判重晦丈　김 참판 중회(김계휘)장에 대한 만사

入對經筵 病暴卒　　경연에 들어갔다가 병이 나서 갑자기 죽었다.

手爭加額262)自連歸　연산으로 돌아오자 사람들은 기뻐하고
台望中年走卒知　중년에 높은 명망 하인들도 알았다네.
明月欲生雲易合　밝은 달 비추려면 구름 쉬이 가리우고
好花將發雨便遲　좋은 꽃 피려 하면 비가 더디 온다네.

---

258) 有莘 :《孟子》에 "이윤(伊尹)이 유신의 들에서 밭을 갈았다"하였는데 이윤
　　은 탕(湯) 임금의 신하이다.
259) 濂溪 : 송(宋)의 학자 주돈이(周敦頤)의 호
260) 安樂窩 : 송(宋)의 소옹(昭雍)이 스스로 안락선생이라 부르고 그의 집을
　　안락와 라고 불렀다.
261) 德公 :　龐公의 자(字)로 위태로운 벼슬을 하여 자손에 물려주기 보다는
　　편안한 농사를 자손에 물려 주겠다는 말.
262) 手爭加額 : 以手加額으로 사람들이 기뻐하는 모습

片言263)驚世珪成玷　　한 마디 말 세상 놀라 옥에 티가 되었지만
一節觀周264)鬢已絲　　공자 가어 일관(一貫)은 이미 백발 때였네.
問夜如何朝秦事　　　밤이 언제냐 묻고 아침에 아뢰었던
玉聲無復下丹墀265)　훌륭한 말 다시는 조정에서 못 듣겠네.

※ 1582년 구봉 49세에 지은 듯

10. 連夜夢見鳴谷　　밤마다 꿈에 명곡이 보임으로
　　因咏其人　　　　인하여 그 사람을 읊다.

鳴谷姓李 名山甫　　명곡이 성은 이씨이고 이름은 산보(山甫)이고 자는
字仲擧 位冢宰　　　증거(仲擧)인데 총재(冢宰)를 지냈다. 산보=이산해의 종제

連夜持衣淚散絲　　밤마다 옷 붙잡고 눈물을 흘리면서
分明辭說只傷時　　분명한 말 시국을 슬퍼함 뿐이었네.
人寧負我我無負　　사람들이 배신해도 나 아니 배신하고
我不疑人人豈疑　　내가 의심 안 하는데 사람들이 의심하랴.
信可托孤266)忠許死　신뢰는 어린 임금 보좌 충성 맹세 허락하여
憂逾推己食如飢　　자기를 미뤄 남을 근심 주려도 먹은 듯 했네.
愛民戀主平生事　　백성 사랑 임금 위함 그대 평생 일이었으니
敢記吾知候後知　　아는 대로 기록하여 뒷날 후인을 기다리네.

---

263) 片言 : 한 말로 사리를 판단하는 것. 忠信하고 明快하며 子路는 이에
　　 능하지만 양쪽의 의견을 듣지 않은 결함이 있는 것.
264) 一節觀周 : 一節은 공자의 道를 一貫하는 것. 觀周는 孔子家語를 말함.
265) 丹墀(遲) : 임금님 뜰, 곧 조정을 말함. 重晦 김계휘(1526~1582)=사계의
　　 부친. ※ 1584년(구봉51세)에 율곡제문 지음
266) 托孤 : 어린 임금을 보필할 수 있는 재주와 신의를 가진 사람

11. 晩許公澤慈氏　허공택의 어머니 만사

有子傳賢教自胎	어진 아들 받으려고 태교부터 시작하니
友于兄弟順于親	형제간에 우애하고 어버이에 순종했네.
以直廢官安義命	정직해 벼슬 버려 의와 천명에 안주하고
養心爲孝樂淸貧	마음 봉양 효도하며 청빈도 즐기셨네.
臨喪盡禮遵先訓	상에는 예를 다해 선대 교훈 따랐고
表行連章耀近隣	행실을 표창한 글 인근에 빛났다네.
十年晝哭267)那堪聽	십 년간 과부 생활 어찌 차마 듣겠는가
曾作陶家截髮268)賓	도가의 모친 머리 잘라 손님 접대했었네.

12. 內禁婦　내금의 아내

內禁戰死　내금의가 전사하다.

愁雪愁風謾寄衣	눈 바람 걱정되어 옷가지를 보냈는데
桃花紅減恨歸遲	복사꽃 지는데도 더디 오니 한이로세.
身初轉戰書猶到	전쟁터에 막 갔을 땐 편지도 왔지만
心在交河夢不移	교화에 마음 있어 꿈 항상 꾸었는데
抽箭269)招魂何日事	군복 놓고 혼 부른 것 어느 날이더냐
擲錢270)虛卜趁春期	동전 던져 점치니 봄에 온다 헛일일세.
將軍歌舞廻旗鼓	장군은 가무 속에 기고가 돌아 왔는데
馬記騧驪換主騎	임이 타던 검정말은 주인이 바뀌었네.

---

267) 晝哭 : 낮에 우는 것으로 穆伯이 죽자 그의 처 敬姜이 낮에 운 것, 곧 과부를 말함.
268) 截髮 : 머리를 자르는 것으로 도간(陶侃)의 어머니가 머리를 잘라 손님을 대접한 것.
269) 抽箭 : 箭抽로 활 쏘는 옷.
270) 擲錢 : 돈을 던져 占을 치는 것.

13. 閑中　　　　한가한 가운데

人世之亡物外存	세상에 없어진 것 사물 밖에 존재하니
存亡無識更何言	존망을 모르는 데 말할 게 뭐가 있지.
神遊古今常危坐	고금에 정신 놀아 언제나 꿇어앉고
志在乾坤不掃門271)	천지에 뜻이 있어 높은 사람 찾지 않네.
庭草綠連前夜雨	정원 풀은 간밤 비에 더더욱 푸르렀고
溪花紅漲去年痕	냇가 꽃은 지난 해 흔적 씻어 더욱 붉도다.
非求有得多求者	구하지 않아도 얻는 자 많이 얻는 자인데
堪笑紛紛以隷尊	우습게도 분분하게 자연에 예속되다니.

14. 客去後 獨坐書懷　객이 간 후 홀로 앉아 회포를 적다

物理同源無厚薄	사물 이치 한 근원이라 후박이 없는데
世情多徑有猜疑	세상인심 가지가지 시기하고 의심있네.
携琴遠望雲歸處	비파 들고 멀리 보니 구름 간 곳이요
枕石孤吟月出時	달 뜰 때 돌에 누워 외롭게 읊조리네.
邪說豈留君子耳	군자 귀에 사특한 말 남아있겠는가
閑愁難近達人眉	철인의 눈썹에는 수심 오기 어렵다네.
身安更覺茅齋大	일신이 편안하여 초가집도 크디크니
不獨仙宮刻漏遲	선궁의 물시계만 더디 감은 아니네.

---

271)掃門 : 문앞을 쓰는 것으로 사람을 찾아가는 것을 말함. 위발이 제나라 정
　　승 조참을 만나려 하였으나 가난함으로 통하지 않자 일찍 일어나 조참의 집
　　문 앞을 청소하니 사인이 기이하게 여겨 물음에 이야기하자 사인이 면회를
　　시켜준 것.

15. 答人 　　어떤 사람에게 답하다

殘夢悠悠不可尋　쇠잔한 꿈 유유하여 찾을 길이 없는데
楚凡成毀古猶今　영리함 평범 성패는 고금에 똑같다네.
落花流水渾無跡　지는 꽃 흐르는 물도 흔적 하나 없는데
秋月春風豈有心　가을 달 봄바람이 마음에 있겠는가.
萬里報讐272)如咫尺　만리 밖의 원수 갚기 지척처럼 여기고
一簞273)酬德費千金　밥 한 그릇 입은 은혜 천금 들여 갚겠네.
盈虛往復皆關數　차고 비고 가고 오고 모두가 운수소관
恩怨何人較淺深　은혜 원수 얕고 깊음 어느 누가 따지는고.

16. 偶題 　　우연히 짓다

不虧何用更求全　흠 없는데 무엇 하러 온전함을 찾겠는가
休向危中說此安　위태로움 향하여 편안함을 말 말게나.
富貴在天無一念　부귀는 천명이라 생각조차 안 가지고
屈伸由我任高眠　하건 말건 내게 있어 마음대로 잠을 자지.
月方生處携琴待　달빛이 비치는데 거문고 끼고 기다리고
花正開時把酒看　꽃망울 터질 때에 술잔 들고 바라보지.
誰問世間經濟事　그 누가 세상 경제사를 묻는단 말이냐
有莘耕叟274)未幡然　신 땅에 밭가는 노인 마음을 안 돌렸는데.

---

272) 報讐 : 張良이 만리 밖에서 싸우는 것을 앉아서 계산한 것.
273) 一簞 : 한신이 漂母에게 밥을 한 그릇 얻어먹고 후히 대접한 것.
274) 有莘耕叟 : 伊尹이 有莘의 들에서 밭을 갈다가 殷나라 賢相이 되다.

17. 靜中有感　　고요한 가운데 느낌이 있어

物情每歎賓爲主　　물정은 매양 객이 주인 됨을 탄식하는데
世態難堪假不歸　　세태는 딱히도 빌리고 돌려주지 않네.
固有命焉求豈得　　정해진 명 있는데 구한다고 되겠는가
莫非天也更何疑　　모두가 천명이라 의심할게 없다네.
値會意時常獨坐　　깨달음이 있을 때면 항상 혼자이고
到無形處只心知　　형태 없는 곳에 이름은 마음 안다오.
遠山自保天然色　　먼 산은 스스로 천연색을 지녔는데
鏡裏何嫌學畵眉　　거울 놓고 눈썹 화장 혐의할게 뭐있나.

18. 偶得寄牛溪　　우연히 지어 우계에게 부치다

萬物從來備一身　　만물은 본래 한 몸에 갖춰져 있으며
山家功業莫云貧　　산가에서 하는 일 가난하다 하지 마오.
經綸久斷塵間夢　　세상을 경영할 꿈 끊은지 오래되며
詩酒長留象外春　　시와 술로 세월 보내 세상 밖 몸일세.
氣有閉開猶異馬　　기에 개폐있다 해도 튼튼한 말과는 달라
理無深淺舜同人　　이치는 차이 없이 순 임금과 똑같다오.
祥雲疾雨皆由我　　상운이나 질우 모두 내게서 연유했으니
更覺天心下覆均　　하늘이 공평한 걸 다시금 깨달았네.

19. 靜中

고요한 가운데

看盡千山掩竹扉
靜中眞得老何疑
只爲分內當爲事
莫問人知與不知
天理洞觀無厚薄
世情休問有公私
白鷗與我相忘久
兩兩連羣立釣磯

온산을 다 보고 사립문 닫았는데
고요 속 얻은 참 늙은이 의심하랴.
내 분수에 맞는 일 하면 그만이니
사람들 알든 말든 따지지 않는다네.
천리를 알고 보면 후박이란 없으니
세상인심 공사가 있다 묻지를 말게나.
백구와 나는 서로 잊은 지 오래이니
쌍쌍이 무리지어 낚시터에 서 있노라.

20. 有思

생각이 있어

學古生今世莫親
杜門非爲病纏身
空洲漠漠起幽思
芳草萋萋愁遠人
樽酒莫辭連日醉
風花難住一年春
晚來琴弄猗蘭曲
栗里深憂不在貧

옛것 배워 현재 사니 세상 친한 이 없고
문 닫고 지냄은 병이 걸려서가 아닐세.
텅 빈 물가 아득한데 그윽한 생각뿐이요
방초는 무성하여 먼 곳 사람 시름 짓네.
술통 술에 연일 취함을 사양치 말게
꽃바람은 한해의 봄도 멈추지 못하네.
늦을 무렵 거문고로 의란조를 연주하니
율리의 깊은 근심 가난함에 있지 않네.

21. **懷人代其人作**　　그리운 사람을 대신하여 짓다.

相知者至 謂不至　서로 아는 사람이 와서 말하기를 오지 못함
而門下或被殺云　門下는 혹 피살되었다 함.

只可思之不可恃　　다만 생각은 하나 믿을 수는 없으니
近能相信遠相疑　　가까우면 믿어지나 멀면 의심하게 되네.
見天猶喜無違棄　　하늘 보면 어기고 버림 없어 오직 기쁘고
憑夢終難慰別離　　꿈에 의지해도 이별 위로 받기 어렵네.
隨水分流花易謝　　물 따라 갈라 흐르니 꽃 떨어지기 쉽고
連根同死草誰悲　　뿌리 이어 같이 죽은 풀을 누가 슬퍼하리.
孤心願托雲間月　　외로운 마음 구름 속의 달에 의탁하나
夜夜飛光到玉墀　　밤마다 나르는 빛이 궁중 뜰에 이른다네.

22. **愼疾**　　　　질병을 삼가며

用藥曾知似用兵　　약 쓰려면 일찍이 용병과 같음 알아야지
用兵終不致升平　　용병도 결국 평화로움에 이르지 못하네.
醫前自有方便地　　치료 전에 절로 방편의 여지 있을 것이나
病後那能善攝生275)　병난 후에 어찌 섭생만 잘 할 수 있으리오.
神未定時求寡欲　　정신이 안정되지 못할 때 욕심을 적게 하고
義歸通處却無情　　의리에 돌아가 통한 곳 문득 정이 없게 되네.
舟中敵國皆由我　　배 안이 적국 됨은 다 나에게 연유함이니
誰向邊胡更築城　　누가 변방의 오랑캐 향해 다시 성을 쌓을까.

---

275) 攝生 : 몸과 마음을 건강하게 해서 오래 살기를 꾀함.

23. 暮江獨坐　　　저물녘 강가에 홀로 앉아

憑高心事正茫茫　　높이 오르는 심사 바로 아득한 것은
塵世空悲雙鬢蒼　　속세에서 헛되이 늙어감이 슬퍼서네.
望眼欲窮暮帆遠　　끝없이 바라보니 저녁 배는 멀어지고
鳥飛不盡秋江長　　새가 다 날지 않은 가을 강이 길도다.
平沙煙氣沒孤島　　모래밭의 안개에 외로운 섬 잠기고
古寺鍾聲來夕陽　　옛 사찰의 종소리 석양에 들려오네.
吟罷悠然迷去路　　읊음을 그치니 갈 길이 혼미한데
黃花坐久衣生香　　국화 옆에 오래 앉으니 옷에 향기 나네.

24. 聞京報春曉獨坐　서울 소식 듣고 봄 새벽에 홀로 앉아

歸棹聲高江水急　　돌아가는 배 소리에 강물 급히 흐르니
登樓迢遞故園心　　다락에 올라 멀리 보니 고향 생각나네.
一春開物無先後　　봄날에 만물이 피어남은 선후가 없는데
百草生香有淺深　　풀에서 나는 향기 얕고 깊음이 있도다.
靑山盡出逢朝霽　　청산이 나타남을 비갠 아침에 만나고
白日孤昇解宿陰　　해가 외로이 올라 간밤 어둠 사라진다.
壯志欲窮滄海遠　　장한 뜻 펴려 창해 먼 곳 가보고 싶어
男兒何必費長吟　　남아가 하필이면 꼭 길게 읊기만 하랴.

25. 追記晩生多病　늦둥이로 병이 많았던 것을 추기하여
　　　以寄伯仲二兄　큰 형님과 둘째 형님께 부치다

有子雖同撫育恩　자식 두어 기른 은혜 다 같지만
吾親於我最辛勤　우리 부모 나에게 제일 애쓰셨네.
免懷當日先憂疾　품을 떠나는 날 병부터 걱정하고
問禮中年未畢婚　예를 묻던 중년에도 혼사 못 마쳤네.
詩廢蓼莪276)天罔極　망극한 슬픔 당해 육아편*을 안 읽었고
慕深霜露277)血成痕　상로에 사모함 깊어 피눈물이 흐르네.
平生風樹傷心處　평생 부모278) 모시지 못한 아픈 마음
鶴髮明時始學言　머리 하얘 져서야 비로소 깨달았네.

26. 偶吟　　　　　우연히 읊다

纖雲飛盡霽雷霆　솜털구름 흩어져 천둥번개 멎고 나니
依舊中天日月明　옛날처럼 중천에 해와 달이 밝구나.
言路再開周道狹　언로가 다시 열려 큰 길도 비좁고
國經重植泰山輕　나라에 기강 서니 태산도 가볍다네.
夕陽扶杖獨何事　석양에 막대 짚고 혼자서 왠일인가
回首望雲多遠情　머리 돌려 구름 보니 다정도 하구려.
千里狂章那困我　천리 밖 미친 상소 왜 나를 괴롭히나
聖心無滯若衡平　상감 마음 막힘없어 저울같이 공평한 걸.

---

276)蓼莪篇 : 시경(詩經) 소아(小雅)의 편명이다. 소서(小序)에 "이 시는 효자가 부모를 추도하여 지은 것이다"고 하였는데 후세에 이 편은 죽은 어버이를 추도하는 것으로 쓰고 있다.
277)霜露 : 가을에 서리 내리고, 봄에 이슬이 오면 부모 생각이 더욱 남을 말함.
278)平生風 : 《韓詩外傳》에 "나무는 고요히 있고 싶지만 바람이 그치지 않고, 자식이 봉양하고 싶지만 어버이가 계시지 않는다."는 말이 있는데 후세에 부모를 오래 모시지 못한 것을 비유로 사용하고 있다.

時聞趙汝式上疏觸
天威 施命不罪 又聞
趙汝式之疎 又甚於
張方平之救已

이 때에 듣자니 조여식(趙汝式)이 소를 올려 주상의
노여움을 샀는데 죄 주지 말라고 곧바로 명하였다고
하였다. 또 들으니 조여식의 상소에 나를 구원하기를
장방평(張方平)보다 더 심히 구제 하였다고 한다.

27. 日夕寄人 　석양에 어떤 사람에게 부치다

危樓寂寞倚斜暉　　적막한 높은 누에 석양이 걸렸는데
芳草連天靄所思　　방초가 끝없으니 그대 생각 절로 나네.
人斷小橋垂柳合　　인적 없는 작은 거리 수양버들 어울리고
眼窮孤堞暮鴉遲　　아득히 외론 성엔 저녁 까치 더디 가네.
懷君萬里此時恨　　만 리 밖 그대 생각 이때의 한스러움
長笛一聲何處吹　　어디선가 긴 피리 소리 들려 왔다네.
滿搯幽蘭無可贈　　난초를 가지고도 줄 만한 이 없으니
白頭惆悵少相知　　늙도록 아는 이 적어 슬프기만 하다네.

28. 客中 　객중에서

食披叢竹宿依霞　　대숲 뒤져 먹거리 찾고 안개 속에 잠자니
行計蕭然只一簑　　나그네 행장은 초라한 도롱이 하나라네.
山近鷄龍秋氣早　　계룡산 가까우니 가을 기운 일찍 들고
江連白馬夕陽多　　백마강 잇닿으니 석양빛 길게 드네.
路通南北君恩足　　남북으로 통한 길 임금 은혜 족하고
身歷艱危學力加　　고난을 겪은 몸은 학력 더 높아지네.
子在秦城兄在外　　아들은 진성에 형님은 외지에 있어
夢中歸去亦無家　　꿈속에 고향 가도 역시 집은 없다네.

29. 白馬江   백마강에서

百年文物總成丘	백 년간의 그 문물이 모두 다 폐허되니
歌舞煙沈杜宇愁	가무는 연기에 잠겨 두견새만 수심 짓네.
投馬有臺279)雲寂寂	조룡대는 옛과 같은데 구름이 적막 하고
落花無跡水悠悠	낙화암 궁녀 흔적 없이 강물 유유 하네.
孤舟白髮傷時淚	외론 배에 백발노인 상심 되서 우는데
一篴靑山故國秋	청산에 들려오는 피리소리 고국의 가을이네.
欲弔忠魂何處是	충혼을 달래려 한들 어느 곳에 있는지
今人長憶五湖遊280)	오호의 놀이 한없이 생각나게 하는구나.

30.31 次湖南按使韻   호남 안찰사의 시운에 따라 짓다
二首   2 수

醉裏光陰本不忙	취중에는 세월이 가는 줄을 모르는 지라
謫仙來伴賀知章	적선(李白)이 내려와 하지장과 놀았는데.
樽中明月知心少	술통 속 밝은 달에 마음 아는 이 적고
竹外淸風引興長	대숲 밖에 맑은 바람 흥취만 길게 끄네.
當戶晴峰看不厭	문 앞에 산봉우리 볼수록 싫지 않고
近床幽鳥坐相忘281)	상 곁에 앉은 새 서로 잊고 앉아있지.
披雲更臥松間石282)	구름 헤치고 솔 사이 돌에 누웠는데
露滴秋香入羽觴	가을 향기 이슬 되어 술잔에 떨어지네.

---

279)投馬臺 : 아마도 約龍臺를 말한 듯. 즉 소정방이 백마를 미끼로 하여
　　용을 낚았다는 고사.
280)五湖遊 : 조나라 范蠡가 功을 이루고 물러가서 五湖에서 놀았다.
281) 相忘 : 서로 일치되는 것. 物과 내가 일치되어 自由無碍한 心境을 말함.
　　즉 내가 넌지 네가 나인지를 구별할 수 없는 심정.
282) 松間石 : 松間石으로 평칙상 間字를 쓴 듯.

楚烽宵報借籌忙　봉화 알려오자 대책 자문 분망한데
文武才全稱錦章　문무 재주 겸했다 금장이라 칭찬했네.
氣壓東溟鯨浪息283)　기로 동해 제압하니 왜적의 침략 없고
化宣南極舜風284)長　남녘에 교화를 펴니 순풍이 길어지네.
寄專金鑰廷無事　방백에게 위임하니 조정에는 일이 없고
愛在民心澤不忘　사랑은 민심에 있어 은택을 잊지 않네.
訪隱有時兼載酒　은사 방문하려 때때로 술을 싣고 오니
太平春色滿瓊觴　태평한 봄빛이 술잔에 넘치도다.

32. 偶吟　　우연히 읊다

長提雲捲露初晞　뚝에 구름 걷혀 이슬 처음 마르고
溪水分流小柳垂　냇물 갈린 곳에 버들이 늘어졌네.
行見好花無意賞　좋은 꽃이 보이지만 감상할 뜻 없는데
偶逢樵者不因期　기약은 아닌데 우연히 나무꾼을 만났지.
由來心上營爲息　본디부터 마음속에 경영의 뜻 식었지만
更覺山中日月遲　다시금 산중 세월 더디다는 걸 깨달겠네.
親舊風塵多佩綬　친구들 풍진 속에 벼슬살이 많이 하나
浮名贏得鬢邊絲　귀밑머리 하얗도록 헛이름이 많이 났지.

---

283) 鯨浪息 : 거센 파도가 쉬었다는 것은 왜적의 침략이 없는 태평시대를 말함.
284) 舜風 : 순 임금시대의 어진 정사의 풍화.

33. 訪故人勸開閣　친구를 방문하여 벼슬에 나아가라고 권하다

靑山過盡又靑山	청산을 지나도 청산이 또 있는데
長路高懸落照間	긴 길이 높직이 석양에 매달렸네.
未死相尋眞有意	죽기 전에 찾는 것 참 뜻 있으니
不迷能復莫云難	미혹 않고 돌아옴 어렵다 하지마오.
秦兵欲起宜堅壁	진병 일어나려하니 성벽 잘 지키고
湯沐285)維新更戒盤	탕 임금 목욕하고 반에 다시 경계했네.
君子所期須正國	군자가 기대한 건 치국하는 일인데
白頭山下失平安	백두산 아래에 평온함을 잃고 있네.

34. 見京報 題贈沙翁　서울 소식을 듣고 시를 써서 사옹에게주다

心欲安來身不安	마음은 편하려도 몸이 편치 않고
生今慕古事多艱	옛 도(道)를 사모하니 어려움이 많네.
鳳凰肯顧鴟鳶嚇	봉황은 성나 우는 독수리 안 돌아보고
松柏難爲桃李顔	송백은 복숭아와 오얏 모습되기 어렵네.
晝臥淸風林下石	낮에는 바람 부는 숲 밑의 돌에 눕고
夜吟明月雪中山	밤에는 달 밝은 눈 덮친 산을 읊조리지.
十年蹤跡煙霞外	십 년간 노을 밖에 떠도는 자취인데
笑許浮名滿世間	우습게도 헛이름이 세상에 가득 하네.

---

285) 湯沐 : 탕 임금이 목욕한 반에 "날로 새롭고 또 나날이 새롭게 하라"는 것을 새겼음. 은나라 탕 임금은 사냥에서 짐승을 몰 때 세 군데에는 모두 그물을 치지 않고 한군데만 그물을 쳐서 짐승들이 도망 갈 수 있게 하였다고 한다.

35. 謝贈主人　　사례로 주인에게 지어주다

爭開新釀慰吾衰	앞 다투어 술 내놓고 나의 노쇠 위로 하니
到處逢人若舊知	이르는 곳마다 만난 사람 옛 친구 같구나.
一世有名難避跡	일세에 이름나니 자취 숨기기 어려운데
百年無伴獨吟詩	백 년 신세 짝이 없어 혼자서 시를 읊네.
雨收殘角286)投江島	빗줄기 각성의 빛을 거두어 강섬에 뿌리고
風引餘霞落酒危	바람은 남은 노을 이끌어 술잔에 떨군다네.
有月何須愁日暮	달 있는데 날 저문 걸 걱정할 게 뭐가 있나
坐苔隨意告歸遲	마음대로 이끼 돌에 앉아 작별하기 늦었구려.

36. 送松江朝天　　명나라에 사신으로 가는 송강(鄭澈)을 전송하며
責我不出 詩以贈之　　나보고 세상에 나오지 않는다고 책망하기에 시를 지어 주다

紛紛名實混眞僞	분분한 명과 실이 참과 거짓 혼동하여
妾婦爭誇大丈夫	아녀자들 앞 다퉈 대장부라 뽐낸다네.
花柳友廻行樂日	화류계에는 다시 행락 철을 맞았는데
山河空鎖霸王圖	산하는 부질없이 패왕 계획 막았구나.
無求飮啄爲仙藥	먹을 것 안 찾는 게 신선의 약이고
不出門庭是坦途	문 밖에 안 나서니 이게 탄탄한길이네.
臨別勗君安義命	작별 임해 의리 천명 따를 것 부탁하니
莫將時事較錙銖	시사에 대해 사소하게 따지지 말아다오.

---

286) 角 : 별 이름, 비가 오면 별 빛이 보이지 않음.

37. 歸光山途中　광산으로 돌아가는 도중에

辛卯春有紛擾之禍　신묘년 봄에 소란의 화가 있어서
又適湖南　또 호남으로 가다. (1591년 58세)

梅花消息阻秦關　매화 소식 진관에서 막혔는데
雨濕行裝旅夢寒　행장은 비에 젖어 나그네 꿈 차갑다네.
今日餘生歸白首　오늘날 남은 생은 백수로 돌아가고
昔年爲客記青山　옛날에 나그네는 청산이 기억나네.
一天之下皆安宅　하늘 아래가 모두 편안한 집이기에
萬事無心是最閑　세상만사 무심하니 더없이 한가해.
人或勝時時或勝　때로는 사람이 시대 이기고 시대가 사람을 이기니
先師虛老路歧間　선사는 헛되이 기로에서 늙었구려.

38. 有懷　회포가 있어

帶方山下廣寒殿　대방산 아래에 광한전이 있는데
每欲登臨宿計違　늘 오르고 싶었지만 계획이 어긋났네.
今日楚囚吟老溢　오늘날 갇힌 신세 늙음을 한탄하고
一春仙夢隔煙霏　봄 한철 신선 꿈은 안개에 막히었네.
銀橋近上星辰大　은하수 오작교 위에 있어 별들 커 보이고
桂檻浮空海獄微　둥근 달 허공에 뜨니 바다 산이 작도다.
無地人間堪着足　인간에는 발붙일 곳 하나도 없으니
願騎孤鶴脫塵鞿　학을 타고 속세를 벗어나고 싶구나.

※ 첫구에 문제가 발생 편집이 불가함.

39. 秋日 憶兄弟　가을에 형제를 그리워하며

無家何處尋生死	집 없는데 어디서 생사를 찾을 수 있나
仁覆恩深亦一天	부모님의 은혜와 사랑 똑같이 받았다오.
南菊再開人臥病	남쪽 국화 두 번 피자 병상에 누웠는데
北鴻三返信難傳	기러기 세 번 와도 소식 전하기 어렵네.
魂隨亂葉流江外	정신은 낙엽 따라 강 너머로 흘러가고
夢逐歸雲落月邊	꿈속엔 구름 쫓아 달 가로 떨어졌네.
霜露變遷香火斷	계절 바뀌어도 향화 끊어져 제사 못 지내니
白頭孤恨到幽泉	백발의 외로운 한이 지하 부모에 이르노라.

40. 偶題　우연히 쓰다

家國分爲二物看	가정과 나라를 구분 두 가지로 본다면
國危誰信保家難	나라 위태로 집 보존이 어려 운걸 누가 믿으랴.
尋魚沙鳥非尋水	모래 새는 고기 찾지 물 찾는 건 아니고
戀草村羊不戀山	마을 염소 풀을 찾지 산이 좋음 아니라네.
仙界紅桃春浩浩	선계에는 붉은 도화 봄철 만나 질펀하고
霽天明月海漫漫	갠 하늘 밝은 달에 바다는 광활하구나.
與人同樂吾無計	사람과 같이 즐길 계획이 없는지라
一棹淸風萬古閑	청풍 속에 노를 저으니 만고에 한가롭네.

41. 春睡客還歸　　봄날 꿈속에 나그네 왔다가다

瑤琴爲枕蝶飛飛	거문고를 베고 눕자 나비 훨훨 날고
吟罷雲謠[287]半醉時	운요를 읊고 나자 반이나 취했다네.
煙柳碧濃風不轉	바람이 가라앉으니 버들이 짙푸르고
池荷紅濕雨無絲	비 오지 않는데도 못에 연꽃 붉게 젖었네.
鶴歸霄漢開門久	학이 하늘로 돌아가게 문을 연지 오래고
夢入蓬萊渡海遲	꿈에 봉래산 들어가니 바다 더디 건넜다네.
偶趁溪流來又去	우연히 냇물 따라 왔다가는 또 가니
相忘何用兩相知	서로가 잊었는데 알 필요가 뭐가 있나.

42. 山居避暑　　산에 살며 더위를 피하다

蓬下低禽訝九霄	쑥대 밑 사는 새들 하늘 보고 놀라
冷然[288]風御樂逍遙	서늘한 바람 타고 경쾌하게 노니네.
閑中眞趣人誰識	한가로운 참맛을 그 누가 알겠는가
雲外遊仙世莫招	구름 밖 노는 신선 세상에선 못 부르지.
巖泉一道常飛雪	바위틈 샘 한 줄기 항상 눈 날리고
脩竹千竿不受敲	천 그루 긴 대는 지팡이 안 된다네.
病甚夏畦多少子	들에서 고생하는 몇 명의 농부들은
熱如焦火競錐刀	타는 듯이 뜨거운데 낫 들고 일하네.

---

287) 雲謠 : 신선의 노래.
288) 冷然 : 경쾌한 모습(莊子, 逍遙遊). 列子는 "바람을 몰아 경쾌하게
　　 다닌다" 라 한 것.

43. 秋夜風雨 次人　비바람 치는 가을밤 남의 시에 차운하다

紛紛成毁寄南柯[289]　분분한 성훼 시비 남가일몽에 부치니
枕外秋聲夜更多　베개 너머 가을 소리 밤에 더 많도다.
楚澤[290]覉人懷舊宇　초택의 나그네는 옛집 그리워했고
漆園[291]歸計負無何　칠원으로 돌아갈 맘 저버림이 없다네.
風摧秀色傷孤柏　잣나무 수려한 빛 바람이 상처내고
雨浥餘香惜晚荷　늦 연꽃 남은 향기 비 젖어 애석하네.
偶語非爲明世禁　우연히 뱉은 말 성세(聖世)엔 안 걸리나
隔門傳意費沈哦　문 너머 전한 뜻에 깊은 생각 하였다네.

44. 客裏偶題　　객지에서 우연히 짓다

大雅[292]微茫竟不陳　대아가 아득하여 베풀지를 못 하는데
回看東土又荊榛　동방을 돌아보니 가시덩굴 또 덮였네.
鷄鳴狗吠三千里　닭 울음 개 소리 이어지는 삼천리강토에
把酒吟詩二百年　술잔 들고 시 읊은 지 이백 년이 되었네.
蘭佩黃昏悲改路　황혼에 난초 차고 길 바꾼 것 슬퍼하고
桃源明月歎迷津　도원의 달 밝지만 나루 몰라 탄식하네.
秋風白髮曾無約　가을바람 백발은 약속한 적 없는데
何事相尋萬里天　무슨 일로 수만리 하늘가에 찾아왔나.

---

289) 南柯 : 南柯一夢으로 한 때의 헛된 부귀를 말함.
290) 楚澤 : 楚國의 治澤으로 屈原이 楚澤에서 어부사를 읊음을 말함.
291) 漆園 : 莊子가 漆園史가 되었으나 후에 여러 번 부름을 받아도
　　　나아가지 아니하였다.
292) 大雅 : 文王의 天命을 받아 武王이 天下를 정하여 德을 이루니
　　　大雅에서 처음 되었다는 것.

45. 夢見亡友　　　꿈속에 죽은 벗을 보다

初如明月隔輕煙　　처음에는 밝은 달에 안개 낀 것 같더니
言笑開來漸沛然　　웃음 띠고 말문 열자 점차로 성대했네.
沖淡精神雲外鶴　　해맑은 정신은 구름 밖에 학 같았고
從容光彩水中蓮　　차분한 그 모습 물 가운데 연 같았네.
風霜歲暮偏侵竹　　세모에 서릿바람 대숲에만 침공하니
成毀人間不到仙　　인간세계 성패가 선계에는 안 온다네.
憂道十年頭共白　　십년동안 도학 걱정 머리 함께 희었는데
歎將深契付閑眠　　한스럽게 깊은 정분 잠 속에다 부쳤네.

46. 憶松江　　　송강을 생각하며

東山春晚留民望　　동산에 봄이 늦자 백성이 기다리고
楚澤秋深怨獨行　　초택에 가을 깊어 혼자 간 걸 원망하네.
楊子[293]返金神鬼識　　양진의 돈 돌려준 일 귀신이 안다 했고
萊公[294]升殿縉紳驚　　내공처럼 전상 오르니 관료들 놀랬다네.
凌霜孤節靑松立　　서리 능가하는 절개 솔처럼 우뚝 섰고
憂國孤忠白日明　　나라 걱정 외로운 충성 태양처럼 밝았다네.
三黜[295]高名傳萬古　　세 번 쫓긴 명예 만고에 이름 남기리니
百年榮寵一毫輕　　백 년의 영화 총애 털끝처럼 가볍다네.

---

293) 楊子 : 후한(後漢)의 사람인데 이름은 진이다. 형주자사(荊州刺史)로 갈
　　때 왕밀(王密)이 금 열근을 가지고 밤에 찾아와 양진에게 주자 양진이 받지
　　않았다. 왕밀이 말하기를 "밤이라 본 사람이 없다"고 하니 양진이 말하기를
　　"하늘이 알고, 귀신이 알고, 내가 알고, 그대가 아는데 어찌하여 아는 이가
　　없　다고 하는가" 하자 왕밀이 부끄러워서 그냥 돌아갔다.
294) 萊公 : 구준(寇準)인데 송(宋)의 하규(下邽)사람이다. 일찌기 대궐에서 사
　　건에 대해 아뢰는데 태종(太　宗)이 노하여 일어나자 구준이 태종의 옷을
　　붙잡고 도로 앉게 한 다음 사건이 결말나자 물러나갔다. 태종이 가상히 여
　　겨 위징(魏徵)에게 비교하였다. 개국공에 봉해졌다.
295) 三黜 : 유화혜가 세 번 쫓겨난 일, 전註 참조

47. 懷人　　　　어떤 사람을 그리워하며

獨鶴忍飢焉啄粟	고독한 학 굶을망정 어찌 좁쌀 먹겠는가
高松雖折不憂霜	높은 솔은 꺾이어도 서리 따윈 걱정 않지.
思君淚盡千山遠	임금 생각 눈물 다해 일천 산 멀리 있고
報國心懸一夢長	보국 마음 간절해 한 꿈이 길고 기네.
月下如聞傳玉漏	달밑에선 옥루 소리 들리는 듯 하고
風廻時記送天香	바람이 불 때마다 하늘 향기 생각나네.
蒼生有問知前席296)	창생이 물으면 전석하게 될 것 아는데
司馬何年返洛陽	사마처럼 떠돌다 어느 해 서울로 오려나.

48. 酬醉翁　　　　취옹에게 응답하다
時醉翁不赴 召命　　　이때에 취옹이 부름을 받고도 나가지 않았다.

醉挑天上玉欄空	선도취한 하늘위의 옥난간 텅 비더니
下謫爲仙隱酒中	지상에 귀양온 신선이 술에 빠졌다네.
日日携壺芳草路	날마다 방초 길에 술병 들고 노닐고
家家椎枕落花風	집집마다 베개 비고 꽃바람에 누웠네.
歸能騎馬翁猶健	돌아가는 말 탈 만큼 늙은이 건장한데
(一作)雲深北極魂猶去	(한편으로)깊은 구름 북극으로 혼은 오히려 가고 있네.
月在西山夜未終	서산에 달 있으니 밤 아직 안 새었네.
樽裏四時春一色	술동이 속에는 사철 내내 봄빛인데
鶴書297)來往謾忽忽	조정에서 부름만 부질없이 바쁘게 오가네.

---

296) 前席 : 상대방의 이야기를 듣고자 자기도 모르게 앞으로 다가가는 것.《漢書賈生傳》
　　에 "상이 귀신의 일에 느끼어 귀신의 근본에 대해 묻자 가생이 그 이치를 모두 말하였
　　는데 밤중에 이르자 문제(文帝)가 가생의 앞으로 다가 앉았다."
297) 鶴書 : 조정에서 부름을 말함

49.50. 偶題　　　우연히 짓다
二首　　　2수

鳳不司晨獜不駕[298]	봉황 새벽에 안울고 기린 탈 수 없는데
閑忙殊道有相宜	한과 망 길 다르나 인정은 서로 맞아.
一林笑傲傳歸我	숲속에 은거한 소식 나에게 전했으니
四海安危竟在誰	사해의 안위는 누구에게 맡기려나.
偏向靜中看彼動	고요한 가운데 저들의 움직임 살펴보고
更於無處笑他爲	다시없는 곳에 그들이 하는 짓을 웃노라.
人間旣占頤神地	인간세상에서 마음 수양할 곳 얻었는데
物外何煩採玉芝	세상 밖에서 번거롭게 지초를 캐겠는가.

爲人爲幸作男兒	사람으로 태어나 남자된 것 다행도 한데
又識天人理不迷	하늘과 사람을 또 알아 이치에 안 어둡네.
有樂旣觀舒卷義	즐거움은 이미 펴보고 거두는 뜻 살폈고
無心休問古今時	고금에 대한 물음에 마음 쓰지 않노라.
綠樹日高千疊影	나무 위로 해 오르자 그림자 가지 생기고
黃鸝山靜百般啼	산 속 고요해 꾀꼬리 어지럽게 울어대네.
窓中睡起窓前坐	창안에서 잠이 깨어 창 앞에 가 앉으니
未信塵寰有路歧	속세에 갈림길 있음 믿어지지 않는구려.

---

298) 봉황이, 끌까 : 봉황은 닭의 종류이나 새벽에 울지 않으며, 기린은 말의 종류
　　이나 수레는 끌지 않는다.

51. 詠採蓮　　　연을 캐며 읊다

開能共蔕折[299]能連	필 때는 한 꼭지나 꺾여도 이어나니
兒女多情盡日牽	아낙들 다정히도 하루 내내 뽑는구나.
珠映明眸雙的皪	꽃망울은 두 눈에 산뜻하게 비추고
花藏紅頰渾嬋娟	꽃잎 속에 붉은 볼은 온통 곱디곱네.
香分船路羞尋跡	향기 뱃길마다 가득 자취 찾아 수줍고
刺着膚痕笑有(缺)	가시는 살갗 찔러 흔적 ( ) 우습구나.
誰識低頭金不顧[300]	머리 숙이고 금 받지 않은 것 뉘 알리
採桑高節玉逾堅	뽕잎 따는 높은 절개 옥보다 더 굳다네.

52. 對博山香[301]火有感　박산에 피운 향불을 보고 느낌이 있어

坐對寒窻靜不言	차거운 창가에 마주앉아 고요히 말 없는데
隔簾秋葉落紛紛	주렴 밖에 가을 낙엽 우수수 떨어지네.
四環波向三峯合	사방으로 도는 물결 삼봉 향해 합해지고
雙縷煙從一體分	두 줄기 가는 연기 한 몸에서 나뉘었네.
爐到成塵心獨苦	다 타 버려 재가 되니 마음만 괴로운데
香猶留蔕氣能熏	향기 꼭지에 남아 있어 아직도 훈훈하네.
片時相煖終難保	잠시 동안 따뜻하나 결국 보존키 어려워
長夜辛勤謾自焚	긴 밤 내내 부질없이 향불만 피워댔네.

---

299) 折 : 굽히다. 끊다.(廣韻) 折, 斷而猶也라 했으니 끊어도 연한다는 뜻.

300) 金不顧 : 노나라 추호(秋胡)가 진(陳)에서 5년 동안 벼슬을 하고 돌아오다 뽕잎을 따는 미인을 보고는 수레에서 내렸다. 그 미인에게 가서 말하기를 "나에게 금이 있는데 부인에게 주고 싶소"하니 부인이 거절하며 "오늘같이 모욕을 당함이 없다"한 고사.

301) 博山香 : 향로를 바다 가운데의 박산의 모양을 본 떠 만든 향로로 밑에 반에는 물을 저장하여 윤택한 기운으로 향기를 발하게 하여 바다가 사면으로 돌은 것을 보고 본 떠 만든 것.

53. 客裏逢秋　　객지에서 가을을 만나다

時日本通信使回　이때에 일본의 통신사가 왔는데
顚有可憂之端　　자못 근심스러운 조짐이 있었다.

曾驚胡收過臨洮302)　일찍이 되놈이 임조에 들어와 놀랐는데
日下舟廻歎轉驕　일본사신 배 돌아와 교만해짐 탄식하네.
春燕歸林傷古語　봄 제비는 숲에 와서 옛 말이 상심되고
秋鴻無信怨新騷　가을 기러기 소식없어 새 근심 원망하네.
南來地盡滄溟闊　남쪽 끝에 다다르자 창해는 넓디넓고
北望天長故國遙　북쪽 하늘 바라보니 고국은 멀고머네.
一箭在腰猶未發　허리에 찬 화살 하나 아직도 안 썼는데
時人誰識魯連高　이때 그 누가 魯仲連303)의 높은 뜻 알았으랴.

54. 累在秋府　　추부(형조)에 갇혀 있으면서

年逾四十心初定　나이 사십 넘어 마음이 안정되었으니
素位猶存死亦安　직분에 맞게 행한다면 죽어도 편안하지.
義奧羲經論未易　주역처럼 깊은 의리 논하기 쉽지 않지만
仁深湯綱304)解何難　인이 깊은 탕湯망網은 이해 어찌 어려우랴.
一生身服古人禮　한 평생 고인의 예를 익히어 왔지마는
三日305)頭無君子冠　삼일 동안 머리에 군자의 관 쓰지 못했네.

---

302) 臨洮 : 甘肅省에서 黃河로 내리는 물 이름.
303) 魯仲連(노중연) : 《通感》에 위 왕이 장군 신원연(新垣衍)으로 하여금 조왕을 달래어 함께 진을 높여 황제로 삼아 그의 군대가 오지 않게 하자고 하였다. 노중연이 이 말을 듣고 신원연에게 가 말하기를 "진은 예의를 버리고 목을 많이 벤 자만 숭상하는 나라이다. 그가 방자하게 황제의 노릇을 하면 나는 동해를 밟고 죽을지언정 그의 백성은 되고 싶지 않다"고 한 고사.
304) 湯綱 : 탕 임금의 그물이라는 뜻
305) 三日 : 3일간 君子冠을 못 썼다는 것은 3일간 형조에 갇힌 것을 말함.

落盡春花山下宅　　봄 꽃이 다 저버린 산 아래 집에서
曉天歸夢水雲間　　동이 틀 무렵에야 수운 간에 꿈 들었네.

閱世身登百尺竿　　세상을 살다보니 백 척 간두 올랐지만
目觀尖物已能安　　뾰족한 물건보고 편안히 여기셨네.
明夷306)隨處稱停熟　　현명함으로 곳에 따라 익숙히 대처하니
義理何言運用難　　의리를 맞춰 살기 어려울 게 뭐가 있소.
斷斷夏候307)猶授學　　꿋꿋한 하후승도 여전히 글 가르쳤고
肫肫由也又纓冠308)　　성실한 중유는 죽으면서 갓끈 매었도다.
丁寧一誦古人事　　공경히 고인의 일을 한 번 외어 드리면서
泣向吾兄伯仲間　　우리 형은 이분들과 백중이라 눈물 짓소.
　　牛溪次韻　우계가 이 시운에 따라 짓다

---

306) 明夷 : 주역의 괘의 이름이다. 거기에 "때는 매우 어둡다 하더라도 세상
　　에 따라 사특을 부려서는 아니 되기 때문에 어려움 속에서도 곧고 바른 덕
　　을 견고히 지켜야 하므로 명이의 세상에는 어려움 속에 곧은 덕을 지켜야만
　　이로운 것이다" 하였다.
307) 夏候 : 하후승(夏候勝)으로 한(漢)나라 사람이다. 어려서 부모를 잃었으나
　　학문을 좋아하여 서창을 찾아가 「상서」와 흥범오행(洪範五行)을 배웠고 또
　　구양씨(歐陽氏)에게 배워 예설(禮說)에 밝았다. 박사(博士)와 광록대부(光祿
　　大夫)를 지냈다. 선제(宣帝) 때에 무제(武帝)의 시호에 대해 논하다가 황패
　　(黃霸)와 같이 하옥 되었는데 옥중에서 황패에게 경(經)을 가르쳤다.
308) 又纓冠 : 중유는 공자의 제자 자로(子路)이다. 첩(輒)의 난에 칼로 자로를
　　쳐서 자로의 갓끈을 끊었다. 자로가 말하기를 "군자는 죽더라도 관을 벗지
　　않는 법이다." 하고는 갓끈을 매고 죽었다.《史略》

55. 春晝睡起　　봄날 낮잠에서 깨어

春隨逐客度千山	봄 따라 쫓기는 나그네 뭇 산을 넘었는데
花似長安帶笑看	꽃들 서울에서 웃음 짓고 보던 것 같네.
直道309)難容曾愧柳	곧은 도가 용납 안 되니 유하혜가 부끄럽고
曲肱爲樂晚希顔	팔베개 즐거워 늦게야 안자를 사모했네.
魂迷芳草香生夢	향 풀에 넋을 잃자 꿈결에도 향기 나고
岸挾桃花錦作灘	복사꽃 언덕 끼고 비단 여울 물 이루었네.
午醉欲醒雲漏日	낮술이 깰 무렵 구름 사이로 햇빛 새니
不知微雨過林間	가랑비 숲 사이로 지났는지 모르겠네.

56. 偶題　　우연히 짓다

悠悠萬事任蒼天	유유한 만사 따윈 푸른 하늘에 맡겨 두고
醉倚幽花樹樹眠	술에 취해 꽃나무에 기대어 잠 들었네.
學道非求今世用	도를 배운 건 금세에 쓸려는 게 아니고
吟詩無意後人傳	시 읊지만 후인에게 전하는 것 관심 없지.
時危鼓角靑山外	시국 위급해 청산 너머 고각소리 들리고
春盡江湖白髮前	강호의 백발 앞에 봄날은 다 갔구나.
志氣未衰年已晩	지기는 여전치만 나이가 늘어선지
夢魂來往伏羲先	꿈속의 혼은 복희씨 선대 오고간다네.

---

309) 直道 : 《論語》에 "유하혜가 옥관(獄官)이 되어서 세 번이나 물러났다. 어떤
사람이 柳下惠에게 묻기를 '자넨 이제 떠날만도 안 한가?' 하자 유하혜가 대답하기
를 '올바른 도리로 사람을 섬기면 어디로 가나 세 번 물러나지 않겠는가. 도리를 외
면하고 사람을 섬긴다면 부모의 나라를 떠날 필요가 뭐가 있겠는가"하였다.

57.58. 次松江所贈韻　송강이 지어준 시에 차운하다
二首　　　　　2 수

松風竹月眞消息　솔.바람.대숲에 뜬 달 참다운 소식이고
澗飮霞棲亦夙緣　계곡 노을 생활은 또한 묵은 인연일세.
終怪達人離道遠　도에서 멀어진 달인 이상히 여겼더니
更知窮處雅懷堅　궁처에서 비로소 본 뜻 굳음을 알겠구나.
他鄕萍水悲衰鬢　부평초 같은 타향살이 백발 되어 슬픈데
京國煙花憶舊年　서울에 연기 꽃들 옛날이 생각나네.
萬事浮雲空起滅　만사는 구름처럼 생겼다 사라지는 것
淡然相照此心全　담담하게 통한 마음 온전하게 비추네.

天地無私均覆載　천지는 사심 없이 만물을 기르나니
此經須信督能綠　모름지기 이 도 믿어 인연을 맺어보세.
彈飛可惜隨珠310)遠　세월이 빠르니 수주의 멀어짐 애석하며
浮海那嫌魏瓠311)堅　단단한 박 바다에 뜸이 혐의스럽지 않네.
菫芩互作君臣用　제비꽃과 복령은 군과 신하로 쓰여지고
菌蟪312)誰知大小年　버섯과 매미 어찌 장구한 세월 알겠는가
我有一琴君莫鼓　내게 있는 거문고 그대는 타지 마오
分爲成也毀爲全　나뉘면 이룸이고 헐면 온전한 것이니,
　＊古全用一文體　　옛날에는 온전히 한 문체로 사용하였다.

---

310) 隨珠 :《淮南子覽冥》에 비하건데 수후(隨候)의 구슬과 화씨(和氏)의 옥을 얻었
　　는데 이를 새를 잡는데 쏘니 곧 얻은 것은 적고 잃은 것이 많다는 말.
311) 魏瓠 :《莊子逍遙遊》위왕이 혜자에게 보낸 큰 박. 커서 쓸데없는 것 같
　　으나 이것을 잘 사용하면 스스로 묘리가 있다는 것.
312) 菌蟪 : 버섯과 매미이다.《莊子》에 "작은 지혜는 큰 지혜를 알 수 없고
　　수명이 짧은 것은 긴 것을 알 수 없는 것이다. 어떻게 그러한 것을 알 수
　　있는가? 아침에 생겼다가 저녁에 죽는 버섯은 한 달의 세월을 모르고, 봄에
　　생겼다가 여름에 죽고 여름에 생겼다가 가을에 죽는 매미는 일년의 세월을
　　모르는데 이는 소년(小年)이다. 초나라 남쪽에 신령스런 거북이가 있는데 5
　　백년이 한 철의 봄이고 5백년이 한 철의 가을이었으며, 상고시대에 하나의
　　큰 대춘(大椿)이라는 나무가 있었는데 8천 년이 한 철의 봄이고 8천 년이
　　한 철의 가을인데 이는 대년(大年)이다"고 하였다.

59. 趙憲高敬命等戰死　조헌과 고경명 등이 전쟁하다 죽고 적병이
賊據三都 歲律欲暮　삼도를 점령하였다. 해가 저물려고 하는데
武夫還視 退怯不戰　무부들은 보고만 있는 채 겁을 먹고 물러나
北京諸臣 盡被囚繫　싸우지 않으니 북경에 간 여러 신하가 모두
請兵天朝 冠盖相望　갇혔다. 명나라에게 군사 지원 요청을 하느라
晚聞牛溪得達行在　사신의 행차가 연이어 갔다. 늦게야 우계가
敢題　행재소에 도달했다는 말을 듣고 감히 쓰다.

忠魂未作亡胡鬼　충혼은 왜놈을 멸망시키지 못했고
龍御遙巡節序移　임금 행차 멀리 떠나 계절이 바뀌었네.
漢北遺民音變楚　한강 이북 유민들 초나라말로 변했고
箕西武卒劍生衣　평양 서쪽 무졸 옷엔 칼에서 녹이 생기네.
叩心燕獄歸無日　연옥에서 돌아올 날 없이 가슴치고 있는데
却食秦庭313) 哭幾時　진정에서 식음 전폐 얼마나 울었는가.
聞道一人能定國　듣건대 한 사람이 나라 안정 한다 했으니
莫秋鵷列314) 轉成稀　조정 신하들 갈수록 적다 걱정하지 말게나.

60. 寄牛溪　　**우계에게 부치다**

牛溪少有重名　우계가 젊어서부터 명망이 높았는데 난리가 난 뒤
亂後赴行在　임금이 계신 곳으로 갔으나 건의한 바가 없었다.
無所建明 時勢然也　당시의 사세가 그러하였기 때문이다.

安土誰知是太平　고향 살 때가 태평인 줄 뉘 알리오
白頭多病滯邊城　병 많은 이백발이 변방에 머물렀네.
胸中大計終歸謬　가슴 속에 큰 계획 결국 차질 나니
天下男兒不復生　천하에 남아로 다시는 안 태어나리.

---

313) 秦庭 : 춘추전국 때 오나라 군사가 초의 군(郡)을 함락하였다. 초의 대부 신포
서(申包胥)가 진(秦)나라로 가 구원병을 요청하였으나 들어 주지 않자 진의 조정
뜰에서 기대여 서서 밤낮으로 울부짖으며 7일이나 음식을 먹지 않으니 진애공
(秦哀公)이 감동하여 군사를 보내 초를 구원해 주었다.《左傳》
314) 鵷列 : 조정에 있는 높은 벼슬아치.

花欲開時方有色　　꽃송이 피려 할 때 바야흐로 색이 곱고

水成潭處却無聲　　흐른 물은 못이 될 적 소리가 없다네.

千山雨過琴書濕　　뭇 산에 비 지나자 금서가 젖었는데

依舊晴空月獨明　　의구한 맑은 하늘 달빛 홀로 밝구나.

61.62. 傷歎　　상심으로 탄식하다
二首　　　　　　　2 수

日日通衢盡醉歸　　날마다 거리에서 잔뜩 취해 돌아와도

金吾無禁夜遲遲　　금오랑 단속 없어 밤 한 없이 길더구나.

花香低壓三春雨　　꽃향기는 봄비에 나지막이 깔려 있고

瑞彩高懸萬歲期　　상서로운 빛 만년까지 높이 걸려 있네.

鍾鼓315)未曾民蹙頞　　음악을 즐겨도 찌푸린 백성 없었는데

茅茨還罷帝垂衣　　초라한 궁전에는 왕의 옷이 안 걸렸네.

非常天命非天意　　천명이 변동한 건 하늘 뜻이 아니니

敵在舟中316)守在夷　　적은 배안에 있고 수비할 건 오랑캐지.

歎無游佃　　　　　사냥이나 하고 궁실을 화려하게
雕峻之誤　　　　　꾸민 잘못이 없음을 감탄하다.

驚飛靡定一枝巢　　허둥지둥 떠돌다가 둥지 하나 못 잡고

治亂嬰懷鬢髮凋　　치란이 맘에 걸려 머리털만 희어졌네.

分鼎民安能外懼　　삼국일 땐 백성 편코 외침을 걱정 터니

一家心逸易生驕　　통일되자 마음 안일 교만이 생기었네.

宮花散落爲邊土　　궁중 꽃은 다 떨어져 변방 흙이 되었고

胡角悽悲撓舜韶　　왜놈 호각 쓸쓸하게 순의 음악 뒤흔드네.

富貴無歡貧亦苦　　부귀해도 낙이 없고 가난해도 괴로우니

何時麟閣畫嫖姚317)　어느 때나 기린각에 표요를 그리려나.

---

315) 鍾鼓 : 맹자에 임금이 정치를 잘하면 종과 북소리에도 백성이 찌푸리지 않고 기뻐한 것, 곧 선정을 말함.

316) 敵在丹中 : 史記《吳起傳》편참조. 전국시대 吳起가 위나라 武侯에게 한말.

反思三國之安其苦可知
도리어 편안 했던 삼국시대를 그리워하고 있으니 그 괴로움을 알만하다.

63. 夜雪次張萬里雲翼韻 눈 내리는 밤에 장만리 운익의 시에 차운하다

風驅神氣壓層雲　　바람은 신기 몰아 첩첩 구름 짓누르고
雪作長氷鎖海門　　눈발은 얼음 되어 쇄사슬 해문을 막았네.
玉劍318)增光廻日月　　옥검은 빛이 더해 일월까지 돌려놓고
龍旗319)添彩耀乾坤　　천자의 깃발은 광채 발휘 천지에 빛났네.
朝看亂轍320)林無伏　　아침 어지러운 수레바퀴 보니 복병 없음 알았고
夜縛元兇虜不喧　　밤중에 원흉 결박해도 오랑캐가 몰랐었지.
盈尺呈祥誰賣釧　　상서로운 눈 한자나 내리니 그 누가 팔찌 팔까
家家持酒待吾君　　집집마다 술 빚어놓고 우리 상감 접대하네.

---

317) 嫖姚 : 기린각은 한 나라의 각(閣) 이름이다. 미앙궁(未央宮)의 안에 있는
데 한무제(漢武帝)가 지었다고도 하고 소하(蕭河)가 지었다 고도 한다. 한
선제(漢宣帝) 감로(甘露)3년에 공신 11명의 모습을 기린각에다 그렸다. 표요
는 한나라 곽거병(霍去病)이 표요교위(嫖姚校尉)였다.
318) 玉劍(釰) : 아름다운 칼
319) 龍旗 : 천자의 깃발
320) 亂轍 : <陸機刺辛亡論>에 "주유(周瑜)가 우리 군사를 몰아서 적벽으로 내쫓는
바람에 길을 잃고 수레가 뒤죽박죽이 되어 겨우 죽음을 면하였다"라고 하였다.
곧 수레자취가 어지러우면 도망가는데 바빠 적군이 없는 것을 알았다는 것.

64. 次唐大將李如松韻 명의 대장 이여송의 시에 차운하다

李將軍以擊倭來東　　이장군이 왜인을 정벌하려고 동방에 와 평양을
旣定箕都 倭寇退却　　탈환하자 왜구가 물러갔다..

鴨江春曉舞金干　　봄 새벽 압록강에 금 방패가 춤추는데
天子東憂席不安　　천자께선 동방 걱정 안절부절 하신다네.
破竹功成風雨急　　파죽지세로 공 이루니 풍우처럼 급하고
拔山威定鼓笳歡　　역발산 위세 진정해 피리 불며 환호하네.
匹夫讐復黃童躍　　필부 원한 갚아주자 어린이가 날뛰고
妖鬼啼悲白日寒　　요괴가 슬피 우니 태양도 싸늘하구나.
四海一家爭解劍　　사해가 한집 되고 앞 다퉈 칼 끈 풀 때
伏波[321]歸去且休鞍　　복파 장군이여 돌아가 말안장 내리소서.

　　　　原韻　　　　이여송의 원운

提兵星夜渡江干　　병사들과 밤새도록 압록강 건넌 것은
爲挽三韓國未安　　삼한의 위태로움 건지기 위해서라네.
明主日縣旌節報　　임금님은 날마다 군공을 표창하고
微臣夜釋酒杯歡　　신하들은 밤마다 술잔 놓고 환호했네.
春來斗氣心猶壯　　봄 되자 큰 기개는 마음 아직 씩씩하니
此去妖氛骨已寒　　지금부터 요괴들은 뼈 속이 오싹하리.
談笑敢云非勝事　　담소할 때 쾌거라고 말하지 않겠는가
夢中相憶跨征鞍　　꿈속에도 생각하며 출정하는 말을 탔네.

---

321) 伏波 : 위력이 風波를 진압하는 것 같다는 것으로 《後漢書》 馬援을 伏波
　　將軍에 임명한 것.

65. 有僧回自賊陣云　어떤 중이 적진에서 돌아와 말하기를
領南名勝 久爲所據　영남의 명승지가 오랫동안 그들이
姬侍婦人也 刀筆　점거한 바가 되어 부인들이 하녀 노릇을
士子也 傷歎成一律　하고 선비들이 서사 노릇을 하고 있다고
　　　　　　　　하였다. 상심되어 탄식하며 율시 한수를 짓다.

將無父子與君臣　　　장차 부자간 군신간도 없어지게 되었으니
非聖誰知管氏[322]仁　성인이 아니면 관씨의 어짐을 뉘 알겠나.
千里山河區外寶　　　천리의 그 산하는 멀리 떨어져 보배 되고
百年樓閣夢中春　　　백년 세월 그 누각은 꿈속에 항상 봄이었지.
簾藏擧案齊眉女　　　주렴 속엔 정숙한 아낙네들 들어있고
立入菁莪學禮人　　　곁에는 시서 배운 인재들이 서 있다네.
文物反爲夷虜用　　　우리 문물 도리어 오랑캐에 사용되니
尊卑何處見天倫　　　어디에서 높고 낮은 천륜을 볼 수 있지.

賊 賦

66. 天兵之過瑞興者　명나라 병사가 서흥을 지나면서 율시 한수를
賦一律求和甚急　지어서 화답을 구함이 매우 급했는데
適趙伯玉到瑞興　마침 조백옥이 서흥에 도착하여 지어
次送 余至瑞興　보냈다고 하였다. 나도 서흥에 이르러
聞之 敢次　이 말을 듣고 감히 그 시운에 따라 짓다

齊驅燕士勒吳豪　제 나라는 연 나라 군사 몰아 오의 호걸 무찔렀는데
游刃[323]恢恢不更刀　조용하고 여유 있어 칼 바꿀 일 다시없네.

---

322) 管氏 : 管中을 말한다. 공자가 말하기를 "관중(管中)이 환공(桓公)을 도와
　　제후 중에 패자가 되어 천하를 바로 잡으니 백성들이 지금까지 그의 덕을
　　입고 있다. 관중이 아니었더라면 나는 오랑캐의 차림을 하게 되었을 것이
　　다"하였다. 《論語》

華表月生秋夜肅　화표 위에 달이 뜨니 가을밤이 엄숙하고
扶桑雲盡海天高　부상에 구름 다해 바다의 하늘이 높구나.
箕疇324)爭喜光前跡　기주(평양성)대첩 자취보다 빛남 다퉈 기뻐하니
湯綱325)何嫌有遠逃　어진 정치에 멀리 도망간 적 혐의할 게 뭐 있나.
功奏未央誰第一　천자에 공 아뢸 때 그 누가 으뜸갈까
滿城歌誦擁歸袍　성 가득히 노래하며 에워싸고 돌아왔네.

箕城之捷 賊多生還　평양대첩에서 도적이 많이 살아 돌아갔다.

原韻　　명나라 병사의시

大將東征膽氣豪　정벌 나온 그 대장은 담기가 호방해서
腰橫秋水鴈翎刀326)　허리에는 날카로운 안령도를 빗겨 찼네.
風吹歌鼓龍蛇327)動　바람 결 북소리에 창과 칼은 움직이고
電閃旌旗日月高　번개처럼 빛난 깃발 해와 달 같이 드높아라.
天上麒麟328)元有鍾　탁월한 사람은 본래부터 씨가 있는 법

石中螻蟻豈能逃　돌 틈에 개미 어찌 달아날 수 있겠는가.
太平待詔歸來日　태평을 이뤄 놓고 조서 받아 돌아가면
勒鼎鐫名解戰袍　솥(鼎)에 이름 새기고 갑옷 벗을 것이네.

原韻

---

323) 游刃 : 소를 잡을 때 뼈 사이의 고기를 바르는데 칼날을 다치지 않는 것으로,
　　조용하고 여유 있는 것을 말함.
324) 箕疇 : 箕城으로 平壤城을 말함.
325) 湯綱 : 前註(305) 參照 / 미앙궁 : 漢나라의 궁전
326) 鴈翎刀 : 칼 이름으로 宋나라 때 제작된 것.
327) 龍蛇 : 여러 가지 뜻이 있으나 여기서는 兵器로 창.칼 등을 말함.
328) 天上麒麟 : 天上石麒麟으로 우수한 아이를 말함.

移山轉海萬人豪　　산 넘고 바다 건너 온 만인의 호걸이
手把靑龍偃月刀　　손에는 청룡언월 명검을 쥐었다네.
蛇豕噬呑憂地盡　　뱀과 돼지 이 땅 삼킬까 걱정했는데
雷霆忿擊仰天高　　우뢰가 내리치니 높은 하늘 우러르네.
箕城一鼓鯨鯢戮　　평양성 한 번 싸움에 왜적을 무찌르고
薺浦千帆鬼魔逃　　제포의 천 척 배에 귀마들 도망갔네.
勒績燕然329)牙纛返　　연연산에 공 새기고 깃발 날려 돌아가니
東民何路摻征袍　　동방 백성 어느 길로 정포를 잡을 건가.
　　　　趙伯玉 詩　　조백옥의 시

67. 金希元有書 海西
　　　遠賊 稍安
　　　來同避亂云

김희원에게서 편지가 왔는데 해서의
적이 멀리 떠나 조금 안정 되었으니
와서 같이 피난하자고 하였다

桃花流水混眞源　　복사꽃 물에 흐르니 무릉도원과 혼란시켜
天外矯頭尺斷魂　　하늘 멀리 바라보며 애만 태우고 있다네.
醉睡不知山過雨　　취해 자다 산 속에 비 온 줄 몰랐는데
醒來猶記海生雲　　깨어보니 바다에 구름인 것 생각나네.
紅葉乍姸悲晩節　　붉은 꽃잎 곱지마는 늦은 봄이 슬프구나.
夕陽雖好近黃昏　　석양은 좋지마는 황혼이 가까운 걸.
曳兵遐邇皆同走　　원근에 병사들이 모두 다 도망가니
定脚何人守此門　　그 누가 꼼짝 않고 이 문을 지킬런지.

---

329) 燕然 : 산 이름인데 몽고에 있는 항애산(抗愛山)이다. 후한(後漢) 영원(永
元) 원년에 두헌(竇憲)이 북선우(北單于)를 크게 깨트리고 연연산에 이르렀
을 때 班固 銘을 지었다. 《後漢書竇憲傳》

68. 亂後寓居寄人　난리를 겪은 뒤에 우거하며 어떤 사람에게 부치다

空餘舊物鬢邊絲	쓸데없이 남은 것은 하얀 머리뿐인데
一掩柴扉萬事稀	사립문 닫은 뒤로 만사가 한적하네.
君意如川無斷續	그대 뜻은 냇물처럼 끊임이 없는데
世情同月易圓虧	세상인심 달과 같이 쉽게도 변하는구려.
池虛天大荷初破	연못 고요해 하늘 큰데 연꽃 처음 피고
林壓山長果已肥	숲 우거진 긴 산에는 과일이 익었구나.
時序變遷懷正苦	계절이 바뀌자 회포가 괴로우나
靜中眞味只心知	고요 속에 참 맛을 마음만은 안다네.

69. 寓居海村　해촌에 우거하며

畫角330)聲中霜鬢催	오랑캐 피리소리에 귀밑머리 희어지니
故園花竹鳥空啼	옛 동산 꽃과 대숲에 새들만 지저귀네.
客舂檣過潮初落	나그네 집 앞 배 지나자 썰물이 빠지고
別浦林昏瘴331)不開	포구 숲 어둬지자 독한 기운 안 걷히네.
天外片雲纔卷雨	하늘가에 조각구름 겨우 비 걷어가자
島邊殘照又生霓	섬가에 지는 해에 무지개가 또 섰구나.
丹砂有契嗟吾晚	단사가 좋지마는 내 나이 늦었는데
渡海傳書鶴不來	바다 건너 편지 전할 학 마저 안 오네.

---

330) 畫角 : 오랑캐의 피리소리.
331) 瘴氣 : 남방 갯벌에서 일어나는 독기. 독한 기운

70.71.
南賊方劇 北寇又至　남쪽의 왜적이 바야흐로 극성을 부리는데
與同志將隱居海上　북쪽오랑캐가 또 이르렀다. 동지들과 해상에
依其韻 敢題　은거하였기에 그들의 시운에 따라 감히 짓다.

二首　　　　　　2 수

何山無獸水無魚　어느 산에 짐승 없고 물에 고기 없으랴만
獨恨吾民不奠居　우리 백성 홀로 살 곳 못 정함 한스럽다.
投璧幾人知負子　집을 떠난 사람 중에 몇이나 자식 알까
弊廬無壁可藏書　낡은 집에 벽이 없어 책 둘 곳도 없다네.
車顚有粟來飢鳥　넘어진 수레 곡식 주린 새가 와서 먹고
肉敗猶羶聚衆蛆　썩은 고기 냄새 여전히 파리가 빨아대네.
鑿井耕田遺跡在　샘을 파고 밭을 갈던 유적이 남아 있어
臥看天月自盈虛　드러누워 하늘의 달 차고 기움을 보노라.

風花一散不歸樹　꽃들 날아가면 나무로 다시 못 돌아가
覆水再收難滿壺　엎어진 물 담아도 병에 차기 어렵다네.
魯聖傷時淨碧海　공자께서 시국 상심 바다 멀리 가려 했고
晉狂332)迷醉泣窮途　완적이 술에 취해 궁도에서 울었다오.
人間此日多艱事　인간에 이 날은 어려운 일 많은데
天下何時有丈夫　천하에 어느 때나 대장부가 있을까.
濟世未能終避世　세상 구제 못하고서 결국엔 피해 사니
桃源休說是仙區　도원이 신선 사는 곳이라 말하지 말라.

---

332) 진광(晉狂) : 진나라 완적(阮籍)을 말한다. 인품이 뛰어났고 지기가 호방
　　하였다. 때로 술을 마시고 혼자 수레를 타고 마음 내키는 대로 샛길을 가
　　다가 길이 끝나면 통곡을 하고 돌아왔다.

72. 贈人　　어떤 사람에게 주다
歸自長沙　　장사(長沙＝유배지)에서 돌아오다.

松存君臥淵明宅	그대 솔 밑에 누웠으니 도연명의 집이고
酒盡吾師屈[333]子醒	술 다하니 나는야 굴원이 깨인 것 배운다오.
謾讀詩書逢世亂	부질없이 글을 읽다 세상 난리 만나니
歎無功力及生靈	생민 구제 공력 없어 탄식만 한다네.
一輪明月心中事	하나의 밝은 달은 마음속에 일이고
千疊靑山世外情	첩첩 쌓인 청산은 세상 밖 정이라네.
籬下波連滄海水	울 밑에 물결은 창해와 연이었고
扁舟身世白鷗輕	조각배 탄 신세 백구처럼 가볍네.

73. 海畔 與諸公飮酒　바닷가에서 사람들과 술을 마시며

芳州香濕曉雲輕	방주에 향기 스미자 새벽 구름 가볍고
春草連空宿雨晴	봄 풀은 무성한데 묵은 비가 개었구나.
白首孤舟千里客	배 하나로 천 리 헤맨 백발의 나그네가
淸樽湖海十年情	호해에서 술잔 들며 십년 정 나누었네.
謾將花月絃歌耳	부질없이 꽃과 달 거문고로 노래 할 뿐
厭聽風塵鼓角聲	난리에 오랑캐 피리소리 듣고 싶지 않네.
袖裏龍泉光射斗	소매 속에 용천검 빛 북두성을 찌르는데
皇華城下愧尋盟	성 밑에서 사신이 강화하니 부끄럽구려.

時蓋天朝決和　　이때에 명나라가 왜군과 화전을 체결했다

333) 굴원 : 초(楚)나라 삼려대부(三閭大夫)이다. 어보사에 "어부가 굴원을 보고 묻기를 '그대는 삼려대부가 아닌가? 무슨 일로 여기에 왔는가?'하니 굴원이 대답하기를 '온 세상이 혼탁하지마는 나 혼자 깨끗하고, 모든 사람은 취했는데 나만 멀쩡하기 때문에 버림을 받았다'고 하였다.

74. 聞京報　　서울의 소식을 듣고

使臣隨天使入賊中　사신이 중국 사신을 따라 적중에 들어갔는데
皆見日深入云　　　모두 일본으로 들어간 것을 보았다고 하더라.

周鼎334)傷心問重輕　정의 경중 묻는 것이 상심 되는데
皇華迢遞掩孤城　　사행 길 아득한데 외론 성을 가렸네.
茫茫海月生寒劍　　망망한 바다 달빛 칼에 닿아 빛나고
獵獵陰風在夜旌　　스산한 밤 바람은 깃발을 나부끼네.
天外忽逢新甲子　　하늘 밖에서 갑자기 새해를 맞았는데
洛中何日是淸明　　서울은 어느 때 좋은 시절 올 것인가.
江都335)聞議移春仗　강도 의논 듣건대 봄에 의장 옮긴다니
虛想鵷班玉有聲　　벼슬아치 패옥 소리 상상을 해본다네.

75. 有感　　느낌이 있어

萋萋芳草短長亭　방초 무성히 우거진 단장 정자에서
極目斜陽無限情　저 멀리 지는 햇살 한없이 정겹도다.
芝盖不廻人望斷　정다운 친구 안 오니 희망이 끊어지고
羽書無應主威輕　격서에 응답 없어 임금 위력 가벼웠네.
百年冠劍隨風散　백 년의 관과 칼은 바람 따라 흩어지고
千疊關河銷月明　첩첩의 변방은 달빛 속에 잠겨 있네.
金鼓聲中花落盡　난리 속에서 꽃들은 다 떨어졌는데
前山何日看春耕　앞산에 봄 밭갈이 언제 볼 수 있나.

---

334) 周鼎 : 주정은 주(周)나라 솥이다. 이는 중국을 통치한 나라가 가지고 있는 것으로, 즉 통치자적 상징의 물건이다. 주나라 정왕(定王)이 즉위하자 초장왕(楚莊王)이 사람을 보내 솥을 누가 가져야 하겠느냐고 물었다. 왕손만(王孫滿)이 말하기를 "덕에 있는 것이지 솥에 있는 것이 아니다"하고 물리쳤다.《史略》
335) 江都 : 임금이 임시 피난한 곳을 말함.

76.

伯兄年近八十 彊
健無疾 旣不服藥
又不慕仙 流離兵
革 艱困百態 人
所不堪 處之有餘
窮達忻慽 不足以
動其心 萬事信天
眠食自如 敢以一
律 形容其樂而呈
似焉

백형의 나이 80세가 가까워졌으나 병 없이
건강하셨다. 약을 복용한 적이 없고 신선도
사모하지 않으셨다. 난리 속에 떠돌아 다니
면서 겪은 온갖 어려움은 사람들이 견디지
못할 정도였으나 여유 있게 대처해 나가셨다.
그러므로 곤궁과 태평, 기쁨과 슬픔이 그의
마음을 움직일 수 없었다. 만사를 하늘에 다
맡기고 자연스럽게 생활하셨다. 이에 감히 시
한 수를 지어 그 분의 낙을 형용해 바친다.

千里遊心覓彼天
誰知天在此心邊
身能愼疾何求藥
壽不傷生笑學仙
今世無憂高臥者
吾兄淸操獨超然
人情安處人爲足
花影連床任醉眠

천 리를 헤매면서 저 하늘을 찾지마는
이 맘 속에 하늘이 있다는 걸 뉘 알리오.
질병을 조심하니 약 구할 일 없었고
장수로 생명손상 않으면 신선배움 비웃었지.
금세의 근심 없이 높이 누운 분이니
우리 형의 맑은 지조 혼자만 초연하지.
인정에 편안한 곳 사람에게 만족하니
꽃 그림자 비친 침상 편하신 잠을 자네.

77. 春後書懷　　봄이 간 뒤에 회포를 쓰다

春歸愁不追春歸	봄 갔건만 수심은 봄 간 것 따르지 않고
愁惹閑眠更上眉	수심이 잠을 끌어 다시 눈썹 위로 오르네.
雨滴幽簷魂斷續	처마에 빗물 뚝뚝 정신은 오락가락
花連香霧夢依俙	꽃향기 안개 속에 꿈마저 희미하네.
江南金鼓無消息	강남의 전쟁은 소식이 없는데
塞北風沙恨別離	바람 치는 북경에서 이별을 한한다오.
故國傷心煙火盡	고국에 인적 끊겨 상심이 되는데
滿城芳草鳥空飛	성엔 방초 가득 새들 허공을 나는구나.

78. 有感　　느낌이 있어

時路出轅門　　이때에 원문(轅門)을 지나게 되었다.

煙開日出啓重門	연기 걷혀 해 뜨자 중문이 열렸는데
畫角聲高劍戟分	호각소리 높아지자　창칼이 번뜩이네.
外府珍膏堆似土	외부에는 고량진이 흙처럼 쌓여 있고
內庭珠翠擁如雲	내정에는 미녀들이 구름처럼 에워쌓네.
虫生虎鶡336)功誰記	호갈에 벌레 생기니 누가 공을 기록해
淚落塵沙怨不言	모래밭에 눈물 흘리며 말없이 원망하네.
山上楚烽猶報急	산위의 초봉(楚烽)은 급보가 여전한데
繡閨孤夢謾慇懃	수규의 외로운 꿈 부질없이 은근 하여라.

---

336) 虎鶡 : 虎는 武人이며 鶡은 文人을 말함

79. 訪友人別業　친구의 별장을 방문하다

迷天殺氣接兵塵	하늘 가득한 살기 병진과 접했으니
白骨叢中作隱淪	백골 무더기 속에 은둔 생활 하노라.
折柳却憐風在手	버들 꺾다 바람 손에 닿으니 어여쁘고
插花猶喜蝶隨人	머리에 꽃 꽂자 나비 따라와 기뻐했네.
山河無賴空千疊	의지할 데 없는 산하 첩첩히 쌓였는데
草木多情又一春	다정한 초목들은 또 봄을 맞았구나.
驚到鹿門捿息地	놀랍다 은사가 사는 곳 다가오니
琴樽長伴太平身	거문고에 술동이 태평하게 지내는구려.

80.81.82.

亂離後 友人以山莊相贈詩以謝之　난리가 난 뒤에 벗이 산장을 주었기 때문에 시를 지어 사례하다.
三首　3수

物外田園隔戰塵	세상밖에 전원이 전진과 막혔으니
桃源仙客是秦人	도원의 선객은 진 나라 사람이네.
初驚燕子巢林語	처음 숲에 제비둥지 지저귐 놀랬는데
還作堯天擊壤民[337]	이제 요의 세상 태평성대 백성 되었네.
一枕輕風微雨夕	가랑비 날린 저녁 베개 베고 누웠는데
數聲啼鳥落花春	새들은 꽃이 지는 봄 속에서 노래하네.
耕雲未畢先謀酒	밭갈이 안 끝나고 술부터 먼저 찾으니
頭上從今不負巾	이제부터 머리에다 건 쓰지 않게 됐네.

---

337) 擊壤民 : 요 임금 때 어떤 노인이 땅을 두드리며 노래하기를 "해가 뜨면 일을 하고 해가지면 휴식하네. 샘을 파서 물마시고 밭 갈아서 먹고 사는데 황제의 힘이 나에게 무엇이 있는가." 하였는데 후세에 태평성대를 구가하는 고사로 쓰고 있다. 《史略》

吾今已遂歸山計　　내 이제 산에 살 꿈 이루게 되었으니
休向風塵更問岐　　난리로 다시 헤매는 일 없게 되었네.
浪把齊治爲己任　　터무니없이 치국 계획 내 임무로 삼고
不知舒卷屬天時　　모든 일이 천시에 매였단 걸 몰랐었지.
扁舟江上煙波靜　　강위에 일엽편주 안개 파도 고요하고
千樹花中日月遲　　뭇나무 꽃 속에선 세월이 더디 가네.
莫道閑人無所事　　한가한 사람이 할 일 없다 말을 말게
北窓長嘯傲軒羲　　북 창에 길게 읊어 헌희씨에 거만떠네.

白首靑山不掩扉　　청산 속에 백발이 사립문을 닫지 않고
看花出洞獨吟詩　　꽃을 보며 동구 나와 혼자서 시를 읊네.
童隨流水携琴遠　　동자는 거문고 들고 물 따라서 멀리 가고
鶴愛淸風引步遲　　백학은 맑은 바람 좋아선지 발걸음 더디네.
有道心懷無戀慕　　도를 지닌 마음이라 사모하는 것 없고
忘機[338]身世少營爲　　욕심 없는 이 신세는 경영할 일 적다네.
煙霞亦在人間物　　안개와 노을도 역시 인간에도 있는 것이나
唯喜仙家斷是非　　시비 없는 선가가 좋기만 하다네.

---

338) 忘機 : 욕심이 없는 것, 世俗의 일을 잊은 것.

83. 詠閒　　　한가함을 읊다

洞門何處別尋春	골짜기 문 어디서 달리 봄을 찾을까
花映千峯竹掩關	산봉에 꽃 피고 대 사립문 가렸는데.
老後讀書知至樂	늙은 후 글 읽으니 지극한 낙 알겠고
靜中觀物得天眞	고요 속에 사물 관찰 진심을 얻었네.
溪沙有月乾坤大	백사장에 달이 뜨자 천지가 크디크고
仙峽無風草木閒	신선 계곡 바람 없어 초목이 한가롭네.
君子屈伸皆是道	군자의 하는 일이 모두가 도리인 걸
豈將巢許繼淸塵	소부나 허유339)처럼 살 필요 뭐가 있나.

84. 送人入洛　　서울로 들어가는 어떤 사람을 전송하며

日暮靈臺影半摧	날 저물자 영대에 그림자 반쯤 꺾여
夷陵340)何處弔秦灰	선왕 묘 어느 곳에 전쟁 상처 위로 할고.
方城漢水空傳險	사방 성 쌓고 한수로 둘러서 요새로 전해져
堤柳池荷只助哀	언덕 버들 못 연꽃은 슬픔만 자아내네.
盛世綺羅春一夢	번창하고 화려한 때 춘몽으로 끝났는데
昔年親舊鶴重來	옛날의 친구가 학발 되어 다시 왔네.
蕭條閭井投無所	쓸쓸한 마을에는 투숙할 곳 없는데
回首南天鼓角催	남녘 하늘 돌아보니 호각 소리 급하구려.

---

339) 소부나 허유 : 이 두 사람은 요 임금 때의 은사(隱士)이다. 요 임금이 천하를
　　이 두 사람에게 양보하려고 하였으나 모두 사양하고 깊은 곳으로 들어가 살았다.
340) 夷陵 : 楚 先王의 墓名으로 王陵을 말함.

85. 閑居　　　　한가로이 거처하면서

逃世深居獨不羣　　세상 피해 깊은 곳에 혼자 살고 있는데
兵戈遙聞血紛紛　　전쟁 소식 듣고는 혈기가 들 끓도다.
瑤琴乍拂荷香入　　거문고를 살짝 타자 연꽃 향기 스며들고
海鳥初歸竹影分　　바닷새 돌아오자 대 그림자 어지럽네.
斜日尙留花下照　　지는 햇살 아직도 꽃 밑을 비추고
層陰還結嶺頭雲　　층층 그늘은 산마루 구름과 연결되었네.
憂先天下雙行淚　　세상이 걱정되어 두 줄기 눈물 흘리면서
爲寄東風掃宿氛　　동풍보고 묵은 요기(妖氣) 씻어 주길 부탁하네.

86. 秋後答人　가을 지난 뒤에 어떤 사람에게 화답하다
次楓崖韻　풍애(楓崖)의 시운에 따라 짓다. ※풍애=안민학의호

昨夜圓池夢裏廻　　어젯밤 꿈속에서 연못 보고 왔는데
荷花不待主人開　　연꽃 주인 기다리지 않고 피어있네.
有時風向庭前過　　때때로 바람이 뜨락 앞을 스쳐 가면
依舊香從月下來　　옛날처럼 달빛 아래 향기가 스며드네.
孤舟白髮煙波隔　　외로운 배의 백발은 연파에 막혔는데
千里丹砂老病催　　단사 있는 천 리 밖에 노병만 재촉하네.
匡世無期仙侶遠　　좋은 시대 가망 없고 신선 짝도 멀어져
傷心秋晚故山隈　　늦가을 옛 언덕에서 상심 하고 있노라.

87. 有感　　느낌이 있어

耀德觀兵策不同	덕의 정사와 병법은 계책이 다르지만
狂秦無下漢無中	진보다 못한 정치없고 한은 중 못갔네.
臨河飮馬多驕虜	하수 물에 말 먹이는 오랑캐가 많건만
握節341)捐軀少效忠	부절잡고 몸 바쳐 충성하는 이 적구나.
窮經白首全吾樂	백수토록 경서 연구 내 낙은 온전치만
塡壑蒼生嘆爾窮	구렁의 창생 못 구한 그대 한심하도다.
撫劍幾年誇小勇	칼 만지며 몇해나 작은 용맹 과시 했나
伐人謀處是爲功	남의 계략 깨트리면 바로 이게 공인 것을.

88. 人有口誦杜牧之　어떤 사람이, 두목지의 낙양 시구를
洛陽長句者 愛　외우기에, 그것을 사랑하고 사모하여,
慕之 敢次　감히 그 시운에 따라 짓다.

人自傷心物自閑	사람 스스로 상심하나 사물 절로 한가해
落花芳艸夕陽間	꽃이 지고 풀 무성한 석양 무렵이었네.
王風墜地今誰繼	왕풍 땅에 떨어졌으니 지금 누가 이을 것인가
寶鼎沈河歎不還	하수에 잠긴 보배의 솥 안 나옴을 한탄하노라.
邵子弄丸春浩浩	소강절이 구슬을 희롱하니 봄은 훈훈하였고
嚴陵歸釣水潺潺	엄자릉 낚시터에서 돌아오자 물결 잔잔하네.
繁華富貴浮雲散	번화했던 부귀는 구름처럼 흩어지고
留得淸風掛碧山	남은 건 푸른 산에 맑은 바람 부는구려.

341) 악절(握節):부절(符節)=돌, 대나무로 만든 부신(符信)을 잡다. 부신(符信)이
란 나뭇조각이나 두꺼운 종이에 글자를 쓰고 증인을 찍은 뒤에 두 조각으로
쪼개어 한 조각은 상대에게 주고 한쪽은 보관했다가 뒷날 서로 맞추어 증거
로 삼았던 물건.

89. 夢仙　　　　신선을 꿈꾸다.

翶翔白日雲中影	한낮에 훨훨 날아가는 구름 속 그림자는
睥睨青天鳥外人	푸른 하늘 흘겨보며 새보다 높이 나는 사람이지.
遠近高低風不限	바람처럼 원근 고저 막히는 데 없고
東西岐路海無津	동서의 갈림 길에 나루 없이 떠다니지.
龍飛九五342)輕蟬翼	임금님이 쓰시는 익선관도 부럽지 않고
桃結三千劇草塵	삼천 년 만에 맺는 결의 초진 같이 빠르네.
蠻蜀楚凡誰得失	촉 오랑캐와 초 어리석음 누가 얻고 잃었는지
虫沙猿鶴343)任紛繽	군자와 소인이 제멋대로 어지러이 떠돌도다.

90. 浮舟南歸贈人　배를 띄워 남쪽으로 가며 어떤 사람에게 주다. *1594년작(61세)*

欲謝難謝叔季世	떠나고 싶어도 떠나지 못하는 말세이니
未愁如愁別離腸	수심 될 듯 말 듯 함 떠나있는 마음일세.
千山卜築踏將遍	많은 산에 지은 집을 장차 두루 밟으려고
碧海乘桴歸興長	푸른 바다 뗏목 띄우니 돌아가는 흥 유유하네.
白髮再經年甲午	백발이 두 번이나 갑오년을 지냈는데
黃花又見節重陽	국화를 중양절에 또 다시 보겠구나.
壯心不逐光陰老	장한 마음 세월 따라 쇠하지 않아선지
嘯向扶桑倚夜檣	밤 돛대 기대어서 동쪽 향해 소리쳤네.

---

342) 龍飛九五 : 周易乾卦의 '九五에 나는 용이 하늘에 있으니 九二를 만나면서 이롭다' 하였음. 곧 임금의 자리를 말함.
343) 虫沙猿鶴 : 周나라 穆王이 南征하였는데 三軍이 모두 변화하니 군자는 猿과 鶴으로, 小人은 虫과 沙로 되었다.

91. 泛海　　　　바다에 떠서

衆山收盡渺無碍	뭇 산 다 거두니 아득히 가없는데
日月高懸晝夜燈	해와 달 높이 뜨니 밤낮 등불이네.
西指帝京雲一點	서쪽 서울 가리켜 한 점 구름이요
東看徐島344)水千層	동쪽의 서도에는 파도만 출렁이네.
治河有跡源猶近	치수 업적 남아 근원이 가까운데
浮海空言竟未能	부해한다 말만하고 결국 못했었지.
今夕始知經緯大	오늘 저녁 비로소 천지 큰것을 아니
浩然如跨九霄鵬	호연히 구만리의 붕새 탄 것 같구나.

92. 控海堂　　　　공해당에서

桃源來客本無期	도원에 오는 객은 본디부터 예정 없어
偶繫孤舟宿翠微	우연히 배 매놓고 산 속에서 잠을 잤네.
海鶴夜歸松月靜	밤바다에 학 돌아와 솔과 달은 고요하고
天仙朝下彩雲飛	하늘 신선 아침에 내리니 채색구름 날랐네.
波搖華表345)乾坤大	집 밖에 물결치니 천지가 탁 트였고
門接扶桑刻漏遲	대문은 동해 접해 시간이 길고 기네.
長笛一聲秋色遠	은은한 피리 소리 가을빛은 멀어지고
半空疎雨落瑤棋	반공의 성근 비는 바둑 두는 소리 같네.

---

344)徐島 : 서불(徐市)이 진시황 때 삼신산에 불사약을 캐러 간 고사.
345) 華表 : 성곽 밖 혹은 집 밖 등을 말함.

93. 馬羊村　　　마양촌에서

耕釣悠悠去不還	고기 낚고 밭을 갈며 돌아오지 않으니
綺黃非獨避狂秦	사호(四皓)만 미친 진을 피한게 아니라오.
花藏靈液沈丹井346)	영액을 가진 꽃은 단정에 잠겨 두고
鶴啄餘香擣藥塵	약을 찧어 남은 향기 학이 쪼고 있도다.
少日只期行此道	젊었을 땐 이 도를 행해볼까 하였는데
暮年方信守天眞	늙어서야 본심을 지켜야 될 것 알았네.
東周347)夢斷追仙跡	동주의 꿈 깨어지니 신선 자취 찾았고
一臥空山萬樹春	빈산에 누우니 만 그루가 봄이로다.

94. 偶題　　　우연히 쓰다

半輪明月一枝梅	반쪽의 밝은 달과 한 가지 매화를
長占無爲造物猜	오래도록 즐기니 조물이 시기하네.
虛室白非由外得	방안이 밝은 것 밖에서 안 얻었고
滿堂春不自天來	집 가득한 봄기운 하늘에서 안왔네.
風花勢利須臾盡	꽃바람 세상 권세 잠시면 다하지만
河海胸襟萬古開	하해 같은 흉금은 만고에 열렸다네.
客至休論治亂事	객이 오면 세상 정치 논하지 말고
唐虞謙讓酒三杯	당우처럼 겸양하며 술 석잔 든다네.

---

346) 丹井 : 丹泉으로 이 물을 먹으면 長生不死한다 함.
347) 東周 :《論語》에 공자가 말하기를 "나를 초빙한 자가 어찌 겉치레로만
　　하겠는가. 만일 나를 써준 자가 있으면 나는 동방에다 주(周)나라
　　정치를 일으켜 보겠다"고 하였다.

95. 靜中聞松聲　고요한 가운데 소나무 소리를 들으며

老來浮念隨雲滅	늙어가며 들뜬 생각 구름 따라 사라지니
安命非關學有功	운명에 안주한 것 배움 있어 아니라네.
髮盡何須憂鬢白	머리털이 다 빠지니 희어질까 근심 없고
樽空無意借顏紅	술동이 비었으니 술 마실 뜻 없어지네.
自樂到頭齊得喪	스스로 즐거운 곳에 얻고 잃음 같으며
不爭誰復問雌雄	다투지 않으니 뉘 다시 자웅을 물으리오.
松風猶學高低態	솔바람 여전히 높고 낮은 태도 배우는지
葉葉寒聲笑不同	잎 새마다 찬 소리 같지 않아 우습구나.

96. 自歎丙申春　스스로 한탄하며
　　　丙申春　　　병신년 봄 -1596년 63세-

可惜韋編三絶[348]後	애석하다 가죽 끈 세 번 끊긴 뒤로
古今誰復讀羲經	고금에 누가 다시 주역을 읽었는가.
白圭[349]無點爲眞寶	백규는 티 없으면 진짜 보배 되지만
淡色黃金[350]豈太平	담색황금이 어찌 태평세상 되겠는가.

---

348) 韋編三絶 : 옛날에는 종이가 없었기 때문에 대 조각에다 글을 써서 가죽끈으로 엮었기 때문에 위편 이라고 한다. 《史記孔子世家》에 "공자가 「주역」을 읽었는데 가죽 끈이 세 번이나 끊어졌다."고 하였다.

349) 白圭 : 《論語》에 "남용(南容)이 백규(白圭) 편을 세 번 되풀이 해서 말하자 공자가 그의 형님 딸로 아내를 삼게 하였다"하였는데, 주(註)에 "시경대아억의편 《詩經大雅抑之篇》에 '흰 옥의 티는 갈아버리면 되지마는 말의 흠점은 어찌 할 수 없다'고 하였는데 남용이 하루에 이 말을 세 번 되풀이하였다. 이는 대개 말을 신중히 하는데 깊이 유의한 것이다" 하였다.

350) 黃金 : 《世說》에 "관영(管寧)과 화흠(華歆)이 채소밭에 김을 매다가 금이 나왔다. 관영은 호미로 그 금을 제쳐버리기를 마치 기와 조각이나 돌처럼 하였으나 화흠은 주워서 보고는 던졌다"고 하였다.

休讓人間第一事　　인간의 으뜸간 일 사양하지 말고서
期成天下不爭名　　천하에 안 다툴 이름 기약해 이뤘네.
扁舟白髮乾坤老　　백발에 일엽편주 천지간에 늙은이가
滄海波深歲月驚　　창해의 깊은 파도에 세월 감을 놀라노라.

97. 偶坐臥峴之杏樹下　와현의 살구나무 아래 마주 앉아

時避亂探深 與主人翁　　이때 깊숙한 피난처를 찾느라 주인옹과
日日對語于林下　　같이 날마다 숲 밑에서 이야기 하였다.

兵塵莫到卽仙區　　전쟁터 안 닿는 곳 바로 신선구역에
一入脩然吾喪吾　　들어가자 갑자기 내 자신을 잃었다네.
醉臥何須林是竹　　취해 누우니 대 숲이 어찌 필요 있겠으며
隱居休用谷名愚　　숨어사는 골짝에 우곡 이름 쓰지 마세.

論透古今無畛域　　의논은 고금 통해 막힌 데가 없고
禮忘賓主任歡娛　　예의는 손님 주인 잊고 마음대로 즐긴다네.
莘耕渭釣曾嫌獨　　나무하고 밭 갈고 낚시도 혼자 함 싫었는데
偶坐方知德不孤　　나란히 앉고 보니 비로소 德不孤[351]를 알겠구려.

98. 偶題　우연히 쓰다

遊心宇宙興亡跡　　마음은 우주 안에 흥망 자취 따라 놀고
察理公私進退形　　이치로는 공사 진퇴 그 형적을 살핀다네.
秦漢無儒傷絶學　　진한에 선비 없자 학통 끊겨 상심인데
鳳凰俟德豈虛鳴　　봉황이 덕을 기다리지 어찌 헛되이 울겠는가.
程朱孔孟殊煩簡　　정주 공맹이 번잡 간략 달리했던 것은
今古功程異晦明　　고금의 공정이 밝고 어둠 달라서였네.

---

351) 덕불고(德不孤) : 덕이 있는 사람은 외롭지 않다는 뜻으로, 덕을
　　　베풀고 사는 사람은 반드시 세상에서 인정을 받게 됨을 이르는 말.

辭說漸多儒漸少	말만 많아지고 선비가 점점 적어지니
白頭何日見河淸352)	백발이 어느 때나 하수 맑음 보려는지.

99. 夕泛　　　밤배를 띄우고

酒盡孤眠倚斷霞	술 떨어져 비 갠 노을 속 외롭게 잠자고
花搖紅露滴寒簑	꽃 흔들려 붉은 이슬 도롱이에 떨어지네.
夢廻蘋末香初散	꿈을 깨자 향기는 마름 끝에 막 흩어지고
蓬揭天心日已斜	돛대 다니 하늘 가운데 해는 이미 기울었네.
待月幾時舟可泊	달뜨기 기다리니 언제 배를 댈 것이며
有風何處水無波	바람 있으니 어느 곳인들 파도 없겠는가.
河流淸濁休來問	하류의 맑고 흐림에 대해 묻지는 말고
興在冥冥上漢槎	흥취는 아득한 은하수로 가는 배에 있네.

100. 記夢　　　꿈을 기록하다

大羅如海莫沿洄	대라천 바다 같아 헤아릴 수 없는데
風御飄然不受埃	바람 타고 높이 나니 먼지 없다네.
餌遠蓬壺瑤草拾	멀리 봉래산에서 요초를 주워 먹고
服輕銀漢彩霞裁	은하수 놀 마름질하여 가벼운 옷 지었네.
綱簷猶紀凌雲字	처마 끝에는 능운이라 새겨져 있는데
瓊府微醒飮月杯	화려한 집 달빛 아래 마신 술 조금 깨었도다.
始信三天353)眞契熟	삼 천 인연 깊은 줄을 비로소 알았는데
一朝那得任徘徊	어찌하면 일조에 마음대로 배회하랴.

---

352) 河淸 : 황하수(黃河水)가 항상 흐린데 잠시 동안 맑을 때가 있다. 고인이
　　황하수가 맑은 것을 태평의 상징으로 여기었다.《易乾鑿度》에 "하늘이 장차
　　상서를 내릴 적에 황하수가 3일간 맑아진다."고 하였다.
353) 三天 : 불교에서는 욕계(欲界), 색계(色界), 무색계(無色界)를 삼 천이라고 하고
　　도가에서는 청미천(淸微天), 우여천(禹餘天), 대적천(大赤天)을 삼천이라고 한다.

101. 客中贈人　　객중 어떤 사람에게 주다

年年湖外鼓鼙聲　　해마다 호수 밖에 북소리가 나는데
每筭歸程鬢髮明　　돌아갈 길 생각하다 머리털만 희어졌네.
故國閑花飛欲盡　　고국의 한가한꽃 거의 다 지려 하는데
驛亭殘柳折354)還生　　역정에 버들은 꺾이어도 다시 나네.
宿客避人猶隱姓　　묵은 객은 사람 피해 성명을 숨겼는데
山禽何事更呼名　　산새는 어인 일로 다시 이름 부르는가.
兵塵到處無安土　　도처에 난리 번져 정착할 곳 없는데
沮溺355)那能老耦耕　　저익인들 어떻게 나란히 밭을 갈지.

102. 九月望時有感　　구월 보름날에 느낌이 있어

山中花月非閑事　　산중에 꽃과 달도 한가할 겨를 없고
有待翻爲造物猜　　기다리는데 도리어 조물주 시기한 듯.
如鏡圓時雲欲合　　거울처럼 둥글 때는 구름이 가리었고
重陽過後菊方開　　중양절이 지나서야 국화가 피었다네.
午醉杯濃春浩渺　　대낮에 술에 취해 봄처럼 느긋하고
夜琴絃遠鶴徘徊　　밤 거문고 소리 높자 학들이 배회하네.
自家眞得無成毀　　스스로 성패가 없음을 깨달으니
高揖庖羲356)任去來　　포희씨 사모하며 마음대로 오간다네.

---

354) 折柳 : 버들을 꺾는 것으로, 옛날 손님을 전송하는데 버들을 꺾어 주었음.
355) 沮溺 : 저익은 장저(長沮)와 걸익(桀溺)인데 공자 때의 은사이다. 《論語》에 "장저,
　　걸익이 나란히 밭을 갈고 있엇다. 공자가 지나가면서 자로(子路)로 하여금 그들에게
　　가서 나루가 어느 곳에 있는지 물어보라고 하였다"하였다.
356) 고읍(高揖) : 두 손을 마주 잡은 채 머리위로 올려 읍을 하는 것, 포희씨(庖羲氏) :
　　중국 전설상 삼황(三皇:伏羲.神農.皇帝)중의 하나인 복희씨를 가리킴.

103. 對花吟得寄友人　꽃을 대하고 시를 읊어 벗에게 부치다

時賊勢尚熾　　이 때에도 적의 기세가 여전히 치열했다.

花外負人人負花　꽃들 사람 저버렸나 사람이 꽃 저버렸지
對花人病臥天涯　꽃을 대하던 이 병들어 하늘가에 누웠네.
青春每向憂中過　청춘은 언제나 근심 속에 지나가고
白髮還從別後多　백발은 이별한 뒤 많아지고 있다네.
村閭玉帛357)淹丹斧358)　마을의 예물에는 진심이 담겼고
慶會雲煙隔翠華359)　경회루 구름 연기 임금 행차 가렸네.
榻外鼻聲猶未息360)　관원들 아직도 잠에서 깨지 않았으니
荷衣361)山老亦長嗟　은거하고 있는 산골 노인 길이 탄식하네.

104. 一日　　　하루

一日頻來作一年　하루가 자주 와서 일 년이 되었고

一年無幾鬢蕭然　일 년이 얼마 않되 귀밑머리 쓸쓸하네.
鷦巢得意煙霞外　뱁새는 노을 밖에 집 짓고 만족한데
鶴列驚魂鼓角邊　학들 전쟁터 북소리에 혼이 놀라버렸네.
隨水落花追不返　물 따라 가는 꽃은 갔다가 안 돌아오지
入雲明月缺還圓　구름 속 밝은 달 기울었다 또 둥그네.
時光欲暮心逾壯　세월은 저물지만 마음은 더욱 장하며
一室匈藏萬古天　한집 차지한 가슴 만고천을 간직하네.

---

357) 玉帛 : 혼인 등의 예물.
358) 丹斧 : 丹府의 誤記인 듯. 丹府는 眞心을 말함.
359) 翠華 : 푸른 깃털로 기의 끝에다 장식한 황제의 기인데, 황제의 의장이다.
360) 鼻聲未息 : (夢溪筆談, 人事) 코고는 소리가 쉬지 않는 것으로 景德때 河北에
　　　난리가 났는데 準이 中書省에서 코를 골면서 잠에서 깨지 않은 고사.
361) 荷衣 : 隱者의 옷, 여기서는 著者自身을 말함.

105. 晚題 　해질 무렵에 쓰다

垂柳陰濃夏日遲　버들 밑 짙은 그늘 여름날은 지루한데
居閑還與懶相宜　한가로이 살다보니 게으르기 알맞구나.
風搖簾影頻驚夢　바람에 주렴 그림자 날려 꿈 자주 깨고
酒和愁痕更上眉　술과 수심 뒤섞이어 눈썹으로 올라오네.
脈脈獨坐悲世晚　멍하니 혼자 앉아 말세임을 슬퍼하고
蕭蕭雙鬢歎吾衰　쓸쓸한 귀밑털에 내 쇠한 것 탄식하네.
淡煙芳草黃昏近　엷은 연기 방초에 황혼이 다가 오는데
天外佳人又負期　머나먼 곳 그 사람은 약속을 또 어겼네.

106. 憶牛溪 　우계를 생각하며
病時有書 死後得見　병중에 보냈던 편지를 죽은 뒤에 받아 보았다.

一封書到淚漣漣　한 통의 편지 받자 눈물 줄줄 흐르고
病裏情言死後傳　병중에 정다운 말 죽은 뒤 전해졌네.
浩氣平生爭白日　호연지기 평생을 대낮처럼 겨뤘는데
斯文此夕閉黃泉　사문이 이날 저녁 황천으로 떠났구려.
荷傾玉露三更月　연꽃은 삼경 달에 옥 이슬 쏟아놓고
門掩秋江萬里天　문 닫은 가을 강엔 만리 하늘 가렸네.
風物却隨人事變　풍물도 인사 따라 변화하고 있지만
神交溟漢362)只依然　하늘의 그대와 통하니 정신은 변함없지.

---

362) 溟漢 : 하늘을 말함.

107. 挽水使　　　수사에 대한 만사

鯨伏波心甲冑眠　　도적이 물러가니 군사들도 할 일 없고
醒籌無復顧南天　　전술 능통하여 남쪽 하늘 돌아볼 일 없도다.
連超虎陛楊穿363)百　연달아 무과 우등 백보에서 버들잎 뚫고
始展鵬程364)水擊千　비로소 붕새 날으니 천 길이나 물을 쳤네.
探穴粗酬投筆志　　소굴로 뛰어들어 붓 던진 뜻 조금 펴니
戀衰誰試據鞍365)年　쇠할 때에 그 누가 말 타는 걸 시험했나.
父書盈壁家無讀　　부친의 책 많지만 집에 읽을 사람 없으니
有對哀非璨瑋賢　　대하여 위대한 업적 칭찬 못함을 슬퍼하노라.

---

363) 楊穿 : 활을 잘 쏘아서 버들 잎사귀를 뚫는다는 것이다. 《戰國策西周》에 "초(楚)나라에 양유기(養由基)라는 사람이 있었는데 활을 잘 쏘아서 백보의 거리에서 버들 잎사귀를 보고 쏘는데 백발백중 하였다."고 하였다.

364) 鵬程 : 《莊子逍遙遊》에 "북해에 고기가 있는데 그 이름이 곤(鯤)이다. 그 곤의 크기가 몇 천리나 되는지 모를 정도로 큰데 붕새로 변화하였다. 붕새 역시 등의 길이가 몇 천리나 되는지 모를 정도로 큰데 솟구쳐 날면 그 날개가 마치 하늘가에 드리워져 있는 구름과 같다. 항상 해풍이 일어날 때에 남해로 가는데 그것이 솟구칠 때에 이는 물결이 3천리나 된다."고 하였다.

365) 據鞍 : 7월 가을 무릉(武陵)의 만인(蠻人)이 임원(臨沅)을 노략하자 광무(光武)가 마성(馬成)을 보내 토벌하게 하였으나 실패하였다. 마원(馬援)이 자기가 가겠다고 청하였으나 광무가 그의 늙음을 민망히 여겨 허락하지 않자 마원이 말하기를 "신은 갑옷을 입고 말을 탈 수 있습니다."하였다. 광무가 시험해 보라고 하니 마원이 말에 올라타고는 돌아보면서 쓸 수 있다는 것을 보이자 광무가 웃으면서 "씩씩하다. 이 늙은이여!" 말하고는 군사 4만 여명을 주어 정벌하게 하였다. 《通鑑》

108. 挽將軍　　　장군의 만사

投筆當年擧射鵰366)　　붓을 던진 그 해부터 활쏘기 배우더니
牙旗壇上映金貂367)　　단상에 기 세우고 금초관이 빛이 났네.
手携一命幾千里　　　손에는 왕명 받들어 몇 천 리 다녔고
身率三軍歷四朝　　　몸소 삼군 이끌고서 네 조정을 거쳤네.
生入玉門餘白首　　　살아서 궁궐에 들 땐 백발 휘날렸고
死隨箕尾368)返靑霄　　죽어서는 기미 따라 하늘로 돌아갔네.
南州片土埋金甲　　　남쪽 고을 한 줌 흙에 갑주를 묻어두니
钁鑠何人更度遼　　　그 누가 씩씩하게 다시 요하 건널까.

사조　사붕射鵰

---

366) 射鵰 : 독수리를 쏘는 것으로 활을 잘 쏘는 것을 말하며 여기서는 무예를
　　익혔다는 말.
367) 金貂 : 金貂冠으로 武官의 冠. 黃金으로 만들어 貂尾에 다는 것.
368) 箕尾 : 28수〔宿〕중의 별자리로 箕星座와 尾星座를 말함.

七言排律 (7언배율) *3

1. 聞故人遠謫　　친구가 멀리 귀양 간다는 소식을 듣고
　　奉寄十四韻　　14운을 지어 보내다.

天門九扇法宮[369]幽　　구중궁궐 그 속에 정전(正殿)이 그윽한데
玉色一嚬寰宇愁　　미인 한번 찌푸리자 온 누리가 수심하네.
雲外鬼關[370]由義近　　구름 밖 귀관엔 나라 위한 의병이 모였고
別中危淚信天收　　이별할 때 나라 위한 눈물 하늘이 걷을 걸세.
持身今古殊愚智　　몸가짐은 고금에 지우(智愚)가 다르지만
念主升沈一喜憂　　임금 생각 승침에도 희우가 한결같네.
萬里一天皆樂土　　만리가 같은 하늘이니 다 즐거운 땅이고
虛舟何處不安流　　빈 배 어디엔들 편안히 흘러가지는 않네.
孤忠曾保睢肝際　　외로운 충성 서로 만나자 이미 알겠으며
僉擧俄同夢寐求[371]　　다 한가지로 천거함을 자나 깨나 구했네.
風定香生蘭蕙草　　바람 자니 향기는 난초에서 풍기고
天晴春入鳳凰樓　　하늘 맑자 봉황루로 봄기운 들어가네.
辭勳每守將軍樹[372]　　매양 공훈 사양하여 자랑하지 않았으며
戀國遲登范蠡舟[373]　　나라 생각 범려 조정 늦게 퇴조(退朝)하였고.

---

369) 法宮 : 正殿을 말함.
370) 귀문관(鬼關) : 옛날의 관문 이름인데 광서(廣西) 북류현(北流縣) 서쪽에 있다. 고대에 흠.염.뢰.경(欽廉雷瓊) 및 교지(交趾)로 통하는 길로서 돌 두 개가 마주 보고 서 있는데 그 사이가 30보 밖에 안된다. 이곳을 지나는 자 살아남기 드물다 함. 흉하고 험한 땅을 가르키기도 함.
371) 夢寐求 :《書說命》에 은 고종(殷高宗)이 꿈에 부열(傅說)을 만나 재상으로 삼고 곁에 있게 하였다.
372) 將軍樹 : 광무(光武)가 병사를 나누어 여러 군영에 배속시키려고 하자 모두가 대수장군(大樹將軍)에게 예속되기를 원하였다. 대수장군은 편장군(偏將軍) 풍이(馮異)인데 사람됨이 겸손하여 자신의 공을 자랑하지 않았다. 전쟁을 치르고 난 뒤에 여러 장수들이 공을 논하고 있었으나 풍이는 혼자 떨어져 나무 밑에 서 있었기 때문에 군주에게 대수장군이라고 하였다.《痛鑑》
373) 范蠡舟 : 춘추전국시대에 월(越)이 오(吳)를 멸망하고 나니 어떤 자가 대

鮮血不乾初告帝	애국심 가득하여 처음 임금에게 고하고
丹心纔啓未廻旒	일편단심 보였지만 임금 마음 못 돌렸네.
臨危必見秦庭哭374)	위험할 땐 필히 임금께 울부짖음 보였고
後夜應求楚澤囚	밤이 되면 응당 초택의 죄수에게 구했네.
仰視星辰皆鏾彩	우러러 별을 보니 모두 빛을 잃고
回看草木已成秋	초목을 돌아보니 가을이 되었구려.
無樓相國375)休來問	무루의 상국은 찾아와 묻지를 말라
吳市門仙376)亦白頭	오시에 신선 역시 백발이 되었다네.
千古雄心藏寶劍	천고에 그 웅심은 보검에 간직하고
一溪收跡伴沙鷗	한 계곡에 자취 거둬 백구와 짝이 됐네.
花生幽谷空開落	깊은 골에 꽃이 나서 부질없이 피고 지고
雲在長天任去留	구름은 먼 하늘에 임의로 왔다 갔다 하네.
聞道鯨波猶蕩漾	듣건대 전쟁이 여전히 치열하다 하니
歸來須借子房377)籌	돌아오면 자방처럼 국가 위해 전략 펴리.

末句爲先見 果以倭亂　끝에 구절은 사전에 예측한 것인데 과연 왜란으로
明年以舊職召還　　　　인해 명년에 그전의 직책으로 불렀다.

부종(大夫種)이 난을 일으킨다고 월 왕에게 참소하자 월 왕이 대부종을 사
사하였다. 그러자 범려가 가벼운 보배만 꾸려가지고 수행자들과 강호로 가
배를 타고 제(齊)나라로 갔다. 《史略》

374) 秦庭哭 : 춘추전국시대에 오 나라 군사가 초의 군(郡)을 함락하였다. 초의
대부 신포서(申包胥)가 진(秦)나라로 가 구원병을 요청하였으나 들어주지 않
자 진의 조정 뜰에서 기대여 서서 밤낮으로 울부짖으며 7일이나 음식을 먹
지 않으니 진 애공(秦哀公)이 감동하여 군사를 보내 주었다.

375) 無樓相國 : 출처를 알 수 없음.

376) 吳市門仙 : 梅福의 고사를 말함. *梅福 : 梅福은 漢나라 壽春의 사람, 字는
子眞. 어려서 長安에서 배워서 尙書.春秋에 精通하였다. 郡文學이 되고 南昌尉
에 補職되었으나 뒤에 棄官하여 집에 있었다. 元始中 王莽은 政事로 妻子를 버
리고 九江에 갔다. 王莽과 梅福이 서로 傳하기를 神仙이 되었다고 하며 그 후
會稽에서 본 자가 있는데 姓名을 바꾸어 吳市의 門卒이 되었다고 한다.

377) 子房 : 장량(張良)의 자인데 한(漢)나라 한(韓)의 사람이다. 장량의 선조들
이 한(韓)에서 벼슬하였는데 진(秦)이 한을 멸망하자 진시황(秦始皇)을 저격
하였다가 실패하고 그 뒤에 한 고조(漢高祖)를 도와 천하를 평정하였다.

2. 閑中有感　　　한가한 가운데 느낌이 있어

溪響深深樹影遲　시냇물 소리 우렁차고 나무 그림자 길게 뻗어

午涼生處坐移時　대낮에 서늘한 곳에 한참 동안 앉아 있었네.

風驅雲葉來還去　바람 거세니 나뭇잎 높이 날아 오르내리고

魚動荷珠[378]合又離　물고기 움직이니 연잎 이슬 모였다 흩어지네.

玉未琢前誰灑泣　옥 다듬기 전에는 그 누가 눈물 뿌리는가

金歸鑪後敢容私　용광로에 쇠 들어간 뒤 사사로 변경될 수 없네.

先賢道味耽深密　선현의 도미(道味)를 매우 깊이 탐구했으나

今世人言有是非　요즘사람 말들은 시비만 있구려.

切玉若泥眞寶劍　진흙 자르듯 옥 자른 칼 진짜의 보검이고

運治如掌是男兒　손 뒤집듯 다스리면 바로 이게 남아라네.

兵爲禍器何勞用　전쟁은 화기인데 사용할 것 뭐가 있나

貴在先幾保未危　기미 미리 알아 위태롭기 전 보전해야지.

---

378) 荷珠 : 연잎의 이슬. *玉 : 和氏 璧으로 楚나라 和氏가 玉을 山中에서 얻어 厲王에 바쳤으나 玉人이 돌이라 하므로 왼쪽 발뒤꿈치를 베었다.……文王 때에 璞을 가지고 楚山 아래서 三日三夜를 울어 눈물이 다하여 피가 흘러 임금이 듣고 玉人에게 그 돌을 다듬게 하니 과연 그 속에 玉을 얻어 이것을 和氏 璧이라 한다.

3. 漢光武二十韻　　한(漢)나라 광무제 20운

威斗379)餘姦怯義聲　　위두 만든 잔꾀는 의기를 겁주고
絳衣380)柔德邁家兄　　강의의 유화한 덕 형들 보다 뛰어났네.
民懷眞主來呈瑞　　백성들 참다운 임금 생각 상서로움 바쳤고
士恥381)非招臥作盲　　선비는 초빙 싫어 장님 행세 하였다네.
白水382)莫言興遞地　　백수에서 흥망이 교체되었다 말하지 마라
赤心能定悔降情　　그 진심으로 설복하니 투항할 뜻 지었다네.383)
基綿一旅同新創　　500명으로 시작하여 창업을 같이 하고
法簡三章384)怨後征　　삼장의 법 간소하여 뒤에 정벌함 원망하네.

---

379)威斗 : 한(漢)의 왕망(王莽)이 만든 것이다. 오색의 약석(藥石)과 구리로 북
　두성처럼 만들었는데 길이가 두 자 다섯 치이다. 드나들 때에 사명(司命)으
　로 하여금 짊어지고 따라 다니게 하여 그 위엄으로 군대를 눌렀기 때문에
　위두라고 이름을 붙였다. 《漢書》
380)絳衣 : 《痛鑑》처음에, 장사정왕(長沙定王) 발(發)의 4세손 남돈령(南頓令)
　흠(欽)이 아들 세 명을 낳았는데 인(縯).중(仲).수(秀)였다. 인이 용릉(舂陵)의
　자제들을 모집하였으나 모두 두려워서 도망가 숨었다. 그러다가 수가 강의
　와 큰 관을 쓰고 나타나자 모두 놀라면서 "근후한 사람도 전쟁에 나서는구
　나."하고는 조금 안정되었다. 수는 광무의 이름이다.
381)士恥 : 처음에 촉(蜀)의 공손술(公孫述)이 선비를 초빙하였으나 나오지 않
　자 독약으로 죽였다. 임영(任永)과 풍신(馮信)도 불렀으나 모두 눈이 안보인
　다고 하여 사양하였다.
382) 白水 : 地名으로 여러 곳이나 여기서는 湖廣, 襄陽府에 있는 물 이름으로 漢
　光武의 옛 집이 있는 곳.
383) 그 진심으로… : 여러 장수가 낙양을 두어 달 동안이나 포위하였으나 주유(朱
　鮪)가 굳게 지키고 항복하지 않았다. 광무가 정위(廷尉)인 잠팽(岑彭)이 주유 밑
　에서 교위(校尉)로 있었던 것을 알고 가서 설득하게 하였다. 잠팽이 성 밑에서
　설득하자 주유가 말하기를 "대사도(大司徒)가 해를 입을 때에 내가 그 모의에
　참여하였으며 또 갱시(更始)에게 소왕(蕭王)을 북쪽의 정벌에 보내지 말라고 간
　하였는데 내가 내 죄를 알고 있다. 감히 항복하지 못하겠다"하니 광무가 말하기
　를" 큰 일을 하는 사람은 소소한 원한은 따지지 않는 것이다. 주유가 지금 항복
　하면 벼슬을 유지할 터인데 하물며 형벌을 주겠는가, 하수가 여기에 있으니 내
　거짓말을 하지 않겠다"하자 주유가 항복하였다.
384) *三章 : 약법삼장(約法三章)의 준말이다. 《後漢書楊終傳》에 "한 고조(漢高
　祖)가 난을 평정하고 간략하게 세 조항의 법을 세웠다" 고하였다. "사람을 죽인
　자는 사형을 시키고 사람에게 상해를 입히거나 도둑질을 한 자에게는 그에 해

寶篆會當歸日角[385]　천자의 자리 마침내 광무에게 돌아가니
盜名紛若置棋枰　분분하게 직책만 가진 자 바둑처럼 널렸구나.
滍陽獸仆[386]風沙急　한양에 짐승 전복할 때 모래바람 급히 일고
洛北冠高父老[387]驚　낙양 북쪽 관 높으니 부로들 기뻐 놀랐네.
河作堅氷[388]神有助　하수가 굳게 얼은 것은 귀신이 도왔고
人歸慈母土無爭　자식이 어버이에게 돌아가 듯 땅에 다툼이 없네.
臥中旣已資長策　와중에도 좋은 계책 이미 도움을 받았으니
圖上[389]何嫌得一城　그림위에 성 하나 얻은 것 무엇이 嫌疑롭나.

당한 형벌을 준다"고 고조가 관중(關中)을 점령하였을 때 약속하였다.

385) 寶篆日角 : 보전은 적복부(赤伏符)인데 광무가 즉위 할 때에 하늘로부터 받았다는 적색의 부절이고 일각은 광무를 말한 것인데 《通鑑》에 "광무의 형 인은 성품이 굳세고 큰 지조가 있었으며, 광무는 융절일각(隆準日角) 이었다"고 하였는데, 즉 코 끝이 높고 이마의 뼈가 해처럼 둥글게 생겼다는 것이나.

386) 獸仆 : 왕망이 왕읍(王邑)과 왕심(王尋)을 보내어 산동(山東)을 평정하고 또 호랑이.물소.코끼리를 몰아서 위세를 돋구었다. 광무가 왕심을 죽이고는 성 안에서 북을 치고 함성을 지르며 나가 안밖이 합세하니 왕망의 군사가 무너졌다. 때 마침 우뢰가 치고 바람이 불어 지붕의 기와가 날아가고 동이물을 붓듯이 비가 내리어 강천(滜川)이 넘치니 호랑이.표범들이 허둥지둥 하였다.

387) 父老 : 한 동네에서 중심이 되는 노인, 연로자에 대한존칭.

388) 堅氷 : 광무는 곡양(曲陽)에 이르렀는데 왕랑(王郎)의 군사가 뒤에 쫓아온다고 전갈이 오자 수행인들이 모두 두려워하였다. 호타하(滹沱河)에 이르니 척후병이 돌아와 아뢰기를 "하수에 얼음이 갈라져 흐르고 있고 배도 없어서 건널 수가 없다"고 하자 광무가 왕패(王霸)로 하여금 가서 살펴보게 하였다. 왕패가 군사가 놀랐을까 염려되었고 앞으로 가자니 물이 가로 막고 있어서 돌아와 아뢰기를 "얼음이 굳게 얼어서 건널 수 있습니다"하고 거짓말을 하였다. 광무가 이 말을 듣고 웃으면서 "척후 병이 과연 헛말을 하였구나."하고 진군하여 호타하에 이르자 얼음 조각이 얼어서 합해져 있었다. 이에 왕패로 하여금 호위하여 건너게 하였는데 두어 기마병만 못 건너고 얼음이 다시 갈라졌다.

389) 圖上 : 광무가 지도를 펼쳐 놓고 등우(鄧禹)에게 말하기를 "천하에 군(郡)이 이처럼 많은데 지금 겨우 하나를 얻었다. 그대가 전에 나에게 말하기를 '천하를 평정하기는 아무 것도 아니다'고 한 것은 무엇 때문인가?" 하자 등우가 말하기를 "지금 사해 안이 어지러워 사람마다 명철한 임금이 나오기 만을 갈망하고 있는데 이는 마치 어린아이가 어머니를 생각 하는 거나 마찬가지입니다. 옛날에 흥한 자는 덕의 후박에 달려 있었지 땅의 크고 작은데 달려 있지 않았습니다." 하였다.

塵掃園陵天地肅　원릉을 청소하니 천지가 엄숙하고
捷成南北劍弓鳴　남북에서 승리하니 칼과 활이 우는구나.
明通異域驚神聖　밝음이 타국까지 통하니 신성함에 놀랐고
昏到遺胎感至誠　어둠이 유태에 도달하니 지성에 감동했네.

岸幘390)幽簷新引客　건만 쓰고 처마에서 손님을 새로 맞고
駐車荒郡391)更留鄕　황폐한 변방 고을 머물러 다시 벼슬 내리네.
宛中392)褒德忠良勸　완 땅의 탁무에게 덕을 표창 어진 이 권장하고
灘外求朋節義成　여울연못가393) 벗 구하니 절의가 이뤄졌네.

390) 岸幘 : 공손술(公孫述)이 성도(成都)에서 황제로 즉위하였다. 외효(隗囂)가 마원(馬援)으로 하여금 가 보게 하였다. 마원과 공손술은 같은 마을에 살면서 친하게 지냈던 사이였기 때문에 손을 잡고 평소처럼 환대해 줄 것으로 여기었는데 공손술이 의장을 성대하게 갖추고 맞이하였다. 마원이 돌아오자 괴효가 광무에게 가 보라고 하였다. 마원이 낙양에 처음 도착하였을 때에 광무가 선덕전(宣德殿) 남쪽 곁채에서 건만 쓰고 맞이하였다. 광무가 웃으면서 "경은 두 황제 사이에서 놀고 있군요. 이제 경을 보니 매우 부끄럽소"라고 말하자 마원이 머리를 조아리며 대답하기를 "지금은 임금이 신하를 택할 뿐만 아니라 신하도 임금을 택합니다"하였다.

391) 荒郡 : 경신(庚申)에 광무가 남쪽의 정벌에 나섰는데 영천(潁川)의 도적들이 모두 항복하였다. 영천은 옛날에 구순(寇恂)이 다스렸던 고을이었는데 구순을 데리고 떠나려 하자 백성들이 길을 가로막고 "폐하께서는 1년 간만 구순을 이 고을에 임명시켜 주십시오"하니 구순을 그곳 수령으로 임명 하였다.

392) 宛中 : 완 땅의 사람 탁무(卓茂)가 인품이 너그럽고 공순하고 자애롭고 담담하며 도(道)를 좋아하였다. 애평(哀平) 무렵에 밀령(密令)이 되었는데 정사를 잘 하였다. 경부승(京部丞)으로 가자 밀 땅 노소들이 울부짖으면서 따라갔다. 왕망이 섭정하자 병으로 그만두었다. 광무가 즉위하여 먼저 탁무를 찾아 보았는데 탁무의 그 때 나이 70세 였다. 갑신에 조서를 내리기를 "이름이 천하에 난 사람은 천하의 큰 상을 받아야 한다. 그러므로 지금 탁무를 태부(太傅)로 삼고 조덕후(褒德候)에 봉한다."고 하였다.

393) 연못가 ……이뤄졌네 : 엄광(嚴光)의 자는 자릉(子陵)이다. 젊어서 광무와 같이 공부하였는데 광무가 즉위하자 엄광이 성명을 바꾸고 숨어 살면서 나타나지 않았다. 광무가 그의 어짐을 생각하여 그 모습을 그려서 찾게 하였는데 제 나라에서 "어떤 남자가 양 갓옷을 입고 연못에서 낚시질을 하고 있다"고 보고하였다. 광무가 그가 아닌가 의심쩍어 조그만 수레와 폐백을 갖추어 사자를 보내 초빙하였는데 세 번만에 왔다. 그날 광무가 묵고 있는 숙소로 찾아가 같이 정사를 하자고 권하였으나 듣지 않고 부춘산(富春山)으로 들어가 농사 짓고 살았다.

天子笑談安鬪虎(394)　천자는 웃으며 말하는 것 어찌 범처럼 싸우며

將軍珍玉慰披荊(395)　장군에게 보배 준 것은 고생한 것의 위안일세.

祥揮甘露(396)崇謙德　감로의 상서로움 뿌리쳐 겸양의 덕 숭상했고

文起靈臺偃義旌　영대에서 문풍을 진작하고 의정을 거두었다네.

深鎖玉門辭馬武　옥문 깊이 닫아　마무를 사절했으며

保全金券(397)戒韓彭　금권을 보전하여 한신 팽월 경계했지.

收權歸佩黃金印　권한을 거둬 가고 황금 도장 꿰찼으며

共擊何煩白馬盟　다 같이 공격한데 백마 맹서할 것 없지.

---

394) 安鬪虎 : 가을에 가복(賈復)이 소릉(召陵)과 신식(新息)을 쳐서 평정하였
다. 가복의 부장이 영천의 사람을 죽였는데 영천태수 구순이 붙잡아 저자에
서 죽여 사람들에게 경계하였다. 이로 말미암아 가복과 구순의 사이가 매우
악화되었다. 광무가 이 말을 듣고 두 사람을 불러 놓고 말하기를 "천하를
아직 평정하지 못하였는데 두 호랑이가 사적인 일로 싸워서야 되겠는가. 짐
이 오늘 말려야겠다" 하고 즐거운 자리를 마련하였다. 이에 같이 수레를 타
고 나가 벗을 맺고 떠났다.

395) 披荊 : 풍이(馮異)가 장안에서 와 조회에 참석하였는데 광무가 공경들에게 말
하기를 "저 사람은 내가 군사를 일으킬 때에 주부(主簿)였다. 나를 위하여 어려
움을 헤쳐가며 관중(關中)을 평정하였다."하고는 보물과 비단을 하사하였다.

396) 揮甘露 : 경사(京師)에 예천(醴泉)이 솟아나고 또 적초(赤草)가 물가에 났으며
각 군에서 감로(甘露)를 자주 바쳤다. 신하들이 "영물(靈物)이 계속 생기니 태사
(太史)로 하여금 이 사실을 써서 후세에 전해야 합니다"고 아뢰었으나 광무가
받아들이지 않고 항상 겸손하며 덕이 없는 것처럼 하였다.

397) 保金券 : 한 고조(漢高祖)가 한을 세울 때 같이 고생하였던 장군 한신(漢
信).팽월(彭越)등이 모두 역모 죄로 죽었는데 광무가 장수들에게 우리는 그
러한 일이 없게 하자고 다짐하였다.

纔抑大臣臺議重　　대신을 억제하자 대간 의논 존중되고
却親微薄主威輕　　친하고 미박한이 가까이하니 임금 위엄 가벼워졌네.
初驚圖讖398)傷文學　　처음에는 도참으로 문학 손상시킴에 놀랐고
旋見巡封誤太平　　뒤이어 순봉하여 태평을 그르쳤네.
錢穀399)豈能酬死直　　전곡이 어찌 능히 죽은 목숨 갚겠는가
珠犀400)猶復蔽聰明　　주서가 다시금 임금님 총명 가리었네.
晚移私愛輕天下　　늦으막 사사로운 사랑에 빠져 천하를 경시하니
愧許奸回籍爾名　　부끄럽게 간사한 것 그대 이름 빙자했네.

---

398) 圖讖 : 도참은 장래의 길흉을 예언한 책. 중원(中元) 원년에 광무가 하도회창
부(河圖會昌符)를 보았는데 거기에 "유씨 9대손이 대종(岱宗)에 모여 명하리라"
써있었다. 광무가 이 글에 감동하여 양송(梁松)등에게 하락참문(河雒讖文)을 찾
아보라고 명하였더니 거기에 "9대때 봉선(封禪:제왕이 천지에 제사 지내는 전례)
하는 일이 36건이다" 라고 하였다. 이에 장순(張純)등이 다시 봉선하자고 주청
하니 상이 허락하고 산에 올라가 옥새로 친히 옥첩검(玉牒檢)을 봉하였다. 이에
앞서 30년에 광무가 동쪽으로 순행을 나섰는데 신하들이 아뢰기를 "즉위한 지
30년이 되었으니 태산을 봉선해야 합니다." 하자 광무가 말하기를 "즉위한 지
30년에 백성의 뱃속에 원한이 가득 찼는데 내가 누구를 속이겠는가, 하늘을 속
인단 말인가?" 하였다.
399) 錢穀 : 15년 봄에 대사도(大司徒) 한흠(韓歆)이 면직되었다. 한흠이 말하기를
좋아하여 숨기거나 거리낌이 없었으므로 용납되지 못하였다. 한흠이 광무의 앞
에서 흉년이든 것을 증거대고 하늘을 가리키고 땅을 그으면서 강경히 말하였기
때문에 면직되어 고향으로 돌아갔다. 광무가 그래도 분이 안 풀려 다시 사자에
게 조서를 보내 책망하니 한흠과 그의 아들 한영(韓嬰)이 모두 자살하였다. 한흠
이 평소에 무거운 명망이 있는데다가 억울하게 죽었기 때문에 인심이 대부분 수
긍하지 않았다. 이에 광무가 돈과 곡물을 뒤쫓아 보내 예를 갖추어 장사를 치르
게 하였다.
400) 珠犀 : 가을 7월에 무릉(武陵)의 만인(蠻人)들이 임원(臨沅)을 노략하였는데 마성
(馬成)이 토벌하였으나 승리하지 못하였다. 마원이 자기가 가서 정벌하겠다고 자원하
였다. 처음에 마원이 교지(交趾)에 있으면서 항상 율무를 먹었더니 몸이 가볍고 장기
(瘴氣)를 이겨낼 수 있었다. 승리를 거두고 돌아오면서 수레 한 대에다 율무를 싣고
돌아왔다. 그가 죽은 뒤에 어떤 사람이 소를 올려 마원이 그전에 교지에서 실어온
것은 모두가 명주(明珠) 문서(文犀)라고 참소하자 광무가 노하였다. 마원의 처지가 황
공하여 선영 밑에다 묻지 못하고 성의 서쪽에다 초라하게 묻었다.

國譯龜峯集
(卷之十一)

부록(2)

雲谷詩集

旅雲出版社

▲ 삼현수간(三賢手簡)의 구봉친필

雲谷 宋翰弼 詩 (운곡 송한필 시) *29

1. 惜春/昨夜雨 401) 아쉬운 봄 / 어제밤 비에

花開昨夜雨	어제 밤 비에 꽃이 피었더니
花落今朝風	오늘 아침 바람에 꽃이 지네.
可憐一春事	가련 하구나 한 봄 날의 일이
來去風雨中	비바람 속에 왔다 가는구나.

2. 客中川上　　객지 시냇가에서

偶爾相携出	서로가 손을 잡고 우연히 나왔더니
閒情浩不收	한가한 정 끝없이 금할 수 없네.
莫辭今日浴	사양하지 말게나 금일의 이 목욕을
春水盡沂流	봄물은 모두다 기수의 물이로다.

3. 有感　　감회가 있어

身入雲山得意高	운산(雲山)에 들적에는 양양한 그 의기가
朝朝何事首空搔	어인 일로 아침마다 머리만 긁적이노.
誰知天下憂多少	뉘 알리 많고 적은 이 세상의 수심이
先着幽人兩鬢毛	유인(幽人)의 양 귀밑털에 맨 먼저 백발이 찾아온걸.

---

401) 위의 시는 중학교 교과서에 조선중기 운곡 송한필의 偶吟詩라
　　소개하고 바람과 비속에서 왔다가 사라지는 인생무상(人生無常)
　　덧없음을 읊은 것이라고 설명되어 있음. ※ 偶吟詩=우연히 지은시

4. 有感　　　유감

二首　　　2수

斯擧當年看魯論　눈치 보던 그 나이엔 논어를 읽었고
綢繆今日詠詩篇　지혜가 는 요즘에는 시경을 읊조리네.
漁翁亦識蒼天色　고기 잡는 저 늙은이 하늘 의도 알았는지
風雨前頭已泊船　비바람 치기 전에 미리 배를 대는구만.

擧世人人爭利祿　온 세상 사람마다 이록만 탐내는데
猶知利祿不如閑　이록이 한가함만 못하단 걸 나 혼자 알고 있지.
君看多少屛風裏　그대는 보았는가 병풍 속에 그림들을
不畵紅塵畵碧山　때 아닌 푸른 산 그려져 있는 것을.

6. 聽乞米笛　　쌀을 구걸하는 자의 피리 소리를 듣고

萬歲宗祧千歲城　만세된 묘조에다 천 년된 저 성터에
凄凄此日冷烟生　오늘날 처량히도 찬 연기만 일고 있네.
梨園歌管知多少　얼마나 많았던고 이원(梨園)의 그 악사들
散作荒村乞米聲　황촌에 흩어져 쌀 구걸하는 소리로다.

7. 客中　　　　　객지에 있는 동안

衰境詠歌非適意　늙으막에 노래하긴 내 뜻에 들지 않고
異鄕言笑豈知音　타향의 말소리를 어찌 알아 들을소냐.
羈人有似經冬草　떠도는 나그네 겨울 지낸 풀잎이라
縱得春風已朽心　봄바람 불어온들 시든 마음 소용있나.

8. 白鷗　　　　　백구 (흰갈매기)

天賦飄疎品已高　타고난 품성은 고상도 하니
一江秋水足游遨　가을철 한 강물에 노닐만도 하구나.
求魚莫向游泥去　고기를 찾으려고 진흙 벌에 가지 마오
却恐游泥汗白毛　흙탕물이 흰털을 더럽힐까 염려되니.

9. 有感　　　　　감회가 있어

花草同時承雨露　비와 이슬 함께 받아 자라난 화초들
當春誰辨望秋零　가을에 떨어질 줄 봄에 누가 알겠느냐.
羣芳不自經霜雪　향기 뿜는 꽃들은 서리, 눈을 모르는데
豈是孤松欲獨靑　어찌 외로운 솔만이 푸르고자 하는고.

10. 題從政圖402)　종정도에 쓰다

人出機心塵裏競	남들은 기만 부려 세상 공명 다투지만
吾將閑日局中爭	나는야 한가하면 바둑 수나 겨룬다네.
若非治國平天下	치국이 아니고 평천하가 아닐 바에야
同是浮生暫刻名	잠깐 동안 이름 남긴 부생이나 같은 것을.

11. 挽金黃岡　김황강의 만사

丁巳年中送謫時	귀양길 송별하던 정사 년 중에
每憑消息淚如絲	소식 들을 때마다 주룩주룩 눈물 흘렸네.
丹旐此日門都祖	붉은 깃발 떠난 이날 문도(門都)서 전별이라
更向何人問後期	다시금 뉘를 보고 후일 기약 물을 건가.

-1582년

12. 次簡齋韻　간재의 시운에 따라 짓다

隔歲無消息	소식이 끊긴 지 한 해가 넘고 보니
鄕心夢亦驚	고향 생각에 꿈에도 놀라노라.
一春成白首	어느 덧 이 청춘이 백수가 다 되어서
殘雨客荒城	이슬비 황성 속에 나그네 되었구나.
征袖縫還綻	떠돌이 옷소매는 깁고 나면 또 터지고
床塵掃更生	상 위에 쌓인 먼지 쓸었지만 또 생기네.
終朝長短詠	아침 내내 장단구를 읊조려 보았지만
總是未歸情	모두가 돌아가지 못함에 대한 정이로다.

---

402) 從政=從卿=陞卿 : 넓은 종이에 옛 벼슬의 이름을 품계 종별 따라 써
놓고 알을 굴려서 나온 끝수에 따라 벼슬이 오르고 내림을 겨루는 놀이

13. 寄呈仲兄黙菴 중형 묵암에게 부쳐드림
喪子只一婿   아들을 잃고 다만 사위 하나 뿐이로다

同在艱危日	어렵고도 위태한 날 그대 함께 겪으며
爲兄多發歎	형을 위해 탄식을 많이도 하였었소.
南容千載罕	신중한 南容은 천 년에나 한 사람 있을 런지
東野一身單	글 잘한 맹동야(孟東野)는 일생이 외로웠소.
海雨衣全薄	몰아친 바닷비에 걸친 옷이 엷어지고
關雲夢亦寒	관문에 구름 끼니 꿈 또한 식었구려.
乾坤雙白鬢	광대한 천지 사이 귀밑털만 하얘지니
懷抱與誰寬	이 회포 뉘와 함께 풀 수 있단 말인가.

14. 謫中寄子女 유배지에서 자녀에게 부치다

不改平生樂	한평생 변치 않고 동락코자 하였는데
誰爲此日啼	오늘날 통곡할 줄 그 뉘가 알았을고.
一男初學禮	아들 하나 열 살이라 지금 막 예를 배우고
兩女未加笄	두 여식 아직도 비녀 꽂지 않았네.
千里書難寄	천 리라 먼 길에 글 부치기도 어려워
三春夢亦迷	봄철이 되었으나 꿈에도 볼 수 없네.
知吾安若命	내가 운명에 편안함을 알고 있으니
勉汝莫含悽	당부하노니 너희들은 슬퍼하지 말라.

15. 次洪仲仁韻　홍중인의 시운에 따라 짓다

已知閒裏味	한가로운 그 진미를 알고부터는
還廢案頭書	책상머리 서책도 덮어 두었지.
風定千林靜	바람 자니 온 수풀은 고요 하고
雲歸一室虛	구름 떠난 한 방은 텅 비어 있어.
穿蘿通活水	송라(松蘿)403)를 헤치고서 새 샘물 뚫어 놓고
坐石看遊魚	반석에 주저앉아 노는 고기 보곤 하지.
只是貪山客	산수가 탐이 나서 노니는 나그네니
休言避世居	속세 피해 산다고 말하지 말게나.

16. 挽辛白麓　신백록 만사

講席經綸學	경연의 그 강론은 세상 경영 학문이요
淮陽社稷臣	지방관 나갔을 땐 회양의 사직신404)이었네.
急難思活手	어렵고도 급하여 구원 손길 기다리자
徐起慰生民	조용히 일어나서 생민을 위로했네.
邦國方多事	나라에 할 일 많아 걱정이 되었으나
朝廷却有人	조정에 사람 있어 믿음직 하였다네.
云亡千古恨	그대가 죽었다니 천고의 한이로다
今日重霑巾	오늘날 거듭거듭 수건만 적신다네.

---

403) 송라(松蘿) : 여승이 쓰는 모자. 소나무 겨우살이로 짚 주저리 비슷하게 엮어 만든 모자.
404) 사직신(社稷臣) : 나라의 안위를 맡은 중신.

17. 次姜秀才新亭韻 강수재의 신정 시운에 따라 짓다

地作天藏久	감춰둔 지 오래된 천지의 명승지를
逢君却不慳	그대를 만나니 아끼지 않았구려.
沙平雲意慢	평평한 백사장에 구름은 걷히지 않고
林邃鶴眼閑	푸른 숲 짙고 깊어 학은 한가로이 잠들었네.
不夜銀橋外	멀고 먼 은하수 다리 밖에는 밤이 없고
長春若木間	해지는 곳 若木405) 사이에는 긴 봄이로다.
人言東海上	사람들은 말했네, 동쪽 바다 어느 곳엔가
本是有仙山	그전부터 신선 산이 있다고들 말하지.

18. 送徐牧使令公赴義州 서목사 령공의 의주 부임 때 송별하다

那年南郡客	어느 핸가 남녘 고을 맡았던 나그네가
今日出西陲	오늘날 발탁되어 서변으로 나가누나.
素志千人特	가슴에 본디 뜻은 천사람 중 특별했고
丹忠一劒知	일편인 충심이야 한 칼만이 알고 있네.
關門通禮讓	관문에선 예양(禮讓)으로 통하고
風俗變華夷	미개한 풍속을 문명으로 바꾸리라.
萬世揚名孝	만세에 이름나면 바로 이게 효도이니
晨昏莫涕洟	아침저녁 문안 못해 눈물 짓지 말게나.

---

405) 약목(若木) : 나무의 이름으로 해가 지는 곳에 있다고 함.
〔山海經〕南海之內, 黑水靑水閒, 有木, 名曰若木

19. 謫中次人韻　　유배중 어떤 사람의 시운에 따라 짓다

仁義詩書少日談	인의(仁義)니 시서(詩書)니 젊은 시절 이야기요
白頭端坐欲窮探	늘그막엔 단좌(端坐)하고 깊은 이치 탐색하네.
露霈花藥香交樹	꽃술에 이슬 내려 나무 사이 향기 가득
雲散秋空月暎潭	구름이 흩어지니 가을 달 연못 속에 비추고.
進退三千徒學北	부질없이 삼천(三千)예절 북변에서 배우자니
扶搖九萬只圖南	구만리 솟아올라 남녘으로 가고파라.
狂風一夜偏傷我	미친바람 밤사이에 내 마음을 아프게 하니
茅卷三重拔老楠	3중의 띠 지붕 걷히고 늙은 남 나무도 뽑혔네.

20. 謫中次人韻　　유배중 어떤 사람의 시운에 따라 짓다

風卷黃埃擧世靡	바람이 티끌 몰아 온 세상 휩쓰는데
長沙處處涕空垂	장사(長沙)406)라 곳곳에는 부질없이 눈물짓네.
秦雲渺渺韓公詠	진운(秦雲)이 아득한 건 한유(韓愈)가 읊조리고
楚日茫茫屈子詞	초일(楚日)은 망망이라 굴원(屈原)의 가사로세.
學道已過知命日	도리를 배운지 이미 50이 지나고
行身又及覺非時	행신(行身)이 어언 또 제때 아님을 알겠네.
春還異域珠花發	낯선 땅에 봄 돌아와 붉은 꽃 피었으니
莫領閑愁入我眉	부질없는 시름일랑 눈썹에다 띄지 말게.

---

406) 장사(長沙) : 漢나라 가의(賈誼)가 장사왕의 태부(太傅)가 되었으나 天下諸
侯가 강대하여 제재하기 어려우므로 심히 깊이 슬퍼하고 탄식한 고사.

21. 獨立松　　홀로 선 솔

枝連翠壁烟光合　　푸른 절벽 뻗은 가지 연기 빛과 합해졌고
幹倚空壇月色分　　텅 빈 단(壇)에 기댄 줄기 달빛이 나뉘었네.
影落池中龍乍幻　　연못 속에 비친 자취 용처럼 보이고
聲搖天半雨常聞　　공중에 울린 소리 항상 비오듯 들리네.
孤高欲往辭塵鳳　　가고푼 고고한 품 세상 떠난 봉이고
聳直如掀礙日雲　　날 듯이 우뚝한 상 태양 가린 구름일세.
離却徂徠非失所　　조래산[407) 떠난 것은 살 곳을 잃어서랴
從來奇挺不成羣　　기특하고 빼어난 본성 예사 무리 싫어서지.

22. 挽松江相公　　송강 정철 상공의 만사

身壓千官事更孤　　벼슬이 높아지니 일은 다시 외롭지만
危朝蹤跡志唐虞　　조정에 위태한 자취 당우(唐虞)를 만들고자.
丹心十載牽裾[408)宰　　십 년 동안 단심으로 옷깃 잡고 간한 재상
白首三湘賦鵩儒　　백수에 삼상에서 복조부(鵩鳥賦)[409)를 지은 선비라네.
征袖未乾存楚淚　　정벌하던 옷소매엔 우국 눈물 항상 젖고
客亭空作過河呼　　나그네 정자에는 헛되이 정승이란 호칭만 지었도다.
惟餘滅賊忠魂在　　오직 적을 멸망하려 간직한 충혼이여
來入中興將相圖　　중흥의 장상도(將相圖)에 참여하였도다.

---

407) 조래(徂來)산 : 조래는 조래산으로 산 서쪽에 소나무와 잣나무가 많다.
408) 견거(牽裾) : 임금의 소매를 잡고 간하는 것.
409) 복조부(鵩鳥賦) : 文章의 이름으로 前漢의 賈誼가 長沙에 귀양 갔을
　　때에 때를 만나지 못함을 스스로 슬퍼하며 지은 글.

23. 次鏡湖韻　　경호의 시운에 따라 짓다

臨瀛爲號是仙城　그 이름 임영(臨瀛)410)이라 신선 사는 곳이며
棹脫平生在世情　한평생 세상 미련 노를 저니 사라지도다.
脚下有星天有幻　발 밑엔 별이 총총 하늘인가 의심쩍고
眼中無土地無成　눈 앞에 흙 없으니 땅 아닌 듯 여겨지네.
波光瀲艶秋長住　물결 빛 넘실넘실 한없는 가을인양
橋影橫斜客倒行　다리 그림자 가로 빗긴 듯, 나그네 거꾸로 가는 듯.
到此始知開闢意　이제사 알겠구만 천지개벽 그 뜻을
人心物色本虛明　인심이나 물색(物色)이 본디부터 허명(虛明)하네.

24. 謫中書懷　　유배지에서 회포를 쓰다

逢人猶自道詩書　사람 만나 아직도 시서(詩書)에 대한 이야기니
處處溪山盡可廬　시내 산 곳곳마다 집 지을 만하구려.
門接狼煙411)朝翠密　봉화 연기 문과 맞닿아 아침 산 빛 자욱하고
庭連楡塞412)夕陽疎　변방의 성새는 뜰과 연해 석양 빛이 옅으네.
芝翁歌激秦坑後　진나라가 선비를 묻은 뒤에 지옹(芝翁)413) 노래 격해지고
治隱論高漢錮餘　한나라가 군자를 감금하니 치은(治隱) 논설 높아졌네.
飄灑襟懷誰與伴　드높고 맑은 회포 뉘하고 같이 하나
碧天雲散水亭虛　하늘에 구름 걷자 물가 정자 텅 비었네.

---

410) 임영(臨瀛) : 삼신산의 하나로 신선이 사는 곳.
411) 낭연(狼煙) : 봉화 연기.
412) 유새(楡塞) : 북방 변방의 성새.
413) 지옹, 치은은 미상(未詳)임.

25. 有感　감회가 있어

人自紛紛我不疑　사람 절로 분분하지만 나는 아무것도 의심 안 해
一心惟許鬼神知　이 마음 귀신만은 알리라 믿고 있지.
身藏巖隙無成毀　바위틈에 몸 감추니 성패는 없지마는
名漏人間有是非　인간에 남긴 이름 시비가 붙는 구나.
花逐狂風香更遠　광풍(狂風)에 날린 꽃향기 더욱 멀어지고
雲含殘日意逾遲　구름 속에 석양 드니 뜻 더욱 더디구나.
桃源未必皆秦客　도원(桃源)의 사람들이 진(秦)나라 때 사람만이랴
巢許歸山亦聖時　소부(巢父).허유(許由) 입산 때도 성인의 시대였다네.

26. 感興　흥이 나

紛紛身世道猶全　떠도는 신세지만 도는 아직 그대로요
營利區中有自然　영리 속에 살아도 자연미는 있다네.
琴不絃時方至樂　거문고 안 탈 때 즐거움이 한창이고
水無聲處是澄淵　물결소리 없는 곳에 연못이 맑다네.
月生巖畔僧初定　바위 위에 달이 뜨자 스님 마침 취침이
風靜松頭鶴久眠　솔 머리 바람 잦아 학의 잠은 끝없다네.
獨看夜深羣動息　밤늦도록 혼자 보니 생명체는 휴식인데
片雲隨意颺長天　조각구름 마음대로 넓은 하늘 떠다니네.

27. 次人韻　　어떤 사람의 시운에 따라 짓다
二首　　　 2 수

生晚秦坑漢錮餘　진갱(秦坑) 한고(漢錮) 치른 뒤 이제사 태어나니
茫茫學藝志游於　아득도 하구나 예.악.사.어.서.수.(禮樂射御書數).
商流有籌悲頭會414)　계산 밝은 장사꾼은 세금 냄을 슬퍼하고
欲浪無邊笑尾閭415)　가없는 욕심의 물결은 미려(尾閭)를 비웃는구나.
栩栩夢中唯適矣　즐거운 꿈속 노름 마음에 흥겨운데
棲棲天下孰沽諸　근심스런 이 천하를 뉘에게 넘길거냐.
百年事業君休問　백 년 사업 어떤가를 그대는 묻지 말게
千里風霜兩鬢疎　천 리에 바람서리 귀밑털이 하야네.

偏性從來是佩絃　편진 성품 본래부터 어진 정사 꿈꾸었는데
覺非今日欲醫前　오늘날 오십되어 옛날 잘못 깨달았네.
學詩庭下吟三百　부모 밑에서 시 배울 땐 삼백 편을 읊조리고
聞道關中聽五千　관중에 있을 때 노자의 도덕경 오천 언을 들었다네.
自笑少年悲鵩賦　복조부(鵩鳥賦)를 비웃던 소년 시절 절로 웃음 나오고
長嗟大智怒鵬篇　대붕편(大鵬篇)에 성난 대지(大智) 길이 탄식하노라.
何思何慮知何樂　생각할 게 무엇이며 즐거울 게 무엇 있나
卷盡人爲付自然　인위적인 것일랑 다 버리고 자연으로 붙이자.

---

414) 두회(頭會) : 조세를 많이 내는 것.
415) 미려(尾閭) : 냇물이 모이는 끝의 바다에 물이 세서 흐르는 구멍이
　　 있다함. 장자에 나오는 말.

29. 世亂客中　　어지러운 때 객지에서

千里行裝滯一方　천 리 떠난 이 행장이 한쪽에 막히어서
白蘋紅蓼又經霜　하얀 부평 붉은 여뀌 또 한 해를 지냈구나.
疎簾帶雨殘燈晦　주렴 밖에 비가 오니 새벽 등불은 희미하고
孤店臨溪客夢涼　시내 곁에 외로운 주막 나그네 꿈 차갑도다.
蜀魄去鄕愁夜永　고향 떠난 소쩍새는 밤 길어 수심이고
塞鴻離侶怨天長　짝 잃은 기러기는 하늘 멀어 원망하네.
乾坤誰是安巢處　천지가 편안타고 그 누가 말했더냐
兵火三年滿洛陽　병화(兵火)가 삼년 동안 서울에 가득한 걸.

30. 次退憂亭韻　　퇴우정 시운에 따라 짓다

平生已厭鳳池仙　봉지(鳳池)416)신선 평생에 벼슬아치 싫어하여
還借桃花洞裏天　도화동(桃花洞) 하늘 밑에 자리를 빌렸구려.
手額蒼生思起日　창생들은 나오기를 기대하고 있는 이 날
頤神道氣欲忘年　정신 함양 기(氣)를 모아 해 가는 줄 잊고자네.
岸中秋月長臨沼　가을 달은 연못 위에 길이 길이 비추는데
捨瑟春風幾浴川　봄 바람에 비파 놓고 몇 번이나 목욕했나.
只恐聖朝多制作　염려되오, 성조(聖朝)에 할 일이 많은데
肯敎莘叟更歸田　신수(莘叟)417)로 하여금 다시 농사 지라 하였네.

---

416) 봉지(鳳池) : 금중(禁中)에 있는 못의 이름, 곧 재상을 말함.
417) 신수(莘叟) : 이윤(伊尹), 孟子에 이윤이 신야에서 밭을 갈았다는 고사.

31.32 感興　　　　흥이 나

二首　　　　2 수

神龍深潛九淵中	신룡은 구만리 연못 속에 깊이 숨었는데
潢潦蝦蛭胡	웅덩이에 하찮은 두꺼비 거머리야
爲乎相猜	어인 일로 그리도 시기를 하느냐?
潢潦九淵隔千里	웅덩이는 구만 리 못, 천 리나 떨어져서
面目永無相接時	평생토록 얼굴 한 번 마주볼 때 없단다.
神龍作四海同沸騰	신룡이 솟구치면 사해가 들끓나니
蝦蛭或恐從披靡	두꺼비 거머리야 휩쓸릴까 염려된다.
吾聞	나는 들었노라
上古日雨而雨日	비 오라면 비가 오는 상고의 그 날에는
付與神龍爲其爲	신룡이 할 수 있게 조화를 주었다고.
邇來大旱	왠일인지 요즘에는 심한 가뭄들어
不復思霖雨	다시금 비 내릴 줄 생각하지 않고서
龍也潛蟄徒逶迤	그 신룡 깊이 숨어 어정어정 하느냐?
嗚呼蝦蛭胡爲乎相猜	아! 두꺼비 거머리들아 왜 그리 시기하노?
龍無舊起	신룡이 솟구처 일어나지 않으면
汝無披靡期	너희들 언제나 휩쓸리지 않겠지만
但恐旱久潢潦亦焦枯	가뭄이 오래되면 웅덩이 말라서
蝦蛭幷臨乾死	두꺼비 거머리가 모두 말라 죽을까봐 두려워하노니

始向神龍悲　　　　그제야 신룡 보고 구해 달라 애원하겠지.

神龍自恃神靈　　　신룡이야 자신의 신비한 조화 믿고

不自請作霖雨　　　비 내리자 상제에게 청하지 않겠지만

蝦蛭自恃潢潦　　　거머리 두꺼비도 웅덩이 물 믿어선지

亦不願起神龍　　　신룡이 일어나길 원하지 않는구나.

三農望望呼久旱　　농부들은 기다리다 가뭄이라 부르짖는데

蝦蛭自謂本不資三農　두꺼비 거머리는 농사가 나와 무슨 관계이랴.

自知鬐鬣不盈寸　　한 치도 차지 않는 지느러미 수염이라

斗水可活　　　　　한 말의 물쯤이면 살아갈 수 있을 텐데

何必大水之溶溶　　질펀한 강물이 무슨 필요 있느냐고.

俄然潢潦作飛塵　　이윽고 웅덩이에 먼지 훌훌 날으자

擧族焦爛無相容　　떼족이 타고 말라 어쩔 줄을 모르는군.

神龍不念蝦蛭忌我心　신룡은 그것들이 시기한 걸 생각 않고

只歎我爲神龍　　　신령한 나로서 미물을 버려둔 채

不能救微物而長終　영영 죽게 나두랴 탄식만 한다네.

浩浩九淵七年之旱亦何憂　구만리라 넓은 그 못 칠년가뭄 근심할까

但恨蝦蛭共恃　　　두꺼비 거머리 웅덩이 물 믿고서

潢潦蹈危蹤　　　　위태로움 모르는 그 모습 한스럽지.

漢詩의 四聲 (御定奎章全韻)

한시의 平仄관계 《○平聲이고 ●仄聲이며 ◑共用이다.》

五言絶句

(平起受仄者)同 (仄起受平者)

○●○○●●　◑●●○●
○●●○○　○○●●○
◑●○○●　○○◑●●
○○●●○　◑●●○○

七言絶句

(平起受仄者) 同 (仄起受平者)

◑○○●●○○　◑●◑○◑●●
◑●◑○●●○　○○◑●●○○
◑●○○○●●　○○◑●◑○●
◑○◑●●○○　◑●○○●●○

五言律詩

(平起受仄者)同 (仄起受平者)

◑○○○●●　●○○●●○
◑●●○○　◑○◑●○
○●○○●　◑●○○●
◑○○●●　○○◑●○
◑○○●●　◑●○○●
◑●●○○　◑○○●○
◑●○○●　◑●●○○
◑○◑●○　◑●●○○

七言律詩

(平起受仄者) 同 (仄起受平者)

◑○◑●●○○　◑●○○●●○
◑●○○●●○　◑○◑●●○○
◑●◑○○●●　◑○◑●○○●
◑○◑●●○○　◑●○○●●○
◑○◑●○○●　○●◑○○●●
◑●○○●●○　◑○◑●●○○
◑●◑○○●●　◑○◑●○○●
◑○◑●●○○　◑●○○●●○

4성	御定奎章全韻　(韻字表106韻)														
平聲	上平	東	冬	江	支	微	魚	虞	齊	佳	灰	眞	文	元	寒	刪
	下平	先	蕭	肴	豪	歌	麻	陽	庚	靑	蒸	尤	侵	覃	鹽	咸
上聲		董	腫	講	紙	尾	語	麌	薺	蟹	賄	軫	吻	阮	旱	潸
		銑	篠	巧	皓	哿	馬	養	梗	逈	有	寢	感	琰	豏	
去聲		送	宋	絳	寘	未	御	遇	霽	泰	卦	隊	震	問	願	翰
		諫	霰	嘯	效	号	箇	禡	漾	敬	徑	宥	沁	勘	豔	陷
入聲		屋	沃	覺	質	物	月	曷	黠	屑	藥	陌	錫	職	緝	合 葉 洽

· 平聲 ▶ 四聲 上平과 下平의 총칭인데 모두 낮고 순평한 소리임.

　上聲 ▶ 처음이 낮고 나중이 높은 소리

　去聲 ▶ 가장 높은 소리, 先高 後低로 발음함.

　入聲 ▶ 끝을 빨리 닫는 소리, 짧고 몹시 빠르게 소리를 냄

　仄聲 ▶ 한자의 四聲中에 上聲 去聲 入聲의 총칭.

· 近體詩와 對句를 이루는 글귀에서는 반드시 정해진 규칙에 따라 平仄에 맞는 글자를 써야 하는데 正式과 變式으로 나뉘며 정식은 일정한 平仄을 써서 聲調를 고르는 것으로 近體詩의 絶句와 律詩에 쓰인다.

吾年　　내 나이

吾年六十一　　내 나이 올해에 육십일세 되었는데
日覺俗緣空　　날로 느껴짐 속세의 인연 허전하군.
有壽仙何學　　장수하니 신선을 배울 게 뭐가 있나
無愁酒不功　　시름이 없으니 술 힘도 필요 없네.
養多心轉靜　　수양 쌓다 보니 마음 점차 고요하고
看久理逾通　　오래 살피니 이치 더욱 환해지네.
末路相知少　　늘그막에 서로 아는 사람 적어지니
超然出世翁　　초연히 세상 떠날 늙은이 되었구나.

國譯龜峯集
(卷之 三)

雜著

雜 著

여산송씨대종회

天　　하늘

君子與小人	군자와 소인은
所戴惟此天	오직 같은 하늘아래 살지만
君子又君子	군자는 또 군자가 되어
萬古同一天	만고에 같은 하늘이라 하네.

小人千萬天	소인은 하늘을 천 만 개로 여겨
一一私其天	하늘을 하나하나 사사로이 여기지만
欲私竟不得	사사롭게 하려다 끝내 얻지 못하면
反欲欺其天	도리어 그 하늘을 속이려하네.

欺天天不欺	하늘을 속이려 해도 하늘은 안속아
仰天還怨天	하늘 우러르다 도리어 원망하나
無心君子天	사심 없어야 군자의 하늘이고
至公君子天	지극히 공평함 군자의 하늘이지.

窮不失其天	곤궁해도 그 하늘 잃지 않고
達不違其天	영달해도 그 하늘 어기지 않네
斯須不離天	잠시도 하늘 떠나지 아니하니
所以能事天	그러므로 하늘을 섬겨야지.

聽之又敬之	듣고 또 하늘 공경하고
生死惟其天	생사 간에 오직 그 하늘뿐이니
旣能樂我天	이미 나의 하늘 즐길 수 있다면
與人同樂天	남들과도 함께 하늘 즐기리라.

龜峯先生集卷之三 / 雜著

잡저(雜著)

太極問 태극문

太極問

余倣屈子天問 設太極問 以觀後學所答如何 後患答者多
不合理 略成答說以便看○理一而已 太極問答 變轉雖殊
終歸一理 亦非自家私論也 皆朱子語意也 但因一問一答
而有易曉易知處 敢錄而自觀焉

태극문

내가 굴원(屈原)의 천문편(天問篇)[418]을 모방하여 태극(太極)의
문제를 내어 후학들이 어떻게 답하는지 보려 했는데 그 뒤
답한 것들이 대부분 이치에 맞지 않아 걱정한 나머지 간단히
답을 만들어 보는 데 편리하게 하였다. 이(理)는 하나일 뿐이
다. 태극에 관한 문답이 여러 가지로 변하여 다르긴 하지만
마침내는 한 이치로 돌아간다. 이 역시 나의 사론이 아니라,
모두 주자(朱子)께서 말씀하신 뜻이다. 다만 일문일답을 통해
쉽게 깨달을 수 있고 쉽게 알 수 있는 곳이 있으므로 기록하
여 스스로 보려고 한다.

---

[418]굴원의 천문편(屈原의 天問篇) : 춘추 전국 시대 초(楚)나라 사람으로 이름
은 평(平)이고 별호는 영균(靈筠)이다. 아는 것이 많고 치란(治亂)에 대해 밝
았으며 글을 잘 지었다. 회왕(懷王)때에 삼여대부(三閭大夫)가 되었다. 왕이
매우 신임하였는데 상관대부(上官大夫)가 시기하여 참소하자, 왕이 노하여
굴원을 멀리하니, 굴원이 우수사례 속에 이소경(離騷經)을 지었다. 이윽고
양왕(襄王)이 즉위하여 다시 참소를 듣고 강남(江南)으로 귀양을 보냈다. 굴
원이 이에 어부사(漁父詞).천문 등의 글을 지어 자신의 뜻을 표시하였는데
자문 자답한 것이다. 5월 5일에 돌을 안고 멱라수(汨羅水)로 뛰어들어 죽었
다.

問 : 老氏之出無入有 莊氏之自無適有 佛氏之空說 各不同而
先儒之同謂之不是 何也 至如柳子之無極之極 邵先生之無
極之前 周夫子之無極而太極 若無所異 而又以爲不同何也

문 : 노자(老子)[419]의 "무(無)에서 나와 유(有)로 들어간다."는 것
과 장자(莊子)[420]의 "무(無)에서 유(有)로 나아간다."는 것,
그리고 불씨(佛氏)의 공설(空說)이 각각 같지 않은데, 선유
(先儒)가 이들을 모두 옳지 않다고 한 것은 무슨 이유인가?
그리고 유자(柳子:柳宗原)의 "무극(無極)의 극(極)과 소선생
(邵先生)[421]의" 무극(無極)의 전(前)과, 주부자(周夫子)[422]의

---

419) 노자(老子) : 성명은 이이(李耳)이다. 주(周) 나라 고현(苦縣)의 사람으로
자는 백양(伯陽)이고 일명 중이(重耳)라고 하며, 담(聃) 또는 노담(老聃)이라
고도 한다. 그의 어머니가 81세에 낳았으므로 노자라고 부르게 되었다 한
다. 주 나라 수장사(守藏史)로 있다가 주 나라가 쇠퇴해짐을 보고 서쪽 함관
(函關)으로 나가 은거하면서「도덕경(道德經)을 지었다.

420) 장자(壯子) : 이름은 주(周)이다. 전국 시대 송(宋) 나라 몽(蒙)의 사람이
다. 일찍이 칠원리(漆園吏)로 있었는데 초위왕(楚威王)이 그의 명성을 듣고
후한 예로 맞이하고는 정승을 삼겠다고 하였으나 사양하였다. 십만여언(十萬
餘言)의 글을 지었는데 종종 우화를 만들어내 청쟁무위(淸爭無爲)를 주장하
면서 노자만 숭상하고 유가(儒家)와 묵자(墨子)는 배척하였다.

421) 소선생(邵先生) : 송나라 사람으로 이름은 옹(雍), 자는 요부(堯夫)이다. 그
의 선대는 범양(范陽) 사람이다. 그의 종부(從父)가 공성(共城)으로 옮기었고
늦게 하남(河南)으로 옮겨 소문산(蘇門山) 백원(百原)에서 글을 읽었다. 북해
이지재(李之才)가 공성현령으로 있었는데 하도(河圖) 낙서(洛書) 선천상수(先
天象數)의 학문을 가르쳐 주었다. 그의 학문이 신묘하고 스스로 얻은 바가
많았다. 부필(富弼) 사마광(司馬光) 여공저(呂公著)등이 조정에서 물러나 낙
양에서 살면서 항상 그와 같이 놀았다. 그를 위해 전원을 마련해 주니 옹이
한해 동안 경작하여 겨우 의식을 꾸려 나갔다. 그가 거처한 곳을 안락와(安
樂窩)라고 명명하고는 안락선생이라고 스스로 불렀다. 유수(留守) 왕공진(王
拱辰)이 천거하여 장작감주부(將作監主簿)에 재수되었으나 나가지 않았고 희
녕(熙寧) 중에 일사(逸士)로 천거되어 영주단련추관(潁州團練推官)으로 임명
하였으나 역시 나가지 않고 죽었는데 향년 67세 였다. 원우(元祐) 중에 시호
로 강절(康節)을 내렸다. 그의 저서로는 관물편(觀物篇).어초문답(漁樵問答).
이천격양집(伊川擊壤集).선천도(先天圖).황극경세서(皇極經世書)가 있다.

422) 주부자(周夫子) : 이름은 돈이(敦頤)이고 자는 무숙(茂叔)이니 송 나라 사

무극(無極)이면서 태극이란 말은 서로 다른 점이 없는 것 같은데 또 이것을 같지 않다고 하는 것은 무슨 이유인가?

答 : 邵子言氣 周子言理 老莊佛柳亦皆言氣 但邵子知理而言氣

답 : 소자(邵子)는 기(氣)를 말한 것이고, 주자(周子)는 이(理)를 말한 것이며, 또 노자.장자.불씨.유자 역시 모두 기를 말한 것이다. 다만 소자는 '이'를 알고서 '기'를 말한 것이다.

問 : 老子之言有無 以有無爲二也 周子之言有無 以有無爲一也 而朱子曰 無極而太極 只是說無形而有理 朱子之又以有無分言 何也 又朱子旣曰 將有字訓大字不得 而今反以有理釋太極 何也

문 : 노자가 말한 유(有)와 무(無)는 '유'와 '무'를 두 가지로 나눈 것이고 주자가 말한 '유'와 '무'는 '유'와 '무'를 한 가지로 여긴 것이다. 그런데 주자(朱子)가 말하기를 "무극이면서 태극이라고 한 것은 다만 아직 형체는 없으나 '이'가 있다는 것을 말한 것이다."하고는 주자가 또 '유'와 '무'로 나누어 말한 것은 무슨 이유인가? 또 주자가 이미 "유(有)자를

람이다. 처음에 분영주부(分寧主簿)가 되었고 남안군사리참군(南安軍司理參軍)을 거쳐 계양현령(桂陽縣令)이 되었는데 치적(治績)이 매우 드러났다. 또 남창군(南昌郡)을 맡았는데 토호 및 간악한 관리와 불량배들이 죄를 얻을까 두려워 하는게 아니라 선정(善政)을 더럽히지나 않을까 염려하였다. 희녕 초에 빈주(郴洲)를 맡았는데 조변(趙抃).여공저(呂公著)의 추천으로 전운판관(轉運判官)이 되었는데 병이나 남강군(南江軍)을 자청하여 나갔다. 그대로 여산(廬山) 연화봉(蓮花峯)의 아래에서 살았다. 회포가 깨끗하여 한 점의 티도 없었다. 태극도설(太極圖說)과 통서(通書)를 지었는데 송나라 성리학의 시조가 되었다. 정호(程顥).정이(程頤)이가 모두 그의 제자이다. 그가 죽자 시호로 원공(元公)을 내렸다. 그가 살던 곳이 염계(濂溪)이므로 세상에서 염계선생이라 부른다.

태(太)자로 풀이해서는 안 된다."고 말하였는데 이제 도리어 이치가 있다.(有理)로 태극을 풀이한 것은 무슨 이유인가?

答 : 無形而有理之云 是所謂以有無爲一也 且有理之有 非訓 太極也 理是太極也

답 : "형체는 없으나 이가 있다.(無形而有理)"고 한 것은 이른바 '유'와 '무'를 하나로 말한 것이다. 또 '이'가 있다는 유자(有理之有)는 태극을 풀이한 것이 아니고 '이'가 바로 태극인 것을 말한 것이다.

問 : 夫子曰 易有太極 周子曰 無極而太極 理一也 而易則謂 之有 於太極則謂之無 夫子周子之異其說 何也

문 : 공자는 "역(易)에 태극이 있다."고 하였고, 주자(朱周子)는 "무극이면서 태극이다."고 하였다. 이치는 한 가지인데 역에서는 "있다(有)."고 했고 태극도설(太極圖說)에서는 "없다(無)"라고 했으니, 공자와 주자의 설이 다른 것은 무슨 이유인가?

答 : 主太極則不可謂有 主易則不可謂無也　此正朱子所謂以 理言之則不可謂之有 以物言之則不可謂之無者是也

답 : 태극을 위주로 하면 '있다(有)'라고 할 수 없고, 역을 위주로 하면 '없다(無)'고 할 수 없는 것이다. 이것이야말로 주자(朱子)가 이른바 "이로 말하면 있다(有)고 할 수 없고, 물체로 말하면 없다(無)고 할 수 없다."는 것이다.

問 : 道與太極之二其名 何也 至如一木一草之分而爲枝爲幹
又分而生花生葉 生生不窮而各自成果 千果萬果 又自生
生 是所謂無限太極也 是指流行處爲言 而反謂之太極
何耶 孔子曰 吾道一以貫之 孟子曰 夫道若大路然 皆指
至極處爲言 而又謂之道 何也 朱子所謂語至極 則謂之
太極 語流行 則謂之道 此說非是耶 何相反之若此也

문 : 도(道)와 태극은(하나인데) 두 개의 이름을 가지고 있는 것은
무슨 이유인가? 하나의 나무나 풀에 있어서도 그것이 나
뉘어 가지와 줄기가 되고, 또 그것들이 나뉘어 꽃이 피고
잎이 생겨나 한없이 번식하여 각각 씨를 맺고 천만개의 씨
앗이 또 각자 번식하니, 이는 이른바 무한한 태극인 것이
다. 이것은 유행처(流行處)를 가리켜 한 말인데 도리어 이
것을 태극이라 하는 것은 무슨 이유인가? 공자는 "나의 도
(道)는 하나로 꿰뚫었다."고 하였고, 맹자(孟子)는 "대저 도
(道)는 마치 큰 길과 같다."고 하였으니, 이는 모두 지극한
곳을 가리켜 한 말인데 이것을 또 도라 일컫는 것은 무슨
이유인가? 주자(朱子)가 이른바 "지극(至極)을 말하면 태극
이라 하고 유행(流行)을 말하면 도라한다."고 하였으니 이
설은 옳지 않은 것인가? 어찌 상반됨이 이와 같은가?

答 : 流行處固是道 而不得爲太極云 則是太極非活底物 至極
處 固是太極 而不得謂道云 則是道是偏底物 況立言 各
有所指耶

답 : 유행한 곳은 본래 도인데, 그것을 태극이라 할 수 없다면,
이 태극은 활물(活物)이 아니며, 지극한 곳은 본래 태극인데,
이것을 도라 할 수 없다면 이 도는 치우친 물건인 것이다.

하물며 입언(立言)하는데 있어서 각각 가리키는 바가 따로 있으니 말할 것이 있겠는가.

問 : 無極而太極 此而字 重耶輕耶 抑有積漸之義耶 旣曰無 又曰太 何也 無極太極 孰先孰後 亦有方位耶

문 : 무극이태극(無極而太極)이라는 말이 이(而)자의 의미는 중요한 것인가? 가벼운 것인가? 아니면 점점 쌓아진다는 뜻이 있는가? 이미 없다 (無)고 하고는 또 태(太)라 한것은 무슨 이유인가? 무극과 태극은 어느 것이 먼저이고 어느것이 나중이며, 또한 방위(方位)가 있는가?

答 : 無太二字 添減不得者也 而字 輕無積漸 無先後 無方位 因不知一而字之輕 便生陸氏議論

답 : 무(無)와 태(太) 이 두 글자는 더하거나 덜 수가 없는 것이다. 이(而)자는 경한 것이다. 점점 쌓아지는 것도, 선후도, 방위도 없다. 이(而)자 이 한 글자의 경한 뜻을 알지 못했기 때문에 육구연(陸九淵)[423]이 의론이 생긴 것이다.

問 : 極是何名 取他論此耶 抑理之一名爲極耶 南極北極 屋極民極爾極皇極商邑四方之極 太極同一物事耶

문 : 극(極)이란 무엇을 의미하는 이름인가? 다른 데에서 가져다 이것을 비유한 것인가? 아니면 이(理)의 한 이름이 극(極)인가? 남극(南極).북극(北極).옥극(屋極).민극(民極).이극(爾極).황

---

423) 육구연(陸九淵,1139~1192) : 중국 남송의 사상가, 자는 子靜, 호는 象山, 시호는 文安

극(皇極).상읍(商邑)의 사방의극(極)과 태극은 동일한 것인가?

答 : 物之至極而莫能有加者 其名爲極 古之稱極處 各有攸指

답 : 물체가 극도에 다달아서 더 이상 보탤 수가 없는 것을 '극'
이라 부르는 것이니, 옛날에 '극'이라 말한 것은 각각 지적
하는 바가 따로 있다.

問 : 指一物之理爲太極耶 指天地萬物之理爲太極耶

문 : 한 물건의 이(理)를 가리켜 태극이라 하는가? 천지 만물의
'이(理)'를 가리켜 태극이라 하는가?

答 : 總天地萬物之理 爲太極也 然一物之中 亦有一太極 故
有天下共公之理 有一物所具之理 同一理也

답 : 천지 만물의 '이'를 통틀어 태극이라고 한다. 그러나 하나의
사물 속에도 하나의 태극이 있다. 따라서 천하에 공통된
'이'가 있고, 하나의 물체가 갖고 있는 '이'가 있는데 모두
한 가지 '이'이다.

問 : 凡物 有其形則有其名 蒼蒼者爲天 博厚者爲地 高者
爲山 深者爲海 未知太極其形如何而有此名也 圓耶方
耶 高耶下耶大耶小耶斜耶正耶

문 : 모든 물체는 형태가 있으면 그에 대한 이름이 있다. 푸른 것
은 하늘이고, 두텁고 넓은 것은 땅이고, 높은 것은 산이고,
깊은 것은 바다이다. 모르겠지만 태극은 그 형태가 어떻게 생

겼기에 이러한 이름을 붙였는가? 그것은 둥근가, 모가 났는
가, 높은가, 낮은가, 큰가, 작은가, 기울어졌는가, 반듯한가.

答 : 物之有其形有其名者 氣以成形者也 物之無其形有其名
　　者 理也 太極 理之尊號也 無形則何方圓大小之有

畓 : 물체에 형태가 있고 이름이 있는 것은 기(氣)로써 그 형체를
　　이룬 것이고, 물체의 형체가 없으면서도 이름이 있는 것은
　　'이(理)'이다. 태극은 '이'의 존호(尊號)이다. 형체가 없으니,
　　어찌 모가 나고 둥글고 크고 작은 것이 있겠는가.

問 : 上天之載 無聲無臭 而又曰太極 何也 所云上天 太極耶
　　載乃太極耶 無聲無臭 可謂之太極 而亦可謂之無極耶
　　無聲無臭之與無極之三無 同耶異耶

문 : 하늘의 일은 소리도 냄새도 없는데, 또 태극이라 하는 것은
　　무슨 이유인가? 이른바 하늘이 태극인가? 일이 태극인가?
　　소리도 없고 냄새도 없으니, 태극이라 부를 수 있는데, 역
　　시 무극이라고도 부를 수 있는가? 무성(無聲).무취(無臭),
　　무극(無極)의 세가지 무(無)자는 뜻이 같은가? 다른가?

答 : 太極無聲無臭而無極者 無聲無臭之妙也 無聲無臭者 就
　　其中說無也 無極而太極者 就其中說有也 說有說無 兩
　　無所碍 蒼蒼者上天而載是太極也 〇已上 皆朱子語意也
　　北溪陳氏專欲以無聲無臭解無極 恐非是

畓 : 태극은 소리와 냄새가 없는 것이고, 무극은 소리와 냄새가
　　없는 것의 묘(妙)라 하겠다. 소리와 냄새가 없다는 것은 그

중에서 무(無)를 말한 것이고, "무극이면서 태극이란 것은
그 중에서 유(有)를 말한 것이니, 유(有)라고 말하던 무(無)
라고 말하던 간에 서로 구애되지 않는다. '푸른 것은 하늘
이고, 일은 태극이다.' 이상은 모두 주자가 말한 뜻이다. 북
계진씨(北溪陳氏)는 전적으로 소리와 냄새가 없는 것으로
무극을 풀이하려고 하였는데, 아무도 옳지 않은 것 같다.

問 : 天地之間 只有動靜兩端 太極其動耶其靜耶 抑在此動
靜之間耶 抑在此動靜之外耶 抑動靜者 太極耶 其所以
動靜者 太極耶

문 : 하늘과 땅 사이에는 동(動)과 정(靜)의 양단(兩端)만 있는데,
태극은 '동'에 속하는가? '정'에 속하는가? 아니면 '동'과
'정'의 사이에 있는가? 아니면 '동'과 '정'의 밖에 있는가?
아니면 '동'과 '정'이 바로 태극인가? '동'하게 하고 '정'하
게 하는 그 자체가 태극인가?

答 : 不動不靜 而含動靜者 太極也 動靜兩端之循環不已者
氣也 盖動靜者 氣也 所以動靜者 太極也

답 : 동하지도 정하지도 않으면서도 동과 정을 포함하고 있는 것
은 태극이고, 동과 정의 두 끝이 끊임없이 순환하는 것은 기
이다. 대개 동하고 정하는 것은 기이고 동하게 하고 정하게
하는 것은 태극이다.

問 : 未有動靜之前 先有太極耶 旣有動靜之後 繼有太極耶
動時太極 寓在何處 靜時太極 寓在何處 動靜 陰陽也
陰陽之與太極 二其名則其二物耶 抑一物而二其名耶

문 : 동과 정이 있기 전에 태극이 있는가? 이미 동과 정이 있는
뒤에 이어서 태극이 있는가? 동할 때는 태극이 어느 곳에
부치어 있으며, 정할 때는 태극이 어느 곳에 머물러 있는
가? 동과 정은 음양(陰陽)인데, 음양과 태극은 이름이 두
가지니, 두 가지 물건인가? 아니면 하나의 물건인데 이름을
두 가지로 지은 것인가?

答 : 理之與氣 非彼無我 非我無所取 所謂二而 一一而二者
也 彼之動靜 卽我之動靜也 動則動靜則靜 何嘗少離

답 : 이와 기는 저것이 없으면 이것이 있을 수 없고, 이것이 없으
면 취할 바가 없으니 이른바 둘이면서 하나이며, 하나이면
서 둘인 것이다. 저것의 동정은 곧 이것의 동정이니, 동하
면 동하고, 정하면 정하는 것이다. 어찌 정인들 잠시라도
떨어진 적이 있겠는가?

問 : 太極 形而上者也 陰陽 形而下者也 形而下 亦可謂有
太極 則形而上 亦可謂有陰陽耶 陰陽太極 竟無先後之
可言歟

문 : 태극은 형이상(形而上)인 것이고 음양은 형이하(形而下)인
것이다. 형이하인 것도 태극이 있다고 할 수 있고 보면 형
이상인 것도 음양이 있다고 할 수 있겠는가? 음양과 태극은
결국 선후가 있다고 말할 수 없는 것인가?

答 : 理氣旣不相離 則固不可分先後 而然朱子曰 自形而上下
者言 豈無先後 必欲言之 則其先後 亦可想矣 太極 理

也 陰陽 氣也 形而上 豈有氣哉 於氣 理未嘗不在 而
於理 或有氣未嘗用事處

答 : 이와 기가 서로 떨어질 수 없는 것이고 보면 물론 선후를
나눌 수 없다. 그러나 주자가 말하기를 "형이상과 형이하로
말한다면 어찌 선후가 없겠는가."하였으니 굳이 말하고자
하면 그 선후를 또한 상상할 수 있다. 태극은 이이고 음양
은 기이니, 형이상적인 것에 어찌 기가 있을 수 있겠는가.
기에는 이가 없는 때가 없지만 이에는 혹 기가 작용하지 않
을 수도 있다.

問 : 太極之與陰陽 取譬一身上性與心 則心是太極耶 性是太
極耶 抑何者爲陰陽也 惟性惟心 性是一物 心是一物 而
不相干涉耶 抑一物而二其名耶 孟子只說一性 而伊川之
以本然氣質分說二性 何耶 上自聖賢 下至土石昆蟲 咸
得一性 而今就賦人處 別作二性 何耶

문 : 태극과 음양을 일신상(一身上)의 성(性)과 심(心)에다 비유하
자면 심이 태극인가, 성이 태극인가? 어느 것이 음양인가?
성과 심을 놓고 보면, 성도 하나의 물건이고 심도 하나의
물건으로 서로가 연관되지 않는 것인가? 아니면 같은 것이
면서도 두 가지의 이름이 있는 것인가? 맹자(孟子)는 다만
성 하나만 말씀하셨는데, 이천(伊川)은 본연(本然)의 성과
기질(氣質)의 성으로 나누어 말한 것은 무슨 이유인가? 위
로는 성현으로부터 아래로는 흙·돌·벌레에 이르기까지 모두
한가지 씩의 성을 타고 났는데 이제 사람에게 주어진 것에
있어서 특별히 두 가지 성으로 나눈 것은 무슨 이유인가?

答 : 朱子曰 性猶太極也 心猶陰陽也 陰陽之與太極 非二
物也 咸得一性 以理言也 氣質千萬 以氣言也 氣質之
與本然 卽一性也 物得氣之塞 故無變化之理 人得氣
之通 故濁可以爲淸 愚可以爲智 而此太小學之所以設
也 孟子程子豈異其說 朱子曰 孟子剔出言性之本 伊
川 兼氣質而言 要之 不可離也

답 : 주자가 말하기를 "성은 태극과 같고, 심은 음양과 같다."고
하였는데, 음양과 태극은 두 가지 물건이 아니다. 모두가
한 가지씩 성을 얻었다는 것을 이로써 말한 것이고 기질이
천만 가지라는 것은 기로써 말한 것이다. 기질과 더불어 본
연은 곧 하나의 성이다. 사물은 기의 막힘을 얻었기 때문에
변화하는 이가 없고, 사람은 기의 통함을 얻었으므로, 흐린
것을 맑게 할 수 있으며, 어리석은 것이 지혜롭게 될 수 있
으니, 그래서 대학(大學)과 소학(小學)을 세운 것이다. 맹자
와 정자의 논설이 어찌 다르겠는가, 주자가 말하기를 "맹자
는 성의 근본을 바로 집어내어 말하였고 이천은 기질까지
겸하여 말하였는데, 요컨대 서로 떨어질 수 없는 것이다.

問 : 南軒張氏曰 太極之體至靜 其果靜耶 至靜之云 指已發
之用而言則何如 指未發之體而言則何如 貫未發已發而
言 則亦何如也

문 : 남헌장씨(南軒張氏)는 "태극의 본체는 지극히 정(靜)하다."라
고 했는데, 그것이 과연 정한가? 지극히 정하다는 말은 이
발(已發)의 용(用)을 가리켜 말하면 어떠하며 미발(未發)의
체(體)를 가리켜 말하면 어떠하며, 미발과 이발을 일관(一
貫)하여 말한즉 또한 어떠한가?

答 : 太極 動靜之理也 至靜之云 於體於用於貫未發已發 皆
不是 朱子曰 如此 却成一不正當尖斜太極 謂太極之體
涵動靜 則似合朱子之旨

답 : 태극은 동.정의 이이니 '지극히 정하다'는 말은 체(體)와 용
(用)과 미발과 이발을 일관하여 말한 것은 모두 옳지 않다.
주자가 말하기를, "이렇게 되면 바르지 못하고 비뚫어진 하
나의 태극이 될 것이다."하였으니, 태극의 체가 동.정을 포
함해 있다고 하면 주자의 뜻에 맞을 것 같다.

問 : 太極動而生陽 靜而生陰 則太極自能動靜耶 太極 理也
理無形焉 有形者能動靜 而無形者又能動靜 何也

문 : 태극이 동하여 양이 생기고, 정하여 음이 생긴다고 하였으
니, 태극이 스스로 동하고 정하는 것인가? 태극은 이(理)이
니 이는 형태가 없다. 형태가 있는 것은 스스로 동하고 정
할 수 있지만 형태가 없는 것도 동하고 정하는 것은 무슨
이유인가?

答 : 非先有太極而後 乃能動靜也 卽動靜而知太極也

답 : 먼저 태극이 있어야 동하고 정할 수 있는 것이 아니라 곧
동하고 정하는 것으로써 태극을 알 수 있는 것이다.

問 : 旣曰一陰一陽 則似乎二氣 又曰 陰根陽陽根陰 則似乎
一氣 是何立言之無定也 所謂陰陽 做一箇說耶 做兩箇
說耶

문 : 이미 일음(一陰) 일양(一陽)이라고 말하였으니 두 개의 기가 있는 것 같고 또 음은 양에다 뿌리를 두고 양은 음에다 뿌리를 두었다고 말하였으니, 하나의 기인 것 같다. 어찌하여 논리가 이렇게 일정하지 않은가? 이른바 음양이란 한 개로 말한 것인가? 두 개로 말한 것인가?

答 : 朱子說陰之流行者 爲陽 陽之凝聚者爲陰 非眞有二物相對 但立言處各有攸主 或對說 或合說 故朱子曰 陰陽作一箇看亦得 做兩箇看亦得

답 : 주자는 "음이 유행하면 양이 되고, 양이 모여 응어리지면 음이 된다."고 하였으니 정말 두 개의 물체가 서로 대립하여 있는 것이 아니라, 논리를 세우는 데에 각기 주장하는 바가 있어 어떤 때는 상대적으로 말하기도 하고, 어떤 때는 합하여 말하기도 한다. 그러므로 주자가 말하기를 "음양은 하나로 보아도 되고, 두 개로 보아도 된다."고 하였다.

問 : 眞 理也 精氣也 理氣合凝處 只言無極而不言太極 何也

문 : 진(眞)은 이이고, 정(精)은 기인데, 이와 기가 합하여 엉긴 곳을 다만 무극이라 하고 태극이라 하지 않은 것은 무슨 이유인가?

答 : 所謂無極之眞 便是太極也

답 : 이른바 무극의 진(眞)이 바로 태극이다.

問 : 在地成形 則水火在地而流動閃爍 其未定形 何也 水是
陰物而其中 反明 火是陽物而其中反暗 亦何義也 稱水
爲陽 稱火爲陰 互言無定 亦有義耶 水有溫水 火無冷火
抑何義也 以五行成時 而四時之止於四 抑何義也

문 : 땅 위에서 형체를 이룬다 하였는데, 물이나 불은 땅 위에 있
으면서 유동하고 번쩍 거리어 형체가 일정하지 않은 것은
무슨 이유인가? 물은 음에 속하는 물체인데도 그 가운데는
오히려 밝고, 불은 양에 속하는 물체인데도 그 가운데는 오
히려 밝고, 불은 양에 속하는 물체인데도 그 가운데는 오히
려 어두운 것은 또한 무슨 이유인가? 물은 양으로 부르기
도 하고 불을 음으로 부르기도 하며 상호간 대칭으로 말하
며 일정하지 않은 것은 또한 무슨 뜻이 있는 것인가? 물에
는 따뜻한 물이 있으나, 불에는 차가운 불이 없으니 이는
무슨 이유인가? 오행(五行)으로써 계절을 이루는데 4계절인
4에 그치니 이것은 무슨 이유인가?

答 : 天地生物 先基輕淸 水火 其體尙虛 不離於氣者也 水質
陰而性陽 火質陽而性陰 此張橫渠所謂陰陽之精 互藏其
宅者也 水有溫 火無冷 陰可變而陽不可變也 土包水火
木金 此所以木火金水爲時 而土之寄旺於四時者也

답 : 천지가 만물을 만들 때 가볍고 맑은 것부터 먼저 만든다. 물
과 불은 그 본체가 원래 허(虛)하여 기에서 떨어지지 않는
것이다. 물의 본질은 음이나 그 성질은 양이고, 불의 본질
은 양이나 그 성질은 음이니, 이것이 바로 장횡거(張橫
渠)424)가 이른바 "음양의 정(精)이 서로 그 속에 감춰져 있
다."는 것이다. 따뜻한 물은 있으나 차가운 불은 없는 것은,

음은 변할 수 있으나 양은 변할 수 없기 때문이다. 또 토
(土)는 수(水).화(火).금(金)을 포용하고 있기 때문에 목(木).
화(火).금(金).수(水)만으로 사시(四時)가 되고 토(土)는 사시
를 주관하는 것이다.

問 : 五行之中　惟水火能動　而木金土不能動者　亦何義也　合
天地人物而就動靜上總論之　動而無靜　靜而無動者是何
物　而稟何氣而然也　動而無動　靜而無靜者　亦何物也　動
而不得其動之理　靜而不得其靜之理　可靜而動　可動而靜
者　亦何物也　可動而動　可靜而靜　靜而不失其靜　動而
不失其動　一動一靜　自合其中者　亦何名也

문 : 오행 가운데 오직 수와 화만이 움직일 수 있고, 목.금.토는
움직일 수 없는데 이것은 또한 무슨 이유인가? 하늘과 땅.
사람과 사물을 합하여 동과 정의 위에다 놓고 총체적으로
논하건데, 동하기만 하고 정함은 없고 정하기만 하고 동함
은 없는 것은 어떠한 것이며, 어떤 기를 받았기에 그러한
것인가? 동하면서도 동함이 없고, 정하면서도 정함이 없는
것은 어떠한 것인가? 동하면서도 그 동하는 이를 얻지 못
하고, 정하면서도 그 정하는 이를 얻지 못해서, 정해야 하
는데도 동하고, 동해야 하는데도 정하는 것은 또 어떤 것
인가? 동해야 할 때 동하고, 정해야 할 때 정하여, 정해도
그 정해야하는 타당성을 잃지 않고 동해도 그 동해야 할
타당성을 잃지 않아서 한번 동하고 한번 정할 때마다 자연
중도에 맞는 것은 또 어떤 이름을 가졌는가?

---

424) 장재(張載) : (1020~1077)송나라시대 사상가, 성리학의 기초를 닦았다.
횡거(橫渠)진 출신이라 장횡거(張橫渠)라고 불렸다.

答 : 物之屬乎天者動 屬乎地者靜 水火木金 屬地者也 宜靜
而水火之或能動者 以不離於氣也 大抵動而無靜者 天也
靜而無動者 地也 動靜者 氣也 動靜而無動靜者 理也
動靜之反其理者 桀·跖也 動靜之合其中者 堯·舜也

㗎 : 사물 중에 하늘에 속하는 것은 동이고, 땅에 속하는 것은 정
이다. 수·화·목·금은 땅에 속하는 것이니 마땅히 정해야 하
는데도 수와 화가 간혹 동하는 것은 기와 떨어져 있지 않기
때문이다. 대체로 동하기만 하고 정이 없는 것은 하늘이고,
정하기만 하고 동이 없는 것은 땅이다. 동하고 정함에 있어
동하고 정함이 없는 것은 이이다. 동정에 있어서 이치에 반
대되는 사람은 걸(桀)과 도척(盜跖)이고, 동정에 있어서 이치
에 합당한 사람은 요(堯)와 순(舜)이다.

問 : 姸醜美惡 高下深淺之能使異之者 何物也 千狀百態之所
以貫乎一者 亦何物也 旣不能無姸媸貴賤之殊 則是乃物
之情也聖人之必欲使愚不肖 同歸於正心誠意之域而一其
德者 亦何義也

문 : 예쁘고 추하고 아름답고 밉고, 높고 낮으며 깊고 얕은 것을
다르게 한 것은 무엇인가? 천 가지 모습, 백 가지 태도를
하나로 일관 시키는 것은 또 무엇인가? 이미 예쁘고, 더럽
고, 귀하고, 천한 것의 다름이 없을 수 없음은 곧 만물의
정(精)인데, 성인은 반드시 우매하고 불초한 사람으로 하여
금 정심(正心)과 성의(誠意)의 지역으로 함께 돌아가 덕행을
동일하게 하려는 것은 무슨 뜻인가?

答 : 千百其狀者 氣也 貫乎一者 理也 稟得氣之偏且塞者 物

也 正且通者 人也於通正之中 又不能無淸濁之殊 而同
得仁義禮智之理 故聖人設敎 欲返其理

答 : 그 형상이 천백 가지로 다른 것은 기 때문이고, 이것을 하나
로 꿰뚫고 있는 것은 이이다. 치우치고 막힌 기를 타고난
것은 동물이고, 바르고 통한 기를 타고난 것은 사람이다.
그런데 통하고 바른 가운데서도 맑고 탁한 차이가 없을 수
없지만 인의예지(仁義禮智)의 이는 모두가 똑같이 갖고 있
으므로 성인이 가르침을 베풀어 그 이의 본연으로 되돌아가
게 하려는 것이다.

問 : 人具五行 而物稟一行耶 物亦具五行耶 其異於人者 何
也 旣曰人得五行之正 而於人亦有聖狂之殊 何也 所謂
明德 不分聖狂而同得 則明德之與仁義禮智 其同耶異耶
仁義禮智之均賦於人物 而明德之不在於物者 抑何義也

문 : 사람은 오행(五行)을 갖추고 있는데, 사물은 하나만 타고났
는가? 아니면 사물도 오행을 갖추고 있는가? 사물이 사람
과 다른 것은 무슨 이유인가? 이미 사람이 바른 오행을 얻
었다고 하였는데, 사람에게도 성인과 미치광이의 차이가 있
는 것은 무슨 이유인가? 이른바 명덕(明德)은 성인이던 미
치광이이던 간에 다 같이 얻었다고 보면 명덕은 인의예지와
같은가? 다른가? 인의예지는 사람이나 사물에 고루 부여되
었는데, 사물에는 명덕이 없는 것은 무슨 이유인가?

答 : 物亦具五行 而得其偏者 物也 人受其正而得其淸者 聖
也 明德之不分聖狂 同得其正也 仁義之均賦人物 同得
其理也 仁義禮智 全指其理 明德 幷擧理氣而言

답 : 사물도 오행을 갖추고 있다. 그러나 치우치게 타고난 것은
사물이고, 사람은 바른 것을 타고났는데, 그 중에서 맑은
것을 얻은 사람이 바로 성인이다. 명덕에 있어 성인이나 미
치광이의 차이가 없는 것은 그 바름을 똑같이 얻었기 때문
이고 인의가 사람과 사물에 고루 주어졌다는 것은 그 이치
를 똑같이 얻었기 때문이다. 인의예지는 온전히 이를 지적
한 것이고, 명덕은 이와 기를 모두 들어 말한 것이다.

問 : 凡人之生 先有陽而後有陰 陽在內而陰包外 今日形旣生
矣 神發知矣 形是陰之聚也 神是陽之闢也 然則陰先於
陽耶 何先後之無序也

문 : 무릇 사람이 태어날 때 양이 먼저 있고, 나중에 음이 있으며
양은 속에 있고 음은 밖을 둘러싸고 있다. 그런데 지금 "형
체가 이미 생기면 음인 정신(精神)이 발하여 알게 된다. 형
체는 음이 모인 것이고, 정신은 양이 열린 것이다."고 하였
으니 그렇다면 음이 양보다 먼저 있는 것인가? 어찌하여 이
렇게 선후의 차례가 없는가?

答 : 成形之與形生 陰陽先後 固各不同

답 : 형체가 형성되고 형체가 생기는 데에는 음양의 선후가 본디
각각 다르기 때문이다.

問 : 吉凶者 善惡也 陰陽也 陰陽不可偏發 而聖人之於吉凶
善惡 常欲變惡而爲善, 舍凶而趨吉者 何也 堯舜之世
比屋可封 是可謂獨陽而無陰耶 獨陽無陰 天下無是理

而吾儒之每抑陰扶陽 何耶

문 : 길흉(吉凶)은 선악(善惡)이며, 음양이다. 음양은 어느 하나도
폐지할 수가 없는 것인데, 성인이 길흉과 선악에 있어서 항
상 악을 선으로 변화하고 흉을 버리고 길로 나아가게 하려
는 것은 무슨 이유인가? 요순의 시대에는 모두 덕행(德行)
이 있어서 표창할만하다고 하는데 이 때는 양만 있고 음은
없다고 할 수 있는가? 양만 있고 음은 없다는 것은 천하에
없는 이치인데 우리 선비들은 매양 음은 억제하고 양만 부
축하는 것은 무슨 이유인가?

答 : 朱子於易坤之初六本義曰 陰陽者 造化之本 消長有常
非人之所能損益也 然有淑慝之分 聖人作易 於其不能
相無者 旣以健順仁義之屬明之 而無所偏主 至其消息
之際 未嘗不致其扶陽抑陰之意焉 蓋所以贊化育 參天
地者 其旨深矣 以此說推之 可知

답 : 주자(朱子)가 「주역(周易)」 곤괘(坤卦)의 초육(初六)의 본의
(本義)에서 말하기를 "음양은 조화의 근본이다. 사라지고 자
라나는 것에는 일정한 법칙이 있어서 사람이 덜거나 더할
수가 없는 것이다. 그러나 사람에게는 착하고 간특한 구분
이 있으므로 성인이 역(易)을 지을 때, 이 두 성질이 없지
않을 수 없음을 생각하여 이미 꿋꿋하고 순종하고 인과 의
의 등속으로 밝히여 한쪽만 치우쳐 주장하지 않게 하였다.
그러나 사라지고 자라나는 즈음에 이르러서는 양을 부축하
고 음을 억제하는 데에 미상불 뜻을 기울였으니, 대개 화육
(化育)을 돕고 천지조화에 참여하는 그 뜻이 깊다."고 하였
으니, 이 말로 미루어 보면 알 수 있을 것이다.

問 : 謂太極含動靜 謂太極有動靜 含之與有 其一義耶

문 : 태극이 동.정을 포함하고 있다고 하였고 태극에 동.정이 있다
고 하였다. 이 포함하였다는 말과 있다는 말은 같은 뜻인가?

答 : 含以本體而言 有以流行而言 含之與有 義有所在 朱子
下語之精密處也

답 : 포함하였다는 말은 본체로 말한 것이고 있다고 한 말은 유
행(流行)으로 말한 것이다. 포함하였다는 것과 있다는 것은
그 뜻이 각각 따로 있으니, 주자가 단어의 해석을 정밀하게
한 곳이다.

問 : 動之所以必靜者 根乎陰故也 靜之所以必動者 根乎陽故
也 此所謂動靜無端 陰陽無始也 而今曰太極動而生陽
却以動而生陽爲始 何也 未動之前 又如何也

문 : 동이 반드시 정하게 되는 것은 음에 근본하였기 때문이고
정이 반드시 동하게 되는 것은 양에 근본하였기 때문이다.
이것이 이른바 "동.정이 끝이 없고, 음.양이 처음이 없다."
는 것인데, 이제 태극이 동하여 양을 낳는다 하니, 도리어
동하여 양을 낳는 것으로 처음을 삼는 것은 무슨 이유인가?
동하기 전에는 어떤 상태인가?

答 : 未動之前 便是陰 亦非以動而生陽爲始也 故朱子曰 今
且自動而生陽處看去 又曰 動而生陽 其初是靜 靜之上
又須動 蓋動靜無端 陰陽無始 天道也 始於陽 成於陰

本於靜 流於動 人道也

畓 : 아직 동하기 전에는 음이다. 또한 동하여 양을 낳는 것으로
처음을 삼지 않기 때 문에 주자가 말하기를 "이제 동하여
양을 낳는 곳으로부터 보아야 한다"하였고, 또 "동하여 양
을 낳는, 그 처음은 정할 때이고 정의 위에는 반드시 동이
있다."고 하였으니, 대개 동.정이 끝이 없고, 음양이 처음이
없는 것은 하늘의 도(道)이고 양에서 시작하여 음에서 이루
고, 정에서 근본하여 동에서 유행(流行)하는 것은 사람의 도
(道)이다.

問 : 太極旣無動靜之可見 則是乃空底物 而反謂與釋氏說性
不同 何耶 朱子曰 釋氏說性 只言皮殼 以君臣父子爲幻
妄 然則其所謂君臣父子 理歟氣歟

문 : 이미 태극의 동.정을 볼 수 없다면, 그것은 비어 있는 물건
인데, 도리어 석씨(釋氏)라 성품을 논한 것과 다르다고 한
것은 무슨 이유인가? 주자가 말하기를 "석씨가 성품을 말
한 것은 껍질만 말하였으니 군신(君臣)과 부자(父子)의 관계
를 환망(幻妄)이라고 했다." 하였는데 그러면 그 말한바 군
신과 부자는 이(理)인가? 기(氣)인가?

答 : 太極有陰陽五行之理 不是空底物事 若空則與釋氏說性
何以異 釋氏屛棄人事 老氏淸虛厭事 不知人事是天理
皆作下面粗底看 是不知程子之所謂器亦道道亦器 欲把
道理 做事物頂頭玄妙底物 此空之與太極異 而竟將君
臣父子之理爲氣者也 初坐不知理 而終亦不知氣

畣 : 태극에는 음양과 오행의 이가 있으니, 이는 공물(空物)이 아니다. 만약 공물이라면 석씨가 성품을 말한 것과 무엇이 다르겠는가. 석씨는 인간의 일을 버렸고 노씨(老氏)는 청허(淸虛)하여 일을 싫어하였으니, 인간의 일이 천리(天理)라는 것임을 모르고 하층의 조잡한 것으로 보았다. 이는 정자(程子)의 "기(氣)가 도(道)이고, 도가 기이다."라는 말을 모르고, 도리를 사물 위의 현묘한 물건으로 간주하려 한 것이니, 이것이 공(空)과 태극이 다른 것으로 마침내 군신과 부자의 이를 기로 본 것이다. 이는 처음부터 이를 몰라서 그런 것인데 결국 기도 모른 것이다.

問 : 南軒曰 無極而太極 言莫之爲而爲之 其果信然耶 抑有
不是處耶

문 : 남헌(南軒)이 말하기를 "무극이면서 태극이란 것은 하지 않아도 자연히 되는 것을 말한 것이다."라고 했는데, 이 말이 과연 그러한 것인가? 아니면 옳지 않은 점이 있는가?

答 : 以莫之爲 釋無極 以爲之 釋太極 是以無極太極 爲二說
看也 又況爲之氣也 理固莫之爲 而所以爲之之理在其中
此說非是

畣 : 하지 않아 도로 무극을 풀이하고, 된다는 것으로 태극을 풀이한 것이니, 이것은 무극과 태극을 서로 다른 두 가지 설로 본 것이다. 또 더구나 하는 것은 기이다. 이는 본디 하지 않은 것이지만 그렇게 하게 되는 이가 그 가운데에 있다라 하였으니 이 말은 옳지 않다.

問 : 動靜陰陽 是皆形而下者也 已發之時 固不可謂太極 未
　　發之時 亦不可謂太極耶 寂然不動之中 喜怒哀樂之無感
　　通者也 中之與太極 其同耶異耶

문 : 동(動)·정(靜)과 음양은 모두 형이하인 것이다. 이미 발하였
　　을 때에는 물론 태극이라고 할 수 없지만 발하기 전에도
　　역시 태극이라고 말할 수 없는가? 적연(寂然)히 동하지 않
　　은 중(中)은 희노애락(喜怒哀樂)이 감통(感通)하지 않는 것
　　인데, 그 중(中)과 태극은 같은 것인가? 다른 것인가?

答 : 已發未發 一是動一是靜 太極含動靜 所以與中不同

답 : 이미 발한 것과 아직 발하지 않은 것은, 하나는 동이고 하
　　나는 정이다. 태극은 동·정을 모두 포함하고 있는 것이므로
　　중(中)과는 같지 않다.

問 : 人人有一太極 物物有一太極云 則於桀跖亦可見太極 於
　　木石 亦可見 太極耶

문 : 사람마다 하나의 태극을 갖고 있고, 사물마다 하나의 태극을
　　갖고 있다고 하였으니, 걸(桀)과 도척(盜跖) 같은 사람에게
　　서도 태극을 볼 수 있으며, 나무와 돌에서도 태극을 볼 수
　　있는가?

答 : 桀跖有是性 故亦有可化之理 朱子曰 天下無性外之物
　　又曰 枯槁之物 亦有性 惟是合下有此理故云 又曰 其所
　　以爲是物之理 則未嘗不具耳

答 : 걸과 도척에게 이 성(性)이 있으므로 교화할 수 있는 이(理)
가 있다. 주자가 말하기를 "천하에 성밖의 물건은 없다."고
하였고 또 "메마른 물건에도 성이 있다. 이는 본디 이 이가
있기 때문이다."고 하였고 또 "이 물건에 있어서 이치는 모
두 갖추어지지 않은 적이 없다."고 하였다.

問 : 至於成之者 方謂之性 而朱子說太極 有是性則有陰陽五行
此性字 與他時說性處不同 何耶

문 : 이룸(成)에 이르러야 성이라고 할 수 있는데, 주자는 태극을
말하면서 성이 있으면 음양오행이 있다고 하였으니 여기에
서 말한 성(性) 자(字)와 다른 곳에서 말한 성자가 그 뜻이
같지 않은 것은 무슨 이유인가?

答 : 太極不可謂性 必朱子初年說也

答 : 태극을 성이라고 말할 수 없다. 이것은 주자가 초년에 말한
것일 것이다.

問 : 未有一物之前 先有太極耶 旣有萬物之後 繼有太極耶

문 : 하나의 물건도 있지 아니한 이전에 태극이 있는 것인가? 만
물이 있은 다음에 이어서 태극이 있는 것인가?

答 : 有物之後 始知太極 而然初無太極 則物不能爲物矣

答 : 사물이 있어야 비로소 태극이란 것을 알 수 있다. 그러나
초에 태극이 없으면 사물이 만들어지지 못했을 것이다.

問 : 先儒就人身 以氣屬陽 以血屬陰 然則於血只有陰而無陽
於氣只有陽而無陰乎 抑兼有陰陽乎 抑互相爲陰陽耶

문 : 선유(先儒)들은 사람의 신체에 대하여 기는 양에다 붙이고
피(血)는 음에다 붙였다. 그렇다면 피에는 음만 있고 양은
없으며, 기에는 양만 있고 음은 없단 말인가? 아니면 음양
을 다 가지고 있는가? 아니면 서로 번갈아 음양 노릇을 한
단 말인가?

答 : 凡陽中有陰陽 陰中有陰陽 氣血雖分屬陰陽 而亦各有陰
陽 亦互爲陰陽 如魂爲陽魄爲陰 吸爲陰呼爲陽 血爲陽
肉爲陰之類 可知

답 : 무릇 양의 가운데에 음양이 있고, 음의 가운데에 음양이 있
다. 기와 피가 음과 양을 나누어 속해 있지만, 역시 각각
음양이 있으며 또 서로 번갈아 음양 노릇을 한다. 예를 들
자면 혼(魂)은 양, 백(魄)은 음이고 숨을 돌이키는 것은 음,
내쉬는 것은 양이고, 피는 양, 살은 음이니 이러한 류에서
알 수 있다.

問 : 動靜是太極動靜乎是陰陽動靜乎論動靜皆指陰陽而圖
曰太極動而生陽靜而生陰然則太極亦能動靜乎

문 : 동하고 정하는 것은 태극이 동하고 정하는 것인가? 음양이
동하고 정하는 것인가? 동.정을 논할 때 모두 음양을 가리
켜 말하는데 태극도(太極圖)에서 "태극이 동하여 양을 낳고
정하여 음을 낳는다." 했으니, 그렇다면 태극도 동하고 정

할 수 있단 말인가?

答 : 太極之有動靜 是天命之流行也 盖太極有動靜之理 故陰
陽能動靜也 動靜者 陰陽也 所以動靜者 太極也

딥 : 태극에 동.정이 있는 것은 천명(天命)이 유행(流行)하는 것
이다. 대개 태극에 동.정의 이가 있으므로 음양이 동하고
정할 수 있다. 동하고 정하는 것은 음양이고, 동하고 정할
수 있게 하는 것은 태극이다.

問 : 陰陽定位 等數分明 而今乃條忽變化 橫看則左陽右陰
竪看則上陽下陰 仰手爲陽 覆手爲陰 向面爲陽 背後爲
陰 北之陽乃南之陰 東之下乃西之上 如是幻易 使人莫
測 亦何義耶

문 : 음양의 위치가 정해져 등수가 분명한데 이제 돌연 변해서,
가로로 보면 왼쪽이 양이고 오른쪽이 음이며, 세로로 보면
위가 양이고 아래가 음이며, 손을 뒤집으면 양이고 엎으면
음이며 앞면은 양이고 뒷면은 음이며 북쪽의 양은 남쪽의
음이고 동쪽의 아래는 서쪽의 위가 되니, 현란하게 바뀌어
사람으로 하여금 헤아릴 수 없게 하니 이는 무슨 이유인가?

答 : 二氣相樣相盪 隨時隨處 不可爲一 此人事之中 無定體
者也 然陰陽定位 則一定而無變

딥 : 두 기가 서로 휘어잡고 서로 밀어서 때에 따라 곳에 따라
일정할 수 없으니, 이것이 인사(人事)의 중(中)이 일정하게
정해진 체가 없는 것이다. 그러나 음양의 정해진 위치는 일

정하여 변함이 없다.

問 : 易云 有天地然後 有萬物 有萬物然後 有男女 圖曰 乾
道成男 坤道成女 二氣交感 化生萬物 二說之不同 何也

문 : 「주역」에 "천지가 있은 다음에 만물이 있고, 만물이 있은 다
음에 남녀가 있다."고 했는데 태극도(太極圖)에서는 건도(乾
道)는 남자를 이루고 곤도(坤道)는 여자를 이룬다. "두 기가
서로 느끼어 만물을 화생한다."하였으니 이 두 가지 설이
같지 않은 것은 무슨 이유인가?

答 : 易與圖 皆言有天地然後有氣化 有氣化然後有形化 易繫
辭天地絪縕 萬物化醇 氣化也 男女構精 萬物化生 形化
也 圖之兩儀 立天地也 乾道成男 坤道成女 氣化也 二
氣交感 化生萬物 形化也 何不同之有

답 : 「주역」과 태극도에서 다같이 "천지가 있은 다음에 기화(氣
化)가 있고 기화가 있은 다음에 형화(形化)가 있다."고 하였
고 「주역」.계사(繫辭)에서는 "천지가 서로 느끼어 만물이 화
순(化醇)한다." 하였는데, 이것은 기화이고, "남녀가 정(精)
을 통하여 만물이 화생한다."하였는데 이것은 형화이다. 그
리고 태극도에서 양의(兩儀)는 천지를 설정한 것이고, 건도
가 남자를 이루고 곤도가 여자를 이룸은 기화이며, 두 기가
서로 느끼어 만물이 화생한 것은 형화이다. 무엇이 다른 것
이 있는가.

問 : 五性感動而善惡分 到五行處 便有善惡之分 而其上動靜
則無善惡耶 到人便論氣質之性 天亦有氣質之性歟

문 : 다섯 가지 성품이 감동하여 선과 악으로 나누어진다는데, 오
행(五行)이 있는 곳에서 선과 악의 구분이 있으면서 그 위
의 동정에는 선악이 없는가? 사람에 있어서는 기질의 성품
을 논하는데, 하늘에도 기질의 성품이 있는가?

答 : 或問陰陽便有善惡 朱子曰 陰陽五行皆善 又曰 陰陽之
理皆善 此謂理皆善而氣有善惡也 氣有善惡 故有人物偏
正淸濁之殊 到人亦有幾善惡之分 皆理在氣中後說也 故
朱子曰 此言衆人具動靜之理 而常失於動也 動靜之分善
惡 衆人爲然 聖人全體太極 與天同德 聖人氣質之性純
善天則無氣質之性 故朱子曰 天地之性 是理也 纔到有
陰陽五行處 便有氣質之性 便有昏明厚薄之殊

畓 : 어떤 사람이 "음양에도 선악이 있는가?"라고 물으니, 주자가
"음양오행은 모두 선하다."하고 또 "음양의 이는 모두 선하
다."하였는데, 이 이(理)는 모두 선하지만 기에는 선악이 있
다는 것을 말한 것이다. 기에 선악이 있으므로 사람에게는
삐뚤어지거나 바르고, 맑거나 탁한 차이가 있다. 사람에게도
선악의 조짐이 나뉘어져 있다는 것은 모두 이가 기의 가운
데에 있은 이후의 존재를 말한 것이다. 그래서 주자는 "이는
중인(衆人)이 동.정의 이를 갖추고 있는데 항상 동에서 잘못
된다는 것을 말한 것이다."하였다.
동.정이 선악으로 나누어지는 것은 중인의 경우이다. 성인은
태극의 전체를 갖추고 있고 하늘과 더불어 덕(德)을 같이
한다. 성인 기질의 성은 순수하게 선하고, 하늘은 기질의
성이 없다. 그래서 주자는 "천지의 성은 이 이일뿐이다. 음
양과 오행이 있는 곳에 이르자마자 기질의 성이 있고, 어둡

고 밝으며 두텁고 엷은 등의 차이가 있다."고 하였다.

問 : 周子則說靜字 程子則說敬字 二說之不同 何耶 亦有
　　詳略之可論耶

문 : 주자(周子)는 정(靜)자(字)를 말했고 정자(程子)는 경(敬)자를
　　말했는데, 두 설이 같지 않은 이유는 무엇인가? 이에 대해
　　또한 자세하거나 간략하게 논할 것이 있는가?

答 : 靜則偏而敬 乃通貫動靜 然必以靜爲本 平居湛然虛靜
　　如秋冬之秘藏 應事方不差錯 如春夏之發生 物物得所

답 : 정은 치우치지만 경은 동.정을 통관하고 있다. 그러나 반드
　　시 정을 근본으로 삼아 평소에 마음이 답답하고 허정(虛靜)
　　하기가 마치 깊게 간직한 가을.겨울과 같이 해야 사물에 응
　　수할 때 바야흐로 어긋나지 않을 것이고, 마치 발생(發生)하
　　는 봄,여름처럼 해야 물물(物物)마다 제자리를 얻을 것이다.

問 : 太極圖 自一而二自二而五 以至萬物 易則自一而二 自
　　二而四自四而八 以至六十四 西銘則止言陰陽 洪範則
　　只說五行 理一而已 是何所論之各異也

문 : 태극도에서는 하나가 둘이 되고 둘에서 다섯이 되어 만물에
　　까지 이르고, 「주역」에서는 하나가 둘이 되고 둘이 넷이 되
　　며, 넷이 여덟이 되어 64에 이른다. 그런데 서명(西銘)에서
　　는 단지 음양만 말하였고 홍범(洪範:「서경(書經)」의 편명)에
　　서는 오행만 말하였다. 이치는 하나뿐인데 논하는 바가 각
　　각 다른 것은 무슨 이유인가?

答 : 朱子旣言道理未始不相値也 只有詳略

답 : 주자가 이미 "도리는 서로 비슷하지 않는 것이 없다."하였으니 자세하고 간략한 것만 있다.

問 : 太極之孔子未曾與顔曾語到此 何義也 朱子謂程子不以授門人者 盖未有能受之者 然則顔曾之於孔子 亦在未能受之列耶 如此其難也 而朱子之編於近思錄初頭 亦何義也

문 : 태극에 대해서 공자가 안자(顔子)·증자(曾子)와 더불어 말한 적이 없는 것은 무슨 이유인가? 주자가 말하기를 "정자가 태극에 대해서 문인에게 가르쳐 주지 않는 것은 대개 그 문인 가운데 배울 만한 사람이 없기 때문이다."고 하였는데, 그렇다면 안자와 증자도 공자의 문하에서 배울 수 없는 대열에 있었던 것인가? 태극이 이렇게 어려운 것인데도 주자가 「근사록(近思錄)」425)의 첫머리에 편집하여 넣은 것은 무슨 이유인가?

答 : 孔子之於顔曾 如一貫之類是也 朱子亦曰 焉知其不曾說 孔子於易則鮮及焉 程子之未及易與圖 猶此意也 編在近思之初頭 呂東萊曰 使之知名義 有所嚮望而已

---

425) 근사록(近思錄) : 1175년경 주희(朱熹)와 그 학문적 친교가 깊었던 여동래(呂東萊) 두 사람이 지은 철학책이다. 이 책은 북송 시대 도학(道學)의 대표적 사상가인 주돈이, 장횡거(張橫渠=張載), 정명도(程明道) 및 정이천(程伊川) 즉 주장이정 또는 도학사선생의 저술(著述)·어록(語錄)의 가장 중요한 부분을 14분야로 나누어 집대성한 것으로 정주학의 입문서이자 기초서로 성리학 또는 주자학이 태동하게 되었다.

畓 : 공자가 안자.증자에게 "나의 도(道)는 하나로 꿰어져 있다."
고 한 류가 이것이다. 주자도 말하기를 "일찍이 말하지 않
는 뜻을 어떻게 알겠는가. 공자는 「주역」에 대하여 언급한
적이 적다."고 하였으니 정자가 「주역」과 도(圖)에 대해 언
급하지 않은 것도 이 뜻과 같은 것이다. 「근사록」의 첫머리
에다 편집한 것에 대해서는, 여동래(呂東萊)가 말하기를 "학
자로 하여금 이름과 뜻을 알아 지향하는 바가 있게 한 것일
뿐이다."하였다.

問 : 朱子曰 滿山靑黃碧綠 無非太極 是氣也 而朱子之反以
爲理 何也

문 : 주자가 말하기를 "온 산에 가득한 청황벽녹(靑黃碧綠) 색 모
두가 태극이 아닌 것이 없다."고 하였다. 이것은 기(氣)인데
주자는 도리어 이(理)라고 한 것은 무슨 이유인가?

答 : 器亦道也 道亦器也 非理 無氣 非氣 無道

畓 : 기(器)도 도(道)이며 도(道) 역시 기(器)이다. 이(理)가 아니면
기(氣)도 없고 기(氣)가 아니면 도(道)도 없는 것이다.

問 : 明道言人生而靜以上 不容說 旣曰不容說 而周子之說無
極 何也 邵翁之又說到無極之前 亦何義也 先儒之論 旣
若有三等次第 則漸說到高處 似無不可 莊子之加一層於
無極之上　而又以爲非 亦何意也 夫復 坤之間 乃無極
而自坤反垢 乃無極之前 此邵子所論也 始也者 太極也
未始有始也者 無極也 未始有夫未始有始也者 無極之上
又一層也 此莊子所言也 周 程 莊 邵同耶異耶

문 : 명도정호(明道程灝)는 "사람이 태어난 정(靜) 이상은 말할
수 없다."고 했다. 이미 말할 수 없다고 했는데, 주자(周子)
가 무극을 말한 것은 무슨 이유인가? 또 소옹(邵翁)이 무극
이전까지 말한 것은 무슨 이유인가? 이와 같이 선유(先儒)
의 논설이 세 등급의 순서가 있는 것 같으니 점차로 높은
곳까지 말해도 안 될 것이 없을 것 같다. 그런데 장자(莊
子)가 무극의 위로 한층 더 올라가 논한 것을 옳지 않다고
한 것은 무슨 이유인가?
대저 복괘(復卦)와 곤괘(坤卦)의 사이는 무극이고 곤괘에서
구괘(姤卦)에 이르기까지를 무극의 전이라고 한 것은 소자
(邵子)[426)]가 논한 것이다. 처음이란 것은 태극이고, 처음이
면서 처음이 없는 것은 무극이고, 처음이면서 처음이 없는
것은 무극이고 처음이 아니지만 처음 아닌 중에 처음이 있
는 것은 무극보다 한층이 더 높은 것이니, 이는 장자의 말
이다. 주자.장자.소자의 말이 서로 같은 것인가? 다른 것인
가?

答 : 朱子曰 非太極之上 別有無極也 無極太極 無次第 邵子
說到無極之前 只論氣之循環 程子不容說 謂難言也 非
不言也 莊子架虛 不須爲辨 亦專指氣爲言

답 : 주자(朱子)가 말하기를 "태극의 위에 따로 무극이 있는 게
아니고 무극과 태극은 순서가 없는 것이다."하였고, 소자가
무극의 이전을 말한 것은 다만 기의 순환을 논한 것이며,
정자가 말로 할 수 없다고 한 것은 말하기가 어렵다는 것이

---

426) 소자(邵子):소옹(邵雍,1011~1077)을 높여 말한 것, 중국 송나라 사상
가.범양(范陽)출신으로 자는 요부(堯夫), 시(諡)는 강절(康節)이다.

지 말을 아니하려고 한 것은 아니고, 장자는 공중 누각적인 말이므로 변론할 필요가 없으나, 또한 오로지 기만 가르켜 말한 것이다.

問 : 朱子以太極動而生陽 爲天地之喜怒哀樂發處 而延平謂 做已發看不得 抑何所見而然耶 何說爲是耶 於至理之源 大本達道處 亦可以已發未發分言耶

문 : 주자는 '태극이 동하여 양을 낳는다'는 것으로 천지의 희노애락(喜怒哀樂)이 발(發)하는 곳이라고 여겼는데, 연평(延平)은 이미 발하는 것으로 볼 수 없다고 하였으니 또한 어느 곳을 보고 그렇게 말한 것인가? 어느 설이 옳은가? 지극한 이치의 근원인 대본달도(大本達道)의 곳에도 이미 발한 것과 발하지 않은 것으로 나누어 말할 수 있는가?

答 : 延平之意 以爲已發未發 就人身上 推於太極之動靜闔闢 終萬物始萬物 只是此理一貫 做已發看不得 於天地大本 達道處 難以分言故也 盖天地之間 實理充塞 無一息之 妄 徹上徹下 不過如此 以動爲發 則當以靜爲未發 此必 朱子初年說也 朱子曰 一動一靜 皆命之行 又曰 靜亦動 之息爾 此論爲是

답 : 연평의 뜻은 이미 발한 것과 아직 발하지 않은 것은 사람의 몸에 대하여 논한 것인데, 태극의 동정과 합벽(闔闢)과 만물의 끝남과 만물의 시작을 미루어 본다면 다만 이치가 일관(一貫)한 것이므로 이미 발한 것으로 볼 수 없는 것은, 천재의 대본달도(大本達道)의 곳에 있어서도 나누어 말하기 어려웠기 때문이다. 대개 하늘과 땅 사이에는 이치만이 꼭 차

있어 한 순간 사이라도 허망이 없으니 위나 아래가 이와 같
은데 이와 같은 데 지나지 않는다. 그런데 동을 발한 것으
로 보면 당연히 정은 발하지 않은 것으로 보아야 할 것이니
이는 필시 주자 초년의 설일 것이다. 주자가 말하기를 "한
번 동하고 한번 정하는 것이 모두 천명이 유행한 것이다."
고 하였고, 또 "정 역시 동이 쉬는 것이다."고 하였으니 이
의논이 옳다.

問 : 太極之動而生陽 是繼之者善也 靜而生陰 是成之者性也
而朱子以繼爲靜之終 動之始 則似在不動不靜之間 抑何
義耶 仁智交際之間 繼在仁耶智耶

문 : 태극이 동하여 양을 낳는다는 것은 계승한 것이 선(善)이란
것과 같고 정하여 음을 낳는다는 것은 이룬 것이 성(性)이
라는 것과 같다. 그런데 주자는 이 계승한 정의 끝을 동의
시작이라고 하였으니, 이는 동하지 않고 정하지 않는 사이
에 있는 것 같은데, 무슨 뜻인가? 인(仁)과 지(智)가 서로
사귀는 사이에 계승이 인에 있는가? 지에 있는가?

答 : 旣曰動之始 則是乃動也 此邵子所謂一陽初動處 萬物未
生時 卽朱子所謂貞元之間也 繼乃仁也 仁 元也 元雖四
德之長 然元不生於元而生於貞 貞 智也 智能成終成始

답 : 이미 동의 시작이라고 하였으니 이는 동이다. 이는 소자가
말한 '일양(一陽)이 처음 움직인 곳에 아직 만물이 생겨나지
않은 때.'로서 즉 주자가 말한 정(貞)과 원(元)의 사이이니,
계승한 것이 인이다. 인은 원이니 원이 비롯 사덕(四德)의
으뜸이나 원은 원에서 생기는 것이 아니고 정에서 생긴다.

정은 지(智)이니 지는 끝과 시작을 이룰 수 있다.

問 : 繼之者善 所謂性善 而至成之者性然後 方有氣質之
　　善惡否 抑未可以善惡 分耶

문 : '계승한 것이 선이다.'라는 것은 이른바 성선(性善)이니 이루는 경
　　에 이르러야 바야흐로 기질의 선악이 있는 것인가? 아니면 선과
　　악으로 나눌 수 없는 것인가?

答 : 謂之性則未可分善惡

답 : 성이라고 하면 선과 악으로 나눌 수 없다.

問 : 朱子嘗以太極爲體 動靜爲用 以太極陰陽分體用 抑何義
　　耶 又曰 太極者 本然之妙 動靜者 所乘之機 二說同耶異耶

문 : 주자가 일찍이 태극을 체(體)로 삼고 동.정을 용(用)으로 삼
　　았는데 태극과 음양을 체와 용으로 나누는 것은 무슨 뜻인
　　가? 또 주자가 말하기를 "태극이란 본연의 묘(妙)이고 동정 이란
　　그것을 타는 기틀이다."하였는데, 이 두 설이 같은가? 다른가?

答 : 後說是 不可分體用 前說未穩

답 : 뒤의 설이 옳다. 체와 용으로 나눌 수 없으니 앞의 말은
　　당하지 않다.

問 : 物可見而理難知也 太極圖 欲使人知難知之理也 先儒之
　　敎後學 皆明理一事也 大學之反欲格物 而却不言窮理

何耶

문 : 사물을 볼 수 있으나, 이는 알기 어렵다. 태극도는 사람으로 하여금 알기 어려운 이를 알게 하기 위한 것이다. 또 선유가 후학을 가르치는 것은 모두 이를 밝히는 한 가지 일이다. 그런데 「대학(大學)」에서는 격물(格物)을 하려고 하면서 궁리(窮理)를 말하지 않은 것은 무슨 이유인가?

答 : 形而上爲道 形而下爲器 器亦道也 道亦器也 道未嘗離乎器 大學之不曰窮理 朱子曰 只是使人就實處究竟

답 : 형이상은 도(道)이고 형이하는 기(器)이다. 기는 도이고, 도 또한 기이니, 도는 기를 떠난 적이 없다. 「대학」에서 궁리를 말하지 않은 것은 주자가 말하기를 "다만 사람들로 하여금 실질적인 곳에 나아가 궁구하게 하는 것이다."고 하였다.

問 : 朱子曰 天地 形而下者 乾坤 形而上者 易所謂乾坤 乃氣也 而朱子之反以爲理 何也

문 : 주자가 말하기를 "천지는 형이하적인 것이고 건고(乾坤)은 형이상학적인 것이다."고 하였다. 「주역」에서 말한 건곤은 기인데, 주자는 도리어 이것을 이라고 하는 것은 무슨 이유인가?

答 : 天地 形殼也 乾坤 性情也 易所謂乾坤 兩儀也 天地乾坤 分言也 兩儀 統說也 只說一生兩也 兩便氣也

답 : 천지는 형체의 껍데기이고 건곤은 성정(性情)이니 「주역」에서

이르는바 건곤은 양의(兩儀)이다. 천지와 건곤은 나누어서 말한 것이고 양의는 통괄적으로 말한 것이니 다만 하나가 둘을 만든다는 것으로 말한 것이다. 둘로 나뉘면 이는 기이다.

問 : 乾道成男 坤道成女 是獨指人耶 抑通萬物爲言耶 動物之有男女 而植物之無男女 亦何義耶

문 : 건도(乾道)가 남자를 이루고 곤도(坤道)가 여자를 이룬다고 하였는데, 이것은 사람만을 가리켜 한 말인가? 아니면 만물을 통틀어 말한 것인가? 동물에는 암수가 있는데, 식물에는 암수가 없는 것은 무슨 이유인가?

答 : 通萬物爲言也 植物亦有男女 人自不察耳 朱子曰 麻有牝牡 竹有雌雄 推此可知

답 : 이 말은 만물을 통틀어 말한 것이다. 식물에도 암수가 있으나 사람들이 살피지 못할 뿐이다. 주자가 말하기를 "삼(麻)도 암삼과 수삼이 있고 대(竹)에도 암대와 숫대가 있다."고 하였으니 이로 미루어 보면 알 수 있다.

問 : 朱子曰 觀萬物之異體 則氣猶相近 而理絶不同 然則理亦有不同者乎

문 : 주자가 말하기를 "만물의 다른 체질을 보면 기는 서로 비슷한 것 같지만 이는 전혀 같지 않다."고 하였는데, 그러면 이도 같지 않은 것이 있는가?

答 : 理絶不同 物得氣之偏 而理在偏中 塞而不同也 氣相近

如知寒煖識飢飽 好生惡殺趨利避害 人與物相近也

답 : 이는 전혀 같지 않다. 사물은 편벽된 기를 타고났으므로 이
가 그 편벽된 가운데에 막혀 있어 다른 것이다. 기가 서로
비슷한 것은 예를 들면, 차고 따뜻한 것을 안다든가, 배고
프고 배부름을 안다든가, 삶을 좋아하고 죽음을 싫어한다든
가, 이익을 쫓고 해를 피하는 등등은 사람과 동물이 서로
비슷한 점이다.

問 : 通書所謂幾字 在太極圖 却在何節也

문 : 「통서(通書)」에 이른바 기(幾)자는, 태극도에서는 어느 조목
에 해당되는가?

答 : 五性感動而善惡分 便是幾

답 : 다섯 가지 성(性)이 감동하여 선악으로 나누어지는 것이 바
로 이 기(幾)이다.

問 : 孟子言其情 則可以爲善 周子言五性感動而善惡分 感動
則情也 孟子周子之異其言 何耶

문 : 맹자는 "그 정(情)은 선할 수도 있다."하였고, 주자(周子)는
"다섯 가지 성이 감동하여 선악이 나누어진다."하였는데,
감동은 정(情)이다. 맹자와 주자의 말이 다른 것은 무슨 이
유인가?

答 : 朱子曰 孟子言其正 周子兼其正與反者而言也 盖情未必

皆善 然本則可以爲善 惟反其情故爲惡

답 : 주자(朱子)가 말하기를 "맹자는 바른 것을 말한 것이고 주자
는 바른 것과 반대되는 것을 겸해 말한 것이다."고 하였으
니, 대개 정(情)은 반드시 다 선하다 할 수 없으나 근본은
선을 할 수 있다. 오직 정의 반대로 하기 때문에 악이 된다
는 것이다.

問 : 人受天地之正氣 物稟其偏塞 然而鷄能司晨 犬能吠客
牛能負重 馬能致遠 各能其事 人反不及於物 而不能踐
形 子鮮孝臣寡忠 何也 曾謂人之靈 而反不如物之塞耶

문 : 사람은 천지의 바른 기를 받고 만물은 그 편벽되고 막힌 기
를 받았다. 그러나 닭은 새벽을 알릴 수 있고, 개는 손님을
보고 짖을 줄 알고, 소는 무거운 것을 질 수 있으며, 말은
멀리 갈 수 있는 등 각각 자신의 일을 해낼 수 있는데, 사
람은 도리어 만물보다 못하여 예와 의에 따르지 못한다. 그
리하여 효성스러운 자식이 드물고, 충성스러운 신하가 적은
것은 무슨 이유인가? 일찍이 사람을 신령스럽다고 하였는
데 도리어 막힌 만물보다 못하단 말인가?

答 : 物以塞而能天 以心不虛靈也 故莊子曰惟虫能天 人能變
化氣質 以不肖爲聖賢 亦以通也 人之舐痔吮癰 終至於
弑父與君 行禽獸不爲之事 亦以通也 可不畏哉

답 : 만물이 막히었는데도 하늘이 부여한 바를 다할 수 있는 것
은 마음이 허령(虛靈)하지 못하기 때문이다. 그러므로 장자
(莊子)가 말하기를 "벌레만이 하늘이 부여한 대로 할 수 있

다"고 하였다. 사람이 그 기질을 변화하여 불초가 성현이
되는 것도 통하기 때문이며, 남의 치질을 핥고 종기를 빨다
가 마침내는 아버지와 임금을 시해하는 등 짐승도 하지 않
는 일을 행하는 예까지 이르는 것도 통하기 때문이니 어찌
두렵지 않는가.

問 : 聖人定之以中正仁義 此定字 是自定耶 抑定天下之定耶
    定與靜與敬 其同義耶 抑各有不同耶

문 : 성인이 중정(中正)과 인의(仁義)로 정(定)하였다고 하는데,
    이 정자는 스스로 정하는 것인가? 아니면 천하를 정한다고
    할 때의 정자인가? 정(定)과 정(靜)과 경(敬)은 같은 뜻인
    가? 아니면 각각 다른 뜻이 있는가?

答 : 定是立人極也 定萬事以立人極也 圖以動靜言 故言靜
    靜字 只好作敬字看

답 : 정(定)은 인근(人極)을 세우는 것이니, 만사를 정하여 인극을
    세우는 것이다. 도에서는 동.정으로 말하였기 때문에 정(靜)
    을 말한 것인데, 이 정자는 경자로 보면 좋겠다.

問 : 樂記云以靜言性則可 以靜形容天地之妙則不可 性則理
    也 與天地之妙 又何不同耶

문 : 악기(樂記)에 "정(靜)으로 성(性)을 말하면 옳지만 정(靜)으로
    천지의 묘(妙)를 형용해서는 옳지 않다."고 했다. 경은 이인
    데 이것이 천지의 묘와 또 어째서 다르단 말인가?

答 : 性與天地之妙 初非二物 而性卽喜怒哀樂未發之稱 屬乎
　　靜 天地之妙 卽太極之該動靜者也 含動靜而不偏 此中
　　與太極之同一理 而指各有異者也 其實性與中與太極 同
　　一理也

답 : 성과 천지의 묘는 애당초 두 가지의 것이 아니다. 성은 희노
　　애락이 아직 드러나지 않은 상태를 말한 것으로 정(靜)에
　　속하고 천지의 묘는 태극이 동정을 통괄한 것으로, 동정을
　　포함하여 어느 쪽에도 치우치지 않는다. 이게 바로 중(中)과
　　태극이 한 가지 이인데, 지적하는 것이 각각 다른 것이다.
　　그러나 사실은 중(中)과 성(性)과 태극이 동일한 이이다.

問 : 程子曰 天地萬物之理 無獨必有對 又曰 惟道無對
　　道則理也 而立言之不一 何耶

문 : 정자가 말하기를 "천지 만물의 이는 하나만 독존하는 것이
　　아니고 반드시 상대가 있다."고 하였고, 또 말하기를 "오직
　　도(道)만이 상대되는 것이 없다."고 하였다. 도는 이인데 그
　　말의 정의가 다른 것은 무슨 이유인가?

答 : 有對 以陰陽動靜屈伸消長而言也 無對 以太極而言也

답 : 상대가 있다는 것은 음(陰)과 양(陽), 동(動)과 정(靜), 굴(屈)
　　과, 신(伸), 소(消)와 장(長)으로 말한 것이고, 상대가 없다
　　는 것은 태극으로 말한 것이다.

問 : 夫子曰　智者動仁者靜 而周子之反以智爲靜 以仁爲動
　　何也

문 : 공자가 말하기를 "지자(智者)는 동하고 인자(仁者)는 정한
　　다."고 하였는데, 주자(周子)는 도리어 지는 정하고 인은 동
　　하다고 했으니 이는 무슨 이유인가?

答 : 智屬陰 固是靜 仁屬陽 固是動 周子主陰陽爲言故也 仁
　　又安靜 智又運用 夫子之言 各有其指 又朱子則以仁智
　　體皆靜而用皆動爲喩 恐或傳寫之未盡也 四德 無非體靜
　　用動

답 : 지는 음에 속하므로 물론 정한 것이고 인은 양에 속하므로
　　물론 동하는 것이다. 그런데 주자는 음양을 위주로 해서 말
　　했기 때문이고 인은 안정(安靜)하고 지는 운용(運用)하는 것
　　이니 공자의 말씀도 각각 그 가르치는 바가 있다. 또 주자
　　(朱子)는 인과 지의 체는 모두 정하고 용은 모두 동한 것으
　　로 비유하였는데, 이는 혹시 베껴 쓰는 사람이 그 본뜻을
　　제대로 전하지 못한 것이 아닌가 싶다. 사덕(四德)에 있어서
　　는 체가 정하고 용이 동하지 않는 것이 없다.

問 : 終萬物始萬物 莫盛乎艮 艮 止也 止是生息之意也 先儒
　　之反以動爲生 何也

문 : 만물을 끝내고 만물을 시작되게 하는 것은 간괘(艮卦)만한
　　것이 없으며 간은 그친다는 뜻이니 그친다는 것은 생식(生
　　息)한다는 뜻이다. 그런데 선유는 도리어 동하는 것으로 생
　　식한다고 한 것은 무슨 이유인가?

答 : 元不生於元而生於貞 譬如穀種必經秋冬 乃可爲生 又以

動爲生 偏說也 上一節 統說也

畓 : 원(元)은 원(元)에서 생기는 것이 아니고, 정(貞)에서 생기는
    것이다. 비유하자면 곡식의 종자가 가을과 겨울을 반드시
    거쳐야 비로소 생겨날 수 있는 것과 같다. 또 동을 생식한
    다는 것은 한쪽만 말한 것이며, 위의 일절은 통괄적으로 말
    한 것이다.

問 : 至成之者性 然後氣質各異 則善惡之分 宜在斯矣 周
    子却到五性感動處分善惡 何耶

문 : 이루어진 성(性)에 이르러서야 기질이 각각 달라지는 것이고
    보면 선과 악의 분리가 바로 여기에 있는 것이다. 그런데
    주자(周子)는 오성(五性)이 감동하는 곳에 이르러 선악이 분
    리된다고 한 것은 무슨 이유인가?

答 : 性無善惡 純善而已 至情動處 便分善惡 便知有氣質之性

畓 : 성은 선악이 없고 순수한 선(善)일 뿐이다. 정이 동하는 곳
    에 이르러야 선악이 나누어져 기질의 성이 있다는 것을 알
    게 된다.

問 : 受父母之氣 在胞中 是繼之者善也 及其旣生 自成一箇
    物 是成之者性也 旣成其性 則又自繼善 循環無窮 而反
    以佛氏之循環爲無理 亦何義耶

문 : 부모의 기를 받아 태(胎) 가운데 있는 것은 계승하는 것의
    선이고, 태어나서는 스스로 하나의 물체를 이루는데, 이는

이루는 것의 성이다. 이미 그 성을 이루고 또 스스로 선을
계승하여 한없이 순환하고 있는데, 도리어 불씨(佛氏)의 순
환은 무리(無理)하다고 하는 것은 무슨 뜻인가?

答 : 流行造化處是善 凝成於我處是性 此程子所謂生生之
理自然不息也 豈佛氏所謂將旣屈之氣 復爲方伸之氣
輪回不已者乎

답 : 조화(造化)가 유행(流行)하는 곳은 선이며, 영기에 나를 이루
는 것은 성이다. 이것은 정자가 말한 "태어나고 태어난다는
이치가 저절로 쉬지 않는다."는 것이다. 어찌 불씨가 말한
"이미 굽혀진 기가 다시 펴져 바퀴가 돌아가듯이 끝이 없
다."는 것이겠는가.

問 : 朱子曰 太極只是一箇實理 太極圖一圈 便是一畫 又曰
太極 二氣五行之理 一與二五之互言 何耶

문 : 주자가 말하기를 "태극은 다만 하나의 실리(實理)일 따름이
고, 태극도 한 원(圓)이 하나의 획이다."고 하고 또 말하기를
"태극은 두 기와 오행의 이이다."고 하였는데, 1과 2, 5를
번갈아 말한 것은 무슨 이유인가?

答 : 理一而已 二氣五行之理 卽一理也

답 : 이(理)는 하나일 뿐이니, 두 기와 오행의 이는 공 한 이치이다.

問 : 太極 是藏頭物事 旣無方所 又無影響 先儒之能揷出爲
圖 作爲名字 何耶

문 : 태극은 그 머리를 감춘 물건으로 이미 방위도 없으며, 또 그림자나 소리도 없는데, 선유들이 뽑아내어 도(圖)를 만들고 이름을 붙였으니 이것은 무슨 이유인가?

答 : 在無物之前 而未嘗不立於有物之後 在陰陽之外 而未嘗不行於陰陽之中著存明顯 無過於此 何爲不知

답 : 태극은 사물이 있기 이전에 존재하면서도 사물이 있는 뒤에도 있지 않음이 없고, 음양의 밖에 있으면서도 음양의 가운데에서 행하지 않음이 없으니, 분명하고 존재하고 밝게 나타남이 이보다 더함이 없으니 어찌 알지 못한다고 하겠는가?

問 : 以事物看之 陰陽中有太極 而圖却謂太極生陰陽 何也

문 : 사물로 보건대, 음양의 가운데에 태극이 있는데, 태극도에서는 오히려 태극이 음양을 낳았다고 하니 무슨 이유인가?

答 : 原其生出之初 則太極生陰陽也 觀其見在之端 則陰陽涵太極也 圖主生出 故云太極生陰陽

답 : 그 당초 생겨난 곳을 거슬러 올라가면 태극이 음양을 낳은 것이고, 현재의 끝을 살펴보면 음양이 태극을 포함하고 있는 것이다. 태극도는 생겨난 것을 위주로 한 것이기 때문에 태극이 음양을 낳았다고 한 것이다.

問 : 不偏不倚之中 與太極同一理也 而先儒論以中訓極爲非

何也

문 : 치우치지도 않고 어느 쪽으로도 기울지 않은 중(中)은 태극과
　　 동일한 이인 것이다. 그런데 선유들이 논하기를 "중을 극
　　 (極)으로 풀이하면 틀린다."고 했으니 이는 무슨 이유인가?

答 : 所指各異　中是無過不及之義　極是無加之稱

답 : 이는 가르친 바가 각각 다르기 때문이다. 중이란 지나치거나
　　 미치지 않는 것이 없다는 뜻이고 극은 더 이상 보탤 수 없
　　 는 것을 말한 것이다.

問 : 漢志謂太極函三爲一　莊子謂道在太極之先　老子云有物
　　 混成　先天地生易云易有太極　此四說與周子所謂太極同
　　 異　可分耶

문 : 「한지(漢誌)」에서는 태극이 천.지.인(天地仁) 세 가지를 포함
　　 하여 하나로 되었다고 했고, 장자(莊子)는 도(道)가 태극보
　　 다 먼저 있다고 했고, 노자(老子)는 "혼성된 물건이 있어
　　 천지보다 먼저 생겼다."고 했고 「역(易)」에서는 "역(易)에는
　　 태극이 있다."고 했는데, 이 네가지 설과 주자(周子)가 말한
　　 태극과 같고 다른 점을 나눌 수가 있는가?

答 : 漢志謂函三則形氣已具　非周子所謂太極也　莊子謂道先
　　 太極　則不以太極爲道　而道又太極上一箇空底物　非周
　　 子所謂太極也　老子云　先天地生　似指斯理　而老子實非
　　 知理者也　易所云易有太極　就陰陽變化中言有此理　下
　　 語又與周子不同　然所謂理則一也　周子所謂無極而太極

不雜乎陰陽而爲言者也　盖漢志之太極　莊子之太極　雜
陰陽而爲言者也　老子之有物混成　亦不得言理之妙

答：「한지」에서의 세 가지를 포함했다는 말은 형기(形氣)가 이미
　　갖추고 있는 것이니 주자가 말한 태극이 아니며, 장자가 말
　　한 도가 태극보다 앞섰다고 한 것은 태극으로 도를 삼지 않
　　고 도가 태극 위에 있는 하나의 빈 물건으로 본 것이니, 주
　　자가 말한 태극이 아니며, 노자가 이른바 도가 천지보다 먼
　　저 생겼다고 한 것은 마치 이를 가르친 듯 하지만 사실은
　　노자도 이를 알지 못한 사람이었다. 「주역」에서 역에 태극
　　이 있다고 한 것은 음양이 변화한 가운데 이러한 이치가 있
　　다는 것을 말하는 것이니 이것도 주자가 말한 태극과는 같
　　지 않다. 그러나 이른바 이는 하나이다. 주자가 말한 "무극
　　이면서 태극이다."는 것은 음양과 섞이지 않는 것을 말한
　　것이다. 대개「한지」에서의 태극이나 장자의 태극은 음양과
　　섞어 말한 것이다. 노자의 혼성된 물건이 있다는 것도 이의
　　묘함을 말하지 못하였다.

問：易曰一陰一陽之謂道　而邵子曰道爲太極　朱子曰　心猶陰
　　陽也　而邵子曰　心爲太極　邵子之異其說　何也

문：역(易)에서는 "한번 음이 작용하고 한번 양이 작용하는 것을
　　도(道)이다."고 하였는데, 소자(邵子)는 "도가 태극이다."고
　　하였으며, 주자는 "마음은 음양과 같다."고 했는데, 소자는
　　"마음이 태극이다."고 했으니 소자가 이와 다르게 말한 것
　　은 무슨 이유인가?

答：道是流行　邵子之道爲太極　以流行者言也　心是統會　邵

子之心爲太極 以統會者言也 易之一陰一陽之謂道 所以
一陰一陽者道云也 朱子之心猶陰陽 旣曰性猶太極云故也
萬里同出一源曰統會 萬物各具一理曰流行 康節之說 何
嘗有異 道是太極而心性非二物 則復何爲疑

答 : 도는 유행(流行)한 것이니 소자가 "도가 태극이다."고 한 것
은 이 유해을 말한 것이고, 마음이란 모든 것을 통괄하여 모
은 것인데 소자가 "마음이 태극이다."고 한 것은 통회(統會)
를 말한 것이고, 역에 "한번 음이 작용하고 한번 양이 작용
하는 것이 도이다."고 한 것은 한번 음이 작용하고 한번 양
이 작용하게 된 소이연이 도라는 것이다. 주자가 "마음은 음
양과 같다."고 한 것은 이미 "성(性)이 태극과 같다."고 했기
때문이다.

모든 이가 한 근원에서 나오는 것을 통회라 하고, 만물이 각
각 한 이를 갖추고 있는 것을 유행이라 한다. 강절(康節 :
소옹(邵翁)의 시호)의 설이 어찌 다른 것이 있겠는가. 도는
태극이며 심·성(心性)이 두 가지 물건이 아니라는 것을 다시
의심할 것이 뭐가 있겠는가.

問 : 朱子曰 靜者 性之所以立也 動者 命之所以行也 然其實
則靜亦動之息爾 故一動一靜 皆命之行 而行乎動靜者
乃性之眞也 故曰天命之謂性 動靜天理也 而朱子之以動
靜皆屬乎動 而却欠了靜一邊何意也 程子之動亦定 靜亦
定 周子之主靜 又却欠了動一邊 亦何意也

문 : 주자가 말하기를 "정(靜)이란 것은 성(性)이 성립(成立)한 것
이고, 동(動)이란 것은 명(命)이 유행하는 것이다."라고 하였
다. 그러나 사실상 정 또한 동이 쉬는 것이기 때문에 한번

동하고 한번 정하는 것은 모두 명이 유행하는 것이며, 동·정에 행해지는 것은 성의 진(眞)인 것이다. 그래서 천명을 성이라 한다. 동·정은 천리인데 주자가 동정을 모두 동에다 붙이었으니 이는 도리어 정의 한쪽이 결함이 되었으니 이는 무슨 뜻인가? 정자의 "동도 또한 정(定)이고 정도 역시 정이다."는 것과 주자(周子)가 정을 위주로 하니 또 도리어 동의 한쪽이 결함되게 되었으니 또 무슨 뜻인가?

答 : 太極之有動靜 天命之流行也 其靜亦命之行也 主天命而
　　爲言也 聖人合動靜之德 而常本於靜 主修道而爲言也

답 : 태극에 동·정이 있는 것은 천명(天命)이 유행하는 것이므로 그 정도 명이 유행하는 것이니, 이것은 천명을 위주로 말한 것이다. 성인은 동·정의 덕에 합치하면서도 항상 정에다 그 근본을 두고 있으니, 도를 닦는 것은 위주로 말한 것이다.

問 : 伏羲作易 起於一畫 文王演易 肇自乾元 皆未嘗說到太
　　極 孔子贊易 始言太極 周子作圖 又言無極 言愈密而理
　　愈晦 何耶

문 : 복희(伏羲)가 역(易)을 지을 때 한 획에서 시작하고 문왕(文王)이 역을 부연할 때 건괘(乾卦)의 원(元)에서 시작하였으나, 이들은 모두 태극에 대해서 이야기한 적이 없었다. 그런데 공자가 「주역」의 찬(贊)을 붙일 때 비로소 태극을 말하고, 주자(周子)가 태극도를 만들 때 또 무극을 말하였으니 세밀히 말할수록 그 이치가 더욱 어두워지는 것은 무슨 이유인가?

答 : 人自不知 理豈逾晦 人之不知 學不傳也

답 : 이것은 사람이 스스로 알지 못하는 것이지 어찌 이치가 더욱 어두워질 리가 있겠는가. 사람이 알지 못하는 것은 학문이 전해지지 않기 때문이다.

問 : 形而上爲道 形而下爲器 道甚微妙 器甚著現 天地 形而下也 乾坤 形而上也 日月星辰 風雨霜露 形而下也 其理 卽形而上也 君臣父子 形而下也 仁忠慈孝 形而上也 如一身之形體 形而下也 心性之理 形而上也 耳目 形而下也 聰明之理 形而上也 又如一物一器 形而下也 其理 形而上也 燈燭 形而下也 照物之理 形而上也 交椅 形而下也 可坐之理 形而上也 至如屈伸往來消長盈虛春秋寒暑終始晦明奇偶 皆形而下也 其理則形而上也 凡有形有象 可覩可聞者 無非氣也 如許其廣大著現 而反以爲小 無聲無臭不可聽不可見者 理也 如許其微妙而反以爲大 何也

문 : 형이상적인 것을 도(道)라 하고 형이하적인 것을 기(器)라 하니, 도는 매우 미묘하나 기는 매우 분명히 나타난다. 천지는 형이하적인 것이고 건곤(乾坤)은 형이상적인 것이다. 해.달.별과 비.서리와 이슬 등은 형이하적인 것이고 그 이치는 형이상적인 것이며, 임금.신하.아버지.자식은 형이하적인 것이고 거기에서 나타난 인자하고 충성스러우며, 자애롭고 효성스러운 것은 형이상적인 것이다. 예를 들자면 한 몸의 형체는 형이하적인 것이고 심성(心性)의 이치는 형이상적인 것이며, 귀.눈은 형이하적인 것이고 총명할 수 있는 이치는 형

이상적인 것이다. 또 예를 들자면 일물(一物) 일기(一器)는
형이하적인 것이고 그 이치는 형이상적인 것이다. 촛불은 형
이하적인 것이고 그것이 물건을 비출 수 있는 이치는 형이
상적인 것이며, 의자는 형이하적인 것이고 그것으로 앉을 수
있는 이치는 형이상적인 것이다. 더 나아가서 굽히고 펴고
오고 감과 없어지고 커짐과 차고 빔과 봄·가을·더위·추위·시
작·끝남·어둡고 밝음과 기수(奇數)와 우수(偶數)가 번갈아 나
오는 것 등은 모두가 형이하적인 것이고 그 이치는 형이상
적인 것이다.

그런데 무릇 형태가 있고 모양이 있어 볼 수 있고 들을 수
있는 것은 어느 것이나 아닌 것이 없어 이처럼 넓고 커서
분명히 나타나는 것을 오히려 작다고 여기고 소리도 없고
냄새도 없어 들을 수도 없고 볼 수도 없는 것이 이(理)인데
이처럼 미묘한 것을 오히려 크게 여기는 것은 무엇 때문인가?

答 : 氣有限量 而理無限量故也

畣 : 기는 한정된 양이 있지만 이는 한정된 양이 없기 때문이다.

問 : 朱子曰 太極圖說陰陽五行之變不齊 二程因此始推出氣質
之性 於易旣言陰陽五行之變 而孟子之不言氣質之性 何也

문 : 주자가 말하기를 "태극도설에서는 음양과 오행의 변화가 똑
같지 않기 때문에 명도 이천이 이로 인해서 비로소 기질의
성을 추출(推出)해 내었다."고 하였다. 그러면 「역」에 이미
음양 오행의 변화에 대해 말하였는데 맹자가 기질의 성을
말하지 않은 것은 무슨 이유인가?

答 : 凡道理 到後來辨釋愈精密

톱 : 무릇 도리는 후세로 내려올수록 변석(辨釋)되어 더욱 정밀해
　　지는 것이다.

問 : 天地之理 生之者微 成之者盛 故水生於陽而爲陰 火生
　　於陰而爲陽 不特此也 氣常勝理 仁義禮智之理微 水火
　　金木土之氣盛 終不可以微制盛 而聖賢之教 每欲以理勝
　　氣 何也

문 : 木金土)의 기는 왕성해서 결국 미묘한 것으로 왕성한 것을 제압할
　　수 없다. 그런데도 성현의 가르침천지의 이는, 낳게 하는 것은
　　미묘(微妙)하고, 그것을 이루는 것은 성대하다. 그러므로 물
　　은 양에서 생겨났으나 음이 되고, 불은 음에서 생겨났으나
　　양이 된다. 이것뿐만이 아니다. 기는 항상 이를 이기므로
　　인의예지(仁義禮智)의 이는 미묘하고, 수화목금토(水火에서
　　는 항상 이로써 기를 이기게 하려 하니 이는 무슨 이유인
　　가?

答 : 理不微氣不盛 則聖賢又何爲教 理雖微而益著 氣雖盛
　　而可變 此聖賢之所以無不可爲之時 無不可化之人 而至
　　於天地位萬物育 氣常聽命於理者也 問之不特此以上 微
　　與盛 皆言氣也 不特此以下 微是理而盛是氣 上下言勢
　　亦有毫髮之異 不可不知 盖生亦氣也 而生之理 理也

톱 : 이가 미묘하지 않고 기가 왕성하지 않다면 성현이 또 무엇
　　때문에 가르치겠는가. 이는 비록 미묘하지만 더욱 드러나고
　　기는 비록 왕성하지만 변할 수 있다. 그래서 성현은 일을 못

할 때가 없으며, 교화시킬 수 없는 사람도 없어 천지가 제
위치에 서고 만물이 육성되는 데까지 기가 항상 이의 명령
을 따르게 한 것이다.

그 묻는 말 가운데 이것뿐만 아니라는 말 위의 미묘함과
왕성함은 모두 기를 말한 것이고 이것뿐만이 아니라 말 밑
의 미묘함은 이이고 왕성함은 기이다. 위아래의 말의 흐름
이 또한 조그마한 차이점이 있다는 것을 가히 알고 있어야
될 것이다. 대개 생겨나는 것은 기이고 생겨나게 하는 이치
는 이인 것이다.

問 : 天地造化之妙 天一生水 地二生火 天三生木 地四生金
而在人一身 亦初生腎水 又生心火 水又生肝木 火土又
生肺金 而父母 卽天地也 以至昆虫草木之生 莫不禀五
氣以成形 此孔子所謂精機爲物 精便是水 氣便是火 不
過如此 而於此便有氣化形化之所以分 何也 今見物有氣
化 而人無氣化 亦何理也

문 : 천지조화의 묘는 천일(天一)에 수(水)가 생기고 지이(地二)에
화(火)가 생기고, 천삼(天三)에 목(木)이 생기고, 지사(地四)에
금(金)이 생기며, 사람의 한 몸에 있어서는 처음에는 신장이
수(水)를 생하고 또 심장이 화를 생하고, 수는 또 간장의 목
을 생하고, 화토(火土)는 또 폐장의 금을 생하게 하니, 부모
는 곧 천지인 것이다. 곤충과 초목이 생기기까지 어느 것 하
나도 오기(五氣)를 품부받아 형체를 이루지 않은 것이 없으
니, 이것이 공자가 말한 "정기(精氣)가 만물이 된다."는 것으
로 정은 수이고 기는 화이니 모두 이것에 지나지 않는다고
하겠다. 그런데 여기에서 기화(氣化)와 형화(形化)가 나누어
지는 이유는 무엇인가?

이제 만물에는 기화가 있으나 사람에게는 기화가 없는 것은
또 무슨 이유인가?

答 : 未有種類之初 陰陽之氣 合而生之謂氣化 旣有種類之後
牝牡之形 配而生之謂形化 萬物之始 氣化而已 旣形氣
相禪 則形化長而氣化消 程子云 隕石無種 麟亦無種
厥初生民 亦如是 此氣化也 今見物有氣化者 無物處也
夫人亦然 先儒云 海中島嶼稍大 安知無種之人 不生於
其間若已有人類 則必無氣化之人 如人着新衣 便有蟻
蝨生其間 此氣化也 氣旣化後 便以種生 此理甚明

답 : 아직 종류가 있기 전에 음양의 기가 합하여 생긴는 것을 기
화라 하고, 이미 종류가 있는 뒤에 암컷과 수컷의 형태가
짝을 지어 생기는 것을 형화라 한다. 만물의 시초에는 기화
뿐이었는데, 이미 형과 기가 서로 이어받은 뒤에는, 형화는
더 자라나고 기화는 소멸된다. 정자가 말하기를 "운석(隕石)
은 종자가 없고 기린도 종자가 없다."고 하였으니 그 처음
에 사람이 생겨날 때도 그러하였는데, 이는 기화인 것이다.
지금 기화에서 생겨난 물체가 있는 것은(형화) 볼 수 있는
데, 기화의 물체는 볼 수 없다. 대개 사람도 그러하니 선유
들이 말하기를 "바다 한가운데의 조금 큰 섬에 종자가 없는
인간이 살고 있지 않은지 어찌 알겠는가? 만약 인간의 종
류가 있다면 반드시 기화의 사람은 아닐 것이다. 예를 들자
면 사람이 새 옷을 입었는데, 곧 서캐와 이가 그 속에 생기
는 것이 바로 기화인 것이다. 기로 화한 뒤에는 종류로 번
식하는 것이다."하였으니 이 이치는 매우 타당하다.

問 : 陳幾叟[427] 月落萬川 處處皆圓之譬 北溪陳氏[428] 一大塊水銀

散而爲萬萬小塊　箇箇皆圓之譬　爲萬爲一何者爲理　何者爲氣

문 : 진기수(陳幾叟)의 "수많은 시냇물에 달 모양이 떠 있는데, 어느 곳을 막론하고 똑같이 둥글다."는 비유와 북계진씨(北溪陳氏)의 "하나의 큰 수은(水銀) 덩이가 흩어져 일만 개가 되는데 그 일만 개의 작은 덩이 하나하나가 모두 둥들다."는 비유에서 일만개가 되는 것과 하나가 되는 것은 어느 것이 이이며, 어느 것이 기인가?

答 : 爲萬爲一者　氣也　所以爲萬爲一而圓無欠缺者　理也　自氣看之　雖有大小離合之別　自理看之　都無損益盈縮之分

답 : 일만 개가 되고 하나가 되는 것은 기이며, 일만 개도 되고 하나도 되어 훼손된 바 없이 둥글게 되게 하는 것은 이이다. 기로부터 보면 비록 크고 작고 흩어지고 합하는 구별이 있지만 이로부터 본다면 모두 덜하고 더하고, 차고 줄어듬의 구별이 없는 것이다.

問 : 在天成象　在地成形　象是氣也　形是質也　陰陽是氣　五行是質　氣是虛　質是實　虛者聚而實者成　如人之噓呵出氣而成水然也　凡有氣莫非天　凡有質莫非地　氣質之外　更無可指可論者　今周天三百度之下大地九州之上　非天非地處如此其多　何也

문 : 하늘에서는 상(象)을 이루고 땅에서는 형(形)을 이룬다. 상은

---

427) 陳幾叟 : 陳淵의 字. 宋나라 사람. 二程에 受學, 著書에 黙堂集이 있다.
428) 北溪陳氏 : 陳淳의 호, 朱子의 弟子, 著에 北溪大全이 있다.

기이고 형은 질(質)이다. 음양은 기이고, 오행은 질(質)이니
기는 허(虛)한 것이고 질은 실(實)한 것이며, 허한 것은 모
이고 실한 것은 이루어 마치 사람의 입기운을 불어내면 물
이 되는 것과 같다. 무릇 기가 있는 데는 하늘이 아닌 곳이
없고 질이 있는데는 땅이 아닌 곳이 없는데, 기와 질을 떠
나서는 다시금 가르킬 것이나 논할 것이 없다. 그런데 지금
3백 60도의 하늘 밑과 구주(九州)의 대지 위에 하늘도 아니
고 땅도 아닌 곳이 이처럼 많은 것은 무슨 이유인가?

答 : 太虛之間 便有氣充塞 無欠缺處 出地以上無非天 古詩
云坎得一尺地 便是一尺天 非是三百六十度是天也 只
以日月星辰光所見處爲言爾 六合之內 非質處便是氣
非地處便是天

답 : 허공 사이에 기가 조금도 빈 곳이 없이 꽉 차 있어서 땅의
위는 모두 다 하늘이다. 고시(古詩)에 "땅에 한 자의 구덩
이를 파면 바로 한 자의 하늘이다."고 했으니, 3백 60도가
하늘이 아니라 다만 해와 달과 별의 빛으로 볼 수 있는 곳
을 말한 것이다. 위아래 동서남북의 안에 질이 있는 곳이
아니면 기이고 땅이 아닌 곳은 바로 하늘일 것이다.

問 : 圖以禮智換作中正 何義也 不曰仁義禮智 而却謂禮智仁
義 亦何義也

문 : 태극도에서 예(禮)와 지(智)를 중(中)과 정(正)으로 바꾼 것은
무슨 뜻인가? 또 인의 예지(仁義禮智)라 하지 않고 예지인
의라고 한 것은 무슨 이유인가?

答 : 圖本乎易 易其德曰仁義 其用曰中正 要不越陰陽兩端
而尤重中正 又朱子曰 中正較有力 以禮或有中不中 智
或有正不正也 智禮 水火也 水火 爲五行之先 圖主生出
之序 故先言智禮

답 : 도(圖)는 「주역」에다 근본하였다. 「주역」에 "그 덕은 인의이
고 그 용은 중정이라고 하였다. 요컨대 음양의 두 끝을 벗
어나지 않는 것으로, 더욱 중정을 중시한다." 또 주자가 말
하기를 "증정이 보다 더 유력한데 예는 중(中)하거나 부중
(不中)한 것도 있고, 지도 정(正)이나 부정(不正)이 있을 수
있기 때문이다."고 하였다. 지와 예는 수와 화이니 수와 화
는 오행의 순서에 먼저 있다. 도(圖)는 생겨나는 순서를 위
주로 하였기 때문에 먼저 지와 예를 말한 것이다.

問 : 太極一動 至於爲陰陽爲五行爲萬物 莫有其差 在人纔動
便差 何義也 惟聖人無差 是謂聖人與天同德 而天又或
不能無差 冬熱夏寒 顏淵之不得壽 盜跖之善其終 孔子
之困於行 女后之爲天子 致旱於湯世 有年於魯宣 天之
反不及於聖人 亦何義也 賢希聖聖希天 則聖人反希不及
聖人之天歟

문 : 태극은 한번 움직이면 음양이 되고 오행이 되며, 만물이 되
기까지 조금도 어긋남이 없는데, 사람은 움직이기만 하면
어긋나니 이것은 무슨 이유인가? 성인만은 어긋남이 없으
니 이는 성인은 하늘과 덕이 같음을 말한 것이다. 그런데
하늘은 또 간혹 어긋남이 없을 수가 없어서, 겨울에 덥고
여름에 춥다든가 안연(顏淵)은 오래 살지 못한 반면에 도척

(盜跖)은 제명대로 살았다든가, 공자는 여행에서 곤란을 당했는데 여후(女后)는 천자가 되었다든가, 탕(湯) 임금의 시대에는 가뭄이 들었는데 노선공(魯宣公) 때에는 풍년이 드는 등 하늘이 도리어 성인보다 못한 것은 무슨 이유인가? 현인은 성인을 바라고 성인은 하늘을 바란다고 하였는데, 성인이 도리어 성인보다 못한 하늘을 바란단 말인가?

答 : 凡人之纔動有差 氣使之然也 聖人之無差 得氣之淸也 天之或不能無差 亦氣使之然也 盖聖人純得其淸 凡人淸濁不齊 天地之氣 亦不齊 故朱子曰 天地之性 理也 到陰陽五行處 便有氣質之昏明厚薄 夫不得其常爲變 處變爲權 在聖人有處變之權 而天則無是 天普萬物而無心故也 明道先生曰 聖人無情天無心 ○聖人之氣 比天地愈精 天地之氣 比聖人猶雜 故禀賦有人物之殊 時序有常變之異 惟天地之性 大本達道 流行發育 無外無內 不偏不二 此所以聖希天也 文王之純亦不已者也

답 : 무릇 사람이 움직이자마자 어긋나는 것은 기가 그렇게 만든 것이다. 성인이 어긋남이 없는 것은 맑은 기를 얻었기 때문이며, 하늘이 간혹 어긋나지 않을 수 없는 것은 기가 그렇게 만든 것이다. 대개 성인은 순전히 맑은 것만을 얻었고 범인은 똑같이 맑고 탁한 것이 똑같지 아니하며, 천지의 기 역시 똑같지 아니하다. 그러므로 주자가 말하기를 "천지의 성(性)은 이인데, 음양과 오행의 곳에 이르면 밝고 어둡고 두텁고 엷은 기질이 있게 되는 것이다. 대체로 그 떳떳하지 못한 것은 변이라 하고, 변에 대처하는 것을 권(權)이라 한다. 성인은변에 대처하는 권이 있으나 하늘은 이것이 없다. 이것은

하늘이 만물을 두루 만들지만 마음이 없기 때문이다."라 하였으며, 명도선생이 말하기를 "성인은 무정(無情)하고 하늘은 무심(無心)하다."라 했다.

성인의 기는 천지에 비해 더욱 정밀하고, 천지의 기는 성인에 비해 조잡스럽다. 그래서 품부 받는 데에 사람과 만물의 다름이 있고, 절서에 정상적인 것과 이변의 다름이 있다. 그러나 오직 천지의 성은 대본(大本)과 달도(達道)로 유행하고, 발육하여 안팎이 없고 치우침이 없으며 서로 다른 두 가지가 있지도 않다. 이것이 바로 성인이 하늘을 바라는 이유이며, 문왕(文王)이 한없이 순수하다는 것이다.

問 : 動靜陰陽 如一連環 連續無欠缺處 未知此環着在何處

문 : 동정과 음양을 마치 하나에 연결되어 있는 고리처럼 연속되어 끊어진 곳이 없다는데 이 고리는 어디에 붙어 있는 것인가?

答 : 動靜陰陽 着在動靜陰陽 此環着在此環

답 : 동정과 음양은 동정과 음양에 붙어 있고, 이 고리는 이 고리에 붙어 있다.

問 : 圖兩儀中 旣有地 五行中又有土 是何以一物分作二物也

문 : 도(圖)의 양의(兩儀) 가운데에 이미 땅(地)이 있고 오행의 가운데에 또 토(土)가 있다. 무엇 때문에 한 물건을 두 가지로 나눈 것인가?

答 : 地是對天說也 有氣者無非天 成質者無非地 土是五行中

成形之一 物也 邵子曰 方者 土也 禹因畫州 韓子曰 草
木山川皆地也 朱子曰 地言其大槩

답 : 땅은 하늘과 상대적으로 말한 것이니 기가 있는 것은 하늘
이 아닌 것이 없고 질을 이루는 것은 땅이 아닌 것이 없다. 토는
오행 가운데서 형태를 이룬 한 물건이다. 소자(邵子)는 "방(方)이
란 흙이니 우(禹)는 이로 인해 주(州)를 나누었다."고 했고, 한유
(韓愈)는 "풀.나무.산.시내가 모두 땅이다."라 했으며, 주자는 "땅
은 그 대개를 말한 것이다."라 했다.

問 : 元亨利貞 是太極也 元亨是陽 利貞是陰也 元是木 亨是
火 利是金貞是水 合而言之 則不過如是 所以各異其名
使學者眩於名物 何也

문 : 원형이정(元亨利貞)은 태극인데, 원과 형은 양이고, 이와 정
은 음이다. 원은 목, 형은 화, 이는 금, 정은 수이니, 이들
을 합하여 말하면 이와 같은 데 지나지 않는다. 그런데 그
이름을 각각 다르게 하여 배우는 사람으로 하여금 그 물건
의 이름에 현혹되게 한 것은 무슨 까닭인가?

答 : 太極 是總言天地萬物之理 理在天曰元亨利貞 理在人曰
仁義禮智 陰陽以氣言也 金木水火 以物言也 雖欲不二
其名 何可得也

답 : 태극은 천지 만물의 이(理)를 총괄하여 말한 것으로, 그 이
가 하늘에 있으면 원형이 정이고, 그 이가 사람에게 있으면
인의예지(仁義禮智)인 것이다. 또 음양은 기로 말한 것이고,
금목 수화는 물(物)로 말한 것이다. 비록 그 이름을 두 가

지로 만들지 않고 실지만 그렇게 할 수 없는 것이다.

問 : 五行之生 各一其性 此性字 是理之本原耶 抑氣質之異
耶 張南軒之指以爲本原 何也 朱子之或指爲氣質 或指
爲本原 不一其論 亦何義也

문 : 오행이 생겨날 때 각각 한 가지씩 그 경질이 있는데, 이 성
(性)자는 이의 본원인가? 아니면 기질이 서로 다른 것인가?
장남헌(張南軒)429)이 이것을 본원이라고 한 것은 무슨 이유
이며, 주자는 이것을 기질이라고도 하고 본원이라고도 하는
데, 이와 같이 논하는 바가 일정하지 않은 것은 또한 무슨
이유인가?

答 : 各一其性之性 卽氣質之性也 但氣質之性 實與本原之性,
同一性也 或問恐學者莫知所從 朱子曰 陰陽五行之爲性
各一氣所禀 而性則一也 又問兩性字同否 曰 一般 又曰
同者理也 不同者氣也

답 : 각각 하나씩의 성질을 가졌다는 것은 기질의 성을 말한 것
이다. 다만 기질의 성은 실제로는 본원의 성과 동일한 성이
다. 어떤 사람이 묻기를 "배우는 사람들이 어느 곳을 따라
야 할지 모를까 염려된다."고 하니, 주자가 말하기를 "음양
오행의 경이 각각 하나의 기를 타고났지만 성은 하나이다."
라 하였다. 또 묻기를 "두 성자가 같습니까? 다릅니까?"하
니, 말하기를 "한가지이다."하고, 또 말하기를 "같은 것은
이이고 같지 않은 것은 기이다."라 하였다.

---

429) 장남헌(張南軒,1133~1180) : 중국 남송의 성리학자.

問 : 其曰動而生陽 靜而生陰 是兩儀初判時耶 其曰動極復靜
靜極復動 只擧此天地說耶 幷擧前天地後天地說耶

문 : '동하여 양이 생기고 정하여 음이 생긴다.'는 말은 양의(兩
儀)가 처음 갈라지는 때인가? '동이 다하고 나면 다시 정해
지고, 정이 다하고 나면 다시 동한다.'고 한 말은 천지만 가
지고 말한 것인가? 아니면 전 천지와 후 천지를 모두 들어
말한 것인가?

答 : 分陰分陽 兩儀立焉 然朱子曰 太極之有動靜 天命之所
以流行也 又曰 今且自動而生陽處看 ○前後天地 不須
說 惟邵子先天圖曰 無極之前 陰含陽

답 : 음으로 나뉘고 양으로 나누어 양의(兩儀)가 서는 것이다. 그
러나 주자가 말하기를 "태극에 동·정이 있는 것은 천명이
유행하는 것이다."고 하였고, 또 "이제 스스로 동하여, 양이
생기는 데서부터 본다."하였다. 전 천지, 후 천지는 말할 필
요가 없다. 다만 노자의 선천도(先天圖)에서는 "무극의 전에
는 음이 양을 품고 있다."고 하였다.

問 : 陰陽天也 以氣言也 剛柔地也 以質言也 仁義人也以德
言也 天之道 不外乎陰陽 寒暑往來是也 地之道 不外乎
剛柔 山川流峙是也 人之道不外乎仁義 事親從兄是也
天也地也 如許其大 而人以藐然一身 寄在其中 乃敢與
天地立而爲三 一念之善 景星慶雲 一念之惡 烈風疾雨
得與天地混然無間者 何義也

문 : 음양이 하늘이라고 한 것은 기로 말한 것이고, 강유(剛柔)가

땅이라고 한 것은 질로 말한 것이고, 인의가 사람이라고 한 것은 덕으로 말한 것이다. 하늘의 도는 음양을 벗어나지 않으니, 춥고 더운 계절이 오고 가는 것이 그것이고, 땅의 도는 강유를 벗어나지 않으니, 산과 시내가 각각 우뚝 솟아 있으며, 흘러감이 그것이고, 사람의 도는 인의를 벗어나지 않으니, 어버이를 섬기고 형을 따름이 그것이다. 하늘과 땅은 이와 같이 큰데, 사람은 조그만 몸으로 그 가운데에 붙어서 감히 하늘과 땅과 함께 서서 셋을 이루고 있다. 사람이 한번 착하게 생각하면 좋은 별과 경사스러운 구름이 나타나고 한번 악하게 생각하면 태풍과 거센 비가 오게 된다. 천지와 더불어 섞이며 틈이 없다는 것은 무슨 이유인가?

答 : 陽中之陰陽 卽陰陽也 天道也 陰中之陰陽 卽剛柔也 地道也 陰陽合氣 剛柔成質 而是理始人爲道之極者 仁義也 其實皆一理也 着於上而爲天 着於下而爲地 着於中而爲人 雖理無不同 而以氣質言之 在人者又稍精備 吾之心卽天地之心也 故無感不通

답 : 양의 가운데에 있는 음양은 음양이니, 천도(天道)이며, 음의 가운데에 있는 음양은 강유이니 지도(地道)이며, 음양의 기가 합하고 강유의 질이 이루어져 이 이가 비로소 인도(人道)의 지극함이 되는 것이 인의이니, 사실상 모두 하나의 이이다. 위로 붙어 하늘이 되고, 아래로 붙어 땅이 되고, 가운데에 붙어 사람이 되는데, 이 이치가 다름이 없지만 기질로 말하면 사람에게 있는 것이 조금 더 정하게 갖추어져 있다. 내 마음은 천지의 마음이기 때문에 느끼어 통하지 않는 것이 없다.

說 설

答人說

或曰 瞽瞍[430]當死 舜可以竊負而逃 子負父弟負兄逃 其可乎 答曰不然 在舜則可 在瞽瞍則不可 當死則死 何可逃也 或曰 不當死則可以不死 所謂大杖則走者 其是之謂乎 答曰不然 大杖則走 子之於父也 民之於君 雖不當死 亦不可去也 或曰 若然 則今日之夫負妻戴 父子兄弟相携而隱 無乃未盡於道耶 陳東不避東市之誅 季通[431]怡然於南謫之日 此君子之死生不貳者也 答曰 避有可 避有不可 東漢之張儉[432]也 我國之金湜[433]也 避有愧於順天安命 而是實陳東[434] 季通之避死避謫者也 吾事則異於是 是非逃命於君父也 是乃避隱於一時枉法之人也 泛論則孰不曰彼雖蔑法罔上 旣托君命 以我爲隷

---

430) 고수(瞽叟) : 순(舜)임금의 아버지
431) 이통(李通) : 宋나라 蔡元定의 字로 建陽 사람. 號는 西山先生 諡는 文節 어려서 庭訓을 이어받아 朱子에 從遊하다. 朱子는 그와 學을 강론하고 크게 놀라며 弟子로 여기지 아니하고 老友라고하며 함께 経義를 강하였다. 韓佗胄가 僞學의 禁을 일으키자 道州에 유배되어 春陵에 이르러 遠近에서 배우러 오는 자 날로 더하였다.
432) 장검(張儉) : 後漢의 高平사람. 字는 元節 官은 延熹中의 東部督郵. 後覽의 無道함을 탄핵하여 覽의 노여움을 사 黨事로 誣告되어 도망쳤다. 後에 東 萊에 와 있을 때 黨事가 해결되어 돌아와 獻帝初에 百姓이 굶주리자 재산 을 털어 구제하여 후에 부름을 당하여 衛尉가 되다.
433) 김식(金湜) : 중종 때 성리학자. 자는 老泉 호는 沙西 본관은 淸風 趙光祖 와 함께 道學少壯派를 이루었다. 南袞 沈貞 등이 기묘사화를 일으키니 김 식은 도망쳐 居昌에 피하여 君臣千歲義라는 시를 쓰고 자살했다.
434) 진동(陳東) : 宋나라 丹陽사람. 欽宗의 卽位後 上書하여 蔡京, 童貫 等 6 인을베일 것을 請함. 李綱에 의하여 쫓겨나다. 高宗의 南渡後 다시 上書하여 綱을 머물게 할 것을 빌다. 歐陽澈과 함께 저자에서 배임을 당하였다.

則宜俛首以聽生死於其人乎　精察乎理則不然也　夫天也君也
同一理也　先以天命爲喩　而繼以君命父命焉　天雖假秦爲帝
而商山之隱　桃源之避　實非得罪於天者也　臨謂受刑　築城被
死　豈皆樂義之民哉　且吾百年傳業　今作亡家之人　天雖亡漢
亦不以劉禪[435]　之甘心忍辱　服事曹魏　爲順天知命　必背城誓
心　圖存宗社　如北地王諶也　爲合義　則於此可見避隱圖存　反
合天命　而遵奉之不合天命者也　規之天命　旣如是規之君命父
命　又有可驗者　君命割幽燕與戎狄　而幽燕之民　不以被髮左
衽　服夷敎　順夷俗　安夷刑者　爲順命知義　而又不以善避隱
遠恥辱者　爲不達於理也　夫幽燕之民　旣無其君之命復爲中華
之望　而旣如是　則況吾君國法　凡公事枉抑　有至三改伸之典
乎　今若徑出而委命於初度枉法之下　則後雖欲再三伸寃　尚可
得乎　申生之就烹　雖未及大舜之不死　而然謂之恭者　以父命
更無歸正之路也　我　君則不然　有許再許三就正之道　其敢先
死於誣罔之初　而不從吾君累使辨理之仁法美意乎　非但有違
大舜之不死　得不爲申生[436]之罪人乎　規之君命父命　又如是
然則避隱不死　以求歸正於天命於君命　於父命　皎然無疑　或
釋然而退　因記其說　以俟知者之辨

어떤 사람의 물음에 답한 설

어떤 사람이 묻기를 "고수(瞽瞍)가 마땅히 죽어야 할 처지에 놓
　　　였을 경우 순(舜) 임금이 남몰래 업고 도망갔을 것이다 라

---

435) 유선(劉禪) : 촉(蜀)나라 二代 임금의 자 유비(劉備)의 아들
436) 신생(申生) : 春秋 晋의 獻公의 太子. 獻公이 驪姬를 총애하여 그의 아들
　　奚齊를 세우려고 申生의 曲沃에 살게 하고 驪姬가 참소하므로 申生이 자살하
　　다.

하였는데, 아들이 아버지를 업고 도망가고, 아우가 형을 업
고 도망가는 것이 옳은 일인가?" 하므로 답하기를 "그렇지
않다. 순의 입장에서는 그렇게 할 수 있지만 고수의 입장
에서는 할 수 없다. 마땅히 죽어야 할 때에는 죽어야하는
것이지 어찌 도망갈 수 있겠는가." 또 어떤 사람이 말하기
를 "마땅히 죽어야 할 처지가 아니라면 안 죽을 수도 있는
것이니, 이른바 큰 몽둥이로 때리면 달아난다는 것이 이
경우가 아니겠는가?"라 하니 답하기를 그렇지 않다. 큰 몽
둥이로 때리면 도망간다는 것은 아들이 아버지에 대해서는
할 수 있으나 백성이 임금에 대해서는 비록 죽을 처지가
아니라 하더라도 도망갈 수 없는 것이다. 혹이 말하기를
"만약 그렇다면 오늘날 남편은 등에 지고 아내는 머리에
이고 부자와 형제가 서로 이끌고 숨은 것은 도(道)에 미진
함이 아니겠는가? 진동(陳東)은 동쪽 저자의 사형을 피하
지 않았고 계통(季通)은 남쪽으로 귀양 갈 때도 태연하였으
니, 이는 군자(君子)가 삶과 죽음에 변함이 없는 것이다 라
할 수 있지 않습니까?"라 하니 대답하기를 "피할 수 있는
일도 있고 피해서는 안 될 일도 있다. 동한(東漢)의 장검
(張儉)이나 우리나라의 김식(金湜)의 경우로 말한다면 이들
이 한 일은 하늘에 순종하고 명에 편안히 하는 데에는 부
끄러운 점이 있었으니, 이는 실로 진동과 계통이 죽음을
피하고 귀양을 피하는 것과 같다고 할 수 있다. 나의 일에
있어서는 이와는 다른 점이 있으니, 이는 임금의 명령을
어기고 도망간 것이 아니라 일시적으로 법을 잘못 쓴 사람
의 손을 피해 숨은 것이다. 범연히 논하면 누구나 '저들이
비록 법을 무시하고 임금을 속였다 하더라도 이미 임금의
명령을 빙자하여 나를 노예로 만들었다면 마땅히 머리를
숙이고 그들이 내린 생사의 결정을 따라야 한다.'고 할 것

이다. 그러나 자세히 이치를 살펴보면 그렇지가 않다. 대체로 하늘과 임금은 한 가지 이치이다. 먼저 천명으로 비유하고 이어서 임금의 명령과 아버지의 명령으로 말하겠다. 하늘이 비록 진(秦)을 빌려 황제를 삼았지만 상산(商山) 사호(四皓)의 숨음과 도원(挑源)으로 피함은 실로 하늘에 죄를 얻어서 피한 것이 아니고, 또 임위(臨謂)에서 형벌을 받거나 성을 쌓다가 죽음을 당한 사람들이 어찌 모두 의리를 즐겨 따른 백성들이겠는가. 더욱이 나로 말하면 백년동안 전해 온 가업을 지금 망친 사람이 되었다. 하늘이 비록 한(漢) 나라를 망하게 하였지만 그렇다고 해서 유선(劉禪)이 마음에 달가롭게 여기지 아니하면서도 모욕을 참아가며 위(魏)의 조씨(曹氏)를 섬긴 것을, 하늘의 뜻을 순종하고 천명을 알았다고 하겠는가? 반드시 모두 성을 등지고 마음에 맹세하여 종사의 보존을 북지왕 침(北地王 諶)처럼 도모해야 의리에 맞다면, 피하고 숨어서 종사의 보존을 도모하는 것이 도리어 천명에 합치하고, 무턱대고 받들어 따르는 것은 천명에 합당하지 않다는 것을 알 수 있다. 천명에다 맞추어볼 때 이미 이러하고 임금의 명과 아버지의 명에 맞추어볼 때도 그것을 증명할 만한 것이 있다. 임금의 명령으로 유연(幽燕)의 땅을 데어 융적(戎狄)에게 주었지만 유연의 백성들이 머리를 흐트러트리고 오랑캐의 옷을 입고, 오랑캐의 가르침에 복종하고, 오랑캐의 풍속에 따르고, 오랑캐의 법을 지키는 것으로, 천명에 순종하고 의리를 안다고 여기지 않았으며, 또한 잘 숨고, 치욕을 멀리하는 것으로, 이치를 모른다고 하지 않았다. 대체로 유연의 백성들은 그 임금의 명령으로 다시 중화 문화로 돌아올 희망이 없었음에도, 이미 그와 같이 하였는데, 더구나 우리나라의 법은 모든 공사에 있어서 억울할 때는 두 세 번이라도 다시 상소하여 신원을 할 수 있는 제도가 있는데, 말할 것이 있겠는가. 이제 만일 곧바로 나가 첫 번째 잘못된 법에 목숨을 버린다면, 뒤에 비록 두 번 세 번 억울한 사정을 풀고 싶어도 무슨 소용이 있겠는가. 신생(申生)이 삶아 죽이는 형벌을 받은 것이, 순 임금이 죽지 않은 것에는 미치지 못하지만, 공순하다고 한 것은 아버지의 명령을 바꾸어 바른 길로 돌아가게 할 수가 없었기 때문이다. 우리나라 임금은 그렇지 않아서 두 번 세 번 살펴서라도 바르게 하라는 허락이 있는데, 어찌 감히 모함한 처음의 법에 대뜸 목숨을 버려, 우리 임금이 누차 올바르게 판단하여 억울함이 없게 하라는 어진 법과 아름다운 뜻을 따르지 않을 수가 있겠는가. 이는 순 임금이 죽지 않았던 도리에 어긋날 뿐만 아니라 신생의 죄인이 되지 않겠는가? 임금의 명령, 아버지의 명령으로 헤아려 보건대 이러하다. 그렇다면 피해 숨어서 죽지 않고 하늘의 명과 임금의 명과 아버지의 명이 바른 데로 돌아가게 하는 길을 찾아야 한다는 게 뚜렷하여 의심할 것이 없다."하니 어떤 사람이 머리를 끄덕이고는 물러갔다. 인하여 그 말을 기록하여 아는 이의 분변을 기다린다.

金檃字直伯說

民之生也直　直者　天所賦　物所受者也　此所謂天地之間
亭亭堂堂　直上直下之正理也　有或不直者　氣稟物俗之使然
也　物之不直　揉而直之者　其名爲檃. 吾友金君希元　惡曲喜
直者也　將冠其子而名之以檃　囑余字之　余以直伯爲字曰
不直則道不見　苟欲直之　直之之道　其不在檃乎　檃之如何
九容, 直其容也　九思　直其思也　敬以直內　直其內也　義以
方外　直其外也　自灑掃應對　以至盡心知性　無一事非直也
幼子常視母誑　直於始也　七十不踰矩　直於終也　一元之氣
不直則絶　浩然之氣　不直則餒　直之於君子之道　大矣哉　直
之功程　小而小學書備矣　大而大學書盡之　希元以大小二學
日教其子　則名以檃而字以直伯　不亦宜乎　爰字孔嘉　顧所
以字之之義　事親以直　事君以直　接朋友以直　待妻子以直
以直而生　以直而死　立天地以直　貫古今以直　不勝幸甚

김은에게 직백의 자를 지어 준 데 대한 설

사람은 곧게 태어났다. 곧은 것은 하늘이 부여하고 사물이 받은
것이니 이른바 하늘과 땅 사이에 정정당당하게 위로도 곧
고 아래로도 곧은 바른 이치이다. 혹 곧지 않은 것이 있는
것은 기질의 품부와 사물에 대한 욕심이 그렇게 만든 것이
다. 사물이 곧지 않은 것을 바로잡아 곧게 하는 것을 은
(檃)437)이라고 한다.

---

437) 은(檃) : 은괄(檃栝)의 뜻이 내포(內包)된 것을 나타내는 말. 檃은 나무의
굽은 것을 바로 잡는 것이고 栝의 方形을 바르게 하는 것. 여기에 자(字)를
짓는 것은 이름에 맞게 지은 것을 알 수 있다.

나의 친구 김희원(金希元)군은 굽은 것을 싫어하고 곧은 것을 좋아하는 사람이다. 장차 그의 아들에게 관(冠)을 씌워주려 하면서 '은'으로 이름을 지어 주고는 나에게 자(字)를 지어 달라고 부탁하였다. 그래서 나는 그에게 직백(直伯)이라는 자를 지어 주고서 말하기를 "곧지 않으면 도(道)가 나타나지 않는 법이니, 진실로 곧게 하고 싶다면 그 곧게 하는 방법이 '은'에 있지 않겠는가? 그러면 '은'은 어떻게 하여야 하는가? 아홉 가지 용모(九容)는 용모를 곧게 하는 것이고, 아홉 가지의 생각(九思)은 생각을 곧게 하는 것이며, 공경함으로써 안을 곧게 하는 것은 마음을 곧게 하는 것이고 의리로써 바깥을 방정하게 하는 것은 행동을 곧게 하는 것이다. 물 뿌리고 쓸며 응대(應對)하는 데에도 마음을 다하고 성정(性情)을 아는 데에 이르기까지 하나라도 곧게 하지 않은 일이 없다. 어린아이에게 항상 속이지 아니함을 보이는 것은 곧게 함의 시작이고 일흔이 되어도 법도를 넘지 않는 것은 곧게 함의 마침이다. 일원(一元)의 기가 곧지 않으면 끊어질 것이고 호연(浩然)의 기가 곧지 않으면 속이 빌 것이니 군자의 도리에 있어 곧음이란 크다고 하겠다.

곧게 하는 용부의 길이 작게는 「소학(小學)」에 갖추어져 있고, 크게는 「대학(大學)」에 다 설명되어 있는데, 희원이 「대학」과 「소학」으로 날마다 아들에게 가르치고 있으니 '은'으로 이름을 짓고 '직백'으로 자를 짓는 것이 또한 마땅하지 않은가. 이 자가 매우 아름다우니 그렇게 자를 지어 준 의의를 돌아보아 어버이를 곧게 섬기고, 이금을 곧게 섬기며, 벗에게 곧게 대접하고 아내와 자식에게도 곧게 대하라. 그리고 곧게 살고, 곧게 죽어 하늘과 땅 사이에 곧음으로 우뚝 서며, 고금을 곧음으로 꿰뚫어라. 그러면 매우 다행이겠다.

傳 전

銀 娥 傳

銀娥 其名 不知爲誰氏子也 少喪父 隨母流轉 乞食於人 年
十三 投跡於交河南村秀城守家 秀城憐之 衣食之 越二年 惜
其容 因以爲妾 娥志慮淸明 性質和婉 女職事事 不學亦能
守 室宗也 早喪耦 家有二妾 娥寵爲專 主中饋十餘年 承上
撫下 恭且惠 庭無間言 敏於文字 嘗讀烈女傳 處心行事 動
以爲式守年高多病 自念娥美少 或有厭倦意 試娥曰 我且死
汝能守節乎抑有他耶 娥忝然曰 未可預言也 屢問 對輒如是
守沉綿病席 侍者俱困 娥獨左右奉護 帶不解 藥必嘗 小心敬
謹 久而愈謹 雖至夜分 跪伏其側 一呼卽唯 守感其誠 將歿
以南村別業專付曰 以之衣食 任汝自爲 若或他適 與吾子孫
娥哭踊頓絶 截雙鬟斷二指以殉葬 守制三年 梳不上頭 菜不
入口 設衣枕服用于舊榻上 日侍其下 夜晝不離 奠祭盡禮 喪
畢不輟 逾毀逾戚 每四時換節 必製新服 哭而焚 修窓戶掃堂
階 如平生時 隣婦具酒食造慰曰 娘子妙年艷色 獨閉空屋 時
日易邁 如花零落 良可惜也 再說三說 欲動娥意 娥怫然不答
杜戶稱疾 終身不對人坐語 日讀女訓 人間世事 一不介懷 採
根麥飯 有時而絶 所親相勸曰 盍賣守所與以自潤乎 娥曰 賤
貧傭丐之裔 麤糲其分 安忍手進賜筆跡 向人斥賣 以求美衣
食乎 守之一孫 奉娥頗懃 又勸畀守所與 以爲生養死葬之地
又不肯曰 誰非進賜之子孫 如此則專而不能咸 慮非進賜心也
且擅人財物 市恩一人 非我志也 啜泣塊居 嘔血成疾 八年而

死年三十七　守生時對客設酒　必隱身酌水　較輕重　過謹卽諫
養性憂疾　出於至誠　及爲嬬　室中器用　雖至微細　皆謹護完補
曰　主家舊物　不可慢也　用意誠懇　不但愛所愛敬而已　臨絶
有言棺歛之宜　從葬之願　曲盡其情　又錄先時遺衣服什物品目
纖悉　意在敬守而傳授之　不敢自私也　諸孫入治喪　書冊几案
筆硯　枚枚秩秩　各奠其所　一如守所服用之日　相與歎服　而附
葬之　以遂其志云　嗚呼美哉　娥美質懿性　不假修爲　得之天而
全其正　玉潤金剛　終始惟一　使人聞之　凜然動心　雖方古人
亦無多讓　誠使育德深閨　早承姆訓　服禮循道　以進其德　其所
就亦可想矣　夫誓死兵革之間　捐生慷慨之餘　潔其身全其義者
亦不多得　況從容於無事之日　老病盡其心　不以流離　瑣尾沮
其行　不以必守貞信固其寵　葬以義　祭以禮　貧窶不能易其操
利害不能奪其志　處事畏愼　有同識理君子　嗚呼其難矣　士或
禀陽剛之質　平居讀書談道　臨事不能蹈常執德　以安其命　失
身貽譏者比比有焉　獨何心哉　　　　　　※ 瑣 옥가루쇄

坡山成浩原　境接交河　頗聞娥行　對弭說不離口　色草娥傳　屬弭改作　弭
之龜峯舍　益近交河南村　與秀城守往來交遊之言　又與浩原聞同　又秀城孫
女　爲弭兄妻族婦　逾聞其詳　憑浩原傳　謹改草浩原傳外只數行　而其他皆
浩原傳也　但隣婦不義之論一段　守孫女云　目所未經恐或非是　自初喪至終
身　未嘗見對人語　後憑此傳　上聞而旌門

은아전

은아는 이름인데 누구의 자식인지 알 수가 없다. 어려서 아버

지를 여의고, 어머니를 따라 떠돌아다니며 사람들에게 빌어먹다
가 열세 살 되던 해에 교하(交河) 남촌(南村)의 수성수(秀城守)
집에 살게 되었다. 수성이 그를 불쌍히 여겨 옷을 입혀 주고 음
식을 먹여 주었다. 그 뒤 두 해가 되자, 그 용모를 아끼어 첩으
로 삼았다.

　은아는 그 뜻과 생각이 맑고 밝으며 성질이 온화하고 순하였으
며, 여자의 일이라면 배우지 않아도 잘 하였다. 수성의 집은 종
가(宗家)로 일찍이 아내를 잃고 두 첩이 있었는데, 은아가 총애
를 독차지하여 집안 살림을 10여 년간 맡아 하였다. 그는 윗사람
을 받들고 아랫사람을 어루만져 주는 데 있어서 공손하고 은혜롭
게 하여 집안에 서로 간에 이간하는 말이 없었다. 글에도 영민하
여 일찍이 열녀전(烈女傳)을 읽고는 마음을 쓰거나 일을 하는 데
에 있어 늘 법도로 삼았다.

　수성은 나이도 많고 병도 많아 스스로 생각하기에, 은아가 아
름답고 젊어서 자기를 싫어하는 뜻이 있지나 않을까 염려하여 그
를 시험해 보기 위해 물어 보았다. "내가 죽으면 네가 수절(守
節)을 할 수 있겠느냐? 아니면 다른 데로 가겠느냐?"하자. 은아
는 슬픈 표정으로 "미리 말씀드릴 수가 없습니다."고 대답하였는
데, 누차 물었으나 이 같은 대답만을 되풀이하였다.

　수성이 병석에 오래 누워 있자, 시종들이 모두 피곤해 하였는
데, 은아만은 여러 모로 받들고 보호하며 허리띠를 풀지 않고,
약은 반드시 먼저 맛을 보는 등 삼가하며 공경하고 부지런히 하
여 오랠수록 더욱 삼가 하였다. 비록 한밤중이 되어도 그의 곁에
꿇어 엎드렸다가 부르기만 하면 곧 대답하였다. 수성이 그의 성
의에 감동하여 죽을 무렵에 남촌 별장을 전부 주면서 "이것으로
생활하되, 네 마음대로 하라. 만약 다른데로 가게 되면 내 자손
들에게 주어라." 하자, 은아가 울고불고하다가 기절하기도 했다.
그가 죽자, 자기의 두 가닥 머리를 자르고 두 손가락을 잘라 같

이 묻었다. 그리고 삼년상을 치렀는데, 머리를 빗지 않고 나물도 먹지 않았다. 수성의 옷과 베개와 쓰던 물건들을 옛 탁자 위에 진열해 놓고 날마다 그 밑에서 모시고 앉아 밤낮으로 그곳을 떠나지 않고 전(奠 : 朝夕上食등의 일)드릴 때나 제사지낼 때 예에 따라 하였다. 상기(喪紀)가 끝났어도 거두지 않고 더욱 수척해지고 더욱 슬퍼하였다. 사철이 바뀔 때마다 반드시 새 옷을 지어 입고는 곡하고 불태웠다. 또 창문을 수리하고 집과 뜰을 청소하여 수성이 살았을 때와 같이 하였다.

이웃집의 부인이 술과 음식을 가지고 와서 위로하면서 "낭자는 젊고 아름다운데, 홀로 텅 빈 집안에서 문을 닫고 있구려. 세월이 쉬이 흘러 마치 꽃이 떨어지는 것과 같으니 참으로 애석하오." 두세 번 말하며 은아의 뜻을 움직이려 하였으나, 은아는 화난 표정으로 대답하지 않았다. 문을 닫고 병이 들었다고 하면서 종신토록 사람들과 마주 앉아 말을 하지 아니하였다. 그리고 날마다 여훈(女訓)을 읽고 지내며, 세상에 일은 조금도 신경을 쓰지 않고 나물뿌리와 보리밥으로 사는데, 때로는 끼니도 잇지 못할 때가 있었다.

그와 친한 사람들이 서로 권하기를 "어찌하여 수성이 준 땅을 팔아 풍족하게 살지 않는가?"하니, 은아가 말하기를 "나는 천하고 가난하여 고용살이나 하고 빌어먹던 사람의 후예이니, 거칠게 사는 게 분수에 맞다. 어찌 어른의 필적이 담긴 문서를 사람에게 가지고 가 팔아서 호화롭게 지낼 수 있겠는가."하였다.

수성의 손자 하나가 은아를 자못 잘 받들었는데, 또 권하기를 이 손자에게 수성이 준 토지를 넘겨주어 살아 있을 때 봉양하고 죽으면 장사를 지내 주도록 하라고 하자, 또 싫어하면서 말하기를 "다 똑같은 그 어른의 자손인데 이와 같이 하면 한 사람만 은택을 받아 두루 미치지 못할 것이니 그 어른의 마음이 아닐 것이다. 그리고 남의 재물을 가지고 마음대로 한 사람에게만 은혜를 주는 것은 나의 뜻이 아니다."하였다. 눈물을 흘리며 홀로 살다가 피를 토하고 병이 나 8년 만에 죽으니 나이 서른일곱이었다.

수성이 살았을 때 손님과 술을 마시면 반드시 숨어서 물을 부어 술의 적고 많음을 비교해 보고, 술을 삼가야 할 양보다 지나칠 땐 곧 말씀을 드렸으니, 성정을 기르고 병이 날까 걱정하는 정성이 지극하였다. 홀로 되자, 방안의 도구 가운데 비록 보잘것 없는 것까지도 모두 정성껏 보호하고 보수하면서 "주인집의 옛 물건을 소홀히 해서는 안 된다."고 하였는데 그 마음을 써 정성스레 하는 것이 수성이 사랑하던 것을 사랑하고 공경할 뿐만이 아니었다.

죽음에 이르러 염이나 관(棺)을 분수에 알맞게 하고, 수성의 곁에 묻어 달라고 간곡히 말했다. 또 그전에 남긴 옷가지와 물건들의 이름을 지세히 기록해 두었으니 그것들을 공경히 지켜 전수하고 자기 마음대로 쓰지 않는다는 뜻이었다. 손자들이 치상(治喪)하러 들어가니 서책이며 책상이며 붓과 벼루들이 낱낱이 정연하게 제 장소에 놓여 있어 한결 수성이 사용한 때와 같았다. 이에 서로 탄복하며 수성의 무덤 곁에다 묻어 주어 그의 뜻을 이뤄준 것이다.

아! 아름답도다. 은아의 아름다운 기질과 아름다운 성품이 닦거나 노력하지 않고도 천부적으로 타고난 올바름을 보전하여 옥같이 윤택하고 쇠같이 굳세어 처음부터 끝까지 한결같아 사람으로 하여금 들을 때 늠연(凜然)히 감동시키니 옛날 사람에게 비하여도 손색이 없다. 진실로 깊은 규방에서 덕을 기르고 일찍이 스승의 가르침을 받아 예를 익히고 도(道)를 따라 덕을 이루어 나아갔더라면 성취한 바가 어떠했으리라는 것을 상상할 수 있겠다. 대체로 전쟁의 와중에서 비분강개한 나머지, 목숨을 버려 몸을 더럽히지 않고 의리를 온전히 하는 사람 또한 많지가 않다. 더구나 아무 일도 없을 때에 조용히 지내면서 늙고 병들어 죽을 때까지 정성을 다하며, 중도에 좌절하여도 행실을 무너뜨리지 않고 꼭 정조와 신의를 지키겠다고 하여 총애를 굳히지도 않았으며, 의리에 맞게 장사를 치루고 예절에 맞게 제사지내며, 가난해도 그 지조를 바꾸지 않고, 이해가 그 뜻을 빼앗지도 못하매, 일을 처리하는 데에 두려워하고 신중히 함이 마치 이치를 아는 군자와 같이 하였다.

아! 어려운 일이다. 선비가 혹 굳센 기질을 타고나 평소 글을 읽으면서 도리를 말하다가도, 일을 당하면, 떳떳하게 행동하고 덕행을 지켜 주어진 명에 순종하지 못하고, 지조를 잃고 조롱거리를 남긴 자가 빈번한데 은아는 홀로 무슨 마음에서인가?

파산(破山)의 성호원(成浩原)이 교하와 가까운 곳에 살면서 자못 은아의 행실을 듣고는 나를 만날 때마다 이야기하다가 은아전을 초하여 나에게 고쳐 달라고 부탁하였다. 나의 구봉사(龜峯舍)는 교하의 남촌과 더욱 가까워 수성수와 오가며 사귀고 노닐면서 들은 이야기가 호원에게 들은 말과 같았고 또 수성수의 손녀가 내 형수씨 친정 일가의 며느리가 되었으므로 더욱 자세하게 들었다. 이에 호원의 전에 의거하여 삼가 호원이 지은 전 이외에 몇 줄만 고쳤을 뿐, 나머지는 모두 호원이 쓴 전이다. 다만 이웃 부인이 의롭지 않은 말로 꾀었다고 한 대목은, 수성수의 손녀가 말하기를 "내 눈으로 직접 본 일이 없으니 아마도 사실이 아닌 것 같다. 초상이 난 때부터 죽을 때까지 다른 사람과 말한 적이 없으니 말이다." 하였다. 뒤에 이 전을 근거로 주상께 아뢰니 정문(旌門)을 내렸다.

※ 流離瑣尾(유리쇄미) : 중도에 좌절하는 것을 말함. (詩, 邶風, 施丘)
　　　　　　　　　　瑣兮 尾兮, 流離之子

祭文 제문

祭金黃岡文　　김황강제문

黃岡 : 沙溪 金長生의 父 金繼輝

惟靈 襟懷飄灑 風格超邁	영께서는 시원스런 흉금에다 뛰어난 풍체에	
身無琢飾希 事去毛皮	몸에 꾸밈없고 일 할 적엔 성실했소.	
不忮不求 無岸無私	욕심 시기 없는데다 사심도 없었도다.	
長不七尺 胸吞五湖	칠척 안 된 키 가슴엔 五湖를 품으셨오	
童丱之日 國學宏儒	어려서는 성균관의 훌륭한 선비였고	
弱冠之後 經幄碩輔	이십이 지나 經幄의 위대한 보필이셨오.	
鶴立一世 燭照千古	일세에 鶴처럼 뛰어나 천고를 비추셨고	
羽儀兩朝 暉暎中國	두 조정의 표상으로 중국까지 빛났었소.	
典籍在手 籌謨由腹	손에는 책을 들고 뱃속엔 경륜이 꽉찼고	
淸文敏識 不學而能	맑은 문장 빠른 견해 안배워도 잘하였소.	
邈我殷師 文獻無徵	其子 문헌 아득하여 증빙할 곳 없지마는	
法吏拱手 經儒醉心	관리는 팔짱끼고 선비 心醉 하였는데	
剔抉爬羅 講往訂今	이것저것 파헤치어 고금을 강론 하니	
虛來實歸 數計龜卜	빈손으로 왔다가 세상에 보탬주고 떠나가니	
鴻濛眼中 天下一席	태초와 온 세상이 한 눈 안에 들어 있고	
外忽九容 內篤心思	겉모습 소홀했지만 생각은 독실했소.	
行不自異 淸畏人知	행실 평범 청렴함을 남이알까 두려워하고,	
德不標高 學恥名尊	덕을 감추고 學名 난 걸 부끄러워 했오	
里閭歡心 幼賤盡言	마을에 환심 가득, 너나없이 칭찬하고	
門無停客 問途響答	문에는 손님 즐비 물음마다 대답 했소

宦盛業貧	望隆權弱	벼슬 성해도 가난했고 높은덕망 권세 약했오
兄弟怡怡	笑語一室	형제들 화락하니 온집안에 웃음소리일세.
朝著賓朋	淡然如水	조정의 벗들과는 물처럼 담담하니
苔生庭户	左經右史	뜨락엔 이끼 끼고 서적 속에 앉았었소.
飛不盡翰	譏有所歸	발휘를 다 못한 건 비평할 데 있지마는
年之不永	又將尤誰	장수를 못 누린 건 누구에게 원망하랴.
旣乖於人	宜合於天	인사와 틀렸으니 하늘과는 맞을건데
天又難憑	惑滋甚焉	하늘마저 어긋나니 의혹만 심하였소.
朝習玉聲	自公云召	아침마다 글 읽더니 조정의 부름 받아
啓沃未半	御藥無效	보필한 지 얼마 안 돼 御藥도 효험 없소
瑤墀一尺	死生爲訣	가까운 대궐 앞에 죽어서 결별 하니
皐比降天	復已三呼	하늘이 내린 스승 죽음을 고 하였네
生何數奇	死何恩殊	살아서는 기구터니 죽어선 웬 은전인가
朝天奉命	年紀之衰	중국에 사신 갈 땐 연세 이미 쇠했었소.
道之云遠	使我心悲	도(道) 이미 멀어지니 내 마음 슬펐는데
病已膏肓	換律來歸	병마저 깊이 들어 계절 바꿔 돌아왔소.
惠妾尚韶	乳兒盈窠	아릿다운 첩에다 어린 아이 자라는데
心懸魏闕	未暇于家	나를 생각다가 집안은 못 돌봤소.
趨庭胤子	學特千人	맏아들 그 학문 뭇 사람 뛰어나니
賢者有後	國之良臣	어진 이 후사 있어 나라에 良臣도리.
憶在齠齔	里擇其仁	생각나오 어렸을 때 같은 마을 살면서
情洽鴒原	義均鱣堂	형제처럼 정기 깊고 講磨의리 다졌었소
嘻嘻其言	燁燁其光	화락한 그 말씀과 빛나는 그 광체여
在目在耳	久而難忘	눈과 귀에 남아 있어 오래도록 못 잊겠소.
伏惟尚饗		공경히 바라옵건데 흠향 하소서

祭栗谷文

嗚呼哀哉 天胡賦兄以溫潤和樂灑落清通之資 而不幷假以期
耄之壽 天胡修兄以仁恕誠明 從容純粹之學 而不兼畀以澤世
之福 使吾君信之如蓍龜 位極崇班 而贊化之未試其術 使儒
林仰之如山斗 名振中華 而睢盱者指摘其間德之厚而祿之薄
合於古而乖於今 優於理而短於數 負一世經綸之望 荷千載際
遇之深 若將有爲 而擯擠之者非一 卒乃乾旋坤轉 事機方新
加額之手未下 云亡之歎先至 韞玉含香 抑而終天 此所以舉
國中外上自有志 下至匹夫匹婦之愚 驚摧呼哭 失聲相吊 雖
未識面而涕泗先下者也 嗚呼哀哉 吾道之在天地間 或顯或晦
或抗或墜 而終不至泯滅者 得其位行其道 世雖或遠 而修諸
書明其道 以淑諸人 眞儒之任其責者 亦能相繼而不絶也 程
朱旣遠 聖學益孤 人慾橫流 天理將滅 功利科擧之習 日以誤
人 兄於平日 奮然興歎 謂余志同 共策駑鈍 或對講而未洽
又交書而硏窮 兄之所是 我或非之 我之不然 兄或然之 糾紛
往復 三十年于玆 大之爲天地山川 小之爲草木昆虫 陰陽鬼
神之變 誠幾動靜之妙 近而灑掃應對 遠而盡性知命 析之極
其精 合之盡其大 聖賢之所未窮 夫婦之所可知 行藏之義 進
修之方 兄旣探賾不舍 而我亦粗識其一二 我以紫衡之賤 一
簞一瓢 白首空谷 兄又叔世寡合 投紱窮經, 相期百年 庶卒
斯業 中年兄被 聖明不世之知 謂將推成已之功 以及于人 而
異論天閼 斯民不幸 旣不能行此道於當世 又不能明此道於遺
編 使垂絶如線之派 否晦而莫之 知 天意誠不可知 而鬼神誠
不可測也 嗚呼 吾兄果棄吾東方而至於斯耶 叩之無聞 問之

不答 悲呼而莫我知 已矣哉已矣哉 如金之聲 如玉之容 不可
復見於今世矣 何朋友講磨之有托而不之念耶 何門人開發之
有恃而不之恤耶 何後世修道之有屬而不之憂耶 何同朝縉紳
謨議籌畫之 倚以爲決而不之顧耶 何戍北將士 環甲周歲 日
望還我而不之燐耶 何政煩賦重 流離鰥寡 引領佇足 活我生
我之有待而不之哀耶 何 聖上兢惕憂懼之深 都將二百年 宗
社 付之一介臣 冀有更張 而不之體不之奉耶 何生之遲回眷
戀 不忘斯世 而何死之相絶之深耶 嗚呼哀哉 嗚呼哀哉 吾兄
有水湧山出之文 而吾不以文章稱 有通今博古之見 而吾不以
多見稱 有牛解438)氷釋之識 而吾不以能識稱 有燭照數計之
智 而吾不以智術稱 有江河倒懸之辯 而吾不以善言稱 恬淡
寡慾而不以爲淸 盡言不諱而不以爲直 撫幼賤猶恐有傷 而不
以爲慈 奉父母生死極其情 而不以爲孝 處兄弟終始盡其愛
而不以爲友 接人悃愊無華 而不以爲信 事 君至誠無隱 而不
以爲忠者 所望於吾兄 渾然全體 不欲以一藝一行而成其名也
嗚呼哀哉 嗚呼哀哉 吾兄天分超邁 鳳翔風表 鶴立鷄羣 雲開
碧落 月照氷壺 上無所傳 不待而興 敬信小學 尊尙近思 旁
通史氏 發揮諸經 苟能登擢不早 充養有序 優游隱約之中
涵泳本原之地 累以功程 積以時日 精思者貫徹 蓄貯者深厚
續響洙泗 接源濂洛 的有端緖 載書垂後 玩心乎文武之未墜
收效於日月之重光 則其遇乎一時者 舒亦無憾也 卷亦無憾也
其體天地之正 任造化之運 爲斯道爲斯人者 固無損益於其間
也 今乃不然 修於幽獨未發之前者 未及乎逾精逾密 而望於
設施事爲之間者 反有以太露太速 軒晩煌燿於下帷439)之時

---

438) 우해(牛解) : 일을 처리 하는데 여유가 있고 급하지 않은 것.

439) 하유(下帷) : 장막을 내린다는 뜻. 글방에서 제자를 가르치는 것 또는 독서에

陰沴蝃蝀於當軸之日　求退不得　大限俄窮　在身者有喈薦未窮
之歎　入人者有時雨未洽之恨　誠所謂造物之所戲　而吾道之將
窮也　天之期下地降斯人之意　竟安在哉　嗚呼哀哉　兄於平日
許我以於道體有所見　晚來所論　漸無異同　我於學問上　或有
新見　衆人皆以爲疑　而惟兄獨信之　顯晦雖殊　相期相待之心
白首逾大　任重道遠　共抱終身之憂　那知今日遽先吾而死耶
死而有知　其亦知吾之戚戚也　吾言之而和者誰歟　吾行之而酬
者誰歟　此子朱子所謂任左肱而失右臂者也　此所以吾之哀號
痛惜　獨異於衆人者也　嗚呼　吾生先兄二歲　今年五十有一也
以兄之如許精神　而不能保如此　況我之衰朽殘劣　亦何能久於
世乎　只祈修身補過　相見於地下而已　復何有心於人間世哉
雖然　與吾兄相許之深　不可以生死而殊異　則未死前日月　是
皆報吾兄用力之地也　敢不履平地若深淵　惕若於桑榆之末　卒
有所成就　而不相負於冥冥之中也耶　嗚呼　言有窮而情不終
淚有盡而痛無極　知乎不知　長慟欲絶　伏惟尙饗

율곡 제문

　아! 슬픕니다. 하늘이 어찌하여 형에게 온윤(溫潤), 화락(和樂),
쇄락(灑落), 청통(淸桶)한 자질을 부여해 놓고 백 년의 수를 아울
러 주지 않았으며, 하늘이 어찌하여 형에게 인서(仁恕), 성명(誠
明), 종용(從容), 순수(純粹)한 학문을 닦게 하고는 세상을 윤택하
게 할 복은 겸하여 주지 않았단 말이요. 우리 임금으로 하여금 시
초와 거북점처럼 믿게 하여 높은 벼슬에 올랐으나, 덕화(德化)로
돕는데 그 방법을 시험해 보지 못하였으며, 선비들로 하여금 태산

　전념하는 것을 뜻함.

과 북두처럼 우러러 보게 하여 그 이름이 중국에까지 떨쳤으나 소인들이 그 사이에서 헐뜯었소. 덕은 두터웠으나 복록은 얇았고 옛날과는 맞았지만 오늘날에는 맞지 않았으며, 이치는 뛰어나게 잘 알았으나 이해의 계산에는 모자랐소. 그래서 한 시대 경윤의 기대를 짊어지고 세상에 드문, 주상의 깊은 알아줌을 받아 장차 큰일을 할 듯싶었는데 배척당한 적이 한 번뿐만이 아니었소. 마침내 천지가 바뀌어 일이 바야흐로 새로워지려는데, 이마에 손을 내리기도 전에 세상을 떠났다는 탄식이 먼저 이르렀소. 품속에 간직한 옥(玉)이 향기를 머금은 채 영원히 떠나고 마니, 이게 바로 온 나라에서 위로는 뜻이 있는 이로부터 아래로는 어리석은 필부(匹夫)와 필부(匹婦)에 이르기까지 놀라고 상심되어 목 놓아 울면서 서로 위로에 목이 쉬었으니 비록 얼굴을 모르는 사람이라 하더라도 눈물이 먼저 나는 이유였소.

아! 슬픕니다. 우리 도(道)가 천지의 사이에서 밝아지기도 하고 어두워지기도 하며, 막히기도 하고 떨어지기도 하였지만 마침내 없어지지 않는 것은, 지위를 얻어 도(道)를 실천한 시대는 비록 멀지만, 책에 적어 그 도(道)를 밝혔으므로 후세 사람들이 착하게 되었으며, 그 책임을 지고 있는 참된 선비도, 서로 이어져 끊어지지 않기 때문이었소. 정자(程子)와 주자(朱子)의 시대가 이미 멀어지니 성인의 학문이 더욱 외로워지고 사람의 욕심이 마구 만연되어 천리(天理)가 없어지게 되었고, 공리와 과거의 습속이 날로 사람들을 그르치었소. 그러자 형이 평소에 분연히 탄식하고는 나에게 뜻이 같다고 하여 함께 노둔한 자질을 채찍질해 가며, 더러 서로 마주 앉아 강론하다가 미흡한 점이 있으면 편지를 통해 연구하였습니다. 형이 옳게 여기는 것을 내가 그르다고 하기도 하고, 내가 그렇지 않다고 한 것을 형이 그렇다고 하는 등 분분하게 주고받은

지도 30년이나 되었소. 크게는 천지와 산천(山川))이고, 작게는 초목(草木), 곤충(昆虫)과 음양(陰陽), 귀신(鬼神)의 변화와 성기(誠機), 동정(動靜)의 묘(妙)이며, 기꺼이는 물 뿌리고 쓸며 응대(應對)하는 것과 멀리는 성품을 다하여 천명(天命)을 아는 데까지 매우 정미롭게 분석하고 큰 것이다 하도록 합하게 하였소. 성(成)(?)형이 미처 다 궁구하지 못한 것과, 부부(夫婦)만 알 수 있는 것과, 행하고 갖추어야 할 의리와 학덕을 닦는 방법을 형이 이미 탐구하기를 계속하였으나 나 역시 대략이나마 한두 가지는 알고 있었소.

나는 가난한 집의 천한 사람으로, 밥 한 그릇 물 한 그릇으로 빈 골짜기에서 백수가 되도록 살고 있었고, 형도 말세에 뜻에 맞는게 적어 벼슬을 버리고 경서(經書)를 궁리하였으므로, 서로 백년을 기약하여 이 일을 마칠 것으로 생각하였는데 중년에 형이 세상에 드문 어질고 밝은 주상의 알아줌을 받았기에 장차 자기 몸을 이룬 공을 미루어 세상 사람들에게 혜택을 입힐 거라고 여기었더니, 이론(異論)이 가로막아 이 나라 백성이 불행하게 되었소. 그리하여 도를 당세에 행하지 못하였고 또 이 도를 남긴 글을 밝히지도 못해 실낱처럼 끊어질 듯한 물줄기로 하여금 막히고 어두워져 모르게 되었으니 하늘의 뜻을 참으로 알 수 없고, 귀신도 참으로 헤아릴 수 없습니다.

아! 우리 형께서 과연 우리 동방을 버리고 돌아가셨단 말입니까. 두드려도 들림이 없고 물어도 대답이 없고 슬피 부르짖어도 나를 알지 못하니 이제 그만이오, 이젠 그만이오, 오! 금(金)과 같은 그 소리 옥(玉)과 같은 그 얼굴을 다시 이 세상에서 볼 수가 없게 되었소. 어찌하여 벗들이 강마(講磨)440)할 데가 있다고 믿고 있는데 생각하지 아니마하며, 어찌하여 문인들이 지도해 줄 것이라고 믿

---

440) 강마(講磨) : 학문이나 기술 따위를 배우기 위하여 강론하고 연마함.

고 있는데 돌아보지 아니하며, 어찌하여 후세의 사람들이 도를 닦는 것을 기대하고 있는데, 걱정하지 아니하며 어찌하여 조정에 같이 벼슬하던 사람들이 의논과 계획의 결정은 그대를 의지해 하였는데, 돌아보지 아니하며, 어찌하여 북변을 지키는 장사가 일 년이 지나 날마다 우리들을 돌아가게 해 주기를 바라고 있는데 불쌍히 여기지 아니하며 어찌하여 정사가 번거롭고 부역이 무거워서 떠도는 홀아비와 과부들이 자기를 살려 주고 구제해 주기를 기다리고 있는데 슬피 여기지 아니하며, 어찌하여 임금께서 매우 두려워하고 근심함이 깊어 200년 종사를 한 신하에게 모두 맡겨 경장(更張)441)하기를 기대하였는데, 체득하여 받들지 아니하며, 어찌하여 살아서는 머뭇머뭇 연연해하며 이 세상을 못 잊어하더니만 죽어서는 어찌 그리고 매정하게 끊어버린단 말이요?

아! 슬프고도 슬픕니다. 우리 형께서는 물이 솟아나고 산이 치솟는 듯한 문장이 있었으나 스스로는 문장을 잘 한다고 말하지 않았으며, 고금을 널리 아는 지식이 있었으나 스스로는 많이 안다고 말하지 않았으며, 일을 처리함에 여유가 있으며 얼음을 녹이는 듯한 식견이 있었으나 스스로는 잘 안다고 말하지 않았으며, 사전에 정확하게 헤아리는 지혜가 있었으나, 스스로는 지혜가 있다고 말하지 않았으며, 강물을 거꾸로 쏟는 듯한 변론이 있었으나 스스로는 말을 잘 한다고 하지 않았었소. 그리고 염담(恬淡)442)하여 욕심이 적었지만, 청렴하다고 일컫지 않았고, 숨김없이 다 말하였지만, 곧다고 일컫지 않았고, 어린이나 미천한 사람을 어루만져 행여나 상할까 염려하였지만 자애롭다고 일컫지 않았고 부모님을 모시는 데 있어 살아계실 때나 돌아가셨을 적에 정성을 쏟았지만 효자라고 일컫지 않았고, 형제들과 처음부터 끝까지 사랑을 다하였으나

---

441) 경장(更張) : 고치어 확장함.
442) 염담(恬淡) : 이익을 탐내는 마음이 없음.

우애가 있다고 말하지 않았고 사람을 지성으로 대하여 겉치레가 없었지만 신의가 있다고 일컫지 않았고, 임금을 숨김없이 지성으로 섬기었지만, 충성스럽다고 하지 않은 깃은, 우리 형은 혼연히 모두 갖추기를 바라서였으며, 한 기예나 한 행실로써 이름을 이루고저 하지 않았기 때문입니다.

아! 슬프고도 슬픕니다. 형께서는 타고난 자질이 매우 뛰어나 봉황이 바람의 밖에 나는 듯하고, 학이 닭의 무리 가운데에 서 있는 듯하며, 구름이 걷힌 푸른 하늘과 같고, 달이 얼음에 비추는 것과도 같아서, 위로부터 전수받지도 않고 누구의 권면도 없이 스스로 흥기한 것입니다. 그리하여 「소학(小學)」을 믿고 공경하였으며 「근사록(近思錄)」443)을 높이 숭상하였고, 널리 사기(史記)를 통달하고, 모든 경서를 발휘하였으니, 진실로 일찍 발탁되지 않고 순서 있게 기르고 채워 은밀한 가운데서 우유(優遊)444)하고, 본원의 땅에서 함영(涵泳)445)하면서, 공정을 쌓고 세월을 쌓아서 정밀한 생각이 관철되고, 저축한 것이 깊고, 두터워, 수사(洙泗:孔孟의 학)의 여운을 계승하고, 염낙(濂洛:程朱의 학)의 근원을 이어 확실한 단서를 가져 글을 써 후세에 남기고 실추되지 않은 문무(文武)의 유서에 마음을 쓰다가, 해와 달이 다시 밝아질 때 공효를 거두었더라면, 한 시대를 만나 그 뜻을 폈다 해도 유감이 없고, 펴지 못했다 해도 유감이 없을 것이다. 또 천지의 정기(正氣)를 본받고 조화

---

443) 근사록(近思錄):1175년경 주희(朱熹)와 그의 학문적 친교가 깊었던 여동래(呂東萊) 두 사람의 합작이며, 북송시대의 대표적 사상가인 주돈이, 장횡거 정명도 및 정이천의 저술 어록을 발췌하여 편집한 것이다.
   내용은 도체(道體),위학(僞學),치지(致知),존양(存養),극기(克己),가도(家道),출처(出處),치체(治體),치법(治法),정사(政事),교학(敎學),경계(警戒),변이단(辨異端),관성현(觀聖賢)의 14류로 나뉘어 있다.
444) 우유(優遊) ; 하는 일 없이 편안하고 한가롭게 잘 지냄.
445) 함영(涵泳) : 무자맥질.(물속에 들어가서 팔다리를 놀리며 떴다 잠겼다 하는 짓)

의 운행을 책임졌더라면 우리 도를 위하고 우리 사람을 위하는 데 있어서 진실로 그 사이에 더함도 없고 덜함도 없었을 것이다. 그런데 이제 그렇지 않아, 혼자만 아는 드러나기 전에 닦는 공부가 정밀한 데 이르지 못하였는데, 일을 해 보려는 소망이 도리어 너무 드러나고 너무 빨라서 공부해야 할 때에 찬란한 관복을 입고, 일을 할 수 있는 자리에 있는 날에는 요기가 앞을 가려 물러나지도 못하고, 이윽고 얼마 아니 되어 돌아가시게 되니, 그리하여 자신에게는 공부를 못 다한 탄식만 남고, 사람들에게는 은택이 흡족하지 못하다는 한(恨)만 남게 되었으니, 참으로 이른바 조물이 희롱하여 우리 도가 장차 궁하게 되려는 것입니다. 하늘이 이 땅에 기약하여 이 사람을 내려 보낸 뜻이 결국 어디에 있단 말이오?

아! 슬픕니다. 형이 평소 나에게 도체(道體)에 소견이 있다고 허여하였고 만년으로 오면서 논한 바가 점차로 차이가 없었습니다. 내가 학문에 간혹 새로운 의견이 있으면 뭇 사람들은 모두 의심하였으나, 오직 형만은 믿어 주었으니 현달하고 못한 것은 다르다 하더라도 서로 기대하는 마음은 머리가 희어질수록 더욱 커지고, 마치 무거운 짐을 지고 먼 길을 가는 것과 같아 종신토록 걱정하는 마음을 함께 안고 있었는데, 오늘날 나보다 먼저 죽을 줄을 알기나 했으리요. 죽어서도 앎이 있다면 그대 또한 슬퍼하는 내 심정을 알 것이요. 내가 말한들 누가 대답하겠으며, 내가 행한들 누가 수작해 주겠는가. 이야말로 주자(朱子)가 말씀하신 왼팔을 믿다가 오른쪽 어깨를 잃었다는 격이니, 내가 중인(衆人)보다 슬피 울부짖고 매우 애석해 하는 이유가 이 때문입니다.

아! 내가 형보다 2년 전에 먼저 태어나 올해 나이 51세입니다. 형과 같은 정신을 가지고도 이처럼 그 몸을 보전하지 못하였는데 더구나 노쇠하고 쇠잔한 내가 어떻게 세상에 오래 살 수 있겠습니까. 다만 몸을 닦고 허물을 보완하여 지하에서 다시 만날 수 있기를 바랄 뿐이지, 어찌 다시 인간 세상에 마음이 있겠습니까. 그렇지만 형과 깊이 서로 허여한 사이로써 살고 죽었다고 하여 다르게 볼 수 없고 보면 내가 죽기 전의 세일은 모두 형을 보답하기 위해 힘을 쓸 것이니 감히 평지를 깊은 연못처럼 여기고 마지막 노년의 세월을 노력하고 조심하여 마침내 성취하여 저 세상에서 서로 저버리지 아니함을 행하지 않겠습니까. 아! 말은 다 하였으나 정은 다하지 않고 눈물은 말났으나 아픔은 한이 없소. 아십니까? 모르십니까? 한없는 슬픔에 간장이 끊어지려 하오. 바라옵건데 삼가 흠향하시기 바랍니다.

祭寒暄靜菴 兩先生文

惟萬曆二十一年歲次癸巳 九月壬子朔七日戊午 宋翼弼謹 以
酒果之奠 敬獻于寒暄先生文敬公 靜菴先生文正公兩賢祠下

한훤·정암 두 선생에게 제사 드린 글

만력(萬曆)명신종(明神宗의 연호) 21년 계사(癸巳) 9월 임자삭(壬
子朔) 7일 무오(戊午)에 송익필은 삼가 주과(酒果)의 전(奠)으로
공경히 문경공(文敬公) 한훤선생, 문정공(文正公) 정암 선생 양현
(兩賢)의 사당 아래서 드립니다.

崒乎泰山　우뚝 솟은 태산처럼 드높았고
昭乎日月　빛나는 해·달처럼 밝고도 밝았었소.
生死禍福　죽느냐 사느냐와 화와 복을
浮雲起滅　생겼다 없어지는 뜬 구름 보듯 하니
世變千換　세상의 변고가 천 번이나 바뀌어도
存者惟一　그 속에 존재한 건 오직 하나 뿐이었소.
千是一朝　천 번이나 바뀐 것은 하루아침 일이지만
一乃千秋　하나만은 길이길이 천 년까지 남지요.
合天違人　하늘과는 맞지만 인사와는 틀리니
何怨何尤　누구를 원망하며 누구를 허물하리.
邈矣箕疇　기자(箕子)가 남긴 터전 아득히 멀어져서
文獻無徵　그것을 증빙할 문헌이 없었는데
靡二先生　두 선생이 이 세상에 태어나지 않았다면
此道誰弘　그 뉘가 이 도(道)를 넓힐 수 있었겠소.

九萬迢迢	아득히 멀고 먼 구만리 저 하늘로
羽折初飛	처음에 날자마자 날개가 꺾이었고
涪州講學	변방에 귀양 가서도 학문을 강론하니
鬚眉增輝	눈썹과 수염에 광채 더욱 빛났었소.
調高和絶	곡조가 높아지자 화답이 끊어지니
羣怪齎怒	수많은 괴물들이 노기를 품었고
駭機踵武	놀라운 일들이 잇달아 일어나니
不但伐樹	공자가 당한 화도 이보다는 덜했었소.
達不兼濟	현달해도 이 세상을 구제하지 못하였으며
窮未立言	궁하게 되었어도 학설을 안 세우니
將明復晦	우리 도가 밝으려다 또 다시 어두워져
天喪斯文	하늘이 사문(斯文)을 상하려나 보구려
今來祠下	오늘날 사당 아래 찾아와 뵈오니
庭草長春	뜨락에 풀들은 긴 봄 속에 자라고
天外斜陽	하늘가 저 멀리 태양은 지는데
霽色猶新	맑게 갠 하늘 빛 새롭기만 하였소
小子何幸	제가 외람되게도
猥謫長沙	장사(長沙)에서 귀양살이 하면서
二位相對	두 분을 마주 대해 바라다보는데
萬里天涯	만리나 떨어진 하늘가와 같았소.
蒙恩南首	사면 은전 입고서 남쪽으로 가는 길에
灑掃辭歸	물 뿌리고 쓸고는 작별 인사드립니다.
王業益艱	갈수록 왕업은 어렵기만 하고
吾道逾危	우리 도(道)도 따라서 더더욱 위태하지만
不泯者存	없어지지 않은 건 영원히 남았으니
我又何悲	내 또한 슬퍼할 게 뭐가 있겠소.

熙川有兩賢祠　金斯文重晦氏　爲方伯時所立　李栗谷有記于壁
盖寒暄先生謫　來于熙川　靜菴先生受學于謫所　追慕有祠　而祠
又因亂荒廢　可悲也

희천(熙川)에 두 현인의 사당이 있는데, 김사문중회씨(金斯文重悔氏)
가 방백(方伯)으로 있을 때 세운 것으로 이율곡(李栗谷)이 쓴 기(記)
가 벽에 있다. 대개 한훤선생이 희천으로 귀양 왔을 때 정암 선생이
적소(謫所)에서 글을 배웠는데 추모하여 사당을 세웠다. 그런데 사
당이 또 난리로 인하여 황폐되었으니 슬프기만 하다.

不泯者存 我又何悲霽色猶新祭仲兄黙菴文

嗚呼哀哉　兄其已死耶　弟生於兄生七年　受氣偏虛　兄不病
而弟病　兄未衰而弟衰　常謂生雖後兄之遠　而死必先兄也
那知今日兄死先我也　嗚呼哀哉　先父母年享八十且有餘歲
伯兄今年七十有六　而眠食猶少年　人皆指我門爲壽門　而兄
何今日徑其伯兄而先死耶　嗚呼哀哉　兄於平日　慮遠識長
言時治亂而有符　說人死生而屢中　常自擬遐壽　而人皆信之
今何獨不然耶　嗚呼哀哉兵火經年　或闔門被禍　或獨子而不
免　或兄弟連死　吾兄弟四老人　白首道服超然保存　有若太
平人　人皆稱慶於厄窮之中　而兄何今日使兄弟失此慶耶　嗚
呼哀哉　弟自甲子一周之後　秋盡抵冬　氣血日益微　疾病日
益加　忽然懼一朝溘然先朝露　載危喘馳驅於積雪層氷之中
四日而至兄所　經一旬爲別　別後七日　而兄訃在其日　是別
爲永別耶　丁寧在耳之言　趁明春爲同居之計　期之何密　而
背之何忽耶　生何相愛之深　而死何相忘之速耶　嗚呼哀哉
吟病憂懼　朝暮待死之弟　尚存於世　而壽門不病之兄　其果

先死耶 兄之先見之明 其果有餘於人 而不足於已耶 四老
俱存之慶 其果得之於兵火之危 而失之於笑語之安耶 吾未
之信也 兄於奉已 以約爲尙 弟於衣服 必愼寒暖之節 而兄
笑其泰 弟於飮食 必分損益之性 而兄笑其擇 弟於寢處 必
欲其適 而兄笑其任便 弟於起居 必欲其時 而兄笑其近慢
櫛沐盥漱 或伸或屈之宜 兄皆笑弟之煩 衣寒而不敢襲 食
麤而必飽之 臨事則殫筋力不惜之 有會則犯寒暑不違之 微
瑣之接 必盡其情 卑幼之疾 親訪醫藥 終以勤勤懇懇儉素
之德而天閼百年 天於吾門兄弟之壽 非偏有厚薄 人事勞逸
之報 自不得不異也 其果信然耶弟以德薄而苟存 兄以行篤
而先逝 寧有是理耶 又未可信也 死生脩短 孰主張是 抑蒼
茫無端而付諸不可知也耶 顔子三十而云亡 德非不厚也 邵
翁時有不出 會有不赴 小車行處十二行窩 則自愼自重 爲
如何耶 乃與自貶自損之吾兄 同得六十有七之壽 而無所加
損 則攝生之深淺疎密 亦未暇議爲也 嗚呼哀哉 吾門寒賤
事事艱辛 弟又晚生 學言於鶴髮之下 況有季弟又晚於吾耶
撫育提哺之勤 有不可忍言者 雖然 皆畢婚娶 有子有孫 秩
秩成行 盈席於父母之前 長兄已成白首 而猶執定省之禮
父父子子 兄兄弟弟之樂 實非富貴家人力之所能致者 自懷
果食藿 愛日泣樹之年 以至負土攀栢 履霜露 廢蓼莪之日
兄弟四人 連襟共被 喜則同喜 憂則同憂 笑語哭泣 莫不皆
然 友愛之情 窮而逾篤 老而逾深 常欲聚居一室 以盡餘生
忽被憸人嫁禍 一東一西 繼有海寇 三都覆沒 家亡國破 未
見中興 兄又先死 尤可慟也 季弟末路 取謗頗劇 兄每戒我
曰 季於諸兄 惟汝是畏 汝愛季之才 不加嚴責 季之取謗
實由於汝 今而思之 益深悲慘 昔時同歡 莫非父母之餘澤

而今日喪亂是皆子弟之非德 嗚呼哀哉 吾兄質素沈靜 自少
喜深居 不逐外物 性所然也成童之後 闢門外山棚自頹 游
觀之壓死者甚衆 父母憂之 遍令招尋 出自深戶曰 吾豈隨
人玩戲者耶 咸以爲有大人氣度 妹夫 王孫也 伯兄以下 頗
有聲色之習 弟於幼時 引正非之 惟兄信弟說 不以卑少而
忽之 吾門之以聲色爲戒實由兄始 武才絶倫 以妨讀書而棄
之 不偏慕古 有隨時適用之材 人之深知兄者 有比之有宋
韓 富云時尙交遊 而兄以無實而恥之 時尙理學 而兄以逐
名而愧之 嘗曰 脚踏實地 是乃學 吾門丙戌禍起之前 私語
於弟曰 天文文星有變 禍必起於文 多士蒙辱 言果有驗 凡
一家未然之幾 亦有先見之明 而未能從焉 皆有弟無狀之致
到今追念 失聲欲絶 嗚呼哀哉 兄其已死耶 人孰無子 兄獨
無後 人孰無兄 兄獨臨死而不得見 人孰無弟 弟罪負神明
而病不分痛 哭不憑尸 聞訃於旣窆之後 服麻於沈病之日
人孰無死 死而含慟 更有如兄者耶 掩土千里 禮成於友人
之手 子子二孀 叩地叫天 嗚呼曷歸 有妻有女而更有如兄
者耶 嗚呼哀哉 兄其已死耶 時丁大亂 國內遑遑 伯兄寄跡
關西 而諸子不得爲養 季弟流落海東 而消息久斷 吾方寓
身於猪塞之萬疊山中 而老幼呼飢 將相續而隨兄於九泉之
下 亦何能久於斯世耶 死而有知 其幾何離 其無知 悲不幾
時 而不悲者無窮期 正謂此也 嗚呼哀哉 苟有不朽之名 死
之先後遠近 亦何關也 苟有不朽之實 名之傳不傳 人之知
不知 又何關也 今兄之死也 旣無子孫 又無朋友 又無受業
後生之可知心跡者 回看一世 有淚如瀉 旣曰傳不傳知不知
何關 而又欲言之不已 亦可悲也 嗚呼哀哉 兄其知耶 其不
知也耶 尙饗

중형 묵암 제사에 올리는 글

아! 슬픕니다. 형님께서 이미 돌아가셨단 말입니까? 이 동생은 형님께서 태어나신지 7년 만에 태어났는데도 품부 받은 기(氣)가 매우 허약하였으므로, 형님께서는 병이 없었으나 아우는 병이 있었고 형님은 쇠약하지 않았으나 아우는 쇠약하였습니다. 그러므로 형보다 훨씬 뒤에 태어났지만 필시 형 보다 먼저 죽을 것이라고 항상 여기었는데, 오늘날 형님이 나보다 먼저 돌아갈 줄을 어찌 생각이나 하였겠습니까?

아! 슬픕니다. 돌아가신 부모님께서는 80여 세를 사셨고 큰 형님께서는 올해 76세인데도 잠자고 먹는 것이 소년과 같으므로 사람들이 모두 우리 가문을 수하는 집안이라고 하는데, 오늘 형님께서는 어찌하여 큰 형님보다 먼저 돌아가셨단 말입니까?

아! 슬픕니다. 형님께서는 평소에 생각도 위대하고 식견도 높아 세상이 안정되고 어지러워질 시기를 논함에 부합됨이 있었고 사람들의 죽고 사는 것을 말할 때에도 여러 번이나 들어맞았으므로 항상 자신도 오래 살 것이라고 하니 사람들이 모두 그럴 줄로 믿었는데, 어찌하여 이제 형에게 있어서 만은 그렇지 않았단 말입니까?

아! 슬픕니다. 수년 동안의 병화에 혹은 온 집안이 화를 입기도 하고, 혹은 독자도 면치 못하기도 하고 혹은 형제가 연이어 죽기도 하였으나, 우리 형제 네 노인은 머리가 희도록 도복(道服)으로 홀연히 보존하여 마치 태평 시대의 사람들이나 같았으므로 사람들이 모두 곤궁한 가운데 경사라고 말해 왔건만 형님께서는 어찌하여 오늘 우리 형제들로 하여금 이 경사를 잃게 하시었습니까?

아! 슬픕니다. 아우가 60이 넘은 뒤로 가을이 가고 겨울에 이르러 기혈(氣血)이 날로 미약해지고 병이 날로 더하여지기에 홀연히 하루아침에 갑자기 형 앞에 죽을까 두려워서 쌓인 눈과 두꺼운 얼음 속을 숨 가쁘게 달려 나흘 만에 형님의 처소에 도착하여 열흘 동안 같이 지내다가 이별하였습니다. 그런데 이별한 뒤 7일이 되어 형의 부음이 도착하였으니 이 이별이 영원한 이별이 되었단 말입니까? 그때 하신 말씀이 생생하게 귀에 남아 있는데, 내년 봄이 되면 함께 살려고 계획을 세우고 있다면서, 어찌 그토록 단단히 기약을 하더니만 어찌 그리도 갑자기 등지셨단 말입니까. 살아서는 어찌 그토록 깊이 사랑하시더니만 죽어서는 어찌 그리도 빨리 잊으셨단 말입니까.

아! 슬픕니다. 신음 속에 근심하고 두려워하며 아침저녁으로 죽기만을 기다리던 아우는 오히려 이 세상에 살아 있는데, 수를 하는 집안의 병들지 않은 형님이 과연 먼저 돌아가셨단 말입니까? 형님의 선견지명이 과연 다른 사람은 잘 보면서 자기에게는 모자랐단 말입니까? 네 늙은이가 같이 살아 있는 경사는 과연 병화(兵火)의 위급한 가운데에서는 얻었는데, 웃고 말하는 편안한 시절에는 잃었단 말입니까? 나는 믿어지지가 않습니다.

형님께서는 자신을 봉양하는데 항상 간략하게 하시면서, 아우가 의복을 춥고 더운데 따라 반드시 신중히 하면 형님은 사치스럽다고 웃으셨고, 아우가 음식에 있어서 반드시 좋고 나쁜 성질을 가려 먹으면 형님은 가린다고 웃으셨으며, 아우가 거처를 알맞게 하려 하면 형님은 자신에게 편안할 대로만 한다고 웃으셨으며, 아우가 일어나고 자리에 드는 것을 반드시 때에 맞추려 하면 형님은 오만에 가깝다고 웃으셨고, 빗질하고 목욕하며 낯 씻고 양치질하며 굽히거나 펴는 것을 알맞게 하

는 데 있어서도 형님은 아우가 번거롭게 한다고 웃으셨습니
다. 형님께서는 추워도 옷을 껴입지 않으셨고 거친 음식을 잡
수셔도 반드시 배불리 잡수셨으며, 일에 부딪치면 힘을 아끼
지 않고 다 기울였고 모임이 있으면 춥거나 덥거나 간에 어기
지 않으셨으며, 조그만 접대에도 반드시 그 정성을 다하셨으
며 낮은 사람이나 어린애가 병이 나도 친히 의원을 찾으셨습
니다. 그런데 마침내 부지런하고 정성스럽고 검소한 덕을 지
니고서도 백 년을 못 채우시고 일찍 돌아가셨으니, 하늘이 우
리 집안의 형제의 수명에 대해 치우치게 후하게 주거나 박하
게 주지 않았다면 인사(人事)에 있어 힘들고 편한 데 따라 보
답이 자연 다르지 않을 수 없을 것인데, 과연 믿을 수 있단
말인가? 아우는 덕인 박한데도 살아있고 형님은 행실이 돈독
한데도 먼저 돌아가셨으니 어찌 이런 이치가 있단 말이요?
이 또한 믿지 못하겠습니다. 죽고 살며 길고 짧은 것은 누가
맡았단 말입니까? 끝없이 푸르고 아득하여 저 알 수 없는 곳
으로 돌려버려야 한단 말입니까? 안자(顔子)는 30세에 죽었으
나 덕이 불후(不厚)한 것은 아니었으며, 소옹(邵雍)은 때로는
나가지 않기도 하고 모임에도 가지 않았으며, 작은 수레를 타
고 열두 곳의 행와(行窩)446)에만 오갔으니 그의 스스로를 신
중하게 함이 어떠하였던가? 그러나 스스로 덜고 스스로 깎아
내리며 살아 온 우리 형님과 똑같이 67세의 수를 누려 더하
거나 덜하지도 않았으니 섭양을 잘 했는가 소홀히 했는가는
의논할 필요도 없습니다.

아! 슬픕니다. 우리 가문이 가난하고 미천하여 일마다 어렵고
고생스러웠는데, 아우는 또 늦게 태어나서 이미 백발이 경성
한 부모님께 말을 배웠고 더구나 막내아우는 나보다 더욱 더
늦게 태어나지 않았습니까. 어루만져 기르고 이끌고 밥 먹일

---

446) 행와(行窩) : 宋나라 邵雍이 즐겨 찾는 室.

때의 고생이야 말로 차마 말할 수가 없었습니다. 그렇지만 모두가 결혼을 하고 아들을 두고 손자를 두어 줄줄이 서서 부모님 앞의 자리를 매웠으며, 큰 형님께서는 이미 백수가 되었으나 아침저녁으로 문안드리는 예를 다하고 있었으니 아버지는 아버지대로, 아들은 아들대로, 형님과 아우는 각각 그들대로의 즐거움이 실로 부귀한 집안의 사람들도 할수 없는 것이 있었습니다. 어릴 때 콩알을 먹으며 세월이 가는 것을 아쉬워하고, 부모님이 돌아가신 시절로부터 부모의 무덤을 만들고, 잣나무를 부여잡고 울고, 서리와 이슬을 밟으며 슬퍼하고, 육아시(蓼莪時)를 읽지 못하던 날까지 우리 형제 네 사람이 옷깃을 나란히 하고 이불을 같이 덮고 살면서, 즐거울 땐 함께 즐거워하고 근심스러울 땐 함께 근심하며, 웃으며 말하고 슬퍼 통곡함에 있어서도 한 번도 다 같이 하지 않은 적이 없었습니다. 우애로운 정은 곤궁할수록 더 두터워졌고 늙어갈수록 더욱 깊어져서 항상 한 곳에 모여 살며 여생을 마치려 하였습니다.

그런데 갑자기 간악한 자들이 전가한 화를 입어 동쪽 서쪽으로 낱낱이 흩어졌고, 이어서 왜란이 나 삼도(三都)가 짓밟히고 집안도 망하고 나라도 망해서 아직 중흥을 보지 못하였는데, 형님 마져 먼저 돌아가시니 더욱 슬프기만 합니다. 막내 아우는 또 말년에 비방을 자못 심하게 받았는데, 형님께서 늘 나에게 경계하시기를 "막내가 형들 중에서 너를 가장 두려워하는데 너는 막내의 재주를 사랑하여 엄히 책망하지 않으니 막내가 비방을 받게 되면 실로 너 때문일 것이다."고 하셨는데, 지금 생각하니 더욱 슬프기만 합니다. 옛날에 함께 즐긴 것은 모두가 부모의 남기신 은택이었고 오늘날 모든 것을 잃어 어지러운 것은 자제들이 덕이 없어서입니다.

아! 슬픕니다. 우리 형님께서 타고난 자품이 본래 묵중하시어 어려서부터 깊이 묻혀 사는 것을 좋아하시고 밖의 사물에 따라가지 아니한 것은 성품이 그러하셔서인 것입니다. 어느 정도 성장했을 때에 궐문(闕門) 밖 산붕(山棚)447)이 저절로 무너졌는데 구경하다가 눌려 죽은 자가 매우 많았으므로 부모님이 걱정이 되어 두루 찾아보라고 하자 깊은 방에서 나오면서 "제가 어찌 사람들을 따라다니면서 광대놀이나 구경하면서 놀겠습니까." 하였습니다. 이에 모든 사람들이 형은 대인의 기질과 도량이 있어 월순(越盾)의 매부(妹夫)인 동해왕(東海王)과 같다고 하였습니다. 큰 형님부터도 자못 성색(聲色)을 즐기는 습성이 있었는데, 내가 어릴 적에 정도(正道)를 들어 그것을 그르다 하였더니 오직 형님만이 동생의 말을 믿어 어리다고 소홀히 보지 않으셨으니 우리 집안에서 성색을 경계하기는 실로 형님으로 말미암아 비롯된 것이었습니다. 형님께서는 무예가 뛰어났으나 공부하는 데 방해가 된다하여 하지 않으셨고, 옛것만 편벽되게 사모하지 않아 때에 따라 적용할 수 있는 재주가 있었으므로 형님을 깊이 아는 사람들은 그를 송(宋)의 한기(韓琦)448)와 부필(富弼)449)에 다 비유하였습니다. 그때의 풍속이 서로 사귀어 노는 것을 숭상하였으나 형님께서는 실없는 짓이라고 하여 부끄러워하셨고, 또 당시 이학(理學)을 숭상하였으나 형님께서는 이름만을 쫓는 일이라고 하여 부끄러워하시면서 실질적인 길을 걷는 것이 학문이라고 하셨습니다. 형님께서는 우리집안에 병술(丙戌)년의 화가 일어나기 전에 이 아우에게 말하기를 "천문(天文)을 보니 문성(文星)이 변하

---

447) 산붕(山棚) : 나무를 사다리꼴로 엮는데 가로 기둥에 세로 줄로 만들어 그 위에 올라가서 놀이나 행차를 구경하기 위하여 만든 것. 오늘날의 층계와 같은 원리.

448) 한기(韓琦) : 宋나라 安陽 사람 호는 수(黌叟). 범중엄(范仲淹)과 함께 천하 에 명성을 떨쳤다.

449) 부필(富弼) : 송익필의 중형

였으니 재화가 반드시 문인에게서 일어날 것이며, 많은 선비가 욕을 당할 것이다."고 하셨는데, 과연 그 말이 맞았습니다. 무릇 한 집안에 일어날 사전의 기미에도 선견지명이 있었으나 형의 말씀을 따르지 못하였으니, 이것은 모두가 이 아우가 못난 소치였습니다. 지금 돌이켜 생각하면 통곡하고 죽고 싶은 심정입니다.

아! 슬픕니다. 형님께서 돌아가셨단 말입니까? 사람이면 누구나 아들이 있건만 형님만은 그 후손이 없고 사람이면 누구나 형이 있건만 형님만 홀로 죽음에 이르러서 보지 못하고 사람이면 누구나 아우가 있건만 이 아우는 신명에 죄를 지어 병들어 누웠을 때 그 아픔을 나누지 못했고, 시신(屍身)의 곁에서 곡해 보지도 못한 채 부음도 이미 장사지낸 뒤에 받았고, 기복(朞服)도 깊히 병들어 있을 때에 입었으니, 사람이 누가 죽음이 없겠소만 죽어서 슬픔을 머금은 자가 형님 같은 이가 있단 말입니까? 천 리 밖에서 흙으로 덮고 친구의 손에 의해 장례를 치렀으며 외로운 두 과부가 땅을 치고 하늘에 하소연하며 어디로 갈 것인가 울부짖고 있으니 아내와 딸을 두고도 형님 같은 사람이 또 있겠습니까.

아! 슬픕니다. 형님께서 돌아가셨단 말이요? 때는 큰 난리를 만나 나라 안이 뒤숭숭하여 큰 형님은 관서(關西)에 의탁하고 있으므로 아들들이 봉양하지도 못하고, 막내 아우는 바다 동쪽에 떠돌아다니며 소식이 오랫동안 끊어져 있으며, 나는 바야흐로 저새(猪塞)의 첩첩산중에 붙여 살면서 늙은이와 어린이가 굶주리고 있으므로, 장차 계속 형님을 따라 구천으로 가게 되려니 이 세상에 얼마나 오래 살아 있겠습니까? 죽어서 알 수만 있다면 우리의 헤어짐이 얼마일지 알 것이며, 알 수 없다면 슬픔은 얼마 가지 않을 것이고 '슬퍼하지 않는 날'은 끝없을 것이다 하고 말이 바로 이를 두고 말하는 것입니다.

아! 슬픕니다. 진실로 영원히 넘어지지 않는 이름이 있다면 앞에 죽거나 뒤에 죽거나 오래 살거나 짧게 살거나 간에 무슨 관계가 있겠으며, 진실로 영원히 없어지지 않는 사실이 있다면 그 이름이 전해지든 말든, 사람들이 그것을 알건 말건 또 무슨 관계가 있겠습니까. 이제 형님께서 돌아가심에 이미 자손도 없고 친구도 없으며, 또 수업한 후생으로 형님의 마음과 자취를 알만한 사람이 없으니, 친구도 없으며, 또 수업한 후생으로 형님의 마음과 자취를 알만 한 사람이 없으니, 일세(一世)를 돌아보건대 물이 쏟아지듯 눈물이 흐릅니다. 이미 전해지든 말든 알건 모르건 간에 무슨 관계냐고 말해 놓고는 마지않고 말하려 하니 또한 슬프기만 합니다. 아! 슬픕니다. 형님께서 아십니까? 모르십니까? 흠향하소서.

여여답

銘 명

梳貼銘　소첩450)명

以下銘二首　이하 명 2수

頭上有垢	머리위에 낀 때는
旣去還生	씻어내도 도로 끼니
一日或間	하루라도 거르면
濁穢其萌	더러움이 생긴다네
曉起千梳	새벽에 일어나 천 번 빗어
目與心明	눈과 마음 밝아지리

筆匣銘　필갑451)명

腹淺易盈	배는 얕아 쉽게 차고
口闊無隱	입은 커서 숨김이 없네
外方內廉	밖은 모나도 안은 청렴하니
君子所近	군자가 가까이 한다네

---

450) 梳貼(소첩) : 빗을 넣어 두는 갑, 빗통
451) 筆匣(필갑) : 붓을 넣어 두는 갑, 필통

辭 사

伯嫂崔氏哀辭

以下哀辭一首

俛首上堂聽訓試兮 恭且不 違三十有歲 被祁兮采蘩采蘋
齋沐尸之幾秋幾春 丁太平多麥與黍兮 儀無虧爲婦爲母 我
伯氏兮白首好禮 日拜廟兮兄兄弟弟龜之陽兮花正開 酒盈
觴兮去復來 擬造端之自家兮 外若簡而內以和 詠樛木⁴⁵²⁾
兮恩均 無虛苟兮任天眞 篤追遠而字下兮 一二家慕而相化
彼憸人兮嫁禍家先危而國破 山呼芎兮井有徑 行跋躓兮跡
黽脆 燕巢林兮血濺金玉 草爲食兮木頭宿 瘱長子於賊邊兮
哭呑聲而西旋 踏良席⁴⁵³⁾兮月幾殼 成永訣於一遣昔嫂氏之
返馬入門兮 余實深仲虞之恩 年雖逾昌黎之齓兮 禮未戴馬
援之冠誰知晚踏藍關⁴⁵⁴⁾之白雪兮 還見指余撫兒之日 未遂
成家相致汝之志兮 遠效孔伋拜哭之位 一杯土兮他山 雖有
靡托之悲 干戈定道路通 豈無返葬之期

큰 형수 최씨의 애사

머리를 숙이고 당(堂)에 올라 가르침을 들으면서 공손히 실천하여

---

452) 규목(樛木) : 詩經, 周南의 篇名. 周文王의 后妃, 太似가 恩德으로 衆
妾을 대하니 衆妾도 親히 붙어 섬김에 閨門이 잘 다스려져 禮儀가 융
숭한 것을 읊은시

453) 양석(良席) : 확실치는 않으나 본가로 돌아온 듯.

454) 仲虞 : 後漢의 鄭均의 字, 과거를 보고 특히 상서가 되었으며 章帝에 重
任되었으나 벼슬을 치우고 돌아왔는데 帝가 東巡할 때 均의 집을 찾아 尙書
의 녹을 주므로 그때 사람들이 白衣尙書라 하였다.

어기지 않은 지 30년이 되었으며 애써 살림을 꾸려가며 재
계하여 제사를 지낸지 몇 해나 되었는고. 태평한 때를 만나
보리와 기장을 풍부하게 거둬들이니 며느리로서나 어머니로
서의 품위에 흠점이 없었고, 우리 큰 형님께서 예를 좋아하
여 머리털이 하얗게 되도록 날마다 사당에 배알하시는 데
형제처럼 하였습니다. 구봉의 남쪽에 꽃들이 활짝 피니 술
잔에 술을 가득 채워 갔다가 즐기고 돌아왔네. 군자의 첫길
은 가정에서부터 시작하니, 겉으로는 간략한 것이 같았으나,
안으로는 화평했네. 규목편(樛木篇)을 읊으며 고루 은혜를
입혔고 허식이 없이 천성대로 하였네. 조상을 독실히 섬기
고 아랫사람을 사랑하니 한 두 집이 본받아 변화하였네. 저
간악한 사람들이 화를 전가하여 집 먼저 망하고 나라도 망
했네. 산에선 천궁(川芎)을 찾고 우물가에는 지름길 나니,
천신만고 헤멘 자취 위태롭기만 하였네. 제비가 숲 속에다
집을 지니 금과 옥에 피가 튀기고 풀뿌리를 깨서 먹고 나무
에서 잠을 잤네. 적이 있는 변방에서 큰 아들을 묻어 놓고
소리없이 울먹이며, 서쪽으로 돌아왔네. 양석(良席)을 밟은
지 몇 달이나 되었는가 한 차례 만나고서 영원히 결별했네.
옛날 형수님께서 우리 집에 오셨을 때 내 실로 중우(仲虞)
보다 은혜가 깊었다네. 창려(昌黎) 한유(韓愈)처럼 어리지는
않았으나 마원(馬援)처럼 관례는 안 치렀네. 뉘 알았으랴.
남관(藍關)455)의 흰 눈은 밟을 때 도리어 나에게 아이들을
보살펴 주라고 하실 날을 볼지를 가정을 이루어서 너희들이
뜻을 성취시키지는 못하지만 멀리서 공급(孔伋)이 자리를 펴
놓고 배곡(排哭)한 고사에 따라 하도록 하였네 타향 산천에
다 한 줌 흙덮으니 의탁할 데 없어 슬프긴 하지마는 난리가
멈추고 길이 통하게 되면 어찌 고향에다 반장할 때 없겠소.

---

455) 남관(藍關) : 藍田關의 略. 韓退之가 귀양 갔던 곳으로 秦나라 嶢關임.

足不足　족과 부족 (만족과 불만족)

君子如何長自足　군자는 어찌 늘 스스로 족하다하며
小人如何長不足　소인은 어찌 늘 부족하다 하는가.
不足之足每有餘　부족해도 족히 여기면 늘 여유 있고
足而不足常不足　족해도 부족히 여기면 항상 부족하지.

樂在有餘無不足　즐거움에 여유 있으면 부족하지 않고
憂在不足何時足　부족을 근심하면 어느 때나 족할 건가.
安時處順更何憂　때에 따라 편안하니 근심할게 없는데
怨天尤人悲不足　하늘 사람 원망하면 부족함 끝이 없네.

求在我者無不足　내 몸에서 찾으면 부족할 게 없지만
求在外者何能足　밖에서 찾으니 어찌 능히 족하리오.
一瓢之水樂有餘　가난한 속에서도 여유를 즐기는데
萬錢之羞憂不足　부유하게 살면서도 부족을 근심하네.

古今至樂在知足　고금에 지극한 낙 족함을 아는데 있고
天下大患在不足　천하의 큰근심 부족해 하는데 있다네.
二世高枕望夷宮　이세황제는 높이 누워 이궁을 바라보며
擬盡吾年猶不足　평생 향유 할 수 있었으나 부족하게 여겼고.

唐宗路窮馬嵬坡　당 현종은 마외에서 갈 길이 궁해지자
謂卜他生曾未足　저승서도 같이 살자 약속해도 부족했도다.
匹夫一抱知足樂　필부는 도를 지켜 족함 알아 즐거운데
王公富貴還不足　왕공은 부귀도 도리어 부족하게 여긴다네.

편집자는 광주교육대학교와 조선대학교 대학원을 졸업 공학석사학위를 취득하였으며, 초·중등 교육공무원으로 35년을 봉직했고 2000년 2월말 서울 경기고등학교에서 교감으로 퇴임하였다.

등산, 여행을 좋아하여 일본 후지산, 백두산을 비롯하여 국내 등반 300산 600여 회를 기록하였고, 청소년야영수련 지도자로 24년 봉사했고, 여행으로는 십여년 동안에 3대양 6대주 50여국을 돌아보고 나서 '**세계는 하나**'라는 세계일주 여행기도 펴냈다.

시와 수필로 등단하여 국제펜클럽회원, 한국문인협회원, 서울강남문인협, 서울교원문학회, 한국공무원문인협회등 13년 동안 문단동아리 활동을 하면서 시집1, 수필집10, 한시번역 등 저서 20권을 상재하였다. 2012년 방송통신대학교 국어국문학과 고전문학전공 3학년과정을 마치고

고향 광주로 내려와 여산송씨 종친회의 카페를 만들어 종문에 봉사하고 있다. 원윤공파종회총무이사,년1회발간 하는 대종회 종보 편집주간과 한국성씨총연합회 이사및 뿌리문화보존회 편집인으로 활동하고 있다.

수상 경력으로는 근정포장(대통령), 스카우트무궁화금장 스카우트총재표창7회, 교육부장관상 2회, 교육감상 6회, 신인문학상 2회, 문학 작가상 2회 등을 수상하였다.

송남석

▲ 삼현수간(三賢手簡)의 구봉친필

▲ 삼현수간(三賢手簡)의 구봉친필

▲ 삼현수간(三賢手簡)의 구봉친필

國譯龜峯集(上)

개정판 1쇄 인쇄 2023년 04월 03일
개정판 1쇄 발행 2023년 04월 17일
　　　　　　대황조기원 10,010년
지은이 송익필
엮은이 송남석

펴낸곳 도서출판 맑은샘
출판등록 제2012-000035
주소 경기도 고양시 일산서구 중앙로 1456(주엽동) 서현프라자 604호
전화 031) 906-5006
팩스 031) 906-5079
홈페이지 www.booksam.kr
블로그 http://blog.naver.com/okbook1234
이메일 okbook1234@naver.com

ISBN 979-11-5778-593-3 (04810)
ISBN 979-11-5778-592-6 (세트)